# 人質460日

## なぜ生きることを諦めなかったのか

アマンダ・リンドハウト
サラ・コーベット
鈴木彩織 訳

亜紀書房

# 人質460日

## ——なぜ生きることを諦めなかったのか

# 目次

ママと、二人のパパ
そして、
キャサリン・ポーターフィールドへ

焼け落ちた家で迎える、朝食の時間。
そう、家はなく、食べるものもないのに、それでもわたしはここにいる。

——マーガレット・アトウッド「焼け落ちた家で（Morning in the Burned House）」より

# はじめに　*Prologue*

監禁された家には名前をつけていた。何ヶ月も過ごした家もあれば、ほんの数日、たった数時間しか滞在しなかった家もある。最初が〈爆弾の家〉で、次が〈電気の家〉。その次に連れていかれた〈脱走の家〉は空き屋になっていたコンクリートの建物で、窓の外では時折銃声が響き、母親が子どもに歌を歌ってきかせる優しい声が聞こえてきた。あの家から逃げ出したあとで半狂乱のまま連れていかれたのが、〈フリルの家〉。閉じ込められた寝室のベッドには花柄のカバーが掛けられ、木製の鏡台にはヘアスプレーや整髪料がずらりと並んでいた。キッチンから、住人らしき女性が文句を言っている声が聞こえてきたから、わたしたちは招かれざる客だったのだろう。

新しい家への移動は人々が寝静まった真夜中に決行されることがほとんどで、沈黙のなかで不安に耐えなくてはならなかった。スズキのステーションワゴンのバックシートに押し込められると、車はしばらく舗装道路を走ってから柔らかい砂地へ逸《そ》れ、淋しげな風情のアカシアの木立や、闇に沈んだ村のそばを走り過ぎていく。あれはいったいどこだったのだろう。窓の外を、モスクや、紐状の電飾を張りめぐらした市場や、駱駝を連れた男たちが飛び去っていった。道端で焚かれた篝火《かがりび》のまわりにはいきり立ったようすの若者たちが群がり、何人かはマシンガンを手にしていた。車をのぞき込んだ人間がいたとしても、わたしたちの姿が記憶にとどまることはなかったはずだ。頭にスカーフを巻いて、犯人たちと同じように顔を覆い隠していたのだから――人相どころか、どこの国の人間なのか見分けることもできなかっただろう。

犯人たちが選ぶ家は人里離れた集落にある廃屋ばかりで、全員で――ナイジェルとわたし、監視役の若者八人と、中年の指揮官一人で――、身を潜めるように暮らしていた。どの家も鍵のかかった門で閉ざされ、コンクリートや波形鉄板の高い壁に囲まれていた。新しい家に到着すると、指揮官が鍵束をじゃらじゃらいわせながら門を開ける。わたしたちが〝少年〟と呼んでいた若い部下たちが銃を手にしてなかに駆け込み、真っ先に人質を監禁する部屋を確保する。それから、自分たちが休む場所、礼拝の場所、排泄の場所、食事をする場所を決めていく。中庭に出て、仲間同士でレスリングをすることもあった。

犯人たちは一日に五回、全員で床に伏せるようにしながら祈りを捧げていたが、それぞれが胸に秘める理想や天国の光景は、わたしたちにはとうてい理解が及ばないものに思えた。ときどき考えることがあった。自分とナイジェルがただの仕事仲間だったらもっと楽だったのかもしれない、と。ナイジェルが暮らしていた家も、眠っていたベッドも、故郷にいる彼の妹や友人たちの顔も、わたしはすべて知っていた。ナイジェルの望みが手に取るようにわかったからこそ、心の重荷も倍になった。

軍のあいだを飛び交う銃弾や爆弾の音が耳を聾するほどまで近づいてくると、少年たちはわたしたちをステーションワゴンに押し込み、何人かと電話で話をして、新しい家を見つけるのだった。

なかには、かつての暮らしをうかがわせるものが残された家もあった――部屋の隅に転がっているおもちゃ、使い込んだ鍋、丸められた黴臭い絨毯。〈暗闇の家〉と名づけた家では、口にするのもおぞましいことが起こり、〈草むらの家〉では草のなかを走って逃げていけそうな気がした。邸宅と呼んでもおかしくなさそうな〈希望の家〉では、ほんの束の間、物事がいい方向へ進んでいるように感じられた。

一時的に、南部の中心街にある二階建ての集合住宅に移されたこともある。車のクラクションや礼拝の時間を知らせる時報係《ムアッズィン》の詠唱が聞こえてきた。通りの屋台で串焼きにされている山羊肉のにおいを吸い込み、階下の店を出入りする女性たちのお喋りの声に耳をそばだてた。痩せこけて髭面になっていたナイジェルは、監禁された部屋の窓から、アクアマリンの細い帯のようなインド洋を目にしていた。買い物客や車がそばを行き交っているのもそうだが、近くに海があると思うと、ほっとするのと同時に鼻先に人参をぶら下げられたような気分になる。でも、逃げることができたとしても、助けてくれる人がいただろうか。ひょっとしたら、同じような人間にさらわれて同じようなことがくりかえされていたかもしれない――わたしたちを、ただの敵ではなく、〝金《かね》になる敵〟とみなす人間たちに。

解放にあたっては、複数の国が言葉を巧みに操りながらぎりぎりの交渉をつづけていた。あれは聖戦の一環として起こったことで、ただの誘拐事件ではなかったのだ。わたしは心に誓った。無事に家に帰ることができたら、母さんを旅行に連れていってあげよう。何か人のためになることをしよう。償いをしよう。本物の愛を見つけよう。

そばにいても触れ合うことが許されないまま、わたしたちは世の中から隔絶された生活を送っていた。最後には、この体験を誰かに話して聞かせる機会は永久にめぐってこない、本流から取り残された流れのように渦を巻いて消えていく運命なのだと考えるようになった。ソマリアという国の奥深くに身を潜め、廃屋のような家に閉じ込められたまま、誰にも見つけてもらえずに朽ち果てていくにちがいないと。

# 1 わたしだけの世界　My World

子どものころは、世界は自分が知っているとおりの場所だと信じて疑わなかった。目を背けたくなるような場所でも危険な場所でもなく、不思議でわくわくすることがいっぱいある、額に入れて飾っておきたくなるような美しいところ。そんな世界を教えてくれたのは、通りの先のリサイクルショップに置いてあった一冊二十五セントの『ナショナル・ジオグラフィック』誌で、黄色に縁取られた表紙をめくるたびに、さまざまな光景に魅了された。買ってきた雑誌は二段ベッドの脇のテーブルに積んでおいた。必要になると、つまり、家のなかが騒々しくて耐えられなくなると、雑誌の山に手を伸ばす。世界は波や光に乗って運ばれてきた。潮が満ちて銀色の水に洗われるハバナの遊歩道や、雪に覆われて光り輝くアンナプルナの山々。弓をつがえるコンゴのピグミー族に、緑の幾何学模様を描く京都の茶畑。黄色い帆を張り北極海の荒波を越えていく双胴船《カタマラン》。

わたしはあのとき九歳で、カナダのシルバン・レイクという町に住んでいた。湖《レイク》そのものは更新世に形成されたもので、アルバータ州に広がる茶色の草原地帯が十キロ近くに渡ってえぐられている。おまけに、石油の採掘場が点在するエドモントンと高層ビルが建ち並ぶカルガリーに南北を挟まれ、西側の百六十キロほど先にはロッキー山脈がそびえ立っていた。七月と八月には観光客がやってきて、鏡のような湖面に体を浮かべ、コテージの桟橋から釣り糸を垂らす。繁華街にあるマリーナには赤い頭の灯台が建っていて、そばにある小さな遊園地では、観光客が巨大なスパイラルスライダーでしぶきをあげ、色鮮やかなベニヤ板でできた迷路を駆け抜ける。夏のあいだは、子どもたちの笑い声とモーターボートの爆音が町中に響いていた。

我が家はシルバン・レイクでは新顔だった。母がその数年前に父と別れ、二人の息子とわたしを連れて、車で十五分ほどのレッドディアという市街地から引っ越してきたのだ。母の恋人のラッセルがついてくると、その弟のスティーヴまでついてきた。給料日になるとラッセルのおじやらいとこやらの親類縁者が集まってきて、そのまま何日も居着いてしまう。正体をなくして眠りこけている姿や、居間の椅子の両脇からだらんと垂れた褐色の細い腕がいまでも瞼に浮かんでくる。母はラッセルたち一族に対して「ネイティブ」という言葉を使っていたが、町の人たちは彼らをインディアンと呼んでいた。

母はどこにいても目を惹く女性だった。背が高くてすらりとしていて、頬骨の美しさは蠱惑的。パーマをかけた黒い髪を耳のあたりでふわりと遊ばせていた。澄んだ茶色の瞳は無防備な印象を与え、素直に言うことを聞きそうだと期待を抱かせる。週に五日は、赤いパイピングがついた白い制服を着込んでレッドディアまで車を走らせ、スーパーマーケットのフード・シティでレジ係として働いていた。ノーブランドの紙パック入りジュースを社員割引で何箱も買ってくるので、わたしたちはそれを冷凍庫で凍らせ、放課後にスプーンで削って食べていた。トレイに載せた売れ残りのパンがお土産になることもあったが、ガラス容器のなかで放置されていたデニッシュやエクレアは溶けてべとべとになっていた。ときどき持って帰ってくるレンタル用のビデオは、一度も返却されたことがない。

ラッセルはたまにしか働かなかった。ハイ・ツリーという伐採業者と、数週間、時には数ヶ月の契約を結んで、細い道路の並木が電線にかからないように枝をおろす仕事をしていた。ホイペットのように痩せていて、黒い髪を肩まで伸ばし、両脇に羽根飾りをつけていた。普段着は、紫や青緑といった派手な色のシルクのシャツで、左腕には青いインクで彫った自家製のタトゥー。大きな翼を広げた鳥だったから、たぶん、鷹か不死鳥《フェニックス》だったのだろう。輪郭がぼやけかかって細かい部分が薄青くにじみ、染みが浮いた老人の肌のようになっていた。ラッセルは二十一歳、母は三十二歳だった。

ラッセルとの出会いは、そのずっと前まで遡る。当時ラッセルは十三歳で、不幸な生い立ちとキリスト教徒の寛大な心との出会いが、わたしたちを結びつけることになった。ラッセルは、サンチャイルドという北米先住民族《ファースト・ネーション》の保留地で育った。父親は幼いころに行方をくらまし、母親は交通事故で他界。サンチャイルドから車で一時間ほどのところに住んでいた母の両親が、保留地の子どもたちのためにペンテコステ派主催のサマーキャンプを開き、それが縁でラッセルと四人の弟たちを里子にすることになったのだ。母とそのきょうだいたちはとっくの昔に自立していたので、祖父母は、〝ネイティブ〟の子どもたちに子育てをやり直す機会を与えてもらったわけだ。

里子たちが喧嘩をはじめると、祖母は溜息をついて、外に出て気が済むまでやってきなさいと言った。お金を盗まれても、口汚く罵られても、寛容の心で受けいれた。里子たちはティーンエイジャーになり、やがて若い男になった。一人は大学進学まで漕ぎつけたが、残りの四人は、保留地とレッドディアのあいだに腰を落ち着けた。誰も予想しなかったことが起こるのはそのあとで、祝日の食卓に招かれて祖父母が営む農場に顔を出した母が――幼い三人の子どもを抱えて、父との結婚生活に見切りをつけていた母が――ラッセルと再会して恋に落ちるとは、イエスさまにも予知できなかっただろう。

母は彼をラスと呼んだ。洗濯物を洗ってやり、人前で見せびらかすようにキスをした。ラッセルのほうは、ごくたまに薔薇の花を贈っていた。幼いころは遠い親戚のように思っていたラッセルが、祖父母の家から我が家へ引っ越してきたときには、少年と男、親類と侵入者がごっちゃになったような、それまでとはちがう存在になっていた。ラッセルは居間でキックボクシングのまねごとをして、カウチでポテトチップスを頬ばった。ときどき、わたしと弟のナサニエルにぬいぐるみを買ってきてくれた。

祖母はわたしたちを「愉快な家族」と呼んだが、兄のマークの見方はちがっていて、「ありえない家族」と言っていた。

ラッセルの親類と遊ぶために、何度かサンチャイルド保留地を訪ねたことがある。父は保留地は危ないと口癖のように言っていたが、そのときには、とやかく言える立場ではなくなっていた。ラッセルのいとこたちは、未舗装道路沿いに建てられた床の低い住宅団地《トラクトハウス》に住んでいた。バノック〔北米先住民族が作るパンの一種〕や、なかなか噛み切れない甘い揚げパンをご馳走になり、学校へ通わずに、紙袋から缶ビールを出して飲んでいるような子どもたちと走りまわって遊んだものだ。どの家の壁にもクレーターのようなへこみができていたことを覚えている。それが拳で殴った跡だとわかったのは、ラッセルが、我が家の合板の壁に同じようなへこみをつけることがあったからだ。

母とラッセルのカップルは、母と同じ学校を卒業して、レッドディアの周辺で家庭を築いていた白人男性たちの目には、一種のあてつけのように映っていたかもしれない。母は十六のときに家を出て、二十歳でマークを身ごもった。ラッセルと付き合うことで、女としての人生に一風変わった勲章が加わった。ラッセルは若くてそこそこハンサムで、薄汚い貧困地ではあったけれど、ふつうとはちがうワイルドな環境で育った人間だった。母はビーズのイヤリングをして、小さな白いハッチバックで町を走りまわり、バックミラーから羽のついたドリームキャッチャー〔北米先住民族オジブワに伝わる装飾品〕をはためかせていた。

そうなった背景には、二十代はじめに恋に落ちた相手で、分娩室で生まれたての赤ん坊と一緒に何度も写真におさまったわたしの父から、ゲイであることを告白されたという事情もあった。顎髭をきれいに刈り込んだ顔に輝くような笑顔を浮かべたペリーというセクシーな若者が、父の家で暮らすようになっていた。きょうだいで遊びにいくと、ペリーはわたしたちを公営のプールに連れていき、そのあいだに、料理とは無縁だったはずの父が、独身男がつくりそうな豪快な食事を用意してくれるのだった。

父は人生を一から立て直そうとしていた。ペリーと一緒にディナーパーティーを開き、大学に通ってリハビリ専門の療法士の資格を取り、精神疾患を患う人々の手助けをしていた。母のほうは自身の再生を目指し、休みの日には、自己啓発書を読んだり、オプラ・ウィンフリー〔人気の黒人女性テレビ司会者〕の番組を見たりしていた。

夜になると、ラッセルが大瓶入りのライ・ウイスキーを背の高いプラスチックのコップに注ぐ。テレビの正面のカウチに腰を下ろし、ラッセルの膝に両足をあずける母。ラッセルは思い出したように、時の人となった警官や、髪をきれいになでつけた若い父親が映し出された画面を指差してみせる。「いい男だと思ってんだろ？　ロリ」

その場にいる全員が点滅するサインに気づく。

「図星だな」ラッセルは母に視線を据えたままだ。「ああいうのとくっつきたいと思ってるんだろ」

時が止まる。その瞬間、テレビに出ている男性の顔がどろりと溶けて様相が変わり、挑発的な視線を送ってきたような気がした。

「だよな、ロリ？　そう思ってたんだろ？」

母は優しい声で言葉を返す。ラッセルにはすでに何度か骨を折られていた。こっぴどく痛めつけられて、何日か入院していた。みんなが固まったままテレビに見入り、部屋の空気がピリピリしはじめたところで、母が手を伸ばしてラッセルの腕をぎゅっとつかむ。

「ばかねぇ」母の台詞は決まっていた。「これっぽっちも思ってないわよ」


兄のマークは当時十三歳で、いろいろな面で厄介な年齢にさしかかっていた。髪は、脇を刈り上げて後ろだけを長く伸ばしたむさくるしいマレット・ヘア。目は青く、洗いざらしのデニムのジャケットを脱ごうとしなかった。仲間と群れずに一人でぶらつくのが好きで、プラスチックのパチンコを肌身離さず持ち歩いていた。弟のナサニエルは当時六歳、右の瞼の隅に嚢胞《のうほう》ができていたせいで、ちょっぴり気味の悪い印象を与えていた。母とラッセルに猫かわいがりされていて、「相棒」とか「おちびちゃん」とか呼ばれていた。夜は、二段ベッドの下の段で、兎のぬいぐるみを抱きながら眠っていた。

わたしがつるんでいたのはマークのほうで、親船に曳かれる小舟のようにあとをついてまわったものだ。

「こいつを調べてみよう」マークはある日そう言って、アパートの外に設置された緑色の大型ゴミ収容器の前で立ち止まった。シルバン・レイクへ引っ越してきてから数週間経った、秋のはじめの暖かな午後のことだ。わたしは四年生で、マークは中等学校《ミドルスクール》に通いはじめたばかりだった。二人とも、友だちはゼロ。新しい町の子どもたちは、わたしたちを見るなり、つまらない貧乏人だとそっぽを向いていた。マークは収集容器に両手をかけて飛び上がると、縁をまたいでなかに飛び降りた。すぐにひょいっと頭があらわれた。ビールの空き瓶を持って、顔を輝かせている。瓶を振りながら誘ってきた。「来いよ、アマンダ。お宝があるぞ」

収集容器は近所のゴミをまとめて貯めておく蓋なしのもので、毎週水曜日に役所のトラックが回収にきていた。マークにとっては、カントリークラブのプールに匹敵する遊び場だった。十月の凍えるような寒さの日でも、なかは落ち葉を敷き詰めたように柔らかくて湿気があり、酸っぱくなった牛乳のようなにおいがした。山積みになったゴミ袋のあいだをすり抜けていくと、漏れた液体や口からこぼれたゴミでべとつくビニール袋が肌に触れ、話し声が壁に反響してわんわんと響く。マークは口を閉じてあったビニール袋を引き裂くと、缶や瓶を取り出してアパートの前の草むらに放り投げ、紛れ込んでいた小銭や、流行遅れの口紅や、薬瓶、マジックマーカを漁って、お尻のポケットに詰め込むか、わたしのほうに投げてよこした。あるときは、わたしにちょうどいいサイズの毛羽だったピンクのカーディガンを掲げて、見るに堪えないとでもいうように肩をすくめてみせた。「まったく、このあたりの連中は何考えてんだろうな?」

瓶や缶をビニール袋に詰めると、生ゴミやアルコールのにおいをぷんぷんさせながら、町の回収所まで運んでいった。空き缶二十個で一ドルの儲け。フード・シティの袋に入るのは十五個といったところだったから、一袋×十五缶×五セントで、合計七十五セント。二袋で一ドル五十セント、四袋だと三ドルになる。それから、もらったお金を二人で分ける――二分の一がマークの分、二分の一がわたしの取り分だ。四年生が習う算数なんてばかばかしくてやってられない。大金になるのが、ラッセルの言いまわしをまねて「六十ポンド砲」と呼んでいた六十オンスの特大の酒瓶で、回収所の男の人がぽんと二ドル払ってくれる。あれがわたしたちにとってのお宝だった。

そうやって南北の数ブロック先まで捜索範囲を広げていくうちに、一戸建てのバンガローが並ぶ袋小路まで足を延ばして、五、六個の収集容器を定期的にチェックするようになった。たいていは、不動産の価値が高い場所ほど捨てられるもののレベルも高かったからだ。

人はびっくりするようなものを平気で捨てるもので、それは貧しい人間でも変わらない。片腕がなくなった人形や、ちゃんとした映画のちゃんとしたビデオテープが、ゴミのなかからあらわれる。空っぽの長財布を見つけたときのことは、いまでもよく覚えている。茶色い革の財布で、華奢な金の留め金がついていた。漫画のキャラクターの顔が刺繍された、新品の白いハンカチを見つけたこともある。その二つは何年も大切に取っておいた。きちんと畳んだハンカチを財布にしまって、探せばこんなに素敵なものが見つかるんだと、自分に言いきかせるようにしていた。


瓶の回収所でもらったお金は、ほとんどある店に注ぎ込んでいた。湖のそばにあったリサイクルショップだ。兎の巣穴のような薄暗い店で、古着や、陶器の置物や、観光客が読み捨てていった本が——トム・クランシーの分厚いサスペンス小説や、ダニエル・スティールのジャンルを問わない小説が——置いてあった。『ナショナル・ジオグラフィック』の定位置は隅に置かれた棚の上で、黄色い背表紙が目に留まるような角度できれいに並べてあった。

表紙の写真に吸い寄せられるようにして、お財布が許す範囲で買いあさった。アンコール遺跡の苔むした寺院や、ヴェスヴィオ山の火山灰の下からあらわれた骸骨たちの写真を目にすると、手を伸ばさずにはいられない。「スイスの森林は危機に瀕しているのか？」と問いかけられると、なんとしても答えを読まなければと思う。もちろん、別のコーナーで漫画の『アーチー』シリーズ〔高校生アーチー・アンドリュースを主人公にした長寿コミック〕を探すことも忘れなかった。ヴェロニカのぴったりしたドレスや、ベティのお洒落なポニーテイルをチェックして、色っぽいお嬢さまとかわいい策略家の対決を見守るのだ。当時のわたしは、登場人物のお喋りを少しずつ理解できる年齢にさしかかっていた。『アーチー』は引き出しにしまっておいたが、『ナショナル・ジオグラフィック』のほうは棚の上に積んでおいた。感謝祭を迎えるまでに二十冊以上は貯め込んでいたと思う。夜になると、シルバン・レイクの二段ベッドの上段に寝転がって頁をめくりながら、これが世界だといわんばかりの光景に目を丸くしたものだ。ハンガリーの牧童に、オーストリアの修道女に、髪にスプレーを一吹きしてから夜の街にくりだすパリジャンたち。中国では、遊牧民の女性がヤクの乳をかきまわしてバターをつくっていた。ヨルダンでは、パレスチナから避難してきた子どもたちが、ジャガイモと同じ色のテントで暮らしていた。バルカン山脈のどこかには、旅回りの芸人たちとダンスを踊る熊がいるということだった。

ラッセルが仕事をもらっていたハイ・ツリーでは、クリスマスの時期に、レッドディアのレストランで大がかりなパーティーを開いていた。母は何週間も前から、パーティーの準備に余念がなかった。スーパーの仕事が終わるとパークランド・モールへ直行して、セール品のラックに丹念に目を通す。家では、ダイエットをはじめると宣言していた。

我が家では居間の隅にツリーを飾っていた。フード・シティの駐車場で安売りされていた貧相な樅《もみ》の木だ。母は、レッドディアのクリスマスビューローへ行って、時給七ドルの仕事で三人の子どもを養っている旨を記した書類にサインをすると、無料のプレゼントを選んできた。ボランティアの人たちが集めて包装しておいてくれたもので、くるくるした色鮮やかなリボンがついていた。プレゼントはツリーの下に置いてあったが、そのうちの二つが自分のものであることはわかっていた。どちらにも、「女子・九歳」と書かれたシールが貼ってあったからだ。

母は、パーティーの数日前にパーマをかけてもらいにいった。寝室のクローゼットには買ったばかりのドレスが掛かっていた。きらきらした黒のドレスで、わたしは母の目を盗んで何度も生地の感触を確かめていた。

いよいよ金曜の夜がやってきた。ラッセルはシャワーを浴びてから、黒いズボンと首もとまでボタンをしめた襟つきのシャツを着込んでいた。ライ・ウイスキーをコップに注いでカウチに陣取り、膝の上ではナサニエルが体をくねらせていた。子守は、当時十七歳だったスティーヴがすることになっていた。あとは母の支度が整うのを待つばかりだ。

ウイスキーが二杯目になり、さらに三杯目になった。ラッセルは足を組むと、甘い声で歌いはじめた。「ローリー、ロォォリィィイ」

母が廊下を歩いてくると、全員がそっちを向いた。黒いドレスは、前が短く、後ろが長くなっていて、裾についたフリルが流れ落ちる滝のように床を滑っている。歩くたびにほっそりした脚が輝いた。靴も新品だった。

台本に従うかのようにラッセルが立ち上がる。母は頬を上気させて目を輝かせ、唇を赤く塗っていた。白い肌は黒いドレスに映えて真珠のような艶を帯び、生地がぴったりと体に張りついているせいで、きらきらした黒い塗料を塗っているように見えた。わたしたち子どもは、息を詰めてラッセルの第一声を待ちかまえた。

出てきたのは「すげえっ」という言葉だった。「サイコーにいけてるよ」

その言葉どおり、母は映画スターのように見えた。にっこりと笑うと、片手をラッセルに差し出した。子どもたちの頬にはおやすみのキス。わたしたちは口々に歓声をあげながら二人が過ごす夢のようなひとときを想像して、文字通り、興奮を隠せずにいた。

ラッセルはコップを置くと、母がお出かけ用にしている、曾祖母から譲り受けたサイズの合わないミンクのコートを持ってきた。それから、母をくるりと回転させながら外へ出ていった。

その晩は、家にあったビデオのなかから映画を選んで、『スリーメン&ベビー』と新しい『バットマン』を観た。わたしはポップコーンをつくり、ボウルに入れてみんなにまわした。母とラッセルはレッドディアのどこかでダンスをしているはずだ。空想のなかのダンスホールでは、シャンデリアがきらめき、シャンパンが入った口の大きなグラスが並んでいる。うとうとするうちに夜が更けて、がくっとした拍子に目が覚めた。テレビは消えて、アパート全体が静まりかえっていた。床に寝ていたナサニエルを抱き起こして寝室へ連れていき、半分眠った体をベッドに押し込める。上の段にのぼると、お祭り気分の余韻を味わいながら、本格的な眠りについた。

そのあとで起こったことは現実離れした空気をまとっていた。その手のことが起こるのはたいてい真夜中だったから、当然と言えば当然かもしれない。睡眠状態にある頭のなかに母の叫び声がもぐり込んでくると、少しずつ夢のなかの光景が剥ぎ取られ、無意識の世界に貼りついているものがなくなったところで完全に目が覚めるのだ。

居間で何かが壊れたような音がした。悲鳴があがる。つづけて呻《うめ》き声。何度も聞いたことがある。母がやり返したのだ。朝になってから、ラッセルの首に引っかいたような跡がついているのを何度か見ていた。ラッセルの口から洪水のように言葉がほとばしる。ヒステリックな甲高い声で、目玉をえぐり出してやるとか、床が血まみれになるだとか、ほとんどが、誰もおまえとは気づかないようなご面相にしてやるといった内容だ。「このあばずれ」というのははっきり聞こえた。その次のドンという音にも聞き覚えがあった。カウチがひっくり返されたのだ。下で寝ていたナサニエルが泣きはじめた。

「恐いの？」天井を見つめながら、そう囁いてみる。

恐いに決まっている。ナサニエルはまだ六歳だった。

みんなで喧嘩をやめさせようとしたこともあった。部屋から飛び出してやめてくれとわめいてみたが、二人はすさんだ暗い目をして自分たちの寝室に飛び込み、ぴしゃりと扉を閉めただけだった。母は助けを求めていたのかもしれないが、表に出そうとしなかった。

母は何度かレッドディアのシェルターに避難していた。祖父母にもラッセルとは別れると約束するのだが、しばらくすると元の鞘におさまってしまう。シェルターの床はぴかぴかしたリノリウムで、子どもが大勢いて、楽しいおもちゃがたくさんあった。迎えにきた父が打ちのめされたような顔をしていたことを覚えている。

その夜の騒動もあっというまに鎮火して、母とラッセルが互いの腕のなかにすり寄っていくのは目に見えていた。居間の床にはポップコーンが散らばり、木枠が壊れたカウチが転がり、壁には新しいへこみができているだろう。その先の展開だってお見通しだ。朝になると、ラッセルがべそをかきながらみんなに謝るのだ。何週間かはしおらしくしているだろう。座り込んでうつむいたまま、祖父の教会で聞き覚えた言葉をつなぎ合わせて神さまに話しかける――**救い主である我が神よ　御名においてあなたの**

**息子をサタンから救い賜え　イエス・キリストの道こそわたしが進む道　感謝します　アーメン**。夜になると、今度こそ断酒会へ行くと熱弁をふるい、その数週間だけは母が優位に立つ。床に脱ぎ捨てた服を拾いなさい、掃除機をかけてちょうだいと、ラッセルにあれこれ指図するだろう。

でも、彼の心のなかでは、目に見えないメーターの針がぴくぴくと動きはじめ、少しずつ真っ赤な危険領域に入っていく。悔恨の念はどこへやら。ある日の午後、うきうきしながら外出した母が髪をカットして帰ってくると、帰宅が遅いとの審判が下る。カウチに座ったラッセルが、ナイフでシュッと空を切るような声で「髪を切るのに何時間かかってんだ、ロリ?」と尋ね、「誰と会ってた? 着飾って男漁りってわけか?」と畳みかける。母の顔が恐怖でこわばり、茶番は終わったと悟ったことが見てとれる。そう遠くないうちに――今晩なのか、三週間後なのかはわからないが――ラッセルはふたたび母を痛い目に遭わせるはずだった。

母の気持ちがわかったなんて言うつもりはない。わたしにはどうしても理解できなかった。黙ってやり過ごそうとしただけだ。明かりが消え、みんなの体が所定の場所におさまるころには、わたしの魂は別の場所へ旅立っている。肉体を離れてベッドを抜け出すと、階段を上がってはるか彼方へ飛んでいく。『ナショナル・ジオグラフィック』に載っていた、絹地のようになめらかな砂漠を越えて、泡だつ海を渡り、緑の目をした夜行性の生き物が蠢くジャングルを掻き分け、頂上の寺院を目指して山を駆け上がる。蘭や、鰐や、マナティーや、チンパンジーに向かってシャッターを切る。箱形ブランコで遊ぶサウジアラビアの少女たち。顕微鏡の下で泡だつ細胞たちは、一つひとつが奇跡を起こす可能性を秘めている。パンダを見たし、キツネザルやアビも見た。システィーナ礼拝堂の天使たちや、マサイ族の戦士たちにも会ってきた。自分の世界は別の場所にあると、幼いわたしはかたくなに信じていた。

# 2　カルガリーへ　*The Drink*

十九歳になった年に、カルガリーへ移り住んだ。アルバータ州のまんなかで育った子どもにとって、カルガリーは大都会だ。新たな可能性を照らしてくれる灯台のような街で、ひっきりなしに車が行き交うハイウェイに囲まれ、大草原からガラスの塔がにょきにょきと生えていた。油田の街でもあり、株の仲買人や、地中から膨大な石油を採掘しているエネルギー会社の重役たちが、原油価格をめぐる景気の波に一喜一憂する場所だった。わたしが暮らしはじめた二〇〇〇年は、空前の好景気に沸いていた時期だ。原油価格が二倍になろうとするところで、その年の終わりを迎えるころには三倍になっていた。贅を凝らした建築物がひしめきあい、目が回るようなペースで、きらびやかなレストランや店舗がオープンしていた。

新生活のパートナーはジェイミーという恋人だった。一つ年上で、レッドディア南部の農場の出身だ。付き合いはじめてから八ヶ月ほど経っていた。黒い瞳に茶色い髪のジョニー・デップふうのハンサムで、細身の体とがっしりした手のおかげで大工仕事を得意にしていた。音楽の才能があって、ハーモニカでもボンゴでもヴァイオリンでも、たいていの楽器はこなしてしまう。ギターを弾きながらラブソングを歌うのもお手の物。お金が必要になると建設現場で働いていたが、余裕があるときには、絵を描いたり楽器を演奏したりしながら一日を過ごしていた。わたしはジェイミーに夢中だった。

カルガリーに行けばジェイミーの運が開けるかもしれないと思っていた。CDを制作できるかもしれないし、何らかの契約を交わすことだって夢ではない。わたしにとっても、新たな舞台に――何の舞台かは別にして――なってくれるはずの街だった。薄汚いダウンタウンにある高層アパートで、寝室が一つしかない狭い部屋を見つけた。ベッドは床に敷いたマットレス。ジェイミーがバスルームの壁を黄色いペンキで塗ってくれた。壁に絵を飾り、窓辺に鉢植えを置いた。一気に、おとなの都会暮らしという雰囲気になったが、カルガリーで暮らすにはお金がかかった。わたしが見つけたのは衣料品店の仕事で、ハイスクールに通っていたころにレッドディアでアルバイトをしていた全国チェーン店の系列店だった。ジェイミーは、オークレア・マーケットで話題になっていたジョーイ・トマトというレストランの洗い場で働きながら、建設現場の仕事を探していた。二人の収入を合わせても、家賃を払うのが精一杯だった。

新しい暮らしをはじめてからしばらく経った、凍てつく冬の日の午後。わたしは、冬のコート代わりにしていた、大きなファーがついた古着の茶色いレザージャケットを着ると、履歴書の束を挟んだフォルダーを持って外へ出た。ウェイトレスの仕事を探すつもりだった。レストランで働いたことはなかったが、ジョーイ・トマトのウェイトレスたちのセクシーな姿に圧倒されるうちに、羨望を感じるようになっていた。ジェイミーの話では、ピンヒールで滑るようにフロアを歩きまわっている女性たちは、高額のアルバイト代をもらっているということだった。

寒さに耐えきれずに飛び込んだというのが真相だったが、最初に入ったのは品のいい日本食レストランで、黒光りするスシバーがあり、天井からはランタンふうの電灯がぶら下がっていた。ちょうどランチが終わった時刻で、店内は閑散としていた。はっとするほどきれいな女性たちがディナーの準備をしている。奥の一画では、六人ほどの男性たちがランチ・ミーティングのようなことをしていて、テーブルには何枚もの書類が広げられていた。わたしは、ほっそりした日本人女性におどおどしながら履歴書を渡すと、こっちに越してきたばかりだといったことを口ごもりながら伝えた。お礼を言うと、きびすを返して出口に向かう。どう見ても雇ってもらえるような店ではなかった。

「ねえ、ちょっと待って」誰かが呼ぶ声がした。

奥のテーブルにいた男性が立ち上がって、出入口までついてきた。歳は二十代後半といったところか。髪は黒く、尖った頬骨と鋭角な顎のラインが漫画に出てくるスーパーヒーローに似ていなくもない。「仕事を探してるの?」と、話しかけてきた。

「ええ、まあ」わたしは言葉を濁す。

「決まりだな」彼は言った。「もう探す必要はないよ」

この男性がロブ・スワイダスキーで、日本食レストランが数ブロック先で経営している〈ドリンク〉というナイトクラブの支配人だった。ロブは、カクテル・ウェイトレスの仕事をしないかと誘ってきた。

素直に「はい」とは言えなかった。声をかけてもらったのは嬉しかった。〈ドリンク〉は、カルガリーまで遠征していたパーティー好きの友人たちが話題にしていた店で、大人気の高級店だと聞いていた。でも、探していたのは、お酒ではなく食事を運ぶ仕事だ。なんとなく、そっちのほうが安っぽく見られないような気がしていたからだ。

断ると、ロブは声をあげて笑った。「仕事を探してるってことは、カネが欲しいってことなんだろう？」つづけてこう言った。「一週間だけ試してみればいい――いや、一日だけでもかまわない。嫌なら辞めればいいさ」

わたしは翌日の夜に店に行くと約束してから、凍てつく通りへ出ていった。ロブは履歴書を見せろとも言わなかった。

〈ドリンク〉は中心街の一画を占める店で、レストランと、四十種類のマティーニを提供する五つのバーが併設されていた。高い天井から垂れ下がったシャンデリアは、夜空にきらめく星座のよう。中央は床に硬木を張ったダンスフロアになっていて、階段で中二階に上がっていくと、ヴェルヴェットのロープの先にVIPエリアが広がっていた。フロアに出ているウェイトレスは二十名ほどで、きれいな人ばかりだった。ピンヒールとブランド物のドレスという出で立ちで、滑り止めのゴムが敷かれた小さな丸いトレイで飲み物を運んでいく。何人かの女性は名前を教えてくれたが、ほとんどのメンバーはわたしのほうを見ようともしなかった。すぐにわかったのだが、新人はひっきりなしに入れ替わり、酔っぱらってオーダーどおりのお酒を出せなくなってしまう子もいたようだ。ほかにも、クラブにふさわしいイメージ、つまり、ロブが週に一度のミーティングで口を酸っぱくして言っていた〝上品なセクシー路線〟を守れなくなってしまう子もいた。安っぽい格好をしている子は、そのまま家に帰されていた。

〈ドリンク〉が街一番のホットなクラブになったのは、ロブの手腕のおかげだった――カルガリーで働くビジネスマンに狙いを定めたハッピーアワーが呼び水となり、夜が更けるにつれて、刺激的で奔放な出会いの場面が演じられるようになったのだ。試合を終えたナショナル・リーグのホッケー選手が集まり、ツアー中のロックスターが顔を出し、石油成金が札びらを切ってみせる。週末には入店待ちの人々がつくる五人並びの列ができて、ブロックを囲むように伸びていた。

初日のシフトは午後十時から午前二時までだった。ハイヒールを履き、金のイヤリングを耳からぶら下げ、手持ちのドレスのなかで一番お洒落なものを着ていった。トレイを渡されて、オーダーの取り方や勘定書のプリントアウトの仕方を教えてもらう。それから、店の奥の空いているバーを割り当てられた。そこから先は、冷えたマティーニやタンブラーに入ったライ・ウイスキーを運びながら、カウンターと四つか五つのテーブルのあいだを行ったり来たり。お客さん——ほとんどがビジネスマン——は、丁寧な口調でありがとうと言って、クレジットカードを渡してくる。仕事が終わると、ケイトという同僚がコンピュータでチップを現金化する方法を教えてくれた。給料とは別に、四時間で五十ドルも稼いだことがわかったときは、天にも昇る心地だった。お酒に興味がないジェイミーはカクテル・ウェイトレスの仕事と聞いて腹を立てていたが、これで考え直してくれるかもしれないと思った。お金であることに変わりはないし、やましいお金ではないのだから。

「どんな感じ？」ケイトが背後からのぞき込んできた。合計額に目を走らせてから、顔をしかめてみせる。「うわっ、しぶいわね」

何を言われているのかさっぱりわからなかった。

当時のわたしにとって、〈ドリンク〉でもらえる給料は大金だった。二度目のシフトではまたもや店の奥の空いたバーを割り当てられたが、その日はすぐに騒々しい株の仲買人の集団があらわれて、三百ドルもするシャンパンのボトルを立てつづけに開けてくれた。その数時間後には、チップでもらった五百ドルを手にして家路についた。何ヶ月か働くうちに人が集まる広いバーを切り盛りするテクニックを身につけ、流行の靴や品のいいカクテル・ドレスを買い揃えた。運がよければ一晩で七百ドルのチップ。一度だけ、千ドルなんていうとんでもない夜もあった。貯まったお札は瓶に入れてキッチンの棚にしまっておいたが、入りきらなくなると、冷蔵庫のフリーザーを隠し場所にした。仲間のウェイトレスから、フリーザーは空き巣が真っ先に探す場所だと教えてもらってからは、銀行に口座を開設する方法を調べるようになった。

そうやってしばらくは、お金を手にすることで得られる自由を満喫した。衣料品店の仕事は辞めてしまった。ジェイミーは市内のあちこちの現場で日雇いの仕事をしていたが、だんだんと、わたしのオフの時間は一緒に家で過ごすようになっていく。ときどき、近くのカフェで開かれるイベントに参加して、熱狂的な拍手をもらっていた。

ジェイミーは、カクテル・ウェイトレスの仕事に顔をしかめることはなくなったが、決して店に顔を出そうとはしなかった。早めの夕食をつくって食べてから、一時間近くかけて身支度を整えているあいだも、ジェイミーは部屋で本を読んだり楽器を弾いたりしていた。わたしはいつも、舞台の衣装をつけるような気持ちで支度をしていた。クローゼットは黒いドレスでいっぱいになり、化粧品がバケツ一杯分はあったと思う。

〈ドリンク〉が閉店すると、別のクラブへくりだす女の子たちを後目《しりめ》にまっすぐアパートへ帰り、熟睡しているジェイミーの隣で丸くなる。このころには、毎日の暮らしにゆるやかなリズムができあがっていた。朝は二人でボウ川沿いの道をのんびりと散歩する。ジェイミーが仕事に行かない日は、二人で贅沢なランチを食べにいく。わたしはアパートのそばにウィー・ブック・インという古本屋を見つけて、ペーパーバックを山ほど買い込んでいた。生まれてはじめて銀行に口座を開き、大学の一年分の学費をまかなえるだけの額を貯金していた。十九歳の誕生日を迎えたばかりだったから、教科書を揃えて将来を見据えた意欲的なプランを立てる必要があることはわかっていたが、そういう人生には興味が持てなかった。大学を卒業したって、スーツを着込んだ二十代の若者たちと一緒に、敷かれたレールの上を走っていくだけだと思っていた。彼らは、毎朝アパートの前の道をたどって高層ビルに働きに行ったかと思うと、十時間後には〈ドリンク〉にあらわれ、五十代のおじさんみたいに革の安楽椅子に体を投げ出してこう言うのだ。「あーあ、今日はさんざんだったよ。あ、ギムレットね。ストレートで」

そのころ、レッドディアでは、母の当時の恋人――エディーという血も涙もない男――が恐喝で捕まって刑務所送りにされていた。わたしたち子どもはほっと胸を撫で下ろした。母はわたしが十二歳のときにラッセルを厄介払いしていたが、その後も、磁石に吸い寄せられるように地に足が着いていない男とくっついていた。結果的に、ハイスクール時代のわたしは、ほとんどの時間を父とペリーが買ったシルバン・レイクの家で過ごすことになった。マークは友人たちと暮らしはじめ、ナサニエルは母のもとにとどまった。三人とも母のことを愛してはいたが、新しい男の影がちらつくたびに不安に襲われていた。

母は四十代に入っていたが、黒い髪には一本の白髪もなかった。エディーがいなくなると、わたしは数週間ごとにバスに乗って母を訪ねて夕食を共にした。母はレッドディアにあるこぢんまりしたかわいらしい家に引っ越して、カトリック系の社会奉仕事務所でやりがいのある仕事を見つけていた。問題を抱えたティーンエイジャーが暮らすグループ・ホームで、助手として雇われたのだ。母は自己啓発本を読んで、瞑想のやり方を覚えようとしていた。旅行をするためにお金を貯めているということで、言葉の端々から、新たなスタートを切ってはりきっているようすがうかがえた。

よくジェイミーと冗談を言っていたのだが、わたしの子ども時代は不幸を売り物にする『ジェリー・スプリンガー・ショー』〔一九九一年から続くアメリカの視聴者参加型のテレビ番組〕を地で行くようなものだった――身につまされるエピソードがあったとかいうレベルではなく、番組が自分の人生そのもののようだったのだ。母は悪い男ばかり好きになる。父は、ゲイであることを公言しているシルバン・レイクでは数少ない人物の一人。祖父母はイエスさまに熱心に祈りを捧げ、ここぞという場面ではペンテコステ派の本領発揮とばかりに意味不明の言葉を口走る〔ペンテコステ派では、聖霊の賜物として異言を授かることが重視されている〕。兄と弟はドラッグ漬け。わたし自身も問題を抱えていた。太りたくない一心で食事を減らし、取り憑かれたようにカロリーを計算する。食べるものを半分に切ると、それをふたたび半分に切り、残りの半分だけを口にする。まともな食事をしないまま何日も過ごしたあとで、突然、堰を切ったように食べはじめ、目についたものを手当たり次第口に入れたあげくに吐いてしまうのだ。これも、家庭崩壊を警告するハンドブックではおなじみの症例だった。

それでもわたしたちはあきらめなかった。エディーが刑務所送りにされた年に、父が母に電話をかけて、ためらいがちにクリスマスを一緒に過ごさないかと誘ったのだ。学校の行事や、子どもに新しい靴が必要だといったことで渋々連絡を取り合ううちに、二人は相手に対する態度を軟化させていた。それに、父とペリーは隣に住んでいるおしどり夫婦のようなカップルで、母が過去のどの男と暮らしていたときよりもはるかに安定した生活を送っていた。母はそんな二人に、ゆっくりと敬意を払うようになっていく。

クリスマスの朝、きらびやかなリースと赤いベルベットのリボンが飾られた玄関を開けて、母が父とペリーの家に入ってきた。子どもたちににっこり笑いかけると、お金がなくてみんなにプレゼントを買えなかったと謝った。母が持ってきたのは手紙の束で、ツリーの電飾のイラストで縁取られたプリンターの用紙に、時間をかけて連ねられた言葉が印刷されていた。父やペリーはもちろん、部屋にいる一人ひとりに宛てたものが用意されていた。わたしは封を開いてゆっくりと読んでみた。そこに書かれていたのは母が選んだ最高の思い出で、きらきらした幸せな場面を切り取ったものだった。たとえば、シルバン・レイクの薄暗いアパートの部屋で、鏡をのぞきながら逆毛を立てて、二人でばかみたいにはしゃいでいたときの記憶。そして、わたしへの愛が綴られ、幸運に恵まれて素晴らしい冒険を体験できますようにと書かれていた。ほかの手紙がどんな内容だったのかはわからない。わかっているのは、手紙を受け取った全員が言葉をなくして涙ぐんでいたことだけだ。

その日から、クリスマスはみんなで一緒に過ごすようになった。親密な家族と呼ぶには語弊があったが、わたしたちが相手に注ぐ愛情はとても深いものだった。

# 3 旅立ち *Going Somewhere*

「ねえジェイミー、どこかへ行こうよ」カルガリーで暮らしはじめてから九ヶ月経った、夏の終わりの夕暮れ、わたしたちはブランケットを持ってボウ川の岸辺に来ていた。わたしは疲れて苛立っていた。新聞の日曜版に載っている旅行会社の広告にくまなく目を通す日がつづいていた——八百ドルで行ける世界一周旅行や、どこか遠いところに生えているぼやけた椰子の木の写真や、聞いたこともないような都市をめぐるパッケージツアーの広告に。

ジェイミーは寝転がって、空を流れる夏雲を眺めていた。ほどよいカーブを描く鼻筋や、なめらかな肌や、蜂蜜色の瞳に、わたしはうっとりと目を走らせる。ジェイミーは物事に動じない性格で、何を考えているのかわからないところがあった。レコード店やリサイクルショップで時間をつぶしたり、目的がないまま時を過ごしたり、何週間も仕事がないのに平気な顔をしていたりするので、我慢できなくなることもたびたびだった。

「どこに行きたいの?」ジェイミーが訊いてきた。

「どこでもいい」と、わたし。「ほんとに、どこでもいいの。ねえ、計画を立ててどこかに行ってみようよ」

ここでようやく、わたしが愛してやまないジェイミーがあらわれる。ゆっくりと笑みを浮かべると、長い指で愛おしそうにわたしの肩をつかんだのだ。

「そうしよう。どこでもいいってのが気に入った」

その翌日には、ウィー・ブック・インで『ナショナル・ジオグラフィック』誌のバックナンバーを漁っていた。本当はアフリカに行きたかったが、はじめての本格的な旅としてはハードルが高すぎる。カナダを離れたのはディズニーランドに行ったときだけで、両親の離婚の条件が整ってから、一度目は父に、二度目は母に連れていってもらった。ジェイミーのほうは国境を越えること自体がはじめてだ。わたしは重たい雑誌の束を苦労して持ち帰ると、床に並べて候補地を探しはじめた。

エルサレムは？　チベットなんてどうだろう？　それともベルリン？　『ナショナル・ジオグラフィック』の面白さは、どの号でも、本質的には同じ物語を語りかけてくるところにある――特集されるのは、忘れられた土地か前人未踏の地、秘境か原野と決まっているからだ。雑誌を開くたびに、「あなたはそっちで、わたしたちはこっち」と言われているような気分になる。読者を見下しているわけではなく、家にとどまっている人々の代わりに、到達の印の小さな旗を立てているような印象だ。頁をめくるのは、人間が到達できるぎりぎりの地点や、そこで捕食するものと捕食されるものたちに敬意を払う行為でもある。読み終わると、「そこはそういう場所なんですね」と言えるようになる。「教えてくれてありがとう、わたしは家でじっとしています」と。

わたしの場合は、背中を押されたような気分にもなった。ある号には、ボリビアと、アマゾン川の上流にあるマディディ国立公園の特集記事が載っていた。小さな公園で、マホガニーの木立を縫うように鸚鵡たちが飛び交っていた。別の号では、いくつもの滝がパラグアイの森林を切り分けるようにしぶきをあげている光景を見た。子どものころに買った古い号には、ベネズエラのどこかにある、巨大なテーブルのような摩訶不思議な山の写真が載っていた。ロライマという山で、水晶で覆われた頂上が雲の上にぽっかり浮かんでいるように見える。どの場所も、つくりものめいた地名が耳に心地よかった。歩いて家へ帰る途中も、詩の一節のように頭のなかを流れていき、慣れ親しんだ土地の名前の無粋な響きを消していく。マディディ、ベネズエラ、パラグアイ。何を迷うことがあるだろう。わたしが歩きたいのは、どこかの都市や国や海岸なんかじゃなくて、広大な大地だ。南米大陸こそがその場所だった。

〈ドリンク〉から数ブロック行ったところにアドベンチャー・トラベルという旅行会社があって、二人の女性社員が端末に向かっていた。彼女たちをぐるりと囲むラックには、リゾート地の写真が載ったつやつやしたパンフレットが並んでいる。カルガリー発の航空券で一番安いのは、ベネズエラの首都カラカス行きの便だった。あれは二〇〇一年九月のはじめのことだ。翌年一月に出発して半年後に戻ってくる往復チケットを二枚押さえ、現金で支払いをした。

古本屋で、聖書かと思うほど分厚い『ロンリー・プラネット――南米編』を買ってきた。五年前に出版されたもので、あちこちの頁にめくった跡がついていた。ジェイミーと一緒に隅から隅まで読み尽くした。頭に浮かんでいたのは、絡み合った枝を掻き分けながらジャングルを進み、ケチュア族の人々と身振り手振りでやりとりしながら、ぎらつく太陽の下、雪に覆われた頂を目指して山を登っていく自分たちの姿だった。

二〇〇二年一月。凍りつくような冬の日の朝に南米に向かって旅立つころには、世界がさまざまな脅威にさらされていることが誰の目にも明らかになっていた。九月十一日の同時多発テロで大勢の人が命を奪われた。炭疽菌が送りつけられ、デマがばらまかれ、テレビでは、「潜伏中の聖戦主義者《ジハーディスト》」とか「悪の枢軸」とかいった言葉が飛び交っていた。クリスマスの直前には、パリから飛行機に乗ったテロリストが靴に隠した爆弾を発火させようとして失敗。その数週間後には、『ウォールストリート・ジャーナル』のダニエル・パール記者が、逮捕されたテロリストの資金源を探ろうとパキスタンへ飛んでいた。彼は誘拐されたのちに、首を切り落とされた。数ヶ月前にはありえないと思っていたことが、現実的なリスクとして人々を脅かすようになっていた。

そんな状況でも、旅を中止するつもりはなかった。ベネズエラをのんびり移動しながらブラジルに入り、そこからパラグアイへ入国する計画だった。カルガリーの空港で自分が乗った飛行機の除氷作業が終わるのを待ちながら、死や災厄の影を振りはらおうとした。南米は中東じゃない、と自分に言いきかせる。もちろん、アメリカともちがう。衣類は、煉瓦が入っているんじゃないかと疑われそうなほどぎゅうぎゅうに詰め込み、空いた場所に必要になりそうなものを入れておいた――大量の虫除けスプレーに、日焼け止めに、洗濯石鹸に、靴にかける殺菌スプレーに、特大サイズのケチャップに、何ヶ月も前から溜め込んでいたファストフード店の塩と胡椒。

出発前に祖父母の家を訪ねた。祖母は餞別代わりに、どう見ても鞄に入りそうにない、大型サイズの抗菌ジェルとかさばるタッパウェアをくれた。別れ際には、陽気な口調で、わたしの旅のプランと、ミニスカートにハイヒールという定番スタイルの両方をこきおろした。わたしが頬にキスをすると、「わかってるだろうけど、あんなところまで出かけていくのなら、いつもみたいなちゃらちゃらした格好で出歩くわけにはいかないんだからね」と言ったのだ。

　居間のリクライニングチェアに座っていた祖父からも、だめ押しの一言が飛んできた。「いいか、厄介事に巻き込まれても、カネを出してやる気はないからな」

　祖父の言葉は聞こえなかったことにしておいた。

# 4 ささやかな真実　*A Small Truth Affirmed*

深夜のカラカスは、想像していたとおりの熱帯の街らしきものに見えた。タクシーの運転手が英語で説明しながらあちこちの名所を指でさしてくれるのだが、ほとんどの建物が闇に紛れてしまっている。見えるのは、広い目抜き通りの上空で風車のような重たい葉を揺らす椰子の木だけだ。色彩は単調で、緑溢れるエキゾチックな街に見えた。

あれは、ジェイミーの腕の下にもぐり込むなり掌にキスするなりして、興奮を伝える場面だったのかもしれない。たった一日であなたと一緒に地球を半周しちゃうなんて信じられない、とか、カナダは凍えるほど寒かったのに着陸したら蒸し暑い南半球だなんて嘘みたい、とか。でも、その手のことは口にしなかった。感動的な瞬間にはならなかった。心のどこかで、とんでもないところに来ちゃったと怯えていたからだ。

翌朝は三つ星ホテルの部屋で目覚めた。旅行代理店が予約しておいてくれたホテルで、贅沢な部屋に泊まったのはあれが最初で最後だった。カーテンを開けて、目覚めのときを迎えた街とようやく対面を果たす。窓のすぐ外に巨大なペプシの看板。遠くには高層ビル群が見え、上空を飛行機が行き交っていた。通りで車を運転している人々は、無表情な顔で前方に視線を据えたまま信号が変わるのを待っている。拍子抜けするほどがっかりさせられる、見慣れた光景。荷車を牽《ひ》く驢馬も、鸚鵡も、パンパイプを吹く人もいない。ひらひらしたブラウスを着てレースをかぶった愛らしいおばあちゃんたちはどこにいるの？　異国を感じさせてくれるのは空気だけだった――むっとしていて、かすかに古めかしい香りがした。

窓を開けて外をのぞいてみた。歩道で、野球帽をかぶった茶色い顔の男性たちが竹籠に入った果物を売っている。オレンジに桃にパパイヤに、なんだかわからないものが数種類ほど。「ジェイミー、あれ見てよ」

背後からのぞき込むようにしながらジェイミーが下を見る。「買っとくべきかな？」ジェイミーはいつだってお腹を空かせていた。

頭のなかのガイドブックをめくって、果物と野菜はしっかり洗って皮を剥いてから食べること、という記述を思い起こす。あの時点では、バクテリアを恐れる気持ちが、テロリストや強盗や独りぼっちになることへの恐怖と同レベルにあった。米や豆は完全に火が通ったものしか口にしない、手洗いを徹底しようと心に決めていた。困ったときには特大のケチャップを使え。

「やめといたほうがよさそうね」と、わたしは答えた。

あのあとすぐに学んだ教訓。ガイドブックは――五年も前のものは特に――どこかの時点で役に立たなくなると覚悟すべし。朝食はビュッフェ形式でどうぞ、金曜の夜にはプールサイドでマリアッチ楽団の演奏をお楽しみください、などと言っているヒルトンやシェラトン級のホテルなら永遠にそこにあるかもしれないが、一泊八ドルレベルの宿はいつなくなっても不思議はない。宿泊客にマンゴーを添えたチュロスと熱いコーヒーの朝食を出してくれるはずの婦人《ドーニャ》が、孫に会いに行っていつ帰ってくるかわからない、なんていうことが起こるのだ。

最初の一週間は、汗まみれの体にバックパックをくくりつけるようにして、レートのいい両替商を探しまわり、二つ星の宿屋《ポサダ》だったはずの場所が、マッサージ店やバイクの修理工場に変貌しているのを何度も確認させられるはめになった。

しばらくすると、もっとも信頼できる情報を持っているのは、自分たちと同じバックパッカーであることがわかってきた。サツマイモみたいな荷物を背負ったイギリス人やドイツ人やデンマーク人が、冷えたビールを飲みながら、苦労話や度肝を抜かれるような体験談を競うように披露してくれた。まとわりついてくる蚊をぴしゃりとやりながら、みんなで主観に満ち満ちた情報をやりとりした。

そうこうするうちに、いちいち騒ぎ立てるのが面倒になっていった。バスが来なかったときも、天井のファンが動かなかったときもそうだった。スウェーデン人の女の子に誘われて、ほかの九人のバックパッカーたちと一緒にトリニダード島へ向かう船でナイトクルーズと洒落込んだときもそうだった。デッキがシーソーみたいに揺れつづけて船酔いで苦しむことになっても、そうなってしまったら騒いでも無駄なのだ。旅は怯える魂の特効薬だった。もちろん、完全にリラックスできていたわけではない。吐瀉物にまみれて荒れ狂う波に翻弄されつづけたあげくに、日が昇る前の闇のなかでトリニダード島のポート・オブ・スペインに上陸すると、港湾局の役人が船長に手錠をかけ、ビザを持っていないという理由でわたしたち全員を拘置所へ連れていった。あのときはさすがに泣いてしまった。

それでも、動きつづけているうちに、それまでとはちがった形のおおらかさが身についていった。手はじめに、果物に対する警戒心を捨ててみた。ベネズエラでは、文字通り、角を曲がるたびに豊かな実りを手にすることができた。もちっとしたバナナに、甘味の強い緑のグアヴァ。アーミーナイフを新鮮なメロンの硬い皮に突きたて、黄色いバンレイシの実からキャンディみたいに甘い果肉をくりぬいて口に運ぶ。同時に、バックパックの荷物を減らしはじめた。祖母からもらったタッパウェアは村人に譲り、抗菌ジェルは薄汚いホステルに置いてきた。衣類もまとめてあげてしまった。

北部のマルガリータ島を訪れたときには、広々とした穏やかなビーチと海風に葉をなびかせる椰子の木立を見つけた。安ホテルの裏庭に二人用のテントを張って、宿泊代の半額以下の値段でバスルームを使わせてもらえるように話をつけた。浮いたお金で、鮫のサンドイッチと安いラム酒の昼食をとった。やがて、ホテルの受付をしている地元の女の子と仲良くなった。午後になると使用料を受け取りにきていた子で、わたしたちのパスポートをこっそりホテルの金庫に入れておいてくれたり、村で買ってきたミネラルウォーターや、ぴりっとしたチーズをたっぷり使った黄金色のエンパナーダを売ってくれたりした。歳は二十歳前後の同世代で、名前はペギー。ぽっちゃりした顔に恥ずかしそうな笑顔を浮かべ、丈の短いブラウスに長いスカートという格好をしていた。たどたどしい英語を器用に操ってみせる。住んでいる村は十キロほど離れているということだった。ある晩、わたしが歯ブラシとコンタクトレンズのケースを持ってロビーを通り抜けようとしていると、ペギーが「村に遊びに来ない？」と声をかけてきた。「うちの家族に会えるよ。食事をつくってあげる」

いまから思えば、ささやかな旅の一齣だ――タクシーでペギーが暮らす村へ行き、おじ《ティオ》やおば《ティア》、裸足の弟たちやいとこたちから成る大家族に会ってから、近くのビーチを案内するというペギーのあとをついて草むらの小道を五分ほど行ったところで、無料《ただ》でテントを張れる場所を見つけただけのことだ。それでも、あのときのわたしには大冒険だった。岩陰にできた入り江にうっとりするほど美しい半月形のビーチが広がり、頭を垂らした椰子の木が白い砂浜を縁取るようにアーチをつくっていた。人が立ち入った形跡はない――砂から頭をのぞかせる瓶の蓋も、沖を漂うヨットもない。夕食の時刻になると、ペギーがエンパナーダと輪切りにしたパイナップルを持ってきてくれて、空が紫に染まって風がざわざわと葉を揺らしはじめるなかを帰っていった。自分たちのほかには誰もいないという思いが、異様な興奮を掻き立てた。

と同時に、恐くなった。何かあっても誰にもわからないうえ、深く考えずに旅行者の行動範囲からはみだしてしまっていた。ペギーが住んでいる村はガイドブックには載っていないし、ここに来ることは誰にも言っていない。みるみるうちに浮かれ気分がしぼんでいった。

その晩は、体をこわばらせて怯えながら、まどろむジェイミーの背中にしがみつくようにして眠りにつき、風が木の葉を巻き上げたり、森のなかからゲーッという蛙の鳴き声が聞こえたりするたびに飛び起きた。フロンティアってこんな感じなのかもしれないと思った。まさに、高揚と恐怖の分岐点だ。

目が覚めたときには、テントのなかに夜明けの光が差し込んでいた。空気がむっとしていて息苦しい。ジェイミーがわたしのおでこにキスをした。

わたしたちは無事に生き延びた。いま思えば、当然なのだけど。

徐々に肝心なものが姿を見せはじめた実感があり、スケジュールとは呼べない大雑把な計画に従って、長時間のバス移動を二回、三回と重ねながらベネズエラの奥地に入っていくと、さらにその感覚が強くなった。長距離バスには麻酔のような効果がある。窓の外に目をやり、枝を絡ませる低木林や鬱蒼とした雲霧林が飛び去っていくのを見つめているると、緋色のコンゴウインコや、カカオ農園のそばにある小さな集落があらわれて、はっと我に返るのだ。

最後の長距離バスでたどりついたのは、ブラジルとの国境に近い、サンタ・エレナ・デ・ウアイレンという町だった。ホステルを見つけると、目がちかちかするようなターコイズブルーの部屋に案内されて、天井から吊られた蚊帳のなかで眠りについた。翌朝は、しつこく値切ったすえにペモン・インディアンのガイドを雇い、丘陵地帯のトレッキングを開始した。

ジグザグの山道をたどりながら、垂直に近い傾斜を登りつづけて丸二日、ようやく目指すものが見えてきた。ロライマ山頂からの風景だ。山というよりは巨大なテーブルといったほうがよさそうな、十五キロメートルにも及ぶ吹きさらしの砂岩のてっぺんに着いたのだ。あまりにも広くて高いので、そこだけ気候がちがうと言われている。切り立った岩壁は眼下の草原から数千メートルの高さがあり、壁づたいに流れ落ちる滝が白い糸のように見える。わたしとジェイミーは、カルガリーのアパートの小さな部屋で、五ヶ月前から、コーヒーテーブルの上に広げられたロライマ山を眺めてきた。『ナショナル・ジオグラフィック』でも特にお気に入りの号に掲載された写真で、見開きいっぱいに、三角に切ったパイのような姿が広がっていた。そしていま、その風景のなかに自分が飛び込んでいた。わたしたちはファンタジー映画の登場人物のように、３Ｄ加工を施された映像のなかを歩いている。谷間の斜面に散らばっているのは、何千年もかけて生成されたピンクの水晶。ほら、向こうで宝石みたいな色をしたハチドリが飛んでいる。先史時代の生き物にしか見えない蛙もいる。写真で見たときに思わず目を疑ってしまった、ちっちゃな黒い姿。

「信じられる？」気づくと、ジェイミーに向かって何度も同じことを言っていた。「これって現実？

信じられない」

　二人で地卓《メサ》の縁に腰をおろし、断崖の上で足をぶらぶらさせた。言葉が出てこなかった。眼下では、渦を巻きながら房や膨らみをつくっている雲が神秘的な白い防壁を築き、下界にあるすべてのものを覆い隠している。魔女の大釜の縁か、別世界の大海原を漂う大型船の舳先《へさき》にちょこんと座っているような気分だった。雑誌に載っていた場所に実際にやってきて放心状態になっていた。実際にこの目で確かめた小さな真実。それから先も、新たな真実を確かめるためだけに、わたしは前に進みつづけた。

## 5 恋の終わり　*A Haircut on a Lake*

ロライマ山から下山する途中でジェイミーがつまずいて足を折ってしまい、南米の壮大な旅は途中で切り上げることになった。一人で旅をつづけるという選択肢はなかった。二人で一人前の田舎者だったから、考えただけで怖じ気づいてしまったのだ。飛行機でカナダに戻ったときには二人ともくたくただった。その後も二人で東南アジアをまわり、なんとか無事に帰ってはきたものの、なぜだか、このまま一緒にいても未来がないと感じるようになっていた。若いうちから重いものに縛られていることに気づいて、二人とも落ち着かなくなった。別れるまでには辛くて長い時間を過ごさなくてはならなかった。二〇〇三年春のある晩のこと、ジェイミーがもう帰らないと言い捨てて足音高く出ていったときは、ほっとしたという気持ちのほうが大きかった。

忙しくしていれば忘れられると思ったわたしは、仕事を探して、〈セイリス〉という店で働きはじめた。ビジネスマンが集まる現代ふうのアイリッシュ・パブで、板張りの床に、有線放送の民族音楽に、もぐり酒場ふうのバーが売り物だ。〈ドリンク〉で働いていたときよりも給料がよかったので、旅費を貯めることだけを考えて可能な限りのシフトを入れた。

カルガリーのダウンタウンで最低限の設備しかない小さな部屋を見つけて、人生初の一人暮らしをはじめた。仕事の合間にウィー・ブック・インに足繁く通っては、旅行記や古い雑誌を買い込み、次々と新しい旅の計画を立てた。『ロンリー・プラネット――中米編』を――真新しい最新版を――買って、休憩時間に読みふけるようになった。

職場では、ヴァンクーヴァー島出身のケリー・バーカーと親しくなっていた。鼻がつんと尖った小柄な女の子で、通りですれちがう人が思わず足を止めてのぞき込んでしまうほどの、きらきらした緑の瞳の持ち主だ。鈴を転がすような笑い声が特徴で、長い黒髪をシャンプーのコマーシャルに出てくる女の子のように波打たせながら、疲れを知らずに動きまわる。チップの額では常にトップを争っていた。ある夏の日の金曜日、ケリーと一緒に〈アールズ〉というお店で遅いランチをとった。〈セイリス〉は暇な時間帯で、それは〈アールズ〉も同じだった。二人で、アーティチョークのディップと、ハイティー――ロングアイランド・アイスティーをカナダふうにアレンジした、どろっとしたロングカクテル――を頼んだ。わたしは鞄から『ロンリー・プラネット』を出すと、次の旅のスタート地点と決めているコスタリカの写真を見せた。ケリーは家族と一緒にヨーロッパをまわり、交換留学生としてメキシコに行っていたが、バックパック旅行の経験はないという。

「一緒に行くべきかも」ケリーが言い出した。

「そうこなくっちゃ！」わたしのほうも大歓迎。

二人で、旅費をまかなうのに必要なチップの額と、その額を貯めるのに必要な日数を計算した。もともとは三週間の予定で日程を組んでいたのに、三杯目のカクテルを飲み干すころには、最低でも六週間は必要だという話になっていた。勢いづいたわたしが、グアテマラの章を朗読しはじめる。ケリーは靴を脱いでしまい、ストローをくるくると回しながらわたしの声に聞き入っていた。

「『滝の上には複数の旋回橋が架かっている』」わたしは頁をめくって先をつづけた。「バタフライ・ガーデンに、コーヒー農園に……あっ、精神修養の施設があるみたい。瞑想とかのやり方を学べるんだって」

「いいじゃない」ケリーはすっかり乗り気のようだった。「すっごくいい感じ。それに、グアテマラでは絶対出会いがあると思うのよね」

テーブルに伝票が置かれるころには日程をめぐる攻防にも決着がつき、最終プランができあがっていた。コスタリカに飛んでから、グアテマラとニカラグアを歩いてまわり、そこからカリブ海のセント・トーマス島にひとっ飛びするというものだ。ケリーはものすごく楽観的で、リゾート地ならいくらでも仕事が見つかるはずだと言い張った。ビーチでウェイトレスの仕事をすればいいよ。あとのことは、そのとき考えればいいでしょう?


ケリーの予言どおり、グアテマラでは出会いがあった。旅に出てから五週間ほど経ったときのことで、すでにパナマ、コスタリカ、ニカラグア、ホンジュラスをまわり、その日はグアテマラシティーからチキンバスに乗っていた。アメリカのスクールバスを再利用したおんぼろバスのことで、中米のあちこちでよろよろと走っている姿を目にすることができる。車体はカーニバルを連想させる派手な色に塗り直され、屋根の上のラックでは、危なっかしそうに揺れる旅行鞄の隙間から農作物が顔をのぞかせていた。数時間後、トドス・サントスという名前の冷え冷えとしたマヤ語族の町でバスを降りて天井の低いレストランに入っていくと、壁が黄色く塗られたじめっとした店のなかに、ダン・ハンマーとリッチー・バタウィックが座っていたのだ。

二人はイギリス人だった。砂色の髪に青い目をしたダンはエクセター大学の学生で、リッチーのほうは法律を学んでいるとのこと。どちらも、旅人らしく顔を赤く日焼けさせていたが、バックパッカーによくいる灰色熊――ぼさぼさの髪に無精髭、数珠みたいなブレスレットをして、わたしたちに言わせれば浮浪者の一歩手前にしか見えない風貌――ではなかった。口から出てくるのは上流階級ふうの気取った英語。わたしたちが旅の途中の――ホンジュラスでスキューバダイビングの免許を取ったときや、パナマの砂浜でサシチョウバエに刺されたときや、ニカラグアの火山の噴火口付近で猛烈な嵐に襲われたときの――エピソードを大げさにならない程度に面白おかしく話してきかせると、声をあげて笑い、次々と質問を浴びせてきた。

それから数日間は、マヤ語族の農場経営者が運転するピックアップトラックの荷台に乗せてもらったり、諸聖人の日に催される競馬を見物したり、ピンクのハイビスカスが咲き誇る丘陵をハイキングして温泉に入ったり、どこへ行くのも四人一緒だった。豪快に笑うリッチーとダン。トラックの荷台に上るときには、紳士らしく手を差し伸べてくれた。

そうするうちに、わくわくすることが起こった。あれは、四人でチキンバスに乗ってアティトラン湖へ移動して、広々としたパティオに設けられた小さなベジタリアン向けのカフェにどやどやと入っていき、しょっぱいワカモレをたっぷり添えた黒豆のスープを注文したときのことだ。古くからの友人同士のようにビールを飲み干すわたしとリッチーをよそに、ケリーとダンが意味ありげにお互いの目をのぞき込んでいたのだ。

「ダン・ハンマーに恋でもしちゃった?」その晩、部屋の外に吊られたハンモックに寝そべりながらケリーに訊いてみた。旅のあいだは二人とも清く正しく、ゆきずりの旅行者といちゃつくことはあっても一線を越えることはなかったのだ。

「ダン・ハンマーに恋なんかするわけないいいいいわ」そう答えるケリーの声には、これっぽっちも説得力がなかった。「もう何も訊かないで」

アティトラン湖は、うっとりと見入ってしまうような、きらめく藍色の水をたたえていた。すぐそばに緑豊かな三つの火山が連なり、湖畔には葦が茂り、あたりには霧がたちこめている。ありとあらゆるタイプの新婚旅行のカップルやヒッピーたちが、岸辺に並ぶこぢんまりしたゲストハウスでキャンプを楽しんでいた。わたしたちが滞在したのは、ニューエイジ系の人々が暮らす集落で、併設されている瞑想センターでウォーター・マッサージや形而上学のクラスを受講することができた。

そこで出会った人々は口々に同じことを言った。はじめは三日だけ（あるいは、十日だけ）滞在する予定だったのに気づいたら三週目に突入していた、と。それを聞けば、その人の状態がよくわかる。滞在期間が長くなればなるほど、自分を縛っているものが——帰りの航空券や、アパートのローンや、故郷にいる人々との関係が——頭をすり抜けていっても平気になる。瞑想の達人たちの言葉を借りれば、そうなれば、過去や未来にとらわれることなく、いまこの瞬間にとどまることができる。安らかな気持ちでいまを生きればいいだけだ。情熱のおもむくままに行動したがっている人間にとって、これほど都合のいい口実はない。

ダンは、どこへ行くにもケリーと手をつないで歩くようになっていた。

リッチーとわたしはというと、ビールをがぶ飲みしてじゃれ合うことはあっても、所詮は旅先のロマンスで終わってしまう関係だと互いに承知していた。数日後に予約してあるフライトでイギリスへ帰れば、リッチーはふたたび法曹家への道を歩きはじめるのだ。みんなでサンペドロのバスの停留所まで見送りに行ってリッチーに別れを告げると、わたしはケリーとダンが〝過去も未来もない、二人だけの時間〟を過ごせるように、一人で別の村に行き、旅の途中で知り合ったアメリカ人女性サラと合流した。ダンの帰国日も決まっていたので、二人に残された時間は四十八時間だけだった。

人生で一番素敵なことを選ぶとしたら、どんなことがあっても恋しくてたまらない相手がいるというのもリストに入るはずだ。二日後に水上バスでサン・ペドロ・ラ・ラグーナへ行ってみると、ケリーは街へとつづく石の階段に座って泣いていた。短いあいだではあっても、彼女は本気でダン・ハンマーに恋をしていた。そして、ダンは国に帰ってしまっていた。

水上バスに乗ったケリーは、村に着くまでの二十分ほどは押し黙ったままで、湖畔のホテルのパティオにあるレストランで遅いランチをとっているあいだも、思い出したように涙を流していた。そばかす顔のヨガ愛好家サラも一緒だった。サラとわたしは、ケリーの目が潤んでくるたびに雄鶏《ガロ》という名前のビールの瓶を手渡した。ダンという名前は封印しようとしていたのに、気づいたときにはふたたび彼のことが話題になっていた。「ディスクマンでボブ・マーリーをかけてたの」あんなロマンティックな体験ははじめてだとでも言いたげな口調で思い出をしのぶケリー。泣いていたかと思うとくすくす笑い出す。笑っていたかと思うとしくしく泣き出す、と言ってもいいかもしれない。それから三人揃って溜息を一つ。ダン・ハンマーは――本人だけでなく、彼を思い出させるすべてのものが――すでに伝説と化していた。

夕方になると、三人でゲストハウスの敷地内にある古びた桟橋まで歩いていき、ピシャピシャと打ち寄せる波の音や、漁を終えて家に帰る漁船のモーター音に耳を澄ませていた。泣き通しできれいな顔がむくんでいたが、ケリーはようやくふんぎりをつけたようだった。サラとわたしが桟橋に寝転がって、滞在を延ばして瞑想センターで行われる〝明晰夢を見るための〟三日間コースを受講するべきかななどと喋っていると、いきなりケリーが会話に割り込んできた。「髪を切ってもらいたいの」

わたしたちは振り返ってケリーを見た。「いま、なんて言った？」

ケリーは片手で髪を掻き上げてから、パッと離した──女性なら誰もが羨望のまなざしを向ける美の要とでも言うべき輝く宝を、ぼろぞうきんか何かのように。「これをなくしちゃいたいの。ばっさりと」

「だめよ」わたしは止めた。「ばかなこと言わないで」

ケリーに笑顔が戻っていた。点火スイッチが入って、体の表面を新しい炎が駆けめぐるのが見えるようだった。たっぷり三十秒ほど見つめ合ってから、わたしは根負けして肩をすくめてみせた。「気に入らなくたって知らないからね」

このときのことは深く胸に刻まれ、その五年後には、ソマリアの地で必死にすがる思い出になるのだ。鼠が這いまわる部屋に閉じ込められて痛みと飢えに苦しんでいたわたしには、それ以前の人生が作り話のようにしか思えなくなっていた。あの暖かな宵に、艶やかにきらめくグアテマラの湖で起こった出来事も、熱にうかされていたときの夢としか思えなかった。記憶をたどりながら一瞬一瞬の場面をとらえては、懸命に自分のほうにたぐり寄せた。桟橋に座った脚をぶらぶらさせているケリーとサラの顔が、夕日を浴びてオレンジ色に染まっている。裸足のままゲストハウスへ走っていく自分の姿。木の椅子と、デスクの引き出しに入っていた切れ味の悪い事務用鋏を失敬してくると、ケリーに向かって、ほんとにいいのねと念を押している。どう考えても──誘拐犯の一人に激しく殴られて歯が何本か折れていたわたしが、無謀だったと思い返すほど――きれいに切ってあげられる確率は低かった。ダン・ハンマーの亡霊と、蕾が開きはじめたところで凍りついた完璧な恋の残像が漂うなか、丸まった髪の束がバサッと桟橋に落ちる。きらめく瞳のような湖の背後には、緑の垂れ幕のように見える角度で山々が連なっている。この時点のわたしたちは、三ヶ月に及ぶ旅でこんなに愉快なことはなかったといわんばかりの勢いで笑っている。椅子に座ったケリー。鋏を落とさずにいるのが精一杯といったようすのわたしが、こっちの房をジャキッ、あっちの房をジャキッと黒髪を切り落としていく傍らで、サラが――それっきり二度と会うことはなかったサラが――興奮のあまり涙を流し、お腹を抱えて笑いころげている。そして、悲しみから立ち直り、散切りのおかっぱ頭にされても美しいままのケリーが、手を伸ばして桟橋に落ちた髪を広々とした湖面に払い落としていた。

# 6　ご主人はどこですか？　*Hello, Madame*

カルガリーのナイトクラブでマティーニを運ぶ仕事を三、四ヶ月つづければ、四、五ヶ月間――予算をうんと切り詰めれば、六ヶ月――の旅をするための航空券を買うことができる。わたしはそう弾き出していた。

「お仕事は何を？」そんなふうに、人は気軽に尋ねてくる――新しい友人や、歯科医や、結婚式で隣の席に座った女性が。

そんなときは、「旅をしています」と答えることにしていた。「世界をこの目で見てみたいんです」我ながら、ずばり核心を衝いた答えだ。

南米を二回、東南アジアを一回歩きまわったことで、旅をしたいという思いに拍車がかかった。旅のおかげで話題が増えて、自分の存在意義のようなものを感じられたのだ。ニカラグアでの思い出を振り返ったり、エチオピアへの旅を夢に見たりしていれば、職場で接する人たちの視線にさらされていても、自分が大学へ通っていないことも、九番テーブルのお客さんたちがくすんだ色のモヒートが運ばれてくるのを苛々しながら待っているという現実も忘れられるような気がした。過去を消してくれる力もあって、どこで育ったのか、両親は何をしているのかといった類の質問をかわすことができた。過去の話なんて過ぎたことをくだくだ言ってるだけだというのが、旅人たちの共通認識だった。体験談の賞味期限はあっという間にやってくる。仲間が目を輝かせるのは、次の目的地についての話題だった。

二〇〇四年秋の終わり、二十三歳になっていたわたしは、母と一ヶ月かけてタイを歩きまわった。ビーチや仏教寺院へ足を運び、カレーやマンゴーに舌鼓を打ち、バックパッカー用の安宿は避けて三つ星のホテルに泊まった。母は、旅の同伴者としては驚くほど気持ちのいい相手だった。二人で声をあげて笑うのははじめての体験で、過去の嫌な記憶もいくらかは帳消しにできた。母がカナダへ帰るとわたしはそのままミャンマーへ移動したが、まだ一人旅には不安があったので、ジャングルで実地調査を行っている地質学者のグループに同行させてもらうことにした。そこからバングラデシュに行こうと決めたのは、飛行機代が安かったのと、そこを足掛かりにして、その次の目的地インドへ渡りたいという思惑があったからだ。あのときは、人に頼らずに行動できるようにならなくてはと思い込んでいた。バングラデシュには知り合いがいなかった。バングラデシュへ行ったことがあるという知り合いもいなかった。次の目的地としてこれほどふさわしい場所はないと感じていた。

バングラデシュは世界でも一、二を争う人口過密国であり、二〇〇五年一月に訪れた時点では、首都ダッカは世界一の人口密集都市とされていた。空港の到着ロビーから午後のうだるような暑さのなかへ出てみると、見わたす限りの人の波。そのうちの数百人ぐらいが、空港と駐車場を隔てる黒い鉄格子に体を押しつけている――タクシーの運転手、リクショーと呼ばれる三輪タクシーの運転手、もぐりのポーター、色鮮やかなサリーを体に巻いて小さな子どもの手を引いている女性、親類の到着を待ちわびている家族の集団。

「ハロー、マダム！」男性が大声で呼びかけてきた。客を捕まえようと意気込むタクシー運転手のようだった。つづけて別の叫び声がして――「ハロー！　ハロー、マダム！」――別の誰かも怒鳴りはじめた。「ユーエスエー？　デン・ア・マーク？　くに、どこ？　ホテルどう？　ホテルは？」

わたしは飛行機のなかで、マーティンという、父親と同世代のドイツ人と知り合いになっていた。電力会社に勤めていて、ダッカには仕事で何度も足を運んでいるという。タクシーで旧市街に行って『ロンリー・プラネット』で見つけた一泊十二ドルのホテルに泊まるつもりだと話すと、マーティンはやめたほうがいいと言い出した。タクシーなんかに乗ったら三時間はかかるし、相手が白人の女性となったらぼったくられるに決まってるというのだ。

「いずれにしろ、行きたいところには連れていってもらえない」と、マーティンはつづけた。「いとこが経営するホテルかなんかに案内されるのがおちだ」

マーティンが、冷房がきいた白いミニバンをフェンスの向こうで待たせているというので、ホテルまで乗せていってもらうことにした。のろのろ運転で交通渋滞を抜けて、旧市街に出るまで二時間。ブリガンガ川の北岸に沿って走っていくと、茶色い泥水のような川面に、ゆっくりと漂う荷船や、渡し守が細いブレードで漕いでいるカヌーがひしめきあっているのが見えた。目指していたホテルのそばまで来ると運転手が近くの角に車を寄せてくれたので、ミニバンを降りてバックパックをつかみ、二人の男性と上機嫌で握手を交わした。

車が行ってしまうと、とうとう一人になった。

といっても、厳密に言えば一人ではなかった。通りにいるすべての人間がいきなりこっちに注目したような気がした。四、五メートルほど先に出ている看板を目指して歩き出すと、通行人が足を止めて食い入るような視線を向けてくる。

入り口をひょいとくぐり抜けて狭い階段を上がっていくと、二階に小さなロビーがあった。合成樹脂のデスクの向こうに、白いムスリム帽をかぶった二人の男性が座っていて、部屋の隅の小さなテレビに映し出されたサッカーの試合を眺めている。『ロンリー・プラネット』によれば、ここは安くて英語が通じるホテルで、清潔な西洋式トイレが完備しているとのことだった。

「こんにちは」と、声をかけた。「シングルの部屋をお願いしたいんですが」そう言って財布とパスポートを出す。

年嵩の男性がまじまじとわたしを見た。縁なし眼鏡の向こうの瞳は焦げ茶色で、貧弱な白い顎髭を生やしている。

「あなたの部屋を？」と、訊いてきた。

「わたしの部屋を」

「ご主人はどこですか？」

「主人はいません」

男性が首を傾げた。「では、お父上はどこですか？」

前に旅先で出会った若い女性は、偽物の結婚指輪をはめて、イスラム圏の男性たちからとやかく言われないように自衛していた。イスラム社会では、未婚の女性は父親が支度金の額を交渉しているあいだは家でおとなしくしているものだそうで、そうしない女性は問答無用でふしだら女のレッテルを貼られ、娼婦か魔女とみなされてしまうという。

「父はカナダにいます」わたしは少しだけ語気を強めた。「ですが、わたしには今晩泊まる場所が必要なんです」

そのころにはもう一人の男性もサッカーを見るのをやめ、非常識極まりないとでも言いたげに、無言のままゆっくりと首を振っていた。年嵩の男性は背もたれに体を預けた。「ここで何をしているんですか？　よくわかりませんね。父上はあなたがここにいることを承知されていますか？」この女が父親の目の届かないところにいるのは自分の落ち度ではないとでも言うように、わざとらしい仕草で両手をあげてみせる。わたしはこう言い返したくなるのをぐっとこらえた。父は男の恋人と一緒にカナダにいるわ。わたしは仕事を休んでバングラデシュに来てるんだけど、仕事っていうのは夜の街にくりだしてくる未婚の若者たちにアルコールを運ぶことで、その若者たちもたいていはセックスの相手を探しに来るってわけ。

そうする代わりに、部屋を確保しようとがんばりつづけた。

「迷惑はかけません。わたしのお金だって男性のお金と変わらないわ。何が問題なんですか？」そう訴えながらも、『ロンリー・プラネット』を開き、数ブロック先に別のお勧めホテルがあることを確認してほっと胸を撫で下ろす。どうがんばっても勝ち目はないとあきらめると、階段を下りていって別のホテルを探そうとした。

旧市街にはディーゼル燃料と魚のすり身のにおいが漂っていた。外へ出ると、すぐそばで警笛が鳴り、リクショーがベルを鳴らしながら通り過ぎていった。日が暮れはじめていた。歩き出すと、数分もしないうちに野次馬たちが群がってきて、男性を主成分とした細胞が素早く分裂していくようにまわりをぐるりと囲まれた。

口髭をきれいに整えて髪を短く刈り込んだ男性が、人垣を掻き分けるようにしながら、わたしが立ちつくしている台風の目のような空間に入ってきた。白いムスリム帽をかぶっていたが、ゆったりしたアラブふうのシャツに、アジアふうのルンギー〔スカートに似た民族服で、通例色鮮やかな絹や綿でできている〕という服装のホテルの男性たちとはちがって、半袖のシャツにジーンズという格好だった。

「すみません、すみません」男性がおせっかいをやいてきた。「あなたのグッドネームはなんですか？」

野次馬たちが返事を聞こうと身を乗り出してくる。

「ええっと、わたしの素敵な名前《グッドネーム》はアマンダよ！」騒音に負けじと声を張り上げるのは思いの外楽しかった。「カナダから来ました！」

「お手伝いしましょうか？」

わたしはガイドブックの地図を指さしてから、相手に見えるように向きを変えた。「ここはすぐ近くよね？」

「ああ」男性がガイドブックを手に取って眺めはじめる。人垣のなかから、アドバイスらしきベンガル語が飛んできた。それに応じるいくつもの声。『ロンリー・プラネット』が勢いよく差し出される手に回覧されていくうちに、みんなの意見がまとまったようで、わたしたちはもつれた塊のようになって移動しはじめた。

口髭を生やした親切な男性はミスター・センと名乗ると、わたしを先導しながらホテルへ入っていった。さっきと同じような狭い階段を上がっていくと、さっきと同じような合成樹脂のデスクが置かれたロビーがあらわれたが、今度はソファーが置いてあって、黒髪の青年たちが三人並んで座っていた。揃ってうたた寝をしているようだった。四人目がデスクの向こうに座っていた。

泊まりたいんですけど、と声をかけてみた。

フロント係が知り合ったばかりのミスター・センを指さした。「この人はあなたのご主人ですか？」

またはじまるの？　「いいえ、泊まるのはわたしだけです」

ミスター・センがぎょっとして飛び上がると、両手を振りながら、自分はこの女を泊めろと言ってるわけではないと早口のベンガル語で訴えはじめた。振り返ってわたしを見る。「ご主人がここにいるのであればノープロブレムだと言っています」ひきつったような笑み。「男のきょうだいは一緒ですか？」

体の奥で恐怖が頭をもたげる気配がした。「いいえ、きょうだいはいません。わたし一人だけよ。今晩泊まるところが必要なの」

ミスター・センはふたたび笑顔になった。「ノープロブレム、ノープロブレム」と言ってから、こう付け加えた。「わたしの家に来たらどうですか。母がいますから、あなたを歓迎するでしょう」

「いいえ、あなたの家には行けないわ。ホテルに泊まりたいの」相手が機嫌を損ねないように、わたしも笑顔で言い返す。「どうかわかって。疲れてるの」

ガイドブックに載っていた別のホテルを探して、数ブロックほど移動した――ミスター・センを筆頭に、四十人はいそうなバングラデシュの男性陣を従えて。ほとんどの男性はわたしが窮地に立たされているることを声高に喋り、薄闇が垂れ込める通りを行き交う人々にまで大声で説明しているようだった。路上で唐辛子を揚げている女性がいて、夕飯のカレーのおかずにしようとする人々に袋詰めして売っていた。においを嗅いだとたんに胃がよじれそうになった。朝から何も食べていなかったのだ。

三つ目のホテルでは、デスクの向こうの老人がわたしの全身を舐めるように見てから、夫はどこだと訊いてきた。わたしは心のなかで悲鳴をあげた。ふざけてるわけじゃない。この人たちは本気でわたしを警戒して――人畜無害なポニーテールと、ジーンズと、使い古しのバックパックに視線を走らせ、耳からぶら下がった輪っかのイヤリングと、やけに愛想のいい笑顔をチェックして――何か脅威がないか探っているのだ。

「ナ、ナ、ナ！」ミスター・センがベンガル語で何かを訴えようとすると、三人目のフロント係は断固としたようすで指を振った。二人の口から出てくる言葉の塊が震える電線のようにブーンと唸りながら耳元を通り過ぎていくと、とうとう、庇護者を買って出た男性が振り返ってわたしを見た。

「おわかりですね」穏やかな口調だった。「いくら言ってもあなたが泊まるのは無理なんです」敗北感をにじませながら言い添える。「お気の毒です」

途方に暮れたわたしは、バックパックを引きずりながら壁際に置いてあった黒いビニール製のカウチの前まで行って、どさっと体を投げ出した。

「じゃあ、今夜はここで寝ます」口をついて出てきた言葉は、驚くほど力強いものだった。白髪のフロント係に視線を据える。相手に視線を逸らされると、懸命に涙をこらえた。手強い相手だと思ってもらえるように、胸の前で腕を組んでみせる。「ここから一歩も動きません」

フロント係は戸惑った表情を浮かべ、ミスター・センに通訳しろと催促した。

ぼそぼそいう話し声。フロント係は残された選択肢を量りにかけているように見えた。数分後、渋々といったようすで、こっちへ来てパスポートを見せろと合図してきた。宿泊記録に急いで何かを書きつける。小さな真鍮の鍵を取り出すと、階段の踊り場で待機していた、刺繍入りの縁なし帽をかぶった痩せた少年に渡した。どうやら、わたしを部屋に案内しろという指令が下ったようだ。

なんとも気詰まりな休戦状態だった。一つ屋根の下に敵がいるのだ。わたしはミスター・センに心をこめてお礼を言うと、握手をしながら、この先何があってもあなたの評判が落ちることはないから心配しないでと伝えた。フロント係のほうにぎこちなく頭を下げると、無言のまま、鍵を持った少年のあとを追って優雅に階段を上がっていった。

慣れてしまえば、ダッカは刺激に満ちた街だった。わたしは透ける素材の黒いヘッドスカーフを買うと、バングラデシュの女性たちを見習ってゆるく頭に巻いてみた。歩道を歩く唯一の欧米人であることにも、レストランで食事をする唯一の女性であることにも、だんだんと慣れていった。ヒンドゥー教徒が集まる露天市にはもわっとするお香のにおいがたち込め、小さな店で宝石商が銀の重量を量っていた。ダッカ一の大きさを誇るモスクをのぞくと、細かいモザイクでできた天井画の下で列をつくった男性たちが、何事かをつぶやきながら床に額をこすりつけるようにして祈りを捧げていた。

イスラム文化はダッカの隅々にまで浸透していた。ホテルの部屋の鏡には小さな矢の形をしたステッカーが貼られ、メッカの方角がわかるようになっている。一日五回、モスクの時報係《ムアッズィン》が詠唱で礼拝の時刻を告げる。内なる世界と公の世界が共存する奇妙な時間のはじまりだ。わたしが泊まっていたホテルでも、宿泊客と従業員が一緒になって列をつくり、一糸乱れぬ動きでお辞儀をしていた。気づかないのか、眼中にないのか、わたしの存在は無視されたままだ。祈っているのはほとんどが男性で、通りであろうとおかまいなし。特に、イスラム教の聖なる日である金曜日には、モスクに入りきらない人たちが建物の外に溢れていた。美しい光景だと思った。

わたしはこのときの旅で、その数年後に自分を助けてくれることになる、ある技を身につけていく――つまり、バックパッカーの旅を容易にすると同時にカモにされる危険を高める、あなたに会えて嬉しいですという友好的な姿勢と、内に秘めた力を発揮する攻撃的な姿勢をうまく使い分けるこつを覚えていったのだ。現地の言葉や、その国の文化を知る手がかりを見つける方法を知らずにいると、危険から身を守るチャンスを逃してしまう恐れがある。忙しく頭を働かせながら、常に、一歩先、二歩先の行動を考えていなくてはならない。わたしはこのやり方が得意で、ほとんどの場面をうまく乗り切っていったと思う。子どものころは、手がかりをたどりながらあてにならない状況を切り抜けていかなくてはならない場面が何度もあった。不確かな環境こそが、わたしが知っている世界だった。

あれは、郊外まで足を伸ばしたときのことだ。帰り道でオートのリクショーを止めて、ダッカの旧市街にあるホテルまで行ってもらえるかと運転手に尋ねた。「ノープロブレム！」という返事が返ってきたので、リクショーに乗り込んだ。運転手は若い男性で、わたしと同じぐらいの歳だったと思う。わたしはくたびれていたので、十五分ほど経ってからようやく、リクショーが都心の密集地ではなく、ダッカの郊外に向かっていることに気づいた。あたりが薄暗くなっていくなかを田舎道と呼んでもよさそうな道路を走っていて、目に入ってくるのは、ビルがそびえる街並みではなく、いまにも壊れそうな掘っ建て小屋。道端には食べ物の露店が並んでいる。

「ねえ、ちょっと待って、どこへ連れてくつもり？」

運転手は振り返らなかった。片手を振って、「ノープロブレム！」と言った。「ノープロブレムですよ、マダム」

バングラデシュというのは、問題《プロブレム》が何一つ起こらない国なのだろうか。それとも、とりあえずそう言っておくのが習慣なのか。

わたしは少しだけ声を大きくした。「方角がまちがってるんじゃないかしら。お願いだから、ホテルへ行って。街にあるの。ま・ち・よ！」

「ノープロブレム、ノープロブレム」運転手はくりかえす。心なしかスピードがあがったようだった。そのまま数分経つと、うなじがぞわぞわしはじめた。近道を走っているの？　それとも、誘拐？　このまま殺されて、バックパッカーたちが恐れる最悪のシナリオどおりに、臓器売買の闇ルートで内臓を一つ残らず売られちゃうの？　いったいどうすればいい？

そこから先は、自分でもびっくりするような展開になった。

わたしは座席に座ったまま、大声を張り上げた。「引き返せっ！」

言葉だけじゃ足りないとばかりに身を乗り出すと、渾身の力をこめて運転手の側頭部に拳を叩き込んだ。タイで買った安物の指輪についていたラインストーンが、相手のこめかみをざっくりと切り裂いた。

人を殴ったのはあのときがはじめてだった。

運転手は呆然としたままリクショーを減速させると、片手をあげて流れる血に触れた。相手が暗闇のなかで傷を確かめるようすを、わたしは声もなく見つめていた。

殴った拳がぶるぶると震えていた。新たな恐怖心を掻き立てる声が頭のなかを駆けめぐる。何もそこまでやらなくてもよかったのに。今度はこっちが切り刻まれるに決まってる。

でも、それは思いちがいだった。運転手は無言のままリクショーをゆっくりUターンさせ、そこから長い沈黙のドライブがはじまったのだ。旧市街に入って街灯や興奮状態の人々で溢れた歩道が目に入ってくると、こっちのほうがましだという奇妙な安心感が沸いてきた。ホテルのそばの角でリクショーから降りると、怒りと安堵が一緒になって押し寄せてきた。若い運転手がおびえた顔でわたしを見た。右の頬骨の上には深い切り傷。彼が何をするつもりだったのかはわからない。どこへ、何の目的で、わたしを連れていこうとしていたのかも。真相がなんであれ、相手は恥じ入っていた。

「ごめんなさい」という言葉が二度くりかえされた。相手が頭を下げると、わたしはきびすをかえして立ち去った。お金は払わなかったし、向こうも請求してこなかった。

# 7　旅の法則　*The Rules of Proximity*

勢いが止まらないというのは、まさにあのころのわたしのことだ。

アジアを旅して三ヶ月もすると、徐々に、バックパッカーの聖地を——大都市にほぼまちがいなく存在する、世界中の放浪者でごった返す一画を——うまく利用できるようになった。そういった通りには、安くても不衛生ではないホテルや、海賊版のＤＶＤ、小説やガイドブックの古本、ゴム草履、旅行用品、偽物のグッチのサングラスなんかを売っている露店が所狭しと並んでいる。大きく膨らんだ綿のハーレムパンツは、夜行列車で快適に過ごすせるうえにどんな場所でもさまになるという理由で、旅行者の人気を集めていた。

わたしはバングラデシュから歩を進め、バスと鉄道を使ってインドへ入った。二月にコルカタに到着すると、聖地の中心ともいうべき、救世軍のゲストハウスで空き部屋を確保。バングラデシュよりもインドのほうが旅をしやすいと感じたものの、混雑ぶりはどっこいどっこいだ。子どもたちは、「おばちゃん《アンティー》、おばちゃん《アンティー》！」と叫びながら、掌を広げて小銭をせがんでくる。走り寄ってくる男たちは、「ガンジャはどう？　ガンジャは？　ハシシは？　煙草もあるよ」と囁きかけてきた。二週間ほどの滞在のあいだには、マザー・テレサが設立した〈死を待つ人々の家〉という施設でボランティアも体験した。女性専用病棟で朝のシフトを担当して、結核、マラリア、赤痢、エイズ、癌の患者や、そのいくつかを併発している人々に、紅茶を運んだり、スポンジで体を洗ってあげたりするのだ。彼女たちには人目を気にするという発想がないので、はじめは吐き気がこみ上げることもあったものの、だんだんと肩の力を抜けるようになっていった。看護師たちのような聖人になれるとは思えなかったが、少しでも力になれるように努力した。

一人旅にも慣れて、それ以前だったらおろおろしていたようなことにも対処できるようになった。バスの時刻表を読んで、長距離列車の等級のなかから自分にふさわしいものを選び、いざというときは助けを求め、一人でレストランに入ってもまわりを気にせずに食事できるようになった。わたしは確実にチャンスをつかむ方法を身につけていった。

母は心配性とまではいかなかったものの、わたしの居場所は常に把握しておきたがった。インドをまわっているときは、背中を押すようなメールをくれた。愛の言葉を伝えてきたので、わたしも、父やペリーが送ってきたメールの台詞をちょくちょく拝借しながら、似たようなメールを返していた。ところどころに、旅先で目を奪われた光景をちりばめて彩りを添える――アグラをのんびりと歩きまわっている蜂蜜色の駱駝たちや、ワーラーナシーの階段《ガート》で黙々と商売に励む蛇使いや、サリーをまとった女性たちが咲き誇る花のように輝いていたことを。

旅先では、いろいろな国の人々と――オーストラリアからきた看護師グループや、軍の休暇を利用してやってきたイスラエル人のティーンエイジャーの二人連れと――出会って、数日か一週間ほど行動を共にして、また一人旅に舞い戻るというパターンをくりかえしていた。そんなときに、同じカナダ人との出会いがあった。コルカタを走るバスのなかで、ブロンドの髪と吸い込まれそうな青い瞳の三十代はじめの男性と言葉を交わし、それがきっかけで数ヶ月の短い恋を経験することになったのだ。名前はジョナサン。黒いキャンバス地のバックパックを背負って、ギターを持っていた。

　わたしはギターを弾く男性に弱かった。ジェイミーと別れてからは恋愛には慎重で、旅先のロマンスという軽い関係に飛び込んでいくのにはためらいがあった。旅人たちのなかには、旅先でのセックスがあたりまえになっている人が大勢いるようだった。

　不謹慎だと思っていたわけではない。そこまで平然としていられる自信がなかっただけだ。ほんの短いあいだでも男性と深く関わると、最後には必ず、相手に夢中になりすぎて一人では何もできない気分になってしまう。同世代の女の子たちのように、ただの遊びだと割り切れればよかったのだが、そう簡単にはいかなかった。ジョナサンは外向的なうえに深刻ぶったところがいっさいなく、一緒にいると、少しだけ肩の力を抜くことができた。二人で過ごす時間を楽しんだだけで、本気で恋をしているのかと自分の胸に問いかけたことは一度もない。二人とも一人旅の魅力に取り憑かれていたので、数週間ごとにメールで落ち合う場所を決め、何日か一緒に過ごしてからそれぞれの目的地へ向かっていた。

　まわりからはいつも、「女の一人旅は何かと苦労が多いにちがいない」と言われていた。でも、あのころは、思っていたよりも楽であることに気づきはじめていた。心からそう信じていた。にっこり笑って、ここにいられて本当に嬉しいと伝えれば、まずまちがいなく、温かい反応が返ってくる。だまそうとしていた相手も伸ばしていた手を引っ込める。三輪タクシー《トゥクトゥク》の運転手や物乞いは表情を和らげて人間味を感じさせるようになり、場合によっては守ろうとしてくれることすらある。

勢いを削ぐものは何もなかった。鉄道でヒンドゥー教の聖地であるワーラーナシーへ行ったときは、天国の入り口に立ったような気分を味わった。そこでは、ガンジス川の灰緑色の水に腰まで浸かった巡礼者たちが、上流にある階段《ガート》で遺体が荼毘に付されているのも気にせず、沐浴をしたり、洗濯物や食器や牛を洗ったりしていた。デリーや、マイソールや、プシュカールへも足を運んだ。列車の座席で眠るこつを覚え、穴型のトイレにまたがって足の下を飛び去っていく線路に深く考えずに用を足せるようになった。ケーララ州南部のビーチを訪れたときは、インド洋から打ち寄せる波が泡になって、長く伸びた白浜を覆っていた。

旅にも心理学で言う近接性の法則があてはまる。一つの場所に行くと、よほどのことがない限りは、隣の場所にも目を凝らさずにはいられなくなるのだ。山の頂上に立てば、まわりの景色が一望できる。カンボジアまで足を運んだら、マレーシアものぞいてみたいと思うのが人情ではないだろうか？　マレーシアへ入ればインドネシアまではひとっ飛びで、そこから隣の場所へ進んでいく。あのころのわたしは雲梯《うんてい》をするように世界を渡り歩いていた。弾みをつけて一つの国から次の国へ、前へ行ったかと思うと後ろへ戻り、反動を利用しながら勢いよく進んでいるうちに、ある時点でようやく、自分の腕が――正確には、外国のＡＴＭから現金を引き出されて減りつづけていく銀行口座の残高が――もたなくなって、このままでは落下すると気づくのだ。

インドの隣にあるのはパキスタンだ。誰に言われるまでもない。

パキスタンを避ける理由ならごまんとあった。新聞を読んだり、世界情勢について解説してくれる人たちの話を聞いたりしている限りでは、パキスタンは問題だらけの国だった。バスに爆弾が仕掛けられ、溝から首なし死体が見つかり、地面には地雷が埋まり、誘拐が横行していた。アル・カイダもオサマ・ビン・ラーディンもタリバンも、みんなパキスタンに潜んでいた。信用できる人間がいるとは思えなかった。

そんな国でも訪れる人はいる。インドでも、パキスタンへ行ったことがあるという旅人に何度か会った。知り合いが一週間前にラホールから国境を越えてインドに入ってきた男と会ったとか、友人が半年前にパキスタンへ行ったとかいう人たちもいた。そのとき耳にしたパキスタンの感想は好意的なものばかりで、聞き慣れた歌の向こうから、好奇心を掻き立てるベースの旋律が響いてきた。素晴らしい場所で、手つかずの自然が広がっている。食べ物がすごくおいしいし、人々は気さくで温かい……。ニュースの見出しは目を惹くためのものだから、嫌悪感や恐怖心を煽るのが目的なのだ。実際のパキスタンは、報道とはまったく異なる場所のように思えた。

わたしは母にメールを送って、これからパキスタンに入ってあちこちまわってみるつもりだと伝えた。ビザはデリーにいるあいだに取得。そのときいたのはインド北端のアムリッツァルという都市で、パキスタンとの国境までは三十キロほどの距離だった。

母はすぐさま、パキスタンには行かないでと訴える感情的なメールをよこした。大げさな言いまわしで罪悪感を抱かせて、大きなくさびを打ち込もうとしたのだ。「アマンダ、あなたの生き方に口を出すつもりはないし、家族の誰に対してもとやかく言うつもりはありません」という書き出しのあとで、母はこうつづけていた。「でも、お願いだからわたしたちの身になって考えてみて。わたしたちがどんな気持ちでいるか……。あなたがあんな危険なところへ行くなんて、考えただけで気分が悪くなります」

母はさらに、わたしの旅のプランをコンドームなしのセックスにたとえてみせた。一言で言えば、「無謀」ということだ。

メールを読んでからよく考えてみた。母の身になってみようとしたが、うまくいかなかった。母との距離は以前よりも縮まっていたが、ラッセルの顔や、あの男の親類たちの嫌らしい目つきや、空になった酒瓶の山が脳裏にちらつき、霧のなかにいるような不安な気持ちを記憶から消し去ることができなかった。子どものころだって安全じゃなかった。いまになって心配だなんて、そんなことを言う資格があるのだろうかと、あのときのわたしは憤っていた。

パキスタンに入ったときは、枝からようすをうかがう鳥のような気分だった——ちょこんと枝にとまった、笑っちゃうぐらい軽い小鳥だ。インド北部からバスに乗ってたどりついたラホールは、大勢の人で賑わう現代的な都市だった。わたしが泊まったホテルのそばにはダンキン・ドーナツやケンタッキー・フライドチキンがあって、インドで訪ねたどの都市よりも、どこかで見たような、異国情緒に乏しい風景が広がっていた。わたしは即座に不安を掻き消し、それまで耳にした数々の警告は欧米人の被害妄想がなせる業だと思い込もうとした。

一泊三ドルの格安ホテルでは、『スーフィーの夜』という催しがあった。ホテルの支配人が、旅行客をヴァンに詰め込んでモスクへ連れていく。虫がぶんぶん飛び交うモスクの中庭で、男性たちが樽のように大きな太鼓を叩き出すと、その音に合わせて別の男性たちが体を揺らし、自分の体を鞭で打ちながら恍惚状態に導かれていくのだ。太鼓の叩き手が何かを唱えていた。ライラハ、イッラッラー！　支配人が教えてくれた。「アッラーのほかに神はなし」という意味だそうだ。

その間、母から送られてきたメールは読まずに放っておいた。褒められたことではないかもしれないが、わたしの自由を束縛しようとした母を罰してやりたかった。母を不安にどっぷり浸からせておいたまま、ラホールからバスに乗って二日がかりでパキスタン北部のフンザ谷にあるギルギットへ着くと、そこでジョナサンと合流した。目指すはカラコルム・ハイウェイ。パキスタンと中国を結ぶ舗装道路で、世界でもっとも標高が高い場所をくねくねと細い道が走っている。『ロンリー・プラネット』に書いてあるとおり、ハイウェイで北へ向かうトラックをヒッチハイクした。ジングル・トラックだ――中央アジアでおなじみの装飾を施した運送トラックで、道路から動物を追い払うために、バンパーからぶら下げた鎖や鈴をじゃらじゃら鳴らしながら走っている。

それから一週間は、何台ものジングル・トラックに乗せてもらうことになった。中国との国境へ向かう山岳道路でジェット・コースター気分を味わい、小さな村で降ろしてもらっては食事や休憩の時間を取った。トラックの数が多く、外国人ヒッチハイカーを屋根の上の荷台に乗せるという貴重な経験を面白がってくれる運転手も大勢いたので、こっちも選り好みするようになり、とびきり派手で、やりすぎとしか思えないトラックだけに合図を送るようになった。車内はキルトやスパンコールを使った装飾が施され、オレンジ、青、緑、赤といった極彩色の塗料で手描きの模様が描かれている。大きな壁面には、鮮やかな色を使った希望を感じさせる細密画が――和やかな風景や、美しい女性や、コーランの一節や、悪魔を撃退する大きく見開かれた目が――描かれていた。

運転手はたいてい二人連れで、自分たちのトラックを子どもの面倒を見るように大切にしている。下からクッションを差し出し、わたしたちが荷台で快適に過ごせるように気遣ってくれた。煙草やキャンディ、山のようなアプリコットも差し入れてもらった。謝礼を払うと言っても、ほとんどの人が受け取らなかった。現地の人とのやりとりには、身振りを交えながら、ごく簡単なウルドゥー語や英語を使った。トラックが道端の屋台の前で停まったときには油をたっぷり使ったチキン・カライを食べたが、これが涙が出るほど辛かった。走っているときは、ヤクや山羊の群れや対向車を避けるためにいきなりハンドルを切ることもあったし、トラクターほどはあろうかという巨大な岩が山の斜面から転がり落ちて道路に叩きつけられているのを目にしたこともあった。その五ヶ月後には、今世紀最大規模の地震がパキスタン北部のあの場所を襲い、村を押しつぶし、大規模な山崩れを引き起こし、八万人もの命を奪うことになる。

あのときも、あちこちに危険が潜んでいることに気づかなかったわけではない。ひっくり返ったスズキのトラック、破損したガードレール、亡くなった人を悼む小さな石のピラミッドに至るまで、事故が起こったことをうかがわせるものがそこかしこにあった。常に危険と隣り合わせの状態だったが、ジョナサンとわたしの身に降りかかってくることはなかった。子どもたちに追いかけられたり、通り過ぎてから石を投げられたりしたことが何度かあったものの、怒っていたのかふざけていたのか、真相はわからない。わたしたちがのんきに楽しんでいられたのは、そうしているのが自然だったからだ。いい一日を過ごすと、明日もいい一日になると素直に信じられるということだろう。

ハイウェイを走っているときから、頭のなかで家に送るメールを書きはじめていた。スリル満点の冒険旅行をうまくまとめて、母がわたしの手からもぎ取ろうとしたささやかな勝利を祝うために、特別の趣向を凝らすつもりだった。

実際に母と父に送ったのは、ごてごてと飾り立てた大きなジングル・トラックの写真を貼付した、「パキスタンって最高!!!」というタイトルのメールだった。本文では、屋台でおいしいものをたくさん食べたことや、一人で市場の通路をぶらついたことや、人の海で溺れそうになったときのことを事細かに書きつづった。友好的な人々に触れることも忘れず、インドよりも気さくで温かい人が大勢いると強調しておいた。メールの中ほどで、翌日はアフガニスタンに入国するためのビザを申請しに行くつもりだと宣言。アフガニスタンも、〝聞くと見るとは大ちがい〟に該当する国で、軍の侵攻、自爆テロ、オサマ・ビン・ラーディンの捜索といった報道から想像されるよりも安全で豊かな国だと聞いていたのだ。バスに乗れば一日で到着だ。メールの終わりで、「いままで生きてきたなかで一番ハッピー」と高らかに謳い上げる。

狙いすましたジャブのようなものだ。言わんとするところをわかってもらえないと困るので、感嘆符の「!」を四つほど加えておいた。

# 8　牙を剥くアフガニスタン　Don't F*** with Afghanistan

アフガニスタンへ向かう計画を立ててはじめてすぐに、カブールで一人の白人女性が姿を消した。三十二歳のイタリア人で、国際救護員として数年前から滞在していたという。ペシャワールの遊歩道をぶらついているときに目に留まった英字新聞を買ってみたら、たまたま事件のあらましが載っていた。一面扱いにもならない短い記事だったが、そこにはこう書いてあった。さらわれたのは、クレメンティーナ・カントーニ。ある晩のこと、街のまんなかで、武装した四人の男に乗っていた車から引きずり降ろされ、別の車で連れ去られた。そこから先のことは誰にもわかっていないようだった。

わたしは泊まっていたゲストハウスへ引き返すと、十人ほどの旅行者とシェアしていたおんぼろの部屋に戻り、パスポートに貼りつけられた真新しいビザに目を凝らした。役所の紫色のスタンプが押してあって、端のほうがわずかににじんでいる。領事館の職員が黒いインクで必要な情報を書き込んでいた——発効日と、わたしのパスポート番号と、わたしの国籍を。〝ミセス・アマンダ〟には、一ヶ月にわたってアフガニスタンを自由に旅する許可が与えられていた。

旅人たちは相変わらずアフガニスタンを訪れていた。わたしが出会った熟年のイギリス人夫婦は、キャンピングカーで国内を走りまわったが、一度も危険な目には遭わなかったと言っていた。二人はわたしが泊まっていたゲストハウスにチェックインすると、談話室のカウチに陣取り、マリファナをくゆらす世界各国のバックパッカーたちを相手に、マザーリ・シャリーフのブルー・モスクや、花咲き乱れるパンジシールの丘陵地の美しさを、思い入れたっぷりに語りつづけた。それこそ――そういった風景を自分の目で確かめ、新たなハードルを越えていくことこそ――わたしが求める旅だったが、さらわれたイタリア人女性のことがどうしても頭から離れなかった。襟の後ろに目に見えない枝が引っかかっているような気分。恐いのはもちろんだったが、それとは別の、何かが失われたような感覚があった――いきなり確信が持てなくなってしまったのだ。

それから一週間かけて進むべき道を探しつづけた。ペシャワールを発ってアフガニスタンと逆方向に向かうと、長距離バスを何本か乗り継いでインドへ戻った。ラダックの山々を眺めてみようと思ったのだ。その数週間後には、デリーから飛行機に乗ってカナダに帰り、ウェイトレスの仕事を再開する予定になっていた。またあの暮らしがはじまるのかと思うと、考えるだけでうんざりした。ある晩、夜行バスに乗り込んだわたしは、窓際の席を確保すると、隣の席に荷物を積み上げて人が座らないように防壁をこしらえた。眠っているときにそろそろと伸びてくる男の手に何度も悩まされていたからだ。

それからおよそ七時間、車内灯をつけて膝の上に開いた本を載せたまま窓の外に目を凝らし、闇のなかを過ぎ去っていくインドの景色を眺めていた。

心のなかでは自分を責めていた。どうしてアフガニスタンに行かずに引き返してきたの？　ロライマ山の頂に座ったときに誓ったでしょう？　どんなことがあっても前に進みつづけると。あの日から、国境を越えるたびに啓示を受けたような気分を味わってきた。学校の勉強よりもためになった。教会に通うよりも救いになった。

あのとき読んでいたのは、エックハルト・トールの『パワー・オブ・ナウ』という本だった。トールは、いま《ナウ》という瞬間が何よりも重要なのだと言っているように思えた。いまという時間に意識を集中させることができれば、痛み、罪の意識、心配事はすべて消散し、自分のなかに潜む深遠なる自己の声に耳を澄ますことができる。そうすれば、その深遠なる自己が何をすべきか教えてくれるというのだ。

翌日の昼頃に、バスが這うようにして北インドのジャンム州に入っていくころには、最後の頁を読み終えていた。わたしの深遠なる自己は、すでに指揮権を掌握してきびきびとふるまい、もう一つの自己を糾弾するのに忙しかった。しっぽを巻いて逃げ出すなんて、何をびくびくしてるのよ、と。

駅員を見つけて残りの運賃を払い戻すと、現金を追加して新しい乗車券を買った——走ってきたばかりの道を引き返してペシャワールへ行き、アフガニスタンとの国境に向かうためだ。バスが来るのを待っていると、誘拐されたイタリア人女性はどうなるのだろうという思いが頭をよぎった。想像しただけで全身に震えが走った。でも、わたしは彼女じゃないし、彼女はわたしじゃない。クレメンティーナ・カントーニは運が悪かったのだと自分に言いきかせた。わたしはきっと大丈夫。

カブールに入ったのは六月はじめの暑い日で、二十ドルの運賃を取るミニバスでカイバル峠を越えていった。街には独特のにおいがたちこめていた。ほかのアジアの都市に浸透していた、生ゴミと下水とスモッグが入り交じったにおいとはちがう。カブールそのものが目に見えない巨大な焼却場と化していた、とでも言ったらいいだろうか。灯油や木が燻《くすぶ》っているにおいがして、その向こうから、プラスチックが溶けているような刺激臭が漂ってくる。カブールのにおいは、アフガニスタンを離れたあともバックパックや服に染みつき、何度洗っても落ちなかった。

美しい街は無惨な姿をさらしていた。軍の装甲車両が爬虫類のように通りを這いまわり、その傍らを、ぼろぼろになった驢馬車や自転車が通り過ぎていく。市場で物乞いをしているのは、一九八〇年代の旧ソビエト軍との戦闘で手足を失った人々だ。通りを行き交う女性たちはブルカ〔全身を覆うアフガニスタン女性の民族衣装〕で身を隠し、巨大なバドミントンの羽か、宙を漂う青い幽霊のように見える。クーフィーヤをかぶった男性たちがパラソルの下で販売しているのは、携帯電話に充電する電気。その隣には、靴や欧米スタイルのスーツを売っている店や、中国製の電化製品を集めたスタンドが並んでいる。石だらけの赤褐色の丘には古い家屋が街を見下ろすように並び、崩れかけた平屋根と土壁の家が旧約聖書の世界から抜け出してきたような姿をさらしているのに対し、灰色のソビエト様式のビルが集まった一画では、建設用のクレーンが首を高く伸ばしている。外国からなだれ込んできた助成金で改修作業が進められているのだ。

わたしには旅の道連れがいた。ペシャワールで出会ったアマヌディンという気さくな中年の絨毯商人と、彼の幼い息子だ。アマヌディンは数十年前にパキスタンに移住していたが、機会を見つけては、家族を連れてカブールに帰省しているのだった。ペシャワールでは、毎日のように、彼の店に立ち寄ってお茶をご馳走になっていた。アマヌディンはアルバムを持ってきて、イスラム戦士《ムジャヒディン》としてロシア人と戦ったときの写真を見せてくれた。そして、ダウンタウンにある鳥の市場の騒々しさから、溢れんばかりの花をつける、母親の薔薇園の美しさまで、カブールのようすを事細かに教えてくれた。

三人でバスの停留所からタクシーに乗ってカブール郊外まで行くと、細い路地に入る手前でタクシーを降りた。わたしはアマヌディンの奥さんから借りたアバヤを羽織っていた。顔の部分が覆われていない、ゆったりした黒いローブなので、息苦しい思いをすることもなく、ヘッドスカーフと一緒に着用すれば慎み深い装いとして通用する。ただし、肝心のアバヤは十五センチほど丈が足らず、裾からジーンズがはみだしていたので、わたしが偽物であることは一目瞭然だった。

屋敷の門にたどりつく前にアマヌディンの親戚たちが姿をあらわし、歓迎の言葉を叫びながら駆けよってきた。子どもや女性や男性が数十人はいただろうか。女性たちはわたしの左右の頬に、チュッチュッチュッとキスを三回。アマヌディンの母親は、藍色のブルカに身を隠したまま、わたしの手を握ってくれた。全員でアマヌディンと彼の息子を取り囲む。門のなかには、土壁と乾草でできた幅の広い平屋の家が三棟と、共同の屋外便所が建っていた。

夕食をご馳走になったあとで、アマヌディンの母親が別の部屋に案内してくれた。床に敷物が敷かれ、窓台で蠟燭の炎が揺らめいていた。彼女は無言のままわたしを招じ入れた。ブルカを脱いでいたので、頬がこけて、白くなった髪を二本の細い三つ編みにして背中に垂らしているのがわかった。夜の冷え込みに備えて床に積んでくれた手織りの毛布は、一枚一枚に鮮やかな糸で刺繡が施され、それまで手にしたどの毛布よりも分厚くてどっしりした重みがあった。彼女はすぐに姿を消したかと思うと、数分後には、銀のトレイにお茶の入ったポットとお菓子を盛ったお皿を載せて戻ってきた。そのときわたしは、窓辺にたたずんで、広々とした夜空と青白い月を眺めていた。**信じられない**と、心のなかでつぶやいた。**本当に、アフガニスタンにいるなんて。**

カブールに到着してから六日目に、クレメンティーナ・カントーニが解放された。解放までの経緯は――どのような取引が行われたのか、人質になっていた三週間のあいだに何らかの歩み寄りがあったのかは――一切明らかにされなかった。アフガニスタンの大臣はメディアに対して、身代金の支払いはなく、交換条件として囚人を解放することもなかったと重ねて強調。カントーニは、カブールのイタリア大使館の前に集まった報道陣のカメラに向かって弱々しく手を振ると、そのまま建物に入って厳重な警備のもとで一夜を過ごした。その翌日には、逃げるようにして故国へ向かう飛行機に乗り、自分の体験についてはほとんど語ろうとしなかった。

それは二〇〇五年六月九日のことで、わたしはカントーニが解放されたことを知らずに過ごしていた。実を言えば、カブールに入ってからは、彼女のことはほとんど考えていなかった。自分の探検に夢中で、その日もタクシーに乗って卸売市場に出かけていた。街の中心付近から不規則に伸びた路地が、カブール川の岸辺にまたがりながら四方八方に広がり、入り組んだ迷路をつくり上げている。小さな露店を冷やかしながら歩いていると、ある店で、石鹼が並んだ棚に目を奪われた。包み紙ににっこり笑った女性の顔が印刷されているのだが、一つひとつの顔がマジックで塗りつぶされていたのだ。これがイスラム原理主義者のやり方で、タリバンもかつては人々に同じ考え方を強要していた。つまり、アッラーがおつくりになったものを人間の手で複製するのは、神に取って代わろうとする行為とみなされるのだ。アマヌディンによれば、車や建物ならかまわないが、人間や動物を描いたり写真におさめたりすることは禁じられているということだった。

店を出て、混雑する汚い路地をぶらついた。買い物客のあいだをすり抜けながら、テーブルや毛布の上に並べられた売り物を――ドライフルーツや、粉挽きされたスパイスのピラミッドや、山になった化繊の服を――眺めていると、背中に何かがぐっと食い込み、電流のような衝撃が走った。振り返ると、さらに強い力が加わった。若者が後ろに立っていた。ぎょろりと目を剝いている。そこではじめて、肋骨に銃を押しつけられていることに気がついた。拳銃だ。

若者は耳元で一語一語はっきりと囁いた。「殺すぞ。カネをよこせ」

何が起こっているのか理解できたときにはすべてが終わっていた。若者に財布を――残りの旅費の半分にあたる三百ドルが入った、ラジャスタンで買った小銭入れを――渡して、群衆がふたたび彼を呑み込んでしまうと、すぐに、体ががくがくと震えはじめた。市場のまんなかで凍りついているわたしのそばを、自転車を押した男性たちや、顔を隠してうつむきながら先を急ぐ女性たちが通り過ぎていくうちに、涙が溢れてきた――数ヶ月分の、いや、ひょっとしたら数年分の涙を流したかもしれない。どうすればいいのかわからず、自分の弱さを思い知らされていた。五感が働かなくなったような気がした。頭のなかが真っ白になって、泣くことしかできない。ヘッドスカーフと寸足らずのアバヤを身につけても、地元の人々に溶け込むことはできなかったのだ。仮面を剥ぎ取られて正体をさらされたような気分で泣きじゃくった。いい歳をしてみっともない姿をさらしていることはわかっていたが、涙をこらえることができなかった。何年ぶりかで、家に帰りたいと思った。母が恋しかった。自分を受け入れてもらえる場所で、よく知っている通りに立っていられたら、どんなにいいだろうと思った。

人だかりができて、男性たちが訝しげな視線を注いできた。最後には、誰かがアフガン兵を連れてきて、その兵士が見つけた気の優しいタクシーの運転手にその場から連れ出してもらった。数日後には、残っていたお金のほとんどを注ぎ込んで、パキスタンへ向かうバスに乗った。そこからは、なけなしのお金をやりくりしながらデリーへたどりつき、カナダへ戻る飛行機に乗ったのだ。

肋骨の下の柔らかい部分に拳銃を押し当てられたせいで、体の右側に星形の痣が残り、一週間は消えなかった。はじめは痛みがあったが、そのうちに色が変わり、だんだんと薄れていった。痣が消えても、そこにこめられたメッセージは忘れられなかった。ほぼ七ヶ月に及ぶ濃密な旅の終わりに付け加えられた注釈の印のようでもあり、ついに、行き止まりに突き当たったような気分だった。その痣はこう言っていた――**アフガニスタンにちょっかいを出すのはやめておけ**。それでも、わたしのなかにはちらちらと揺らめくものが残っていて、力の源となっていた種火が消えることはなかったのだ。しかもその何かは、**やめるもんですか**、と答えていた。

# 9　新しい物語　The State of a New Sentence

その八ヶ月後の二〇〇六年の冬に、ナイジェル・ブレナンとの出会いがあった。場所は、エチオピアの首都アディスアベバのホテル。フリースの上着にカーゴパンツにハイキング・ブーツといった格好で、人気《ひとけ》のないベランダに座っていた痩せた男性がナイジェルだった。その年の夏から秋にかけては、カルガリーでウェイトレスの仕事をしながら旅費を貯めていた。あの日はちょうど、アフリカと中東をまわる旅の五週目に入ったところで、予算をぎりぎりまで切り詰めて半年は滞在したいと考えていた。

あれは夢を叶えるための旅だった。アフリカをこの目で見ることが、旅をはじめてからの一つの目標になっていたのだ。すでにウガンダとケニアをまわり、バスで広大な草原を走りながら、何日も一人きりで過ごしていた。都市を埋め尽くす汗ばんだ人の群れに、茨が生い茂る平らな大地。目にするものすべてに畏れを抱き、圧倒された。そこには、アフガニスタンの勇壮な山岳地帯や、南アジアの緑のジャングルとは次元のちがう風景が広がっていた。空までもがアフリカ仕様――ひたすら横に広がり、大地の上に青いクロムめっきを幾重にも重ねたように見えるのだ。

アディスアベバに到着したときには、人恋しくてたまらなくなっていた。あのときは、ナイジェルがわたしを待っていてくれたような錯覚に陥ったが、実際の彼は、静かな場所を見つけて本を読んでいただけの旅人だった。彼が、一つ星のバロ・ホテルのベランダに置いてあったたわんだカウチに腰をおろしたちょうどそのとき、わたしを乗せてガタガタ走ってきたタクシーがホテルの前に停まったのだ。わたしは吸い寄せられるように彼のほうへ近づいていった。

三十代半ばかな、と見当をつけた。読んでいる本の表紙には見覚えがあった――ポール・セローが書いた『ダーク・スター・サファリ』〔英治出版刊、北田絵里子他訳〕という分厚い旅行記で、バックパッカーのあいだでカルト的な人気を博していた本だ。わたしも夢中になって二回読んだ。はじまりはこんなふうだ。「アフリカからの報《しら》せと言えば、よくない話に決まっている。だから行きたくなった」

そばを通ってフロントへ向かう途中で声をかけてみた。「ハイ、調子はどう?」

彼が顔をあげた。青い瞳に、鷲のような鼻。ハンサムな顔に無精髭を生やしていた。

「ああ」と起き抜けのような声を出してから、「上々だ」とだけ言うと、本の世界に戻っていった。

わたしはフロントでパスポートを見せて、一泊十ドルの部屋を確保した。入り口付近では、予算を極限まで切り詰めている数人の旅行者が日に灼けたテントを張っていた。わたしにあてがわれたのはカーペットが染みだらけになっている部屋で、電灯は薄暗く、ツインのマットレスと、小さなバスルームがついていた。シンクの上のトレイに置いてあるのは、アフリカ製のコンドームが入ったおなじみの袋――HIVの感染率を下げようとしている国が、ちゃんと努力してますよと意思表示するための小道具で、地域の売春宿を兼ねたホテルに常備されている。使っているのは地元に溶け込もうとする旅人たちで、そのほとんどが、無茶をして気分を盛り上げようとする衝動的な若者だった。

わたしはコンドームを脇にどけて歯を磨くと、鞄から煙草の箱を出して、ベランダで見かけた男性を探しにいった。

懐具合の淋しいバックパッカーにとって、煙草は人付き合いに欠かせない万国共通の小道具だ。都心でも田舎町でも、通りで道を尋ねたり、トイレの使い方を教えてもらったりしたときに、お礼代わりに進呈する。旅人たちのあいだではお喋りや情報交換のきっかけをつくってくれる。

わたしはカウチのそばの椅子に勢いよく腰を下ろすと、煙草の箱を振ってみせた。「吸ってもかまわない？」

彼は肩をすくめた。「もちろん」ようやく読んでいた本を降ろすと、自分も箱から一本抜いた。

ナイジェルはロンドン在住のオーストラリア人だった――カメラマンで、アメリカのＮＧＯである国際救済委員会の支援プロジェクトの広報写真を撮るためにエチオピアにやってきたばかりとのこと。連れはいない。アフリカ滞在は三ヶ月の予定。

どうやってカメラマンになったのかと根ほり葉ほり尋ねると、数年前にインド旅行をしたときに写真を撮るのが楽しくてたまらないことに気づき、学生に戻って写真学科の学位を取得したと話してくれた。旅をしながらお金を稼ぐことができるなんて、夢みたいだと思った。外国の風景や現地の人々の顔をカメラにおさめ、撮った写真を自分の目で確かめる気力がない人たちに提供するだけでいいなんて。ナイジェルは、自信に溢れた成功者の雰囲気を漂わせていた。『タイムズ』紙の人間と打ち合わせをしたなんて話をさらりと言ってのける。

わたしはそれまで、雑誌や新聞やガイドブックをじっくり読み込み、他人の目を介したイメージを糧にしながら世界の情報を集めてきた。ナイジェルがただのカメラマンではなくて、ロンドン在住のカメラマンだということが、ものすごく重要なことに思えた。おまけに、その肩書きがよく馴染んでいて、計画どおりの人生を歩んでいるように見えたのだ。

お喋りをしているうちに夜が更けていった。わたしは立ち上がって伸びをすると、今日は移動の時間が長かったから寝ておかなくちゃ、と言った。「明日も会えるわよね？」

ナイジェルは腕時計に目を落とした。「実は、朝の六時にハラール行きのバスに乗るんだ」ハラールのことは何かで読んで知っていた。エチオピア東部の城壁に囲まれた街で、イスラムの人々が交易の拠点にしていた歴史を持つ。距離にしてバスで十時間ほど。「まっ、いずれにしても、ゆっくり休めるといいね。旅の無事を祈ってるよ」ナイジェルはそう言って、読みさしの本に手を伸ばした。

わたしは失望を顔に出さないようにした。メールのアドレスすら聞いてこないなんて。もしかしたら、ジャーナリストとバックパッカーじゃ格がちがうってこと？

殺風景な部屋に戻るあいだも、頭が混乱して落ち着かなかった。ナイジェルと話しているとなぜだか胸がざわめいた。本人は認めたくないようだが、向こうも同じことを感じていたはずだ。

翌朝は九時ごろ目覚め、シャワーを浴びてからベランダへ出ていった。

二杯目のコーヒーを飲んでいると、ナイジェルがこちらに近づいてきた。服装は前の晩とまったく同じ。明るい日差しの下だと、ちょっぴり老けて見えた。笑うと目のまわりにしわが刻まれる。

「やあ、お嬢さん《ドール》」効果満点とまではいかなかったけれど、そんな呼び方がさまになるのはオーストラリアの男性ぐらいのものだ。「なぜだか、戻ってきたよ」

乗っていたタクシーが朝の交通渋滞にはまって動けなくなったとのことだった。ハラール行きのバスには五分差で乗り遅れてしまったそうで、次のバスが出るのは二十四時間後。恋の女神が微笑んでくれたのかもしれないと思った。ナイジェルがわたしのテーブルに椅子を引きずってくると、わたしのなかで何かが音を立てて動きはじめた。

わたしたちはお互いに相手のことを気に入っていた。ナイジェルのぽっかり空いた一日を一緒に過ごし、アディスアベバの市場に足を運んで、恋人同士のようにじゃれ合った。日が落ちるとナイトクラブに踊りに行って、すぐに酔いがまわるテジという蜂蜜酒を飲んだ。ナイジェルは知的で話題も豊富だった。オーストラリアのグンディウィンディにある人里離れた農場で育ったそうで、納屋を建てたり、羊を屠《ほふ》ったりするのはお手の物だという。

ホテルへ戻ると、二人で彼の部屋へ。キスをするのは時間の問題といった雰囲気だった。すっかりその気になっていたので、そうなれば嬉しかったが、ナイジェルがキスの代わりに口にしたのは衝撃の告白だった。恋人がロンドンで帰りを待っているというのだ。

わたしは思わず体を引いた。恋人がいる男性なんかとキスはしない。誰かとキスをしてからずいぶん時間が経っていたけれど。

ナイジェルの釈明がはじまった。恋人の名前はジェーンで、同じオーストラリア人。付き合ってかれこれ十年になり、出会ったのはもっとずっと若いころだった。いまは、ゆっくりと別れに向かう、辛い時期にさしかかっている。ロンドンに移り住んだのはジェーンの仕事の都合だった。故郷から遠く離れたところで一緒に暮らしているせいで、関係を終わらせるのが余計にむずかしくなっている。ナイジェルは最後にこう言った。悲しいけれどもう終わってる。アフリカに来たのも、区切りをつけて一つの章を終わらせるためなんだ。

流れに身を任せようと、わたしは思った。この出会いをきっかけに、新たな章を書きはじめてもらいたかった。ナイジェルは魅力的だった。旅の途中で出会ったバックパッカーたちとはちがっていて、ちょっぴりうぬぼれやだったけれど、熱い心を持っていた。元恋人になるはずの女性のことを正直に話してくれるなんて、潔いとさえ思った。口をつぐんでいそうな男性を大勢知っていたからだ。わたしは運命を信じていて、どこからか、将来の夢や住んでいる国がちがってもナイジェルこそが運命の相手だと囁く声が聞こえていた。

その晩は、何度も何度もキスをした。夜が明けると、ナイジェルは朝早いバスでハラールへ旅立っていった。できるだけ早く会おうと約束して。

その後の六週間はこんなふうに過ぎていった。ナイジェルがあちこちをまわってNGOに頼まれた写真を撮っているあいだに、わたしは自分の旅をつづけた。メールで連絡を取り合いながら二人の進路が交差する場所で落ち合うと、目が眩むようなひとときを過ごし、それから、予定をきっちり守ってそれぞれの旅をつづけたのだ。

その間、わたしはエチオピアとソマリランドの国境付近にも足を運んでいた。ソマリランドはソマリアから分離して国家を名乗っている自治区で、南部で勃発していた惨たらしい内戦にかろうじて巻き込まれずにすんでいる地域だった。ハルゲイサという街はきれいで居心地がいいと聞いていたので、何日か滞在したいと思っていた。ほかにも動機があった。多くのバックパッカー同様、数にこだわっていたのだ。彼らは常に訪問国の数を増やす機会をうかがっている。制覇した国の数が、バックパッカーとしての経験値を評価する目安になっていた。数を重視するバックパッカーは、訪問国が三十を越えるまではおとなしく口をつぐんでいるものだ。お金を貯めては旅に出るという生活が四年経った時点で、わたしが訪れた国は四十六ヶ国になっていた。目の前の国境を越えれば、四十七ヶ国。

制服姿の国境警備兵たちは――自動小銃《カラシニコフ》を肩から提げて暇そうにしている兵士たちは――、わたしを一目見るなり、揃って首を振りはじめた。「いまはやめておけ。危険すぎる」

〝いま〟というのが、世界中のイスラム教徒《ムスリム》が挑発されたと感じてぴりぴりしているあいだは、という意味であるのはまちがいなかった。その数ヶ月前に、デンマークの新聞が預言者ムハンマドの風刺画を掲載して、敬虔なムスリムの怒りを買っていたのだ。レバノンからナイジェリアに至るまで、至るところで暴動や抗議活動が起こり、激しい論争がつづいていた。

どこか遠いところにいた役人が、異教徒のソマリランド入国に関する公式見解を出していたのかもしれないし、砂埃にまみれながらコンクリートの小屋で任務に就いていた国境警備兵たちの第六感が、いまはまずいと告げていたのかもしれない。いずれにしても、わたしは回れ右をして来た道を引き返し、訪問国の数は四十六のまま更新されなかった。おそらく、わたしのような人間を入国させても得るものはないということだったのだろう。

ナイジェルのほうは精力的に活動していた。電話で話をしたり、インターネットカフェから送られてくるメールを読んだりしていると、新しい一日に全力で取り組んでいるようすが伝わってきた。あの感覚はわたしにも覚えがある。バスの移動が長くてへとへとになった、蝿が鼻を這い上がってきて閉口した、物乞いの子どもたちが次々と寄ってきてきりがない……。そんな文句を口にしながらも、声には喜びや解放感が溢れているのだ。

そうこうするうちに、ナイジェルの帰国の日が近づいてきた。離ればなれになる前に二人で遠出をしようということになって、エチオピアの北東部に広がる砂漠地帯へ入っていった。秘境として知られるダナキル砂漠を越えたのだ。まだカナダで空想の旅をしていたころに、『ナショナル・ジオグラフィック』誌が特集した「地球上でもっとも過酷な場所」というタイトルの記事を読んだことがあった。ほかのどんな場所とも比較できない、灼熱の大地。わたしが持っていた『ロンリー・プラネット』には簡単な記述があるだけで、行き方も観光を勧めるコメントも書かれていなかった。だからこそ、目的地にふさわしいと思えた。

二人でバスに乗って、砂漠の入り口で市場を開いている村まで行った。暮らしているのはムスリムの遊牧民アファール族で、ダナキル砂漠の最果てにある塩原で塩を採掘して生計を立てていた。

わたしたちの目的は、塩の採掘場をこの目で見ることだった。ナイジェルは作業員の写真を雑誌に売り込みたいと考えていて、わたしのほうは、旅行記の執筆に挑戦するつもりだった。旅行会社のウェブサイトや故郷の新聞社で使ってもらえるかもしれないと思ったのだ。二人であちこちを訪ね歩いてガイドを見つけた――小太りのアファール人で、クルミの殻のようなしわくちゃの顔をして、長い灰色の顎髭に赤茶色の染料《ヘナ》を刷り込んで色をつけていた。赤髭《レッド・ベアード》と呼ぶことにしたのだが、英語が通じなかったので、地元の男性にあいだに入ってもらって、わたしたちを連れて塩原を往復する契約を交わした。徒歩で十日ほどかかるとのことだった。彼よりも若くて、わたしたちが駱駝使《キャメル・ウィスパラー》いというあだ名をつけた、深刻そうな顔をした男性も同行することになった。彼は言葉そのものを口にしようとせず、鋭角的な美しい頬骨が目立つ顔に恥ずかしそうな笑顔を浮かべながら、わたしたちの小さなキャラバンの一員として四頭の駱駝のそばを黙々と歩きつづけた。わたしとナイジェルとレッド・ベアードが一頭ずつにまたがり、残りの一頭には荷物が積まれたからだ。四頭とも、水が入った黄色いプラスチックの燃料容器をちゃぷちゃぷいわせながら引きずっていた。

　レッド・ベアードのあとについて、砂や灌木を押し固めたような小高い丘を越えていくうちに、ようやく、薄片で覆われた広大な灰色の塩原があらわれた。わたしとナイジェルは駱駝の背に揺られながら、歌を歌ったり、二十の質問〔出題者が用意した答えを、回答者が二十回までの質問で導き出すゲーム〕をしたり、大声で子どものころの笑える話を披露しあったりしていた。

　ナイジェルについては、ほかにもいくつかわかったことがあった。彼はロンドン在住のカメラマンでは――少なくとも、最初に聞いたときに思い浮かべたほどのカメラマンでは――なく、三十五歳という年齢でようやくスタート地点に立った、希望に燃える男性だった。ナイジェルは写真の腕をもっと磨きたいと言い、従軍記者という職業に強く惹かれると語っていた。アフガニスタンに、スーダンに、イラクにソマリア――わたしたちは世界各地の紛争地域や、フォトジャーナリストの食指が動くようなあらゆる場所を話題にした。わたしは、カブールを訪れてアマヌディンの家族の家に一週間ほど滞在したときの話をした。強盗に遭ったというのに、わたしにとってのカブールは好奇心を掻き立てられる美しい街でありつづけ、もう一度足を運んでみたい場所になっていた。

　二日目の夜は、駱駝で塩を運ぶ運搬人たちの中継地点になっている、アファール人の小さな村に滞在した。レッド・ベアードが、細い枝を編んでつくった誰かの家からぺらぺらした大きなマットレスを引きずってきて、戸外に敷いてくれた。青い砂漠の向こうで夥しい数の星がまばゆい光を放ち、時折流れ星が降ってきては、夜空を切り裂くようにきらっと輝いてから燃え尽きる。目を逸らすことができず、何時間も見とれていたように思う。うとうとしかけていると、ナイジェルがわたしの手を探り当ててぎゅっと握った。「知ってる？　この瞬間にいたいと思う場所はここだけだ」そこで一息置いてから、こう付け加えた。「一緒にいたいと思う相手はきみだけだ」
ナイジェルが伝えようとしていることがわかって、わたしは幸せに包まれた。

ダナキル砂漠は、現実のものとは思えない光景が果てしなく広がる窪地で、場所によっては海抜がマイナス九十メートルを超えるところもある。地表にできたかさぶたがはがれ、地球の中味がじくじく染み出しているとでも形容すればいいだろうか。奥に進むと、黄色や青色の硫黄が噴き出したりぶくぶくと泡だったりしている光景が見えてきて、濃厚な刺激臭が鼻を突いた。わたしたちはすべてを目に焼きつけようとした。絶対に忘れられない極彩色の景色や、これが現実に存在する場所だと証明できるものを、一つ残らずカメラにおさめていった。

汗をかかなくなっていることに気づいたのは四日目のことだ。同じ姿勢で長時間にわたって駱駝に揺られていたせいで、太股に痛みがあった。舌が重く、唇はひび割れて腫れていた。砂漠育ちのアファール人でさえ音をあげるほどの猛烈な暑さ。お昼頃に重い体を休めて水を補給したときには、頭が少しぼうっとしていた。

夕方になるころには、体がガタガタと震えて方向感覚がなくなり、背筋を氷で撫で上げられるような悪寒が走っていた。幻覚が見えるほどの脱水状態だった。そのまま何時間か進んだあとで、塩原にこしらえた寝床で眠ることになったのだが、塩塊が藁のマットの下からカミソリの刃のように体に食い込んできた。ナイジェルが水筒の水を少しずつ垂らして、喉を潤してくれた。話しかけると、ナイジェルが眉をひそめるのがわかった。一時的に聴覚を失っていたようで、わけのわからないことを口走っていたのだ。空がぐるぐる回っていた。あとから聞いたのだが、ナイジェルはわたしがあのまま死んでしまうと思ったそうだ。遺体をロープで駱駝にくくりつけて運び出し、すべての責任を自分が負うつもりでいたらしい。

　ありがたいことに、そうはならなかった。わたしは翌朝早くに目を覚まして起き上がったのだ。かすかに頭痛がするだけで、気分はよくなっていた。体を揺すってナイジェルを起こすと、彼の目が驚きで見開かれた。

「ああ、助かった」ナイジェルはそう言って、髪を撫でてくれた。「これはやばいってひやひやしたよ」

　本気で心配してくれていたことが伝わってきて、胸が熱くなった。

　その日は、レッド・ベアードのあとをついて数キロほど進み、とうとう塩の採掘場にたどりついた──陰気な雰囲気の薄汚い前哨基地で、世界の果ての終着点に、痛々しいほど痩せ細ったTシャツと短パン姿の作業員がざっと二百人はいただろうか。長い棒をてこにして巨大なセメントのような灰色の塩の板をはがし、待機している駱駝に積めるように、細かく砕いて塩のタイルをつくっていた。わたしたちは到着するなり駱駝から降りると、安堵で顔をほころばせ、伸びをしたりずきずきする脚を振ったりしながら、巡礼の旅を終えたような気分を味わっていた。

　長い時間をかけて戻らなければならないことも、ナイジェルとジェーンの関係が終わっていないことも頭から吹き飛び、作業員たちが敵意を剥き出しにしてこっちを見ていることにも気づいていなかった。そう、あれは、さっさと目を覚ませと現実が呼びかけてくるまでの幸せなひとときにすぎなかった。あのあとすぐに、わたしが持っているカメラに目を留めた作業員が、外国からきた侵略者めがけて重い塩の塊を投げてきたのだから。

## 10　見えない未来　*A Camera and a Plan*

当初の予定どおり、わたしはエチオピアを出国してカイロへ向かった。ナイジェルは、ジェーンときっぱり別れると言ってロンドンへ帰っていった。ナイジェルがオーストラリアへ戻ったら、わたしが就労ビザを取って現地で合流する段取りだ。携帯電話を買っていつでも連絡が取れるようにすると、ナイジェルは毎日のように電話をかけてきた。お財布の都合で短いやりとりしかできなかったけれど、充分に愛情が伝わってくる内容だった。

ところがある日の午後、電話をかけてきたナイジェルがいきなり泣きはじめた。溢れ出す罪悪感に押し流されるように、すぐさま真実が明かされた。話を聞いてわかったのは、ナイジェルにはジェーンという名前の恋人はいないということだった。ロンドンにいるジェーンは彼の妻だったのだ。

付き合って十年になるというのは、エチオピアで聞いたとおり。省かれていたのは、二人が九年目に結婚して、ずっと冷え切っているという本人の弁とは裏腹に、夫婦でありつづけているという事実。ナイジェルは、結婚したのがそもそもの過ちで、わたしに嘘をついたことで過ちを重ねてしまったと謝った。そのまま二人で涙に暮れるだけで言葉は交わさず、とうとうわたしのほうから電話を切った。カイロのホテルの窓から見える黄色っぽい高層ビル群に視線を据えたまま、新しい人生設計とわたしの心の両方が一瞬で燃え尽きたように感じていた。**これって現実？**　つづけて、頭のなかで再生がはじまった五ヶ月間の思い出が、〝ロンドン在住の恋人〟との甘い日々から〝妻のいる男〟との自堕落な日々に変貌していくのを眺めながら、心のなかでつぶやいた。**なんてばかだったんだろう。**

　ふわふわと宙を漂っているような気分だった。だまされて、独りぼっち。その後の数ヶ月は、感覚が麻痺した状態で旅をつづけた――エジプトを離れ、ヨルダン、レバノン、イスラエルを経由してシリアに入った。首都ダマスカスには、迷宮のように入り組んだ屋根つきの市場《スーク》があって、ガラスのビーズ、光る飾りをちりばめたサンダル、金糸の刺繍が入ったシルクの反物といった、きらきらするものを扱う店が集まっていた。旧市街にある、丸石が敷き詰められた通りや、アーチ形の木の扉や、蔦で覆われた建物は、五百年前のオスマン帝国時代まで遡るものだ。薄く重ねた生地の隙間から蜂蜜を滴らせたバクラワと、ちっぽけなカップに入った濃厚なトルコ・コーヒーを出してくれる店が軒を連ね、木陰に並んだベンチは、黒っぽいスーツ姿の老人たちに占領されていた。いろいろな人に出会って、いろいろなものを目にした。ナイジェルからの電話で携帯がジージーと震えていたが、無視して一度も出なかった。弱気になったときは、エチオピアで撮った写真をクリックしてナイジェルの顔に目を凝らし、罪悪感や欺瞞の痕跡を探し求めた。ネットカフェでジェーンの名前を検索しながら、今回のごたごたをどう思っているのだろう、どういうタイプの女性なのだろうと想像をめぐらせたこともある。三人に――ジェーンとわたしとナイジェルに――別の呼び名を与えてみたりもした。「善人と悪人と極悪人」とか、「被害者と愚か者と加害者」とか。それとも、もっと単純に「犠牲者と犠牲者と犠牲者」？　わたしにはよくわからなかった。

心の傷はよく知っている方法で癒やすしかなかった――新しい計画を立てるのだ。より大がかりな計画を。わたしは自分用のカメラを買った。プロ仕様の高級品で、ナイジェルが持っていたカメラの上位機種だ。分不相応な買い物と言えなくもなかったが、将来への投資だと割り切った。わたしは、ナイジェルが写真を撮って数ヶ月分の旅費を捻出するのをこの目で見てきた。勉強すれば自分にもできるはずだという考えが、突拍子もないものには思えなかった。わたしは歴《れっき》とした旅人であり、世の中には旅行雑誌が溢れている。自分が撮った写真を売ろうと考えたっておかしくないはずだ。プロを目指すというよりは、ちょっとしたお小遣い稼ぎになればと思っていた。目標は、あくまでも前に進みつづけることだった。

カメラは一種の救いになった。希望をしまっておく新しい容れ物ができたのだ。わたしはカナダに戻ると、二〇〇六年の残りの日々を仕事に捧げて預金の残高を増やしていった。そのあいだ、ナイジェルは一日も欠かさずに電話をかけてきた。彼はすでにオーストラリアへ戻って、離婚の手続きをはじめていたのだ。家族も友人たちもカンカンだよ、とナイジェルは言っていた。どうしてこんな不愉快な目に遭わなければいけないのかという思いはあったけれど、電話がかかってきたら出るようにはなっていた。許せないという思いと会いたくてたまらないという思いを、行ったり来たりの日々だった。

あのときのわたしは二十五歳。だんだんと、職場のウェイトレスや旅先で顔を合わせるバックパッカーたちの気まぐれな生き方とは距離を置きはじめる年齢にさしかかっていた。デスクワークをするつもりはなかったが、ウェイトレスで終わるのも嫌だったので、カルガリーへ戻ると写真の教室を見つけ、仕事の合間に通いはじめた。プロのカメラマンを名乗れば素晴らしいものが得られるのではないかという思いで、より大きな目標に向かって歩き出したのだ。

そうするあいだも、ナイジェルとは連絡を取りつづけていた。少しずつ声をあげて笑う回数が増えると、わたしたちは一緒になる運命なのかもしれないというが思いが頭をもたげはじめた。予定外の相手だったのはジェーンのほうで、わたしとの関係が本物なのかもしれない、と。ナイジェルは自分で建てた家に住んでいた。好きなことを仕事にして、新聞社に写真を買ってもらいながら、バンダバーグという小さな街で暮らしている。安定した大人の生活を送っているように思えたのだ。ジェーンとの関係が明かされてから十ヶ月ほど経った二〇〇七年の冬、アジアを巡る新たな旅の計画を立てたわたしは、ナイジェルに説き伏せられてオーストラリアに立ち寄る決心をした。

会ったとたんに恋の炎が再燃したというほどではないにしろ、二人の関係が元に戻るのに時間はかからなかった。わたしがシドニーの空港に降り立ったのは、二月のある朝のこと。本格的なパニック発作をトイレでやり過ごしてから到着ロビーへ歩いていくと、ナイジェルが振り返ってこっちを見た。わたしの姿に気づくと、その顔にゆっくりと笑みが広がっていく。顎髭がきれいになくなっていた。肌を白くして、髪を整えてから、新しいジーンズと糊のきいたシャツを着せた、新しいナイジェルが立っているように見えた。ハグをしてきたときは、わたしを押しつぶして自分の世界に閉じ込めようとするかのように、きつくまわした腕をなかなか放そうとしなかった。

この日から、オーストラリア東部をめぐるハネムーンもどきの旅がはじまった。まずは、ハーバー・ブリッジの頂上に登るブリッジ・クライムに挑戦してから、緑溢れる公園でピクニックを楽しみ、フェリーでマンリー・ビーチへ行って波とたわむれた。そのまま海岸沿いを飛行機で北上すると、小型船をチャーターしてグレート・バリア・リーフへ向かい、スキューバダイビングを堪能。青や黄色の極彩色の珊瑚を見下ろしながら水中を漂い、ひらひらとひれをなびかせるエイや、滑るように移動していく亀のあいだを音も立てずに泳ぎまわった。夜はお酒をたっぷりと。手長海老や泥蟹を焼くと、甘い身を溶かしバターに浸してから頬ばった。星々の神殿の下で、香しい海風に吹かれながら夜更けまで話をして、幸せな気分でベッドに倒れ込んだ。

それでも、唐突に不安がこみ上げてくることがあった。旅先で出会い、ふたたび一緒に旅をすることになったこの男性は、ついこのあいだまで、妻と、ロンドンのフラットと、いまとはまったく別の未来を手にしていた男性と同じ人間なの？　こっちのほうが本物の彼？　人生をやり直すことになったのはわたしのせい？　それとも、わたしは再出発の口実にすぎないの？　疑念を振りはらおうとするのだが、二人とも重圧に押しつぶされそうになっていた。なぜなら、ナイジェルの離婚に本物の愛の成就という目的を持たせなければ、陰鬱な空気を和らげることができなかったからだ。起こるべくして起こった抗いようのない出来事、もっと言えば、別れなど考えられない運命の出会いにしなければならなかった。そうでなければ、ポーチの揺り椅子に座って、満ち足りた人生を送るために痛みを伴う決断を下した若かりし日の自分たちの姿を、九人の孫たちに語って聞かせる日はやってこないのだから。

その大前提をうち立てるためには、一緒に暮らして、愛し愛される関係を築かなければならなかった。愛の言葉は互いに口にしていたが、わたしはこのとき、オーストラリアへ移り住むという約束はしなかった。強い心でいるために、敢えて大胆な行動に出ようと考えた。ナイジェルを残してオーストラリアを離れたのは自分を守るためだ。ナイジェルには、いつもより倹約して多めにお金を貯めておいたので、今回の旅の締めくくりとしてアフガニスタンに前回よりも長く滞在してみようと思ってると説明した。現地に入ったら、カメラマンとして雇ってくれる相手を探してみるつもりだった。ナイジェルがわたしと一緒にいたいのなら、お金を貯めて追いかけてくればいい。今度は向こうが一歩を踏み出す番だった。彼にはこう言った。一緒に夢のような人生を歩めるかもしれないわよ。

# 11 従軍記者　*Press Pass*

二〇〇七年四月、予定どおりアフガニスタンに到着したわたしは、カブールの中心街にあるムスタファ・ホテルに移動すると、一ヶ月分の条件で宿泊料を安くしてもらって小さな部屋を確保した。黒っぽいカーペットが敷かれ、ピンクの柔らかな毛布がかかったツインベッドが置いてあった。窓からは、人が行き交う広場が見わたせた。

ムスタファ・ホテルは、アメリカによるアフガニスタン侵攻の開始に合わせて外国人特派員がなだれ込んできたときに、ほとんどのジャーナリストが寝泊まりしたホテルとして知られていた。タリバン政権後のカブールで、いち早くアルコールの提供をはじめたホテルの一つでもある。ただし、ジャーナリストで溢れかえった栄光の時代は過去のものになっていた。紛争が長引くにつれて、警備つきの施設やゲストハウスを報道局に転用させる報道機関があらわれたからだ。それ以外の組織は、アフガニスタンに特派員を常駐させておく手間を省き、戦いが長期化しているもう一つの紛争地イラクに人的資源を集中させた。結果的に、アフガニスタンはフリーのジャーナリストの楽園になったという話だった――戦闘が多発しているのに、報道するメディアが不足しているのだ。駆け出しのジャーナリストにとっては、自分の国よりもはるかにチャンスをつかみやすい場所になっていた。

　二〇〇七年五月のカブールは、草木を剥ぎ取られた巨大な石庭のようで、崩れかけのソビエト様式のビルが集まった区画では、建物の隙間から商店が顔をのぞかせていた。通りの角でガムや古い地図を売っているみすぼらしい身なりの子どもたちの顔には、高原から飛んでくる砂埃が第二の皮膚のようにこびりついていて、高地特有の身を切るような風は、ブーンというモーター音と燃料のにおいを運んでくる。足りなくなった電力を補おうと、無数のディーゼル発電機を稼働させていたのだ。

　わたしは、「アマンダ・リンドハウト　フリーカメラマン」という名刺を用意していた。メールアドレスとアフガニスタンで購入した携帯電話の番号を記載し、裏には、アフガニスタンで一番よく使われているダリー語で同じことを書いておいた。その名刺を相手の手に押し込むようにしながら配ってまわった。ホテルでは、ジェイソン・ハウというイギリス出身の気さくなカメラマンと知り合いになった。ジェイソンは、コロンビアの内戦や、二〇〇六年に起こったイスラエル対レバノンの過激派組織神の党《ヒズボラ》の戦闘を報道して実績をあげてから、従軍記者としてイラクにやってきた。彼は、これからイギリス軍と一緒にヘルマンド州に向かうと言ってから、わたしにフリーランスの心得を伝授してくれた。

　わたしは被写体を選ばずに貪欲にシャッターを切っていたが、アフガニスタンで写真を撮るのは容易なことではなかった。ブルカで全身を隠している女性たちでさえ、レンズを嫌がって背を向けてしまう。男性たちは敵意を剥き出しにして、ファインダー越しに睨みつけてくる。わたしはこの時点で、ペシャワールからカブールへ移り住んで絨毯の店を開いていたアマヌディンと再会していた。彼なら力になってくれるかもしれないと思い、クーチス族と会えるところまで連れていってもらえないかと頼んでみた。遊牧民のクーチス族が、カブール南端部の荒れ果てた丘陵地で野営していて、そのすぐそばに、前回の旅で泊めてもらったアマヌディンの親戚の家があったのだ。

クーチス族はアフガニスタンのいたるところで暮らしている。ほとんどは多数派民族パシュトゥーン人の血を引いていて、なかには、徹底した放浪生活を送りながら、一年を通じて山岳地帯を移動しつづける人々もいる。よく見かけるのは、人里離れた道を羊の群れを引き連れて歩いているクーチス族だ。胸元にビーズの飾りをつけ、袖が広がった色鮮やかな毛織のワンピースを身にまとった女性たちもそうだし、首にスカーフを巻いて、マッシュルームのような形をしたパコール帽をかぶった男性たちもそうだ。アマヌディンの親類宅の裏手にある溝のような渓谷には、数百人のクーチス族が集まり、毛織地を接ぎ合わせてつくったテントで寝起きしていた。地元の住人――土地と家を持ったアフガニスタン人――たちは黙認していたが、ほとんどの人が反感を抱いていた。わたし自身は、クーチス族に、カナダの北米先住民族《ファースト・ネーション》を重ね合わせていた。自立していて、体制に取り込まれるのを拒み、そのせいで惨めな生活を強いられている人々だ。

カメラの機材と、〝成功しているとは言いがたい〟新人カメラマンとしてのありったけの野心を鞄に詰めると、アマヌディンに、クーチス族の野営地で一晩過ごしてみたいと頼んでみた。

アマヌディンが引き受けてくれたのは、野営地まで連れていって話をつけるところまでだった。二人で野営地に近づいていくと、太陽が丘の向こうに沈みはじめ、目に映るものすべてが煙るような深い赤紫に染まりはじめた。クーチス族の人々が、夜に備えて羊や山羊の群れを追い立てている。遠くから見ている分には勇壮で牧歌的な光景だが、何百頭もの動物が押し寄せてくると、きつい糞尿のにおいが鼻を突いた。と、テントから、ゆったりした白い服の上に茶色のベストを羽織り、頭にターバンを巻いた男性が出てきてこっちに歩いてきた――この集団の長《おさ》で、マタンと名乗った。

マタンはアマヌディンとパシュトゥ語で言葉を交わすと、彼の妹のテントにわたしを連れていって、今夜はここに泊まればいいと言ってくれた。アマヌディンは、泊まるのはお勧めできないと――安全じゃないと――言いつづけていたが、わたしはすっかりその気になっていた。アマヌディンは、お好きなようにと肩をすくめてみせると、朝になったら迎えに来ると言い残して、暗くならないうちにと急ぎ足で帰っていった。

長《おさ》の妹は四十代。顔は日に灼け、二本の三つ編みはもつれてぼさぼさになっていた。着ていた赤いワンピースには、緑の毛織地で継ぎが当たっている。マタンが大きな声で彼女の名前を発音してみせる。**マリアム**。つづけて、わたしを彼女に紹介してくれた。**アーモンダー**。おやすみの挨拶代わりに、手を胸に当ててみせるマタン。わたしも同じ仕草で挨拶を返した。

マリアムはテントの入り口を持ち上げて、わたしをなかへ招じ入れた。小さな炉で炎が燃えている。砂利の上にカーペットが敷かれ、その上で二人の子どもが取っ組み合いをしていた。テントの奥には、持ち物をきれいに収納したキャンバス地のバッグが積んであった。マリアムが、米とどろっとしたヨーグルトとナンの夕食をつくってくれたので、鍋から直接口に運び、甘くて温かい紅茶で喉に流し込んだ。

食事を終えると、マリアムが汚れた床を掃いて、テントの奥から分厚い毛布を引きずってきた。それから外へ連れていかれ、丘の斜面に二人で並んで用を足した。テントに戻って横になると、ちろちろと揺らめくオレンジ色の残り火のそばで、片肘をついた姿勢で話をした。それぞれの言語で、ジェスチャーを交えながらの会話だったが、どういうわけか途中で面倒になったりはしなかった。話題にしたのは家族や戦争のこと。ほんのささいなことでも、相手が言おうとしていることがわかれば、それを糸口にして、その瞬間に大切だと思えた話題に発展させていくことができた。マリアムは言いたいことをうまく伝えることができないと、アハハと笑いながら、**どうってことないわよね**とでも言うように、わたしの手を取ろうとした。**ちょっとでも楽しい時間を過ごせればいいんだから。**思い出したように身を乗り出してきては、ずれた毛布を肩まで引き上げてくれるのだった。

夜が明けて、薄暗いテントから早朝のまばゆい光のなかへ出ていくと、思い切って泊まってよかったと思う出来事が待っていた。マリアムと彼女の義理の姉たちが——舌を鳴らしてわたしを受け入れてくれたことを伝える年輩の女性たちが——わたしの髪を梳かし、ビーズの魔よけをシャツにつけてくれたのだ。さらに、クーチス族の装飾品を見せてくれた——サウジアラビアの大ぶりの石を使ったネックレスに、小さなラピスラズリをちりばめたブレスレットに、三日月型の銀のイヤリング。

しばらくようすをうかがってからカメラを出してみたが、騒ぎにはならなかった。ファインダーを目に当ててからカメラを向けてみてもぴくりともしない。背中を向ける女性も、子どもを隠そうとする女性も、こっちを睨みつけてくる女性もいなかった。わたしの値踏みはすでに終わっていたようで、もしかしたら、マリアムや子どもたちと一緒にテントから出てきたときに、全員に変わったようすがなく、疲れているように見えなかったことで合格点をもらえたのかもしれない。男性陣はテントの陰でお茶を飲んでいた。女性陣は山羊を一列に並べて乳搾り。テントの外にうずくまっていた、まさに、しわくちゃばあさんといった風情の老婆が、衒《てら》いのないまっすぐな視線を向けてきた。その瞳に太古からの記憶が宿っているような気がした瞬間、わたしはシャッターを切っていた。

その写真が——蜘蛛の巣のように張りめぐらされたしわだらけの顔に、澄み切った瞳を輝かせている彼女の顔写真が——、わたしの記念すべきデビュー作になった。撮影の数週間後に、『アフガン・シーン』という、海外駐在員向けの地元誌の表紙を飾ることになったのだ。担当の女性編集者は写真を気に入ってくれて、焼き増しして自宅の居間に飾ってもいいかと訊いてきたほどだった。さらに、野営地に戻ってクーチス族についての長編記事をまとめるように依頼してくれた。記事が三頁で写真が見開き八頁。書くのも撮るのも、このわたしだ。

第一線で活躍しているジャーナリストから見ればなんてことない話だろう。低予算の雑誌から仕事をもらっただけで、雑誌そのものも、ビザカードから犬の里親探しから装甲車の販売に至るまで、ありとあらゆる広告の隙間にレストラン評や文化面の記事を載せているような薄っぺらい月刊誌なのだから。それでも、わたしにとっては大ホームランだ。実際に仕事を依頼されて、わずかばかりの報酬をもらう――努力が報われ、アフガニスタンにとどまる口実ができたのだ。

気をよくしたわたしは、ニュース雑誌や新聞社のホームページにじっくり目を通して、ほかのカメラマンがとらえた被写体や、記事のまとめ方に注意を払うようになった。自分を叱咤しながら外へ出ていっては、ムスタファ・ホテルを経由していく大勢の人々に自己紹介をして、どこから来たのか、何を見たのかと尋ねてまわった。トロントやニューヨークの編集者にメールを送るときには、ホテルで知り合った援助団体のスタッフやフリーのジャーナリストたちとほかの州へ足を伸ばしたときに撮った写真を添付した。返信があって、何かあったら連絡してほしいと言われることもあったが、送ったものを掲載しようという話にはならなかった。ほとんどの相手は、戦闘の写真を欲しがっているようだった。

そんなある晩、〝民間警備斡旋人〟を名乗ってムスタファ・ホテルのバーに入り浸っているアンソニー・マローンというイギリス人が、ビールを飲みながら、従軍記者になりたいのなら力になってやってもいいと言ってきた。マローンは数日のうちに、『コンバット・アンド・サバイバル』という雑誌の知り合いの編集者が書いた手紙を手に入れてくれた。そこには、カナダ軍が戦地で活動している写真があったら是非とも見せてほしいと書かれていた。手紙の効果はてきめんだった。一週間もしないうちに、わたしはカンダハルへ向かっていたのだから。

『コンバット・アンド・サバイバル』は、兵士を――現役軍人や、退役軍人や、何らかの理由で戦闘や軍の活動に執着している人々を――ターゲットにした専門誌だ。内容を確認してみたところ、奇怪な形をした哨戒機の特集記事や、セルビアや中央アフリカといった世界各国の紛争地の最前線で書かれた男性目線のレポートが紹介されていた。わたしにとっては未知の分野だったが、白状すれば、どんな組織にどういう形で所属しようかと思い悩む時期はとっくに過ぎていた。アフガニスタンに入ってから八週間。ニュースのネタが拾えそうな場所に飛び込んでいくしかないと、自分に言いきかせる日々がつづいていたのだ。

六月下旬のある日の午後、わたしは気温四十六度のカンダハルに降り立った。カメラの機材と一緒に引きずっていたのは、サイズが何周りも大きいターコイズブルーの防弾チョッキ。ムスタファ・ホテルの親切な支配人アブドゥラが、忘れ物の山のなかから掘り起こしてくれたものだった。カンダハル軍用飛行場に設営された、カナダの報道陣用テントに到着したときには、気が高ぶってぴりぴりしていた。テレビ局のグローバル・ニュースとキャンウェスト・メディアからは数名のスタッフが、CTVテレビジョンネットワークからは男性一名が来ていた。本格的な記者たちの本格的な任務とあって、機材を入れる保護ケースは、衛星電話、防弾サングラス、戦闘用ヘルメットといった装備で溢れかえっていた。わたしがテントに入った直後に、黒髪の女性が白いシャツの裾をなびかせながらなかに入ってきた。

シャワーを浴びたばかりなのか、すっかりくつろいでいるように見えた。一目で誰だかわかった。カナダ放送協会のメリッサ・フンだ。テレビで何度も目にしていた彼女が、数メートルしか離れていないところに立っている——小柄な体に自信を漲らせ、みんなが汗にまみれているなかで一人だけ涼しげな顔をして、三脚の上のモニターをのぞきながらカメラマンと打ち合わせをしているのだ。

わたしはといえば、学校の食堂でぽつんと立ちつくす小学生の気分。軍から提出を義務づけられている書類を抱えて、『近親者の連絡先』などという縁起でもない用紙に必要事項を書き込んでいると、グローバル・ニュースの男性レポーターがそばにきて自己紹介をはじめた。名前は、フランシス・シルヴァッジョ。わたしは精一杯場数を踏んでいるふうを装った。カブールを拠点に活動しているカメラマンで、『コンバット・アンド・サバイバル』の撮影のために飛んできたの、と。話している最中も、相手の視線は、荷物の隣に置いてある派手な青緑の物体に釘付けになっている。デリカテッセンの前に置かれたサンドイッチの看板よろしく、地面にぬっと立っているXXLサイズの防弾チョッキに。

「何なの、それ?」と、尋ねられた。

おどおどしながら説明した。防弾チョッキなの。カブールのホテルで借りてきたんだけど、古いし、大きすぎるのよね。フランシスが眉を上げた。「フリーでやってるもんだから」と、言わなくてもわかることを口走ってしまう。人を見下したようなコメントが返ってくるか、適当な口実で会話を切り上げられるかと思ったが、そうはならなかった。フランシスはこう言ったのだ。「いや、うちの局のが一つ余ってるんで、そっちのほうがサイズが合うんじゃないかと思ってさ」

グローバル・ニュースの好意のおかげで、それから間もなく、体にぴったりして、借りてきたものよりはきれいな、枯れ葉色の防弾チョッキに身を包むことができた。それだけで負け犬気分が薄れ、軍の広報担当者からヘルメットを支給してもらうと、完全にその場に溶け込めたように思えた。報道関係者の一握りの人間だけが、ニュースで〝タリバンの拠点〟と紹介されていたマスムガールにある作戦基地へ向かうことになった。車で一時間半の距離で、軽装甲車の車両部隊で移動するという。

出発する前に、軍の指揮官から手順について話があった。指揮官は、道端に仕掛けられている簡易爆発物（ＩＥＤ）の脅威について簡単な説明をすると、早口でがなりたてた。「ＩＥＤが爆発しても、損傷がない場合はそのまま前進。装甲車が走行不能になった場合は、非常線を張り、必要に応じて攻撃しながら前進する」

レポーターたちは電波が強いうちに連絡を取ろうと携帯電話に飛びつくと、編集者と記事の方向性について話し合い、入稿時間の調整をはじめた。わたしはテントから出て、オーストラリアにいるナイジェルに電話をした。恐くてたまらなかった。

そのころ、わたしたちのあいだにはすきま風が吹きはじめていて、ふたたび燃え上がった炎が急速に衰えていく実感があった。愛と喜びに——感嘆詞つきの愛の言葉や二人の将来についてのアイデアに——溢れる会話ができたかと思うと、次の電話では、距離を感じさせるそっけない言葉のやりとりで終わってしまう。ナイジェルは正式に離婚していたが、新しい人生に向けて再出発しようと意気込むどころか、鬱々とした日々を過ごしているようだった。その気持ちは手に取るようにわかったが、わかりたくないというのが本音だった。

オーストラリアは午後の遅い時刻だった。「これから軍と一緒に出発するわ」開口一番にそう言うと、その時点までの状況説明をして、ヘルメットと防弾チョッキのことや、タリバンの本拠地やＩＥＤの件をくわしく話した。

自慢しているように聞こえたのかもしれない。自分でもそうなることはわかっていたのだと思う。その週のはじめに、わたしたちは電話で言い争いをしていた。ナイジェルがカブールで合流すると言いながら一向に飛行機の予約を取ろうとしなかったからだ。ナイジェルは強引すぎるとわたしを責め、わたしのほうは流されやすいと彼を責めた。

「たぶん、十日ぐらいは連絡できないと思う」締めくくりにそう言った。「でも、心配しなくても大丈夫だから」

一瞬の間があった。わたしはナイジェルの姿を思い浮かべた。きれいなシャツを着てデスクに向かい、バンダバーグで撮った何かの写真の編集作業をしている彼の姿を。

「了解」という声は冷ややかだった。「殺されるなよ」

わたしたちは電話を切った。愛の言葉を一言も口にせずに。

その後の八日間は、カナダ軍に同行して戦場で過ごした。ほとんどの兵士が同年代の若者で、地方の農村の出身だった。ほんの数日体験しただけで、戦争というのは危険なだけでなく人を摩耗させるものだと実感できた。アフガニスタン南部の日差しは、すべてのものを――トイレの液体石鹸や便座までをも――火傷しそうになるまで焼き尽くす。装備品はずっしりと重く、どこもかしこも砂埃だらけ。わたしが会ったクラシックのピアニストは、指を怪我したらどうしようと気を揉んでいた。父親だという若い兵士は、首からぶら下げたチェーンに認識票とラミネート加工した子どもたちの写真をつけていた。

マスムガールに到着した翌日、カンダハル南西部でＩＥＤの爆発があり、パトロール中のカナダ人兵士三名が死亡したという知らせが飛び込んできた。世界にニュースを発信する前に遺族に知らせる必要があったため、従軍記者たちは報道管制が解かれるのを待ってからフル回転で作業に取りかかった。

兵士たちは鉄条網のなかで——軍の駐屯地という守られた領域で——生活していて、必要があるときや命令が下ったときには、外へ出ていって歩きまわる。駐屯地には図書室や衛星放送を視聴できるテレビがあり、朝食で調理してもらう卵も揃っていたが、一歩外に出れば、一つの脅威が次の脅威を招いて危険が高まっていく。暗がりや物陰や、頭上にせり出す山々の茶色い窪み、タリバンはあらゆるところから攻撃を仕掛けてくる。軍服を着ていないので、頑丈な壁に囲まれた小さな村に逃げ込まれれば、無辜《むこ》の市民と区別がつかない。攻撃手段は、ロケット弾と道端に仕掛けるＩＥＤだ。

脅威は目につかないところに潜んでいる。どんな形で襲ってくるのか予想がつかない。瞬時に物事の輪郭を際だたせ、相手を選ばずにつきまとい、アドレナリンを放出させて鼓動を掻き乱す。シュッと音を立てるヒヨケムシは、カップの受け皿ほどの大きさがあった。頭上で炸裂する夜間の曳光弾に、自宅からメールで送られてくる悪い知らせに、不気味に静まりかえった道路。鉄条網のどちら側にも、一瞬で惨劇をもたらしかねない火種が眠っている。

鉄条網の外に出ていくのは、宙に放たれて射撃の的にされる気分だった。ある朝、銃と金属探知器を手にしてつるが絡み合った葡萄畑に分け入っていく歩兵のグループに同行した。遠くから目撃されていた不審なワイヤーを、目視で確認しに行くことになったのだ。戦闘服に身を包んだ兵士たちが、畑の境界線になっている低い土壁を飛び越え、張りつめた沈黙を保ちながら目標地点に忍び寄っていく。わたしは写真を撮りながら懸命にあとをついていった。恐怖と無力感で頭がぼうっとしていた。鼓動が速くなっていく。ワジと呼ばれる干上がった川床に立っていた地元の少年たちが、何か埋まっていないかと警戒しながら前進していくわたしたちを見つめていた。あの子たちは知っているのだろうか——タリバンの協力者なのだろうか？――という疑問が頭をよぎったのも束の間、ついに騒動の原因に行き当たって、脅威とみなされていたものの正体が明らかになった。水路に落ちていたのは、日に灼けてぼろぼろになったロープだった。

# 12 危険地帯 The Red Zone

わかりきったことだが、自分のものであれ他人のものであれ、未来をはっきり見定めるのは不可能だ。何が起こるのかはそのときになってみなければわからない。それとも、その直前に兆候があって、自分の運命を目にする瞬間があるのだろうか。わたしの想いは、カメラと、『コンバット・アンド・サバイバル』誌が発行してくれたいかがわしい許可証を持って、カンダハルに降り立ったときの場面に戻っていく。カナダ軍の三人の兵士たちは、ＩＥＤが爆発して自分たちが死ぬことになるとは思ってもいなかった。故郷で彼らの帰りを待っていた親や妻たちは、心の準備ができていないままで悲報を受けた。強い目的意識と自信を漲《みなぎ》らせていたカナダ放送協会のメリッサ・フンも、自分を待ち受けているものを知りようがなかった。彼女はあの十六ヶ月後にカブール郊外で誘拐され、岩山のなかに掘られた地下室に、満足な食事を与えられないまま二十八日間も監禁されてしまうのだ。雑誌社に手紙を書かせてくれたアンソニー・マローンは、アフガニスタンでもっとも劣悪と噂される刑務所に放り込まれ、詐欺と債務不履行の罪で二年間も服役することになる。フリー・ジャーナリストのジェーソン・ハウはその後も快進撃をつづけ、『フィガロ』『タイムズ』『ニューヨーク・タイムズ』といった大手の新聞社に写真を買い取ってもらうのだ。

　わたしも、自分の運命を抱えて動きまわっていた。あの時点で知りようがなかったことはわたしのなかのどこかに留まり、少しずつ脚色が加えられていった――といっても、避けられない運命というほどのものではなく、とりあえずは上演の機会をうかがっている状態だったのだろう。

　わたしは資金が尽きたところでアフガニスタンを去った。カメラマンとして成果をあげられなかったと意気消沈するのが本当だったのかもしれない。七ヶ月も滞在していたのに、『アフガン・シーン』に一本の記事と数点の写真が掲載されただけなのだから。でも、そうはならなかった。プロの仕事を身をもって体験できたことに興奮して、手応えを感じていた。カルガリーへ戻って貯金生活をはじめると、写真の技術を磨きながら新たな計画を立てたが、その予想図のなかにはナイジェルの姿がなかった。完全に連絡が途絶えていたのだ。

　新しい勤め先は、〈セブン〉という開店したばかりのレストランのラウンジ・バー。マイアミにでもあったほうがよさそうな金満ムードたっぷりの店で、革のカウチも店内の壁も真っ白だった。チップは破格で、仕事だって手慣れたものだ。ふたたび十センチのピンヒールを履いてカクテルトレイを手にすると、カブールでの体験を心の片隅に大切にしまい込んだ。ダウンタウンのオフィスに勤める同年代の女性からマンションの一室を又借りすると、中東から持ち帰った細々とした装飾品で飾り立て、パキスタンやインドで撮った写真を壁に掛けた。週のうちの数時間を目指す場所へ戻るための準備に充てて、地元のカメラマンに白黒写真の効果的な撮り方や画像加工ソフトの使い方を教えてもらった。

　クリスマスが近づいてきたある日、イラクでテレビの仕事をしないかという誘いが飛び込んできた。

ちゃんとした仕事だった。勤務地はバグダッドで、月給は四千ドルで、生活費は会社持ち。まさかと思ったけれど、本当だった。数ヶ月前にムスタファ・ホテルで知り合った男性――NGOの仕事を探してカブールに短期滞在していたイーシャンというイラン人――がメールを送ってきて、イランのプレスTVというテレビ局が英語のできるイラク駐在の特派員を探していると教えてくれたのだ。ネットで検索してみると、いかにもお堅そうなニュース専門サイトがあらわれた。プレスTVは開設されたばかりのネットワークで、英語による二十四時間放送を売り物にしていた。イラン政府が資金を出していて、アル・ジャジーラやCNNと同種の――少なくとも、見かけだけは――局を目指していた。アル・ジャジーラ同様、プレスTVでも撮影スタッフに欧米人を雇っていて、すでに、ニューヨーク、ロンドン、ベイルート、モスクワに赴任させているという。

イランがイスラム国家で、人権問題についてはお粗末な対応しかしてこなかったことは知っていた。それでも、よく一緒に暇つぶしをしていたイーシャンは、若く知的で、自分の国は変わるはずだと希望を持っていた。テヘランで婚約者と一緒に暮らしているそうで、彼の話を聞いていると、洗練された国際人で溢れかえったテヘランの街が目に浮かんでくるようだった。詩を書いて、地下のナイトクラブに通い、世界のことを広い視野でとらえている人々だ。プレスTVとのやりとりの過程で、わたしは窓口になった女性プロデューサーにある質問をした。ネットワークにはある特定の見解があるんですか？つまり、検閲があることを念頭に置くべきなのかしら？　彼女はいいえと答えた。プレスTVは偏向報道は行わない、すべてのニュースを公平に伝えます、と。それだけ聞けば充分だった。テレビのレポーターとして雇ってもらい、イラクのような国で暮らせるのだ。興奮のあまり、疑いの気持ちはきれいさっぱり吹き飛んでいた。

母は、荷物をまとめるのを手伝ってくれたうえに、空港まで車で送ってくれた。危ないまねはやめなさいとお説教するのはとっくの昔にあきらめていた。

バグダッドに到着したのは、二〇〇八年一月の末。プレスTVは、巨大なパレスチナ・ホテルに、わたしの部屋と、隣接するオフィス用のスイートを用意しておいてくれた。一九八〇年代には豪華絢爛だったはずのホテルは、時代遅れでくたびれた姿をさらしていた。オフィス用のスイートの隅には古びたカウチが何脚か置かれ、冷蔵庫、テーブル、編集に使うビデオのプレーヤーとモニターが揃えてあった。編集機材は大型で旧式のものだったが、作業をするのに支障はなかった。フィールド・プロデューサーを務めるエナスというイラク人女性に会った。間隔があいた茶色い目と、ぽっちゃりした体の持ち主で、赤く染めた髪を肩に垂らしている。テヘラン駐在のニュース・ディレクターで、わたしの直属の上司になるミスター・ナドジャフィには、電話で着任の挨拶をした。

バグダッドには、銀茶色の山々に囲まれたカブールのようなドラマチックな美しさはなかった。タクシーも、のろのろ進む車の列も、それまでに訪れた大都市とまったく同じで、空はスモッグで覆われていた。金色の光や葉を広げた椰子の木も、ダマスカスやベイルートやアンマンで見たものと変わらない。ちがうのは、軍の検問所や、コンクリート製のコーンや、高さが十メートル近くもある防護壁をそこらじゅうで目にすることで、無表情な箱形のビルが並び、地平線は砂埃で煙っていた。建物のなかには優美な世界が広がり、乳と蜜の流れる土地ならではの神話的な物語が息づいているのだろうが、外からうかがい知ることはできない。バグダッドはそれまで訪れたどの都市よりも刺々しく、戦禍で疲弊しているように見えた。ホテルの部屋の窓は、環状交差点と、ドーム型の天蓋を戴いた白っぽいモスクに面していた。この天国広場《フィルドス》は、二〇〇三年、アメリカ軍の戦車がサダム・フセインの銅像を引き倒したことで一躍有名になった場所だ。少し離れたところをチグリス川が流れているのだが、泥混じりの水がゆるゆると流れる川面には、行き交う船の姿は見られない。

パレスチナ・ホテルでは欧米人をめったに見かけなかったし、そもそも、宿泊客そのものが多くなかった。アラビア語でアメリカの政策を伝える、アル・フーラというアメリカ出資のテレビ局の場合は、別の場所に拠点を置き、スタッフのほとんどが定時の仕事をするだけのイラク人だった。ホテルは閑古鳥が鳴いているように見えたが、十八階建ての建物はバグダッド随一の高層ビルの一つだったから、反政府勢力に狙われやすいという理由もあったのだろう。バグダッドで過ごした最初の夜は、ベッドに横になって、窓の外から聞こえてくるタタタッという機関銃や大音響で鳴りひびくサイレンの音に耳を澄ましながら、恐怖に震え、自分の理解を超えた場所に来てしまったという思いを噛みしめていた。

フィールド・プロデューサーとして通訳を務めてくれたエナスとは、仲のいい友人になった。歳は三十五ぐらいで、輝くような笑顔の持ち主だった。鞄にプラスチックの包装紙にくるまれた飴を詰め込み、ほとんどの相手と気軽に冗談を言い合える関係をつくってしまう。仕事がないときは二人でカラダ地区の市場へ足を運び、ヘッドスカーフを買ったり、ジュースを飲んだりして過ごしていた。

エナスはイスラム教徒《ムスリム》だったが、気が向いたときにヘッドスカーフをかぶるぐらいで、一日五回の礼拝は行っていなかった。わたしが知り合ったイラク人――アル・フーラのスタッフや、一緒に仕事をしたフリーのカメラマンたち――のなかにも、礼拝をしている人は一人もいなかった。ムスリムといっても、彼らの信仰生活は、クリスチャンを名乗っているわたしの友人たちのそれと変わらない。主要な祝日を祝い、金曜日にはモスクへ行き、神との個人的な取り決めを守ろうと努力するのだ。『コーラン』を読んで知力を得ることはあっても、その考え方に支配されることはなく、古めかしい、制約が多すぎる、といった感想を持っている。イスラム過激派を恐れる気持ちもわたしたちと変わらない。国民のほとんどが、今回の戦争は、対立する宗派の人間たち——スンニ派に、シーア派に、それぞれの信徒のなかで小競り合いをしている下位集団——と、イラクの原油を狙っている外国人の両方の思惑が入り乱れたものという認識を持っているようだった。

エナスはイラン人のために働くことを快く思っていなかったのかもしれないが、不満を表に出すことはなかった。濃い紅茶を淹れてくれるときも、膝に置いたレポート用紙にその日の予定を書き込むときも、彼女はいつも鼻歌を歌っていた。イラクがイランに侵攻したのは、エナスがまだ小さかった一九八〇年のことで、両国はそれから八年間も戦闘状態にあった。死者の数は五十万。勝ち負けのない戦争だったが、二〇〇八年の時点でも怒りは燻《くすぶ》りつづけ、イラクではイラン人に疑いの目を向けるのがあたりまえになっていた。丁重にインタビューを頼んでも、イランのテレビ局の仕事だと知ったとたんに背を向けられてしまうことが何度かあった。市場で声をかけたある男性は、わたしに謝ってからこう言った。「あんたがボスと揉めないといいんだが。イランの奴らには何度もひどい目に遭わされたんでね」

わたしの仕事はプロパガンダ政策の一翼を担うもので、すぐにそのことに気づかされた。エナスやカメラマンと一緒に車で走りまわりながら、ストリート・チルドレン、一般市民の戦傷者、何も停止されない停戦命令について取材をすると、ミスター・ナドジャフィがわたしが撮ってきた映像を集め、アメリカ軍とアメリカの政策が最低最悪のものに見えるように編集してしまう。わたしが書いた原稿も、戦闘に触れた箇所には、「アメリカ主導の侵攻」とか「アメリカ主導の占領」といった言葉が加えられる。「コーラン」は「聖コーラン」に直された。仕事の都合で、シーア派のマフディー軍がアメリカ軍と衝突をくりかえしているサドル・シティに足を踏み入れなければならないことが何度かあった。護衛を雇いたいので費用を負担してほしいと頼んでみたのだが、ミスター・ナドジャフィの返事はノーだった。わたしはだんだんと、安全を確保してもらえないまま利用されていると感じるようになっていく。

新しい仕事を探すためにもスキルを磨きたいと考えたわたしは、パソコンの画面に釘付けになって、バグダッドを拠点に活動していた大物特派員たちの記事にじっくりと目を通し、彼らが何をどうやって取材したのか突きとめようとした。カナダの新聞社の編集者に問い合わせのメールを送って、地元紙の『レッドディア・アドボケイト』の編集者と話をするところまで漕ぎつけ、写真と記事で構成されるコラムを週に一度担当させてもらえることになった。記事一本につき三十五カナダドル、掲載写真一枚につき二十五カナダドルの契約だった。

淋しくて耐えられなくなると、プレスTVの小さな編集局ごとハムラ・ホテルへ引っ越した。パレスチナ・ホテルから三キロほど離れた住宅街にあるホテルで、こちらのほうが欧米人の宿泊客が多かった——ほとんどはジャーナリストか請負業者で、交代制でバグダッドに詰めている人もいたが、多くは滞在期間が決まっていないようだった。ホテルの部屋は中庭に面していて、バルコニーから、プラスチックの白い長椅子に囲まれたきらきら輝くプールを見下ろせるつくりになっている。ハイネケンやレバノンのワインを出してくれる小さなバーや、イラク料理を食べられるレストランが併設されていた。建物の周囲には背の高い防護壁がめぐらされ、敷地内にある二軒の家屋の一つが、『ワシントン・ポスト』紙の報道局として使われていた。『ロサンゼルス・タイムズ』紙、NBCニュース、『USAトゥデイ』

紙といったメディアがスタッフをホテルに住まわせていた。

　彼らは日が落ちると部屋から出てきて、アメリカ軍の売店で買ってきたボンベイジンのボトルを手に、ぶらぶらとプールに向かう。ハムラ・ホテルに移って間もないころに、ちょっとだけおめかしをしてプールに降りていったことがあった。ウェイターにビールを注文して、その場に溶け込んでいるふりをした。あちこちから、その日の作業を終えたジャーナリストたちが、ミーティングでのやりとりや、手続きが遅れて困るよ、といったお喋りをしている声が聞こえてくる。全身を興奮が駆けめぐるのがわかった。ようやく話し相手が見つかったのだ。大切なことを教えてくれる相手が。

　わたしは、テーブルのそばに立っていた三人の男性たちに近づいていった。「ハイ！」と声をかけてから名前を名乗った。「アマンダよ」

　全員でにこにこしながら、同僚や仲間がするような握手を交わす。三人とも三十代前半といったところ。一瞬だけ胸のときめきを覚えた。すると、一人の男性が訊いてきた。どこで働いているの？

「プレスTVよ」

「どこだって？」

　気がつくと、イラン人のために働くことになったいきさつを説明してから、こう釈明していた。新しい仕事が見つかり次第辞めるつもりなの。

　つづいて訪れた長い沈黙は侮蔑に満ちたものだった。プールの水に反射した光が、わたしたち全員を揺らめく緑に染めている。

「あなたたちは？」話題を変えようとしてそう促した。「どこの仕事で来てるの？」

　三人は雇い主の名前を口にした――三つともアメリカのメディアで、三つとも大手だった。誰でも知っている名前がぽん、ぽん、ぽん、と飛び出してきた。そのまま話をしていると、一人、また一人と言い訳を口にしながら闇に紛れるように消えていき、気づくとふたたび独りぼっちになっていた。

ハムラ・ホテルへ移った最初の数週間は、質問されるたびに落第点を取った気分を味わっていた。試験は一瞬で終わってしまう。

どこの出身？　カナダのアルバータ州にある小さな町です。大学は？　実は行ってなくて……あっ、もちろん、大学院にも。ここに来る前はどんな仕事をしてたの？　特にこれといったものは……。

みんなが使っているのはわたしが知らない言語だった。住んでいる世界がまるっきりちがうのだ。わたしはワシントンDCへ行ったことがない。ニューヨークを知らない。ネットで大手メディアのニュースを追いかけてはいたが、アメリカのメディア事情についてはほとんど知らなかった。バグダッドにたどりつくまでには、さまざまな場所を――ベイルートや、アレッポや、ハルトゥームや、カブールを――経由してきたが、エール大学にもコロンビア大学にも通ったことはない。時間を惜しまずに働き、高名なジャーナリストにはあらゆる機会を逃さずに質問をしてきたが、必ずと言っていいほど、惨めで場ちがいな気分を味わわされただけだった。

みんながみんな冷淡だったわけではない。ある晩、NBCニュースの記者リチャード・エンゲルと話をすることができた。ハンサムなエンゲルは、わたしよりも小柄で引き締まった体と、周囲がパッと明るくなるような笑顔の持ち主で、海兵隊員のように髪を短く刈り上げていた。いよいよ恐れていた瞬間がやってきて、プレスTVに雇われていると白状すると、彼はわたしを思いやって、でこぼこ道に耐えなければならないときもあると慰めてくれた。エンゲルも、二〇〇三年にはじめてイラクに入ったときは、何の後ろ盾もないフリーのジャーナリストとして、小さなビデオカメラだけを手にして国境を越えたそうだ。それから五年でＮＢＣニュースの看板記者にまで登り詰め、話をした数週間後には、海外特派員のチーフに昇進している。

「誰だって何らかの形でスタートを切らなくちゃならない」あのとき、エンゲルはこんな言葉をかけてくれた。「そこは踏み台だと思うんだ。必ず、急いで前に進みたくなるから」

その一ヶ月ほどあとだったと思うが、わたしは紆余曲折のすえにプレスＴＶを辞めて、フランス・ヴァン・カルトという、パリを拠点とした英語放送のテレビ局とフリーランス契約を交わした。イラク・ナショナル・シンフォニー・オーケストラの取材をして、イラクの避難民の帰国や、バグダッドで暮らすパレスチナ人の苦境についての記事を書いた。プレスＴＶで働いていたときに、取材で出会うイラクの人々に頭が下がる思いをさせられたことが何度もあった――地元の病院で背負いきれないほどの責任を負っている医師に、爆風で割れた教室の窓ガラスを箒で掃いていたサドル・シティの教師に、通りでティッシュペーパーを売っている孤児の兄弟。戦闘の犠牲者を目の当たりにして困惑や悲しみを感じずにいられるわけがない。非力ではあったが、自分なりのやり方で歴史の証人になるのは名誉なことだと思っていた。

収入面ではぎりぎりの暮らしがつづいていた。フランス・ヴァン・カルトからは、わたしが編集した映像に対して一分当たり千五百ユーロが振り込まれるのだが、ほとんどが運転手や通訳やカメラマンや編集者への支払いに消えてしまうし、なんといっても、ハムラ・ホテルに払う毎月三千ドルの宿泊費が大きかった。『レッドディア・アドボケイト』のコラムの仕事もつづけていた。

ある晩、大手の通信社で働くジュリーというアメリカ人女性がわたしの部屋に顔を出した。「ねえ、知らないの？　みんな、あなたにカンカンなんだけど」

「何のこと？」わたしは、客室乗務員になっていたケリー・バーカーとポルトガルで落ち合って、数週間の休暇を楽しんできたところだった。あっけにとられてジュリーを見つめた。カンカンになるなんてありえない。わたしが何をしたっていうの？

　わたしがいないあいだに、誰かがユーチューブである映像を見つけたことが発端だった。知らないうちに、プレスTVのアンカーが数ヶ月前に一緒に仕事をしたときのライブ映像をアップロードしていたのだ。まだパレスチナ・ホテルに滞在していて、海外特派員の誰とも接触らしい接触をしていなかったころのものだ。

　ライブ映像が配信されるなんて初耳だった。ジュリーがいなくなってからノートパソコンで問題の映像を確認してみると、それまで味わったことのない恐怖で胸が締めつけられた。イラン人のアンカーが質問している。アメリカ軍の戦死者が四千人に到達しようというのに、アメリカの主要メディアはジョージ・ブッシュの増派政策を支持しているように見えますが？

　画面が開店休業状態のパレスチナ・ホテルに切り替わり、照りつける日差しを浴びながら、低層棟の屋上に立っているわたしがあらわれた。背後には一列に並んだ椰子の木。エナスと一緒に護衛なしでバグダッドを走りまわるようになってから数週間が経っていて、画面のなかのわたしは真実だと思い込んでいることを口にしようとしている。この時点でわたしが目にしていたのは、厳重な警備下に置かれた安全地帯《グリーンゾーン》にとどまっている外国人記者だけだった。彼らの記事は、連合軍暫定当局の人当たりのいい広報担当官から渡される資料を鵜呑みにして書かれたものだった。アル・フーラで働いているイラク人からもこんな話を聞いていた。西側のジャーナリストは、リスクを最小限に抑えることを考えているし、保険でカバーされない行動は控えることが多いから、イラク人記者――たいていは、通訳やフィクサーたち――を市街地に送り込んで取材をさせる。自分たちは比較的安全な支局にこもったまま、彼らがつかんだ情報を寄せ集めた記事をつくるのさ。

　わたしは、ハムラ・ホテルのベッドの上で枕にもたれた姿勢で、これから襲ってくる衝撃に備えた。すでに映像のなかの自分よりも歳を取ったように感じていた。そのまま口を閉じてなさい、と自分に呼びかける。大手メディアの記者たちが誰かのパソコンに群がり、わたしが言葉を発するたびに嘲りの表情を浮かべるようすが瞼に浮かんできた。

「バグダッドで取材をするにあたって、多くのメディアが抱えている問題は――」画面のなかのわたしが、苦労のすえに習得した放送用の声で、アンカーマンに答えている。「――実際に起こっていることを自分の目で見ていない点です。彼らは囲いのなかにとどまっています。安全地帯《グリーンゾーン》にこもっているんです。契約上の問題で、いまわたしが立っているような危険地帯《レッドゾーン》に入るのが許されないという事情もあるのですが……」

　自分の声を聞いているうちに気分が悪くなってきた。ハムラ・ホテルに移ってからずっと、記者たちから仲間外れにされているように思える現状を嘆いてきた。でも、わたしは彼らに出会うずっと前に過ちを犯していた。危険区域《レッドゾーン》で寝起きしながら取材をつづけるジャーナリストは実際には大勢いたのだが、だからといって、わたしが嘘を吹き込まれたわけでもない。バグダッドで起こっていることを見極めるのは困難であり、わたしにも全容はつかめていなかった。それだけ危険な場所だったのだ。

　いずれにしても、バグダッドで友人や仕事のコネクションづくりに励む道は閉ざされた。わたしは銀行残高とフライトの利用条件を確かめながら、ほとぼりが冷めるまで別の場所から――たとえば、アフリカから――取材をつづけようと考えた。辛いときは呼吸法や瞑想で乗り切ってきたが、あのときばかりはとても効果があるとは思えなかった。行き詰まって、頼る人もなく、完全に打ちのめされていた。

そんなときに思いも寄らないことが起こった。ナイジェルが近況報告らしきメールを送ってきたのだ。ナイジェルは新しい恋人と一緒にスコットランドへ移住していた。グラスゴーのそばの私有地で、住み込みの管理人として働いているという。わたしの活動をチェックしてくれていたようで、今後の活躍を祈っているという言葉が添えられていた。恋人ができたという知らせなのに、これ以上はないという絶妙のタイミングで、昔の甘い思い出がよみがえってきた。

メールをやりとりして段取りをつけると、数日後に直接電話で話をした。声を聞いたとたんに涙がこみ上げ、一緒に過ごした日々が恋しくてたまらなくなった。ナイジェルは、冗談を交えながら新しい仕事やスコットランドの天候の話をしてくれた。最後に話をしたときとはまるっきりちがう場所に根を下ろしていたわけだが、興奮しているようすは伝わってこなかった。バンダバーグで新聞社の仕事をしていた彼が、どこをどうめぐって、スコットランドで生け垣を刈り込むことになったのか。音信が途絶えていた一年間をどんなふうに過ごしていたのかもわからない。わかったのは、ナイジェルがもう写真を撮っていないということだけだった。

わたしは、魅力と刺激に溢れた毎日を過ごしているような口振りで、バグダッドでのエピソードをいくつか披露したが、みんなから嫌われていることは敢えて口にしなかった。十分もすると会話がとぎれがちになって、ついに沈黙が訪れた。

気づくと、胸にしまっておいたほうがよさそうな質問を口にしていた。「写真はもう撮ってないの？　何があったの？　あんなに大きな夢があったのに」

なじるような口調になってしまったが、純粋に答えを知りたいと思っていたことも確かだ――ほんの数年前に、二人で思い描いた夢の暮らしの別バージョンを実現させたのはこっちなのに、どうしてわたしのほうが惨めな気分でいるのか、心のなかのぼんやりとした部分が解き明かしたがっていた。「自分でもよくわからないんだ」そう答えるナイジェルの声は、戸惑っているようでも、考え込んでいるようでもあり、むっとしている気配もあった。

とっさにこう口走っていた。来月になったら、ナイロビ行きの航空券を買って、ナイロビからソマリアへ入ろうかと思ってるの。わたしはすでに情報収集をはじめ、フランス・ヴァン・カルトに売り込めそうな企画を温めていた。頭のなかで考えていただけのことを、このときはじめて声に出してみた。すると、希望に溢れた懐かしい何かがそこにカチッとはまったのだ。

「ねえ、一緒に来たっていいのよ」思い切って言ってみた。「向こうはすごいことになってるわ。撮った写真を雑誌社に売り込めるし、わたしはテレビ用に何かやってみるつもり」

「行けるかもしれないな」と、ナイジェル。

電話を切ったときは、本気で言ってるわけじゃないと思っていた。愛し合っていたときでさえカブールに来てくれなかったし、あれからほぼ一年が経って、いまは新しい恋人がいる。いままで以上に、安定した快適な家庭生活を送っているのはまちがいなさそうだった。

それならそれでかまわない。わたしのほうは、ナイジェルと話しながら静かに決心を固めていた。バグダッドを離れる覚悟ができた瞬間だった。

ジャーナリズムの世界では、ダン・ラザーというアンカーにまつわる逸話が語り継がれている。ラザーは、一九六〇年代にテキサス州ヒューストンにある小さなテレビ局に勤務していた、若くて経験に乏しい記者だった。あるとき、巨大ハリケーンが発生し、メキシコ湾上空を通過しながら猛スピードでガルヴェストン島に接近した。記者たちは先を争うようにしながら、それぞれの局が用意していたシェルターや避難場所に逃げ込んだというのに、ラザーは橋まで車を走らせて嵐の到来を待ちかまえた。島に襲いかかったハリケーンが木々や家屋を引き裂き、逆巻く波が海岸に押し寄せるようすを、風雨が直撃するもっとも危険な場所からライブで中継したのだ。

ラザーは、危険を承知で現場にとどまったからこそ、臨場感溢れるリアルなニュースを伝えることができた。これが彼のキャリアを決定づける。ハリケーンの予想進路にいた大勢の視聴者たちに避難を決意させた功績を認められ、すぐに全国規模のネットワークに移籍したのだ。

バグダッドに入ってからほぼ七ヶ月経った時点で、わたしはソマリアに狙いを定めた。自分のなかでは、そこへ向かう理由は単純明快だった。ソマリアは混沌を極めていて、記事にできる題材がいくらでもあった——凄まじい戦闘に、深刻な飢饉に、宗教的過激主義者に、ほとんどうかがい知ることができない庶民の暮らし。敵意が溢れる危険な土地であり、行こうとする記者がほとんどいないこともわかっていたが、本音を言えば、競争相手がいないのはありがたかった。滞在は短期間にとどめ、惨事の周縁から取材すればいいと考えていた。重大で、人の心を動かすような記事——つまり、大手のネットワークに買ってもらえるような記事を書きたかった。それを足掛かりにして、さらに大きな目標に駒を進めるつもりでいた。

あのときのわたしは、ソマリアこそが自分のハリケーンになると信じていたのだ。

# 13 広き門 Doors Wide Open

計画では、アフリカに滞在するのは四週間。それだけだ。出たり入ったりしながら、四週間。

バグダッドで知り合ったフランス人カメラマンが、ソマリアの首都モガディシュで仕事をしているフィクサーの連絡先を教えてくれた。フィクサーというのは、外国人ジャーナリストが現地のコーディネーターとして雇う人々のことで、インタビューの段取りをつけ、移動の計画を立て、ときには通訳も務めてくれる。わたしが紹介してもらったアジョス・サヌラは、ソマリアでは指導的な立場にある古参のフィクサーで、西側の記者たちから信頼を集めている人物だった。

バグダッドからナイロビへ移動するのにもっとも安上がりなのは、その二年前にナイジェルと出会ったアディスアベバを経由するルートだった。アディスアベバに入ると、感傷的な気分になってバロ・ホテルにチェックインしてみた。薄汚いのは相変わらずで、強烈な日差しに灼かれた狂信的なバックパッカーたちの溜まり場になっている点も変わっていなかった。独特のフェロモンを発散させながら、群れをつくっては相手を見つけ、また新しい相手を探し求める旅人たち。あの誘惑の香りはよく覚えていたが、もう自分のなかでは掻き立てることができない感覚だった。彼らは、わたしには聞こえない音楽に合わせてダンスを踊っているように見えた。

二〇〇八年八月十日、アディスアベバから空路でナイロビへ入り、ダウンタウンのホテルに宿泊した。いつもよりも星を増やして二つ星のホテルにしたのは、パソコンと現金を盗まれないように用心したからだ。長居するつもりはなかった。アジョスとは連絡を取り合い、迅速に対応してもらっていた。移動の手配にかかる費用は一日百八十ドルで、通訳と護衛の費用も含まれるということだった。宿泊予定のシャモ・ホテルは外国人に薦められる唯一の宿だそうで、宿泊費として一泊百ドルが加算される。わたしは、ソマリアで取材したいと思っていることをリストにしてアジョスに送った。国内避難民のキャンプを訪ねる。医療援助に取り組んでいるソマリア人女医のインタビュー。カナダの海軍艦艇が、世界食糧計画が手配した食糧運搬船の護衛でソマリアに入港するようすを撮影する。アジョスは、どれも可能だと考えているようだった。

そこまでくると現実的な問題が浮上して、ナイジェルでも誰でもいいから、費用を分担してくれる同行者が必要になってきた。一人で行動していたら、ソマリアへ入って十日で蓄えが尽きてしまう。ナイジェルとは何度かメールをやりとりしていた。彼は、ソマリアへ行くべきかどうか思い悩み、一人で悶々としているようだった。写真の魅力と、スリリングな旅の刺激を恋しがっていた。わたしのことも恋しがってくれているのではないかと、心のどこかにうぬぼれる気持ちがあった。

ケニアに入って二日目。ソマリア大使館へ行って、五十ドルを払って三ヶ月間有効の報道関係者用のビザを申請すると、翌日にはビザが発給された。地球上でもっとも危険な場所とされていたソマリアだったが、門戸は大きく開かれていたのだ。

ナイジェルからふたたびメールが届いて、ソマリアへ行くと言ってきた。数日後に、ロンドンからナイロビ行きの飛行機に乗るという。航空券を買い、カメラも詰め終わり、着々と準備を進めているとのことだった。

わたしはその決断に驚き、どういうことなのかと困惑した。わたしたちのあいだには、決着がついていない問題が山積していた。オーストラリアで別れたのは十六ヶ月前のことで、空港でしっかり抱き合ったときは、二人の行く手にはハッピーエンドが待っていると信じて疑わなかった。アフガニスタンからイラクへ移動するあいだに人生の軌道修正を行うことになったが、それはナイジェルも同じだった。わたしたちは本音をぶつけ合わないまま相手を手放してしまったのだ。正直に言えば、ソマリアへ行かないかという誘いをちらつかせたのは、ナイジェルから拒絶の言葉を引き出すためだった。あなたは夢を捨ててしまったのねと、ちょっとだけいじめてみたかった。ナイジェルの「ノー」をわたしの「イエス」の隣に並べるきっかけが欲しかった。

ところが、ナイジェルは、はったりをかけるわたしに、手札を明かすように求めてきた。「イエス」と言ってきたのだ。彼と再会して、ふたたび彼のぬくもりを身近に感じると思っただけで、わたしはそわそわしはじめた。どうして来ることにしたんだろう？　どんな顔をして一緒に過ごせばいいの？　相手への愛や、口にしなかった怒りがどんなものであろうと、眠っていた感情を呼び覚ますことができるとは思えなかった――よりにもよって、ソマリアのような場所で。

ソマリアは、数字の「7」のような形をしている。頭の部分がエチオピアの北側にまたがり、イエメンの方角にせりあがるように海岸線が延びている。東側の海岸線はそれよりも長く、アラビア海の向こうはインドの南端部だ。地の利のおかげで――中東とほかのアフリカ諸国に挟まれ、海路でアジアへ出るのも比較的容易な位置にあるため——、ソマリアは昔から要地として栄え、特に交易面では重要な役割を果たしてきた。遠い昔には、モガディシュの港を船が行き交い、インドから香辛料を運んできた船がソマリア産の金や象牙や蜜蠟を積んで戻っていく時代があった。時が流れ、一九四〇年代から五〇年代にかけてイタリアやイギリスの植民地にされたときには、妖しい魅力に惹かれたヨーロッパのジェットセッター族が押し掛けるようになり、モガディシュのリド・ビーチの白い砂浜で肌を焼き、ナイトクラブやカフェでグラスを触れ合わせた。

ところが、ネットで公開されている情報を見る限りでは、現在のソマリアに当時の面影はない。ナイロビから北東に千キロほど行ったところにある首都のモガディシュは、まさに地獄の様相を呈している——混沌と言葉を失うような暴力がはびこる無政府状態の廃墟で、植民地時代の風習の根絶と民主主義への抵抗を訴える状態が五十年もつづいているのだ。国の実権は、先祖代々の氏族、軍の指導者、犯罪組織といった集団が築き上げた小帝国網のあいだでたらいまわしにされるという絶望的な状況だ。社会主義者だったシアド・バーレが、主義主張を変えながら二十年に及ぶ独裁政治をつづけたものの、一九九一年には反対勢力に政権の座を追われている。それから十七年経っても、それぞれの集団が——分裂や、変容や、離反をくりかえし、ときにはイスラム原理主義者と手を組みながら——統治権をめぐる争いをつづけていた。過去十三回にわたって中央政府の樹立が宣言されたが、いずれもうまくいっていない。モガディシュ近隣の街を拠点とした十四番目の政府が発足していたが、無力に等しいということで大方の意見は一致している。ソマリアを話題にする外交官が口にする「崩壊国家」という呼び名は、あの国の問題は解決不能であり、復興が望めないほどの壊滅状態にあるとほのめかしているように受け取れる。

そして、二〇〇八年夏の干魃が政情不安に追い打ちをかけた。降るはずの雨がぽつりとも降らず、作物が育たなかったのだ。食品の値段が上がり、国民は徐々に飢えはじめた。食糧を手に入れれば権力がついてくると見てとった市民軍は、国連が手配した援助食糧を強奪し、ときには、輸送トラックの運転手を銃撃した。その年だけで少なくとも二十名の国際救護員が命を落とし、身代金と引き替えに誘拐された人間が数名出た。たくさんの国際機関が、危なくて活動できないという理由でソマリアから撤退した。

わたし自身もソマリアに入国するのにはためらいがあったと言いたいところだが、そうではなかった。ためらうどころか、それまでの経験から、恐怖や敵対心が国際ニュースの見出しを独占していても、その場所には必ず――一つの例外もなく――希望や人情を感じさせてくれるものが存在することを学んでいた。実際に足を踏み入れて目にする光景は、頭のなかに思い描いていたものとはどこかちがうものだ。どの国にも、どの都市にも、どの街角にも、子どもに愛情を注ぐ親や、隣人を気にかける住民や、遊びたくてうずうずしている子どもたちの姿がある。わたしは思っていた。きっと記事にふさわしい物語が見つかる、現地の人たちに話しかけるだけでも得るものがあるはずだ、と。ひどいことが起こっているのはわかっていた。そこまでおめでたかったわけではない。銃や悲惨な現実もたくさん目にしていた。でも、ほとんどの場合、わたしの視線は一方だけを向いていた。よい面だけを楽しんでいれば、悪意のほうは、わたしなど存在しないような顔をして飛び去ってくれると思っていた。

## 14　ソマリアへ　*Crossing*

ナイジェルがナイロビ国際空港の通関手続きを終えてこっちへ歩いてきたのは、八月十六日の午後のことだ。エチオピアで使っていた赤いバックパックを背負っていた。最後に会ったときとほとんど変わっていない。青く輝く瞳に、頬にくっきりと刻まれるえくぼ。

「トラウト、こっちへ来いよ」と、両手を差し出してきた。トラウトというのは、リンドハウトという名前をもじってつけられたハイスクール時代のニックネームで、ナイジェルがエチオピアで復活させた呼び名だった。

再会の抱擁。「会えてものすごく嬉しい」というわたしの言葉は本心からのものだった。その前の年はほとんど一人で過ごし、四面楚歌といってもいいような状況に置かれていた。イラクを発つ前に、あるアメリカ人記者と関係を持った。ハムラ・ホテルの同じ階で暮らしていた某メディアの報道局長で、横柄なくせに友だちのように思える瞬間があって、少なくとも一緒に過ごす相手にはなってくれた。それでも、疎外感は拭えなかった。

慣れ親しんだ相手との再会で、心がすっと落ち着くのがわかった。ナイジェルが愛情のこもった仕草で肩に腕をまわしてくると、そのまま二人でケニアの暖かい空気のなかへ出ていった。ちょっぴり女心をくすぐられていた。わざわざアフリカまで飛んできてくれたのだ——もちろん、仕事のためだけれど、わたしに会いに来たことに変わりはない。そのままタクシーでホテルへ行って、わたしの部屋と同じ階にあるナイジェルの部屋に荷物を降ろすと、ぎこちない空気を吹き飛ばしてくれる唯一の手段を求めて街へくりだした。一緒に酔っぱらうのだ。

カフェでビールを飲んで、夕食を取ったレストランでワインを何杯か飲んだ。通りから、バルコニーにスーツ姿のケニア人が溢れている二階建てのバーを見つけると、入り口を探してなかに入り、テキーラを何杯かあおってふたたびビール。口がなめらかになり、相手に遠慮のない視線を送る回数も増えていったが、誘っているととられそうな会話は避けていた。いまの人生には何かが欠けているということで意見が一致したものの、お互いにそこから先には踏み込まなかった。

午前零時をまわったころに、煙がたちこめるカラオケバーにたどりついた。一杯あおってからステージに飛び乗り、立ち上がって踊ってくれる地元のお客さんたちの前でジョージ・マイケルの歌をがなりたてるころには、わざわざ話をする必要はないと思うようになっていた。九十〜九十五％の確率で、もう愛は存在しない、これからはいい友人になれると確信できたのだ。マイクを握って最後の曲を——ニュー・キッズ・オン・ザ・ブロックの酔っぱらいバージョンを——披露するあいだも、明日になったら頭を切り替えて仕事に専念しようと心に誓っていた。

千鳥足でホテルへ戻ってから、ナイジェルが義務を果たすような顔でキスを迫ってくると、とっさに冗談じゃないという思いがよぎり、そこで百％の確信に至った。わたしたちは終わったのだ。

その数日後、わたしとナイジェルはナイロビ空港の滑走路を歩きながら、廃棄寸前にしか見えないダーロ航空の旅客機に向かって歩いていた。お互いに神経を高ぶらせ、ソマリアで通用するアメリカドル数千ドル分とカメラを詰めた機内持ち込み用の鞄を引きずっていた。

機内は大勢のソマリ人で満席の状態で、ぼろぼろのキャンバス地の座席によじ登らなければならないような幼い子どももいた。暑い滑走路を歩いてきたうえに、不吉な予感をどうしても振りはらうことができないせいで、頭がぼうっとして、少しばかり気分が悪かった。女性の乗客たちの多くは、どっしりしたドレスに頭を覆うヒジャブという保守的な服装をしている。その多くは、目の部分だけがあいたニカーブも着用していた。白いビニール袋に足を突っ込んだ状態でサンダルに履き替えている女性が何人かいて、一ミリたりとも肌をさらすまいと努力するようすが伺えた。

乗客全員が、正気とは思えない量の手荷物を――衣類や、本や、食料品を詰め込んでしっかりと口を縛った色とりどりのビニール袋を――積み込みながら、大声でお喋りをつづけているようだった。機内の壁には埃の筋ができている。トイレのドアは蝶番がゆるんでガタガタしていた。待合所で搭乗を待っているときに、自分たち以外で唯一の非アフリカ人と思える年輩のイタリア人男性と英語で話をした。キリスト教系のNGOで働いていて、モガディシュの次の目的地である、ソマリランドの首都ハルゲイサに行くということだった。

わたしたちはモガディシュで降りると言うと、彼は信じられないとばかりに眉を釣り上げてから嘆息してみせた。「モガディシュでは用心に用心を重ねることだ。きみの首には――」言葉を切って、自分の頭をぽんと叩く。「――あそこでは五十万ドルの値打ちがある。首だけの金額だぞ」

言われなくてもわかっていた。ソマリアでは欧米人が貴重な商品であり、死んでいても役に立つ。遺体は戦利品であり、生きている人間であればそれぞれの故国に売り渡すことができる。一九九三年には、「ブラックホーク、墜落《ダウン》」という交信記録で有名になった悲惨な事件が起こっている。モガディシュの将軍を狙ったアメリカ軍の襲撃作戦が失敗に終わり、ソマリ人民兵が二人のアメリカ人兵士の遺体を引きずりながら市内を練り歩いたのだ。その後は、ソマリアの海賊がアデン湾に出没して外国船籍の船を襲い、船員を人質にして百万ドル単位の身代金をせしめるようになっている。イタリア人男性が言いたいことはよくわかったが、ご忠告ありがとうと答える気にはなれなかった。

ナイジェルとわたしは後部座席に座っていた。やがて、周囲の人たちが携帯電話で話しはじめた。あきらかに動揺したようすで立ち上がり、そばに座っている人たちに大声で何かを伝えようとしている。ハルゲイサで働いているというアメリカ育ちのソマリ人女性が通訳してくれた。「モガディシュの空港で戦争がはじまったと言ってます」と、彼女は言った。「道路で戦闘が起こっているそうです。空港が封鎖されるかもしれない……飛行機は飛ばないかもしれない……」

二十年近くも内戦がつづいている国で、戦争がはじまったというのが何を意味するのかよくわからなかったが、ソマリ人乗客たちのあいだには衝撃が走っているように見えた。そのまま何らかのアナウンスが流れるのを待つ。全身の血がごぼごぼと沸き立つような気がした。このときばかりは、その先の展開を予想してほっとしている自分を責める気にはなれなかった。飛行禁止命令が出て空港に引き返すことになって、否応なしに、ソマリアとの縁も絶たれるにちがいない……。

ところが、その数分後に飛行機のエンジンが動きはじめた。客室乗務員が扉を閉めて、なま暖かい朝の空気を機内から閉め出すと、スピーカーの前へ行って携帯電話を切ってくださいと乗客に告げる。戦闘だろうがなんだろうが、飛行機は飛んでいくのだ。

ナイジェルが血の気の失せた顔で「嫌な予感がする」と言った。「だめだ。悪いことが起こりそうな気がしてならない」

体を寄せて彼の腕をぎゅっとつかんだ。頭のなかで、安全だと言い切れる理由を次々と並べてみる。空港までの迎えは手配済みだ。アジョスは、武装した護衛がホテルまで連れていってくれると言っていた。ホテルにはほかの外国人ジャーナリストも滞在中。どこで悪いことが起こるっていうの？　空港のそばの戦闘が問題になるのなら、飛行機は着陸せずにハルゲイサへ向かうはずだ。どう転んでもなんとかなる。絶対に大丈夫。

わたしはナイジェルの目をのぞき込んだ。「戦闘地帯に入るときはそういう気分になるものなのよ」口に出してみると、なんだか自信ありげに聞こえた。「いたってふつうなの。現地に入れば気分がよくなるって」

タイミングを計ったように飛行機が揺れはじめると、おんぼろ自動車のようにガタガタいいながらアスファルトの上を走り出し、充分に加速したところで頭をもたげて飛び立った。胃が押しつぶされるような感覚だった。ナイロビが遠ざかるにつれて、陽光を浴びてきらめく貧民街とのっぺりした茶色い大地が眼下に広がっていく。硬直したまま窓の外を眺めているうちに、飛行機は雲を突き抜けて上昇していった。

例のイタリア人男性が通路を隔てた席に座っていた。鞄から聖書と黒縁の眼鏡を出して、静かに文字を追っている。

わたしはノートパソコンを起動させると、ヘッドフォンのプラグを差し込み、ハードディスクに落としておいた瞑想用のオーディオ・ファイルを開いた。ピアノの音をバックに、母性を感じさせる凛とした女性の声が聞こえてくる。時間をかけてゆっくりと息を吸いましょう、とくりかえしながら、心に響く言葉を呪文のように注ぎ込む。「息を吸って――わたしが求めるのは自由。息を吸って――わたしが求めるのは平和」

目を閉じて呼吸をくりかえしながら、心のなかで言葉を唱えつづける。**じゆう、へいわ、じゆう、へいわ**と、意味よりもリズムを大切にして。三十分ほどつづけるうちに神経が鎮まっていった。目を開けてみると、気分がよくなって、平常心が戻っていた。パソコンを片づけていると、イタリア人男性が聖書を閉じてこっちを見ていることに気づいた。「祈ってたの？」

「祈りというか……」と言いかけてから、「そうなんです」と言い直した。彼は何も言わずに微笑んでいる。「気持ちをしゃんとさせようと思って」と言い添えてから、ふと思った。この人は伝道師か司祭なのだろうか？

彼は黙ってうなずいた。わたしの祖父と同じぐらいの歳だったのかもしれない。眉毛が伸びすぎて房のようになっていたし、目が潤んでいた。こっちに身を乗り出してくると、「モガディシュへ行くなんて見上げたものだ」と言った。「敬意を払うよ。くれぐれも用心しなさい」ひょっとしたら、わたしを恐がらせて、どこかの将軍がわたしの生首を載せた皿を手にする場面を想像させてしまったことを謝っていたのかもしれない。いずれにしても、これから自分たちがやろうとしていることに祝福を与えてもらったような気持ちになった。

ナイロビ空港を飛び立ってから一時間半ほど経つと、飛行機が下降しはじめた。窓の外に、はじめて目にするソマリアの海岸線があらわれる――大地を覆う深緑を真っ白な砂の道が縁取り、その外側からミント色の泡だつ海が押し寄せてくる。世界でも屈指の美しさを誇る光景にちがいなかった。道路や海辺のホテルは見つからず、どんなものであれ、人間の活動をうかがわせる気配はない。そこにあるのは大地だけだ――手つかずのままの自然が溢れる鬱蒼としたジャングルは、一昔前の探検家が小さな望遠鏡をのぞいて発見した南国の楽園そのものだった。徐々に視界に入ってきたモガディシュの街並みにも息を呑んだ――三日月型の港を囲むように、白い漆喰塗装のコロニアル様式の建物が規則正しく並んでいたのだ。

全員が窓の外をのぞこうと身を乗り出していた。前の座席に座っていたアメリカ育ちのソマリ人女性は、窓に顔を押し当てていた。「モガディシュで唯一の景勝よ。美しいのはここだけなの」と、話しかけてくる。

ナイジェルだけは、窓の外に目を向ける覚悟ができていないようだった。座席で身をこわばらせたまま、堅固な要塞となった肉体の奥に、駱駝の背に揺られながらオージーたちのパブソングを歌ってくれた陽気な男を閉じ込めてしまっていた。わたしは罪の意識に苛まれた。きっと、多くを求めすぎたのだ。戦闘地をはじめて体験する人間にとって、ソマリアは敷居が高すぎる場所だった。

飛行機を降りると、じめっと淀んだ空気に包まれた。滑走路沿いに砂浜が長く伸び、瑠璃色の海では波頭が砕けている。モガディシュのアデン・アブドラ国際空港のターミナルは、色あせた水色の建物だった。ナイジェルと列に並び、パスポートに入国のスタンプを押してもらう。大地を踏みしめたせいなのか、ナイジェルは少しだけ生気を取り戻したようで、こわばった笑顔で赤いバックパックを勢いよく肩に担いだ。空港の照明は薄暗く、人が溢れかえっていた。

入国審査のブースのそばに立っていた痩せたソマリ人の青年が、こっちを向いて飛び跳ねていた。持っている紙に、「アマンダ　シャモ・ホテル」と書いてある。どっと安堵が押し寄せてきた。ちゃんと迎えにきてくれたのだ。喜び勇んで握手した手をぶんぶんと上下させる。「あなたがアジョス？」

彼はアジョスではなく、わたしたちのためにアジョスが雇った助手だった。名前はアブディファタハ・エルミ。印象的な顔立ちで、頬骨が尖ったハンサムな顔に細い山羊髭を生やしている。彼は言った。アブディと呼んでください、アジョスはホテルで待っています。数時間前に銃撃戦があったということだったが、わたしたちは運がよかった。市内につづく道路は交通規制が解除されているというのだ。

「さあ、早く行きましょう」アブディはわたしたちを急かした。

到着ロビーの人混みを掻き分けながらアブディのあとをついていく。わたしはジーンズに丈の長いシャツという格好だった。アブディが緑と紫の分厚いスカーフを持ってきてくれたので、それで頭と肩を隠したものの、外国人であることは一目瞭然だった。次々と人がぶつかってきて、わたしたちを乱暴に小突いていく。笑顔の人間は一人もいない。その場にいる全員から、どうとでもなれという苛立ちをぶつけられているような気がした。逆上したようすの客引きやタクシーの運転手や無認可のポーターのあいだを縫うように進んでいく。どうやら、空港を管理しているのは緑の迷彩服を着て自動小銃《カラシニコフ》を手にしたアフリカ連合の兵士の――エチオピア人とウガンダ人の――グループのようだった。カオスと化した場所には何度も足を踏み入れたことがあるが、このときばかりはようすがちがった。空港にいる全員がぴりぴりした不穏な空気を吸い込んでしまい、一人ひとりの肺に、青酸ガスが混じった惨《むご》たらしい争いの臭気が澱になって溜まっているような雰囲気だったのだ。

ただの思い過ごしだったのかもしれない。わたしは、わけのわからない妄想はやめなさいと自分に言いきかせた。

ポーターとおぼしき一団が飛行機から降ろされた荷物の山を囲んでいた。多くは上半身裸で、がりがりに痩せた胸に玉のような汗をかいていた。わたしは、最初に近づいてきた男性に預かり証を手渡した。棹のようにひょろ長い若者だった。

と、頭上で何かが空を切って、目にも止まらぬ速さで動きつづけた。振り返ってみると、肥満したエチオピア人兵士が木の枝でできた鞭をふるっていた。わたしの視線に気づくと笑みを浮かべ、こっちに向けた鞭をからかうように揺らしてみせる。手首をひねって後ろに一振りすると、ふたたび、山になった荷物や、おぼつかない手つきで血眼になって荷物を探しているポーターたちの頭上で、ひゅんひゅんとしならせる。盗みを働きそうな人間を追い出そうとしていたのかもしれないが、どうやって選別しているのかは謎だった。

ピシーーッ！

背中に瘤ができた男性を払いのける。

ピシーーッ！

今度は預かり証を渡した若者に振りおろされたのだが、剥き出しの肩に鞭があたったちょうどそのとき、若者が、勝ち誇ったような顔でわたしの薄汚い黒のバックパックを頭上に掲げてみせた。

モガディシュではぐずぐずしないことが鉄則のようだった。素早い移動が安全につながり、一つの場所にいると一秒ごとに危険が積み重なっていくように思えた。アブディに急かされながら、待たせてあったミツビシのSUVのそばまで行くと、その一帯はさらに大勢のアフリカ連合の兵士に囲まれていた。長身のポーターは、鞭で叩かれたことなど意に介していないようすで、わたしとナイジェルの鞄を素早くバックシートに積み込んでくれた。わたしが慌てて手渡したのは五ドル札。平均的な大人の一ヶ月の生活費がアメリカドルにして二十ドルという国では、かなりの金額だ。人間が人間を鞭で叩いている場面をはじめて目にしたわたしは、ソマリアに先制パンチを食らってうろたえていた。二十ドルのほうがよかったかしらと考えていると、車が急発進した。

車には、アブディのほかに三人の男性が乗っていた――一人は運転手、ほかの二人は軍服姿の強面の男たちで、銃を手にしてリアハッチのそばにかがみ込むように座っていた。彼らは、ソマリア暫定連邦政府（TFG）の護衛で、ホテルの外に出るときには常に同行してくれることになっていた。わたしが理解している限りでは、政府の兵士は――全員がソマリ人――公務として訪問者の警護を義務づけられているのだが、訪問者を金《かね》に飢えた犯罪組織に売り渡されては困るので、袖の下を渡して忠誠心を買わなければならない。その費用は、警備料金として、アジョスから請求された経費に含まれていた。

地上からモガディシュを眺めているうちに、実際の街は優雅さからはほど遠いことがわかってきた。目を細めて視界に入るものをぼんやりさせれば優雅に見えるだろうかと、古びた漆喰塗りの壁をバックに咲き誇る赤紫のブーゲンビリアに目を凝らしてみるものの、周囲の建物は爆撃で破壊され、家屋の多くが窓を閉ざした空き家にしか見えないという現実がある。銃弾の跡がない建物は皆無といってもいいほどで、壁は崩れて瓦礫となり、屋根は、何らかの災厄が通り過ぎていったのかと思うほど傾いでいた。車は猛スピードで走りつづけ、TFGが設けている二箇所の検問所でほんの一瞬止まっただけだった。途中で追い越したピックアップトラックの荷台には、四人のひょろっとした十代の男の子たちが乗っていて、腕に抱えたマシンガンを後方に向かって槍のように構えていた。

わたしは身を乗り出すと、前に座っているアブディに、空港のそばの騒ぎはどんなものだったのかと尋ねた。飛行機に乗っていたソマリの人たちがものすごくうろたえていたんだけど、と。

アブディは歪んだ笑顔を見せながら首を振った。現地で生活しているソマリ人は、遠方から訪ねてくる人々や、比較的安全なナイロビでの暮らしに慣れきった人々とは覚悟がちがうのだ。「ただの銃撃戦ですよ」と言ってから、市民軍は空港のそばで警備についている兵士たちとしょっちゅう撃ち合いをするのだと付け加えた。

「誰か死んだの？」

アブディは大げさな動きで肩をすくめてみせた。

「ソマリアでは毎日誰かが死んでます」感情のこもらない声でそう言い添えた。「五人か六人は死んだんじゃないかな」


その数時間後、ナイジェルとわたしはシャモ・ホテルの屋上に出て、湿った海風を吸い込んでいた。沈みゆく太陽の下で広大な眺めが一望できた。眼下に広がるモガディシュの街は、南国のビーチタウンのような顔をして黄昏の光を浴びている。細い小道が際限なく列をつくり、ピンクやブルーのパステルカラーに塗装された低層の建物が薄暮のなかで輝いているように見える。住宅のあいだから高々と枝を伸ばしている樹木のおかげで、緑溢れる瑞々しい風景ができあがっていた。遠くに見えるのは、波打つ青い海。戦禍にあっても美しい街であることに変わりはなかった。

ホテルに到着してチェックインした際に、経営者のミスター・シャモと少しだけ話をした。太鼓腹の持ち主で、裕福な家の生まれらしい。タンザニアとドバイに家があって、そこで兄弟たちと一緒に何かの工場を経営しているようだ。ホテルの支配人になるチャンスがめぐってきたのは一九九二年、CBSニュースのダン・ラザーが――ハリケーンの実況中継でチャンスをつかんだあのラザーが――モガディシュにあらわれたときだった。十人以上の同僚たちを引き連れて、深刻度を増す飢饉と、間近に迫ったアメリカ軍の派兵を取材しにきたのだ。ミスター・シャモに電話をかけてきた人物が、彼の慎ましいゲストハウスにスタッフを泊まらせてもらいたい、床に寝ることになってもかまわないから、と頼んできた。ミスター・シャモは、CBSからの謝礼を投じて邸宅を五階建ての本格的なホテルに改装すると、壁を補強し、入り口に武装した護衛を配置した。

ソマリアの基準に照らせば莫大な利益をあげていたシャモ・ホテルだったが、モガディシュの街が戦闘でずたずたにされてしまうと、経営に翳りが見えはじめた。外国企業の投資が見込めなくなったうえに、ジャーナリストや国際救護員たちが剥き出しの敵意にさらされるようになったのだ。ミスター・シャモ自身もソマリアを出たり入ったりしているとのことだった。二人の子どもたちはアメリカにいて、一人はアトランタ、もう一人はノースカロライナで暮らしているという。ミスター・シャモは気さくな人物で、外国人の扱いに慣れていた。

わたしたちが受け取った鍵は、キングサイズのベッドと、巨大なクローゼットと、バスタブがしつらえられた部屋のものだった。ナイジェルと同じ部屋にしたのは節約のためだったが、もともとアジョスから夫婦のふりをするように言われていた。

「従業員に気まずい思いをさせないためだ」アジョスは電話でそう言っていた。「イスラム社会では、そうした行為はハラムとみなされる」

「ハラム」とは、禁止事項を意味するアラビア語だ。わたしも旅をしながら理解を深めたつもりでいたが、モガディシュでは事情がちがっていた。イスラム教徒《ムスリム》の武装勢力が近隣住民の多くを支配下に置いて、厳格な聖法《シャリア》を課したうえに――特筆すべきなのが、音楽、テレビ、スポーツの禁止――ハラムの概念を従来よりも幅広い分野に適用して厳しく義務づけたのだ。武装勢力のなかでもっとも過激とされるアル・シャバブが定めた規則では、男性は顎髭を生やすことを強要されていた。女性の場合は、通りを一人で歩いてはならないとされている。

わたしたちは、シャモ・ホテルの屋上から暗闇がゆっくりと垂れ込めていくようすを眺めながら、それぞれの思いにとらわれていた。遠くで光が瞬いていた。これは意外な光景だった。電気が通じている場所があるなんて、バグダッドよりも治安が安定している証拠だと思えた。バグダッドは夜になると漆黒の闇に覆われてしまう。

「信じられる？」わたしはナイジェルに問いかけた。「ソマリアにいるのよ」

「ぴんとこないな」と、ナイジェル。

わたしは、ナイジェルが煙草に火をつけて、残りが入った箱をジーンズのポケットにしまうようすを見つめていた。湿気のせいで、髪のてっぺんがいつもより立ち上がっている。旅の疲れが出ているように見えたが、もう苛立ってはいないようだ。わたし自身は疲労のあまり口を開くのも億劫だった。

「バグダッドとはぜんぜんちがう」と、声に出して言ってみる。

バグダッドでは、ほとんど毎晩のように、散発的な爆発音や銃声やサイレンの音が響いていた――ぎょっとするほどの音量が、身の危険を感じるほどの近距離で。考えてみればもう何ヶ月もまともに眠っていなかった。バグダッドに比べると、モガディシュは不気味なほど静まりかえっていた。車が走る音すら聞こえてこない。人が活動している気配がないのだ。海風に吹かれた木々がざわざわと葉を揺らしているが、枝の下にあるのは静寂だけだ。

モガディシュはバグダッドじゃない。バグダッドとはちがう。安らかで、外国の新聞に「この世の地獄」と書き立てられているような場所には見えなかった。自分の目で確認できてよかったと、わたしは思った。このときはまだ、自分が静けさの意味をとりちがえていることに気づいていなかった。

# 15 ハリケーン襲来　My Hurricane

『ナショナル・ジオグラフィック』誌の愛読者だったわたしは、ジャーナリズムの世界で活躍してみたいと夢見ることはあっても、なぜだか、実際に記事をつくっている人たちの姿を思い描くことはなかった。もちろん、会ってみようとしたこともない。ところが、その彼らが——アメリカ人ライターとフランス人カメラマンの二人組が——モガディシュにいて、客室四十八のホテル唯一の宿泊客としてシャモ・ホテルに泊まっていた。ロバート・ドレイパーは、ワシントンDCを拠点に活躍している記者だ。艶やかなブロンドの髪と、かすかなテキサス訛りが印象的で、すべてを見てきた者の自信を漂わせていた。もう一人のパスカル・メートルは、物腰の柔らかなベテランのフォトジャーナリスト。家族とパリに住んでいるが、ほとんどの時間は取材に出かけているそうだ。アフリカでの取材経験も豊富で、ソマリアにも何度か来たことがあるという。二人はアジョスをフィクサーとして雇ってから、わたしたちの到着の三日前にモガディシュに入っていた。

シャモ・ホテルの食堂で二人と顔を合わせたときは、著名人を前にした興奮の陰で、かすかな怒りを感じていた。アジョスは『ナショナル・ジオグラフィック』の仕事をメインにして二人の取材に同行し、わたしとナイジェルの世話は、おとなしくて経験豊富とは言いがたいアブディに任せることがわかったからだ。通訳としてもう一人別の男性が雇われていたそうだが、わたしたちが到着する数時間前に、白人と一緒にいるところを見られたら何をされるかわからないという理由で逃げてしまったらしい。おかげで、アブディはカメラマンと通訳と新米フィクサーの三役を押しつけられることになった。

パスカルに、ソマリアで何を取材しているのかと訊いてみた。参考になればと思ったのだが、パスカルの返事は教えられないというものだった。優しいがきっぱりとした口調だった。「申し訳ない」パスカルはきついフランス訛りで先をつづけた。「どこへ行ったか教えたあとで、きみたちがそこへ行ったら、大きな危険を冒すことになる。ソマリアでは同じことをくりかえしちゃだめだ。奴らに捕まるからね」この場合の「きみたち」は外国人のこと。「奴ら」は、過激派アル・シャバブに、それほど組織化されていない、神出鬼没のいくつもの市民軍……つまり、わたしたちを誘拐したがるすべての集団を指している。

パスカルの率直さには好感を持った。自分の記事を守りながらも、本気でわたしたちを心配してくれているように思えたからだ。パスカルとロバートの二人は、やるべきことに邁進する仕事一筋のジャーナリストとして、強い印象を残した。二人の滞在期間は十日。一緒に並ぶと、わたしとナイジェルはどうしたって見劣りしてしまう。経験も資金も不足しているうえに、方向性も定まっていない。向こうもそう思っていたのかもしれないが、親切にも、心のなかにとどめておいてくれた。

「機転を利かせて切り抜けろ」最初の晩、パスカルは部屋に引き上げる前にそう助言してくれた。「それと、アジョスの言うことをちゃんと聞くことだ」

アジョス・サヌラは浅黒い肌の持ち主で、スクエア型の眼鏡をかけ、物腰からも真面目な性格が伝わってくる。片時も携帯電話を放さないところを見ると、街中に友だちがいて、ひっきりなしに新しい情報を仕入れているらしい。彼によれば、ソマリ人はお喋りや噂話が大好きだそうだ。インフラが整備されておらず、路上の撃ち合いがほぼ毎日のように起こり、忠誠を誓う相手がころころ変わるような状況では、携帯電話がライフラインのようなものなのだ。未確認のままの情報が素早く拡散され、膨大な氏族のネットワークを介して広がっていく。いとこからそのいとこへ伝わり、そのいとこへと。

アジョスは、そういったネットワークを利用してできるだけ多くの情報を仕入れることを生業《なりわい》にしている。ポケットを膨らませている現金は、チップや賄賂や便宜を図ってもらう謝礼に使われ、敵対する市民軍のあいだを取り持ったり、政府内部や、モガディシュ市外の人間たちとのパイプを強化したりするときにも役に立つ。アジョスには、どの集団にも友と呼べる相手がいる。アル・シャバブやエチオピア軍に友人がいる。暫定政府にも、さまざまな氏族にも友人がいる。すべては、街にジャーナリストがやってきたときに、インタビューの手はずを整え、最新情報を集め、暴力的な市民軍がパトロールしている道路を安全に通過できるよう段取りをつけるためなのだ。左の手首には、ずっしりと重たそうな金の時計。

年齢は四十歳ぐらいで、妻と十人の子どもがいる。普段は、モガディシュにある自宅で暮らしているが、外国人と仕事をするときにはシャモ・ホテルに部屋を取るそうだ。到着の翌朝に三人で朝食を取ったときには、わたしたちの不安を察して、そばにいなくてもしっかり世話はするつもりだし、自分が『ナショナル・ジオグラフィック』の記者たちと出かけるときはアブディと連絡を絶やさないようにすると、流暢な英語で約束してくれた。話をしているあいだも携帯電話は鳴りっぱなしで、謎の情報提供者の一団からひっきりなしに報告が入る。

ソマリアで白人の世話をするのは、リスクは高くても実入りのいい仕事だった。生半可な気持ちでやっている者は一人もいない。アジョスがこの世界に入ったのは一九九三年で、BBCのカメラマンに雇われ、三脚を抱えて街を歩きまわったのがきっかけだった。それ以前は、シャモ・ホテルのレストランでウェイターとして生計を立てていたそうだ。フィクサーになったおかげで暮らし向きはよくなったものの、ホテル業同様、戦闘が激しくなってきたせいで急激に需要が減っていた。一緒に仕事をしたジャーナリストの死亡事故は二件――俺の言うことを聞いていればあんなことにはならなかった、というのが本人の弁だ。二〇〇五年に銃撃されたBBCの女性プロデューサーは、ホテル・サハフィの外に出て――アジョスに言わせれば「浅はかなまね」をして――迎えの車を待っていたところを狙われた。二人目の犠牲者は、二〇〇六年に死亡したスウェーデン人のカメラマン。アジョスの忠告を無視して政治デモの群衆のなかに入っていき、すぐに、十代の少年に背後から撃たれてしまったそうだ。二人の死はアジョスの心に重くのしかかっているようだった。

本人の言葉を借りれば、モガディシュ周辺の立ち入ってもいい場所と立ち入ってはならない場所については、アジョスが最新の情報に基づいて口やかましく指示を出すということだった。二日目は国内避難民のキャンプを取材する予定でいたのだが、朝になると、アジョスの情報源から、いまはあの道は通らないほうがいいと報告があった。くわしい理由は教えてもらえなかったが、アジョスの判断が絶対であることはよくわかっていた。何しろ、モガディシュの街や道路は、競合勢力の縄張りを接ぎ合わせたパッチワークの様相を呈していたのだから。

アブディと護衛の二人と移動するときは片時も気が抜けなかった。シャモ・ホテルの宿泊客は、ホテル所有の艶光りするミツビシ・パジェロで移動する――窓に黒いフィルムを貼った大きなSUVが疾走していくのだから、顔は見えなくても、わたしたちの存在自体を宣伝してまわっているようなものだった。目にした人がいとこに電話をして、いとこからそのいとこへと、次々に伝達されていったにちがいない。**シャモに外国人が滞在中**、と。

予定を変更して二日目に訪ねたのは、世界食糧計画（WFP）がモガディシュで運営する、二つの食糧配給センターだった。ナイジェルと二人で写真を撮った。アブディにレンタルのビデオ・カメラをまわしてもらって、戦闘や食糧難、ときにはその両方が原因で、家を捨てて逃げてきたソマリ人たちから話を聞いた。わたしはあのときはじめて、本物の絶望を目の当たりにした――そこに集まっていた人々は、空腹なんていう生やさしいものではなくて、飢えていたのだ。センターのなかでWFPのスタッフが湯気の立ったレンズ豆のスープと薄い雑穀のお粥が入った樽のような鍋をかきまわしているあいだも、ゲートの外では、大勢の人々が適当な列をつくって順番を待っていた。男性と女性で一列ずつ。それぞれの手には、ブリキやプラスチックの容器が握られている。よく見ると、多くの女性の足下には、膝がぼこっと膨らんだ子どもたちが力なくうずくまっている。体に比べて頭が異様に大きいように見えた。錆びついた車が何年も砂のなかに放置されていたとしか思えない姿をさらしていて、タイヤがなくなったホイール・ウェルの陰に数人の子どもが群がっていた。戦闘や、海賊や、路上で襲撃してくる強盗のせいで、食糧はたまにしか運ばれてこない。集まってきた人が何も口にしないまま追い返されることもあるそうだ。

そうやって外で待っていた人々が、ゲートが開いたとたんになだれ込んでくる。わめき声がわんわんと反響する。警棒や小枝で群衆を押しとどめようとする政府の兵士たち。泣き叫ぶ子どもたち。男性たちが押したりわめいたりしながら力ずくで前に出ようとするのに対し、女性たちは、列をつくったまま立ちつくしている。

ようやく鍋の前にたどりつくと、男性にはおたまで三杯分、女性には二杯分、子どもには一杯分の食糧が配給される。器に食事をよそってもらうと、多くの人々は、その場に膝をついてかきこむように食べはじめた。歩いて帰るための燃料を補給しているのだ。ほとんどの人は住んでいるところへは帰らないんですと、対応してくれたＷＦＰのスタッフが教えてくれた。戦闘がそれほど激しくない地域の道路沿いに次々と掘っ建て小屋を建てて、仮住まいにしているという。そこにいたほうが早く食事にありつけるからだ。

記事にするならこんなふうだろうか。映画の一場面を見ているようだった、とか、理解を超えるスピードで動いているせいで現実のものとは思えない光景を呆然と眺めているだけだった、とか。でも、そんな言葉では表現し尽くせない。それは、苦しむ人々の嘆きの川に爪先を浸しているような体験だった。胸をかき乱されて、何をどう考えればいいのかわからなくなっていた。渦中にいなくても、わたしは実際にそこにいた。アブディに撮影してもらっているあいだに、メモを取り、頭のなかで原稿を組み立てながら、きっと何か力になれることがあると——絶対に何かできるはずだと——自分に言いきかせていた。

シャモ・ホテルに戻ると、『レッドディア・アドボケイト』紙のコラムに使う原稿を書き上げた。『ナショナル・ジオグラフィック』誌やフランス・ヴァン・カルトとはわけがちがう。発行部数一万三千部ほどの地方紙で、読者ははるか彼方のカナダで暮らしている平地地方の住民たち。土曜日の新聞を読むたびにメールを送ってくれる父やペリー以外の読者が楽しみにしてくれているかどうかわからなかったが、わたしにとっては大きな意味を持つ仕事だった。三月から八月にかけては、金曜日になるたびに、七百語の文章に撮りたての写真を何点か添付して入稿するという作業を肉体労働者のようにくりかえした。バグダッドや、アディスアベバや、ナイロビから記事を送った。締め切りに追われながら毎週のノルマをこなすのはやりがいがあったし、書き方のこつが身についていく過程も楽しかった。目にしたものを言葉に換えていく作業がどんどんうまくなっていった。メモやパソコンに保存してある資料を参照しながら、モガディシュの美しさと廃墟のような静けさを伝える文章を練っていく。戦闘と降雨不足とインフレが重なったせいで、食料品の価格が高騰して手に入りにくくなっていったいきさつを。食糧配給センターの外に列をつくる人の群れや、通りを歩いている家族に襲いかかる危険を。インタビューをしたハリーモという女性のことも書いた。子どもの一人が飢えて死んでしまったので、家族を連れて中央ソマリアからモガディシュまで歩いてきたというのだ。

憑かれたように文章を書きながら、WFPのスタッフから教えてもらった公式の統計を織り込んでいく。この目で生きた証拠を見てきたわたしでさえ呆然としてしまうような数字だった。飢餓状態にあるソマリ人は三百万人以上。子どもたちの六人に一人が栄養失調。ベッドの上で枕に寄りかかった姿勢でコラムを書き上げると、何度か校正した原稿に食糧配給センターの写真を数点添えてアップロードした。

シャモ・ホテルの無線LANは遅い上に不安定だった。十分ほどで通信が途切れ、送信に失敗したというメッセージが届いた。もう一度やってみると、また同じことがくりかえされた。何度やっても同じで、進行状況を示すバーがのろのろと進んでいったかと思うと、いきなりフリーズしてしまうのだ。わたしは盛大な溜息をついた。カナダは金曜日の夜だ。急がないと入稿に間に合わない。

その晩は、ホテルのレストランで、ナイジェルとわたしに贅沢なディナーがふるまわれた。ハンサムな若いウェイターが運んできたのは、クリーム仕立ての魚のスープ。つづけて、グリルした魚が丸ごと一匹運ばれてきたかと思うと、その次は、ライムの汁をかけた新鮮なロブスター。粘れるだけ粘ってお腹に詰め込み、合間にマンゴージュースをお代わりした。そうするうちに、スパゲッティが運ばれてきた。つづけて、山羊の肉と、房のままのバナナと、籠に入ったロールパン。もう入らないといって彼を追い払うと、これでおしまいですとスライスしたパパイヤを運んできて、お茶を煎れてくれた。食事が終わり、ナイジェルがロビーに行って、ホテルのスタッフと一緒にテレビで北京オリンピックを見はじめると、わたしは部屋に戻ってもう一度原稿の送信に挑戦した。スクリーンには、またもや「送信できませんでした」のメッセージ。送信ボタンを何度も何度もクリックした。夜が更けると、締め切り時間を過ぎてしまったことは承知の上で、もう一度だけ挑戦してみた。今度は切れずにつながっている。進行状況のバーが進んでいくのを見守っていると、十五分ほど経ったころにようやく「送信完了」の表示があらわれた――コラムの原稿と写真が世界に発信されたのだ。

その記事は、月曜日の『レッドディア・アドボケイト』に掲載されることになる。見出しは〈ソマリアでの安全確保は絶望的〉で、その時点では、わたし自身が記事の内容を証明する存在になっていた。月曜日には、わたしの居場所を知る人間はいなくなっていたのだから。

# 16 拉致 *Taken*

あとから聞いたのだが、彼らはホテルを見張っていたそうだ。わたしたちが宿泊していることを知っていた。狙いをつけた相手がどういう素性の人間なのかはわからないまでも、ホテルに外国人が泊まっていることには気づいていた。あの日起こったことは、この手の計画に必要な準備を整えたうえで決行された。銃を使える人間を集め、人を雇い、わたしたちを監禁しておく場所を用意していた。あの日の行動を把握して、罠にかかるのを待ちかまえていたのだ。誰かのいとこのいとこが情報を提供したのだろうか。それとも、洗車したてのSUVが旧市街を疾走するのを目にして、あいつらは金《かね》になりそうだと考えたのかもしれない。もっとも可能性が高いのは、現金をちらつかされた誰かが――運転手か、ホテルの従業員か、護衛の誰かが――、外国人の行く先を喋ったというパターン。正体不明の誰かが、わたしたちを売ったのだ。

あの日――二〇〇八年八月二十三日の土曜日――の朝、ベッドを出たナイジェルは、ピンクのペイズリー模様のシャツを着てデザイナーズ・ジーンズを穿いた。わたしたちは、広々としたキングサイズのベッドの両端に離れて眠っていた。二人とも機嫌が悪かった。ナイジェルはスコットランドにいる恋人にメールを送り、わたしのほうには、短い恋の相手だったアメリカ人の報道局長から電話がかかってきていた。ナイジェルとわたしは恋人同士でもなんでもなかったが、いまさらどうやって友だちになればいいのかもわからずにいた。

せめて仕事仲間になろうと努力はしていた。ソマリアに入って二日半が経過した時点では、安全上の問題で当初の目的をほとんど果たせておらず、カナダの海軍艦艇が食糧運搬船と共に入港してくるのを待っている状態だった。実際に足を運んだのは、旧市街。モガディシュでは比較的安全とされる数少ない場所の一つで、イタリア植民地時代の邸宅が住む人もいないまま熱波の下で朽ち果て、水を抜かれたプールがかつての栄華をしのばせていた。つづいて訪ねた病院は、どの病室も、銃弾を浴びた患者や手足を切断された患者でいっぱいだった。車を降りてどこかへ向かうたびに、わたしたちが雇った護衛が自動小銃《カラシニコフ》のストラップを肩から提げて、まったくの無関心とも油断なく目を光らせているともつかない態度で、影のように付き従ってきた。

窓から差し込む陽光はすでに熱風を思わせ、わたしは時をつくる雄鶏の声を聞きながら、支度をするナイジェルを見つめていた。紫のスカーフを首に巻くと、青いレンズが入った迫力満点の飛行士《アビエイター》スタイルの銀縁サングラスに手を伸ばそうとしている。これから、アブディと一緒にウガンダの地雷除去部隊の取材に行くのだ。わたしはホテルに残ることになっていた。ときどき、すぐ近くから、モーターが焼けたり低く唸ったりする音が聞こえてくる。

「まさか本気じゃないわよね」思わず口に出していた。

「何が悪い？」

「ナイジェル、そんな格好で行っちゃだめよ。今日の相手はアフリカ兵なんだから。絶対にだめだって」

派手な色やデザイナーズ・ジーンズを好むのはナイジェルの愛すべき一面ではあるけれど、ソマリアでそういう格好をするのは、自分は何も知りませんと宣伝して歩くようなものだった。ナイジェルは射るような視線を返してくると、スカーフとサングラスを外したが、服は着替えようとしなかった。

階下で朝の報告を受けていたアジョスが、空港そばのウガンダ軍基地の近くに迫撃砲が撃ち込まれたと連絡してきた。ナイジェルが地雷の除去作業に同行するのは「いい考えとは思えない」ということで、もう何本かの電話で、取材を希望していた国内避難民キャンプに行けるかどうか確認してみようと請け合ってくれた。このキャンプは、ソマリアではよく知られたハワ・アブディという六十代の婦人科医が運営しているもので、彼女は一九八〇年代に家族が所有する農場に女性専用の診療所を開設している。一九九一年に内戦が勃発すると家を失って逃げてきた人々を受けいれるようになり、この時点では農場やその周辺で九万人ものソマリ人が暮らしていると聞いていた。ドクター・ハワは祖国の英雄だった。アル・シャバブからの脅しや嫌がらせに屈せずに診療所を拡張しつづけ、とうとう三百床の病院に成長させた。さらに、女性を対象とした健康教育プログラムまで実施しているのだ。二人の娘も外国の大学で医学を学び、ソマリアに帰国してから母親を手伝っている。彼女たちにインタビューできるかもしれないと聞いて胸が躍った。

「三十分以内に、行っても安全かどうか連絡する」アジョスはそう言って別の相手との通話に戻った。

「待っててくれ」

ドクター・ハワの農場は、アフゴイ回廊と呼ばれる道路沿いにある。距離そのものはシャモ・ホテルから西に二十キロほどだが、途中で市境を越えなくてはならない。アフゴイ回廊の最初の十三キロはモガディシュ市内を走っていて、政府軍によって市街地と変わらない程度の安全が保証されている。だが、モガディシュを出てしまえば、ソマリア暫定連邦政府（TFG）やアフリカ連合の平和維持軍の影響力は及ばず、支援も期待できない。市民軍が跋扈《ばっこ》する無法地帯に足を踏み入れることになるのだ。アジョスの話では、わたしたちの護衛を務めるTFGの二人の兵士が行ってくれるのは市境までで、そこから先へは同行しないということだった。したがって、政府と提携していない護衛を新たに雇う必要があり、その費用が百五十ドルかかるという。

アジョスは数本の電話ですべての段取りを整えた。代わりの護衛を見つけて、TFGの最後の検問所から数キロ先の地点で落ち合うように手配してくれた。さらに、その日は、アブディと運転手のほかに案内役がつくことになった——ドクター・ハワのキャンプの警備責任者で、わたしたちを迎えにシャモ・ホテルに向かっているという。

移動計画はよくできているように思えた。そもそも、良し悪しなんて判断できるはずがない。「そうね、前回、市民軍が政府軍の兵士たちと戦った道路《ライン》を越えたときはどうだったかというと……」などと言い返せるわけがないのだから。

わたしはバックパックに荷物を詰めた。カメラに、広角レンズに、予備のメモリーカードに、iPod。小型のノートに、ペンを二本。リップクリームに、ヘアブラシに、水が入ったペットボトルを二本。それから、ジーンズを穿いて、緑のタンクトップを着て、ケニアで買った革のサンダルを履いた。その上から、アジョスが義理の妹から借りてきてくれた、ソマリア式のどっしりした——ポリエステルの黒い生地で、聖歌隊のローブに似た——アバヤを羽織り、重苦しい黒のヘッドスカーフで髪を隠す。このスカーフは、ホテルの外で買い物をするときに必ずかぶっていたものだった。

わたしたちが出発する二十分ほど前に、『ナショナル・ジオグラフィック』のロバートとパスカルが、彼らが雇ったTFGの兵士と一緒に別のSUVに乗り込んでいた。アジョスはいつものように二人に同行した。彼らもアフゴイ回廊を目指していたが、それはわたしたちが計画しているものよりもはるかに危険なドライブだった——アフゴイ回廊を横切って市民軍の縄張りを通り抜け、マルカという港町を訪ねるのだ。慎重に慎重を重ね、追加の護衛を乗せた警備車両がもう一台用意されていた。

車がシャモ・ホテルのゲートを出たとき、わたしは周囲に注意を払っていなかった。あの日の朝は半分眠っているような状態だった。レポーターとして働いていたときに、オンとオフを自由に切り替える技を身につけていた。現場ではずっと立ちっぱなしで、神経をぴりぴりさせたまま、細かい作業をさばいていくのに多くの時間を取られてしまう。撮影に適した場所を探し、質問をして、メモを取り、常に一歩先を読んでいなければならない。対照的に、車のなかで過ごす時間はスイッチを切るようにしていたのだ。

わたしたちを乗せた車は、二日前よりは冷静に眺められるようになった通りを駆け抜けていった。国内避難民のキャンプから迎えにきてくれた警備責任者——英語がまったく話せない、白いシャツとソマリア式の腰布《サロン》という格好の初老の男性——は、運転は自分がすると言い張った。いつもの運転手はフロントシートのまんなかに押しやられ、助手席にアブディ。ナイジェルとわたしがバックシートで、護衛の二人がその後ろに陣取った。

市外へ向かう道は広々とした舗装道路だった。穴ぼこで車体を弾ませながら、砲弾を浴びた灰色の建物の前を走り過ぎていく。バナナやマンゴーを売っている女性たちや、調理油や薪を積んだ荷車を牽《ひ》いている男性たちが、窓の外にあらわれては消えていく。環状交差点をぐるりとまわり、政府の検問所をいくつか通過した。車は少なかった。空が両脇を飛び去っていく。わたしの心は現実を離れて宙を漂っていた。あのとき考えていたのは、ブリティッシュ・コロンビア州に移り住んでパン屋で働きはじめた母のことだ。電話で話をしたときの、幸せそうな母の声。カナダは夏の盛りだった。戸外でハンバーガーを焼き、冷たい湖で泳ぎを楽しむ季節になっていた。故郷に思いを馳せるのは楽しかった。帰国して母を訪ねるためには、記事を何本か売らなくてはならないだろう。バックパックからカメラを出して電源を入れると、撮り溜めておいた画像を行きつ戻りつしながらチェックしはじめた。使えそうな写真が何枚かあって、そのなかに、一九二〇年代にイタリア人が建設した石造りのカトリック大聖堂を写したものがあった。爆風で建物のなかががらんどうになっている。アフリカ連合の戦車のなかから撮影した一連の写真には、エチオピア軍の兵士たちと彼らの視点からの通りの風景が一緒におさまっていた。

そのころには車が市境に近づき、道路沿いをゆっくりと移動する避難民——包囲された市街地を逃げ出して、足を引きずりながら西へ向かう家族たち——を追い越すようになっていた。不規則に広がる難民キャンプが視界に入ってくる。長い枝を曲げて作った骨組に防水シートをかぶせた仮住まいが並んでいるようすは、ぼろぼろの帆を張ったヨットの船隊を彷彿とさせた。モガディシュとアフゴイを結ぶミニバスが、道路の両車線を行き交っている。霞《かすみ》のように宙を漂う黄色い砂埃。最後の検問所で停車すると、大きなテントのなかに、数十人の兵士たちが座っているのが見えた。誰かがリアハッチを開けた。TFGの護衛たちが無言で降りていく。運転手が窓をおろし、去っていく兵士たちにソマリ語で何やら叫んだかと思うと、すぐに車が動き出して問題の場所に突っ込んでいく。政府軍のものでも市民軍のものでもない、小さな緩衝地帯《ノーマンズ・ランド》に。

検問所の先はカーブになっていた。アブディが誰かと電話で話している。写真の確認をつづけ、ナイジェルが旧市街で会った子どもたちと楽しそうにボールを蹴っている写真に一つひとつ目を凝らしていると、車が減速しはじめた。新しく雇った護衛と落ち合うのだろうと思って、顔を上げもしなかった。ナイジェルも夢中になってカメラをのぞき込んでいる。ところがそのとき、気の流れががらりと変わった。車内の空気がいきなり電気を帯びたように感じられたのだ。フロントシートの三人が何やらつぶやいている。顔をあげると、濃紺のスズキのステーションワゴンが道路の反対側に停まっているのが見えた。と、誰かが車の前に立ちはだかった。銃を手にして、頭と鼻と口をスカーフですっぽりと覆っている。赤と白のチェックの柄は、あちこちの国のイスラム戦士《ムジャヒディン》が好んで使うものだ。かっと見開かれた黒い瞳。銃口がまっすぐフロントガラスに向けられた。

アブディが英語に切り替えて言った。「厄介なことになりそうだ」

ステーションワゴンの後ろからばらばらと仲間があらわれた。銃を掲げた姿勢でわたしたちの車を取り囲む――全部で十二名ぐらいだろうか。

とっさに思った。ただの強盗でありますように。盗るものを盗ったらさっさと消えて、あっという間の出来事で終わってくれますように。

バックドアが勢いよく開けられると、密閉されてよく冷えていた車内に熱気がなだれ込んできた。ソマリ語でわめき立てる男たちの声。アブディとほかの二人がフロントシートから引きずり出されて、道端の溝に放り込まれる。ナイジェルが車を降りていく。スカーフをかぶった男がわたしの耳元で怒鳴っている。スカーフで隠れた額から玉になった汗がこぼれ、つーっと鼻を伝って落ちていくのが見えた。まだ若そうだ。わたしは両手をあげて――映画のなかでさんざん目にしてきた場面と同じように――体を滑らせるようにしながら、まぶしい光のなかに降り立った。

これって現実？　現実のはずがないわよね？

ちょうどそのとき、そばを通りかかった人影が見えた。一人の女性が、宙を漂う幻影のようにジャンクションへ向かって歩いていく。見えているのかいないのか、わたしたちに気づかないふりをして、スカーフをなびかせながら歩いていく。一度も振り返ろうとしなかった。ここでようやく事態が呑み込めてきた。これは現実に起こっていることなんだ。背中を小突かれ、溝のほうに押しやられた。その場に跪いてから、砂のなかにうつ伏せる。隣ではすでにナイジェルが同じ姿勢を取っていて、その隣にはアブディたちがうつ伏せていた。みんなをまねて、腕と足を大きく広げた。

あたりが静まりかえった。誰かが車を物色しているようだ。視界の隅に、頭に向けられた細い銃口が見えた。三十センチぐらいしか離れていない。心と体は不気味なほど落ち着いていた。もうだめだと観念した。ここで全員撃たれるんだ。

すると、強盗たちがふたたび何かを叫びはじめた。体を引っ張られて立たされる。ナイジェルとわたしとアブディに、手振りでSUVに戻れと指示が下る。男たちの一人がナイジェルのバックパックを漁っているのを目にして、わたしはほっと息をついた。やっぱり強盗だったんだ。荷物を盗ったら解放してくれるだろう。

見ると、フロントシートは三人の強盗に占領されていた。わたしたち四人が――ナイジェルとアブディとわたしと銃を持った男が――その後ろに座る。さらに何人かがリアハッチを開けて乗り込んでくる音がした。運転手と国内避難民キャンプの警備責任者がどうなったのかわからないまま窮屈な姿勢で押し込まれ、わずかしか残っていないように思える、汗と恐怖のにおいがする酸素を懸命に吸い込んでいた。わたしのバックパックは足下にあった。なかには大切なカメラが入っている。いつこれを奪うつもりだろう？　どうして財布を出せって言ってこないの？　運転席に座っていた男がキーを回すと、エンジンがすぐに息を吹き返した。車が勢いよく走り出し、素早くUターンして先に走り出していたステーションワゴンの後ろにつく。そのまま弾丸のように舗装道路を突っ走ったかと思うと、一分かそこらでいきなりハンドルを右に切り、標識のない砂の道を走り出した。

**やめてっ！**　恐怖が頭をもたげはじめた。車が網の目をすり抜けていく。肩をぶつけ、頭をがくがくと揺らすあいだも、猛スピードで藪が広がる茶褐色の丘陵地を駆け抜け、棘のある木をかわし、灌木をなぎ倒しながら、道なき道を進んでいく。刻一刻と、捜索が行われそうな場所から遠ざかっている。わたしはアバヤの下でぐっしょりと汗をかいていた。ジーンズの生地が脚に張りついているのがわかった。

「アブディ」思わず呼びかけた。「何が起こってるの？」出てくる声は、甲高くて震えていた。

「**話をするな！**」フロントシートに座っていた男が大声を出した。この男は英語を話すのだと、とっさに心に刻み込む。

自分を安心させたくてたまらくなって、もう一度訊いてみた。声がますます高くなっていく。「何が起こってるの、アブディ？　このままで大丈夫なの？　話してくれなくちゃわからない。大丈夫なのよね？」

「黙ってろ」アブディが声を潜めて嚙みついてきた。安心なんてできるわけがない。アブディもわたしたちに負けないほど恐がっている。

そうだ、バックパックに携帯が入っている。アジョスの電話番号がノートに書いてあって、そのノートもバックパックのなかだ。でも、どうやって出せばいい？　それに、電話をかけてなんて言うつもり？　肩越しに振り返ると、頭に銃口が向けられ、その向こうに銃を構えている子どもの姿が見えた。スカーフがゆるんで顔がのぞいている。ぽっちゃりした頬にはあどけなさが残り、わたしの視線をとらえた瞳が怯えたように揺らめいた。銃の構え方がぎこちなくて、場数を踏んでいないことがよくわかる。高めに見積もっても十四歳というところだろう。

ガタガタと音を立てながら砂漠を疾走する車のなかで、フロントシートの男が指示を出した。わたしの隣に座っていた男がソマリ語で呻《うめ》くように何か言うと、広げた手を差し出した。アブディが通訳する。電話をよこせと言っているのだ。当然だ。心が、水に落ちた石のように沈んでいく。わたしは携帯電話を手渡し、アブディも同じことをした。ナイジェルの電話はバックパックに入っていたはずだから、すでに徴収されたあとなのだろう。わたしは男が電源を切っていくようすを見つめていた。

車が大きく揺れながらがらんとした平地に入っていくと、ステーションワゴンの隣に停車した。運転手の隣から平服の男が降りてくると、こっちに歩いてきて、わたしの脇のドアを開けた。黒と白のスカーフできちんと肩を覆っているが、顔は隠していない。二十代半ばだろうか。髭はきれいに剃ってあって、睫《まつげ》がびっしり生えている。表情には警戒心があらわれ、ほんの少しだけ前歯が出ている。身を乗り出してわたしたちを眺めてから、わたしに視線を据えた。

「ハロー」くだけた口調の英語で挨拶してきた。ほっとするような声なので、レストランでいらっしゃいませと言われたのかと錯覚しそうになる。ナイジェルにはまったく興味を示さない。「アハメドといいます」〝オックメド〟と聞こえた。「わたしと一緒に来てください」

手振りでSUVから降りろと伝えてくる――わたしにだけだ。ナイジェルと引き離そうとしているのだ。うろたえていると悟られるのが恐かったから、振り返ってナイジェルを見るようなまねはしなかった。男が十六人ほどで、女はわたし一人だけ。それなのに、信頼できるたった一人の味方と離れればなれになろうとしている。たいしたことじゃないという顔をしていなくてはならなかった。黙ってアハメドについていてステーションワゴンのそばまでいくと、バックシートに座るように指示された。顔を覆った男が隣に滑り込んでくる。銃を持った男たちが背後に二人加わった。誰かの体が触れているわけではなかったが、汗ばんだ肌がすぐそばに感じられた。車が勢いよく発進し、ふたたび砂地を滑るように走り出す。

どこで覚えるのかわからないが、わたしたちの頭には、生き延びたかったら話しつづけろという例の教えが刷り込まれている。悪い人たちに生きた人間であることを思い出してもらわなくてはならないのだ。わたしには自分がすべきことがわかっていた。運転手の隣に座っているアハメドに注意を向けた。片腕を背もたれにかけて、わたしを見張っていられるように首を曲げている。大きな獲物を釣り上げた漁師のように、満足げな笑みを浮かべていた。

自分を必死に落ち着かせてから話しはじめた。わたしの名前はアマンダ。出身はカナダで、ソマリアから移住してきた人が大勢暮らしているところよ。職業はジャーナリスト。国内避難民のキャンプに向かっていたところで、ソマリアの現状を伝える手伝いができればと思っているの。ソマリアのことはとても気に入っていて、本当に美しいところだと思ってる……。熱意が伝わるように努力して、女の子っぽい声まで出してみた。政治的な見解については慎重に言葉を選んだ。あのときはじめて、イラン人のために働いていたことを感謝した。プレスTVのミスター・ナドジャフィから、英語をイスラムふうに発音するこつを一つか二つほど教わっていたのだ。「悲しいことだと思っているわ」と、アハメドに言った。「あなたがたの国が占領されているなんて」エチオピア人やウガンダ人、キリスト教徒やよそ者たちにも言及した。バグダッドでイスラム系のテレビ局の仕事をしていたことも言い添えておいた。

このときは知らなかったが、わたしの隣に座っていたのはアリという男だった。顔を紫のスカーフで覆い、細い隙間から両目をのぞかせていた。アハメドが親しみやすく、仲間意識さえ感じさせるほどだったとすれば、こっちの――ほとんど顔が見えない――男は、冷淡で意地が悪いように思えた。警戒心も露わにわたしを見つめている。

「おまえはキリスト教徒なのか？」と、堅苦しい英語で尋ねてきた。

返事に注意しなくてはならない質問だった。敬虔なイスラム教徒《ムスリム》の目には、信仰を持たない人間よりも、〝聖書を読む人間〟――キリスト教徒かユダヤ教徒――のほうが一般的には印象がいいと、旅を通じて学んでいた。

「そうよ」と、答えた。「でも、イスラム教には心から敬意を払っているわ」そこで言葉を切って、どんな反応が返ってくるかようすを見る。

アハメドが振り返ってわたしに視線を据えた。その顔に、思わず希望を抱いてしまいそうな笑顔が浮かぶ。「シスター、心配しなくても、あなたの身に悪いことは起こらない。いまのところは何の問題もないよ。インシャーアッラー」**すべてはアッラーの思し召し**、という意味だ。つづけてこう言った。「われわれはイスラム軍の兵士だ。われわれの司令官が、いくつか質問をしたいと言っている。いまからわれわれの基地に連れていく。スパイかもしれないと疑ってるのでね」

恐怖が喉もとまでせりあがってくるのを感じた。ジャーナリストが西側のスパイとして告発されるのは珍しいことではない。とにかく話しつづけるのよ、と自分に言いきかせる。そうすれば身内意識が高まるとでもいうように、訪れたことがあるイスラム圏の国の名前を次から次へと並べ立てた。フロントシートのコンソールに、金茶色の毛皮のラグがかけてあった。「それは何の毛皮？」さりげない口調を装うには、途方もない努力が必要だった。「何の動物の毛なの？」

アハメドは答えようとしなかった。携帯電話を操作して電話をかけると、二言三言話をした。その数分後に、車がふたたび止まった。後ろのドアが開いて、わたしの左側に座っていた見張りが降りると、代わりに、青ざめた顔のナイジェルが乗ってきた。後ろからついてきていたSUVに乗っていたのだ。呼吸が荒く、過呼吸を起こしかけている。見張りがナイジェルの隣に滑り込んできて、わたしたちは二人の敵に挟まれる格好になった。

「ナイジェル」車が走り出すと、わたしは明るく呼びかけながらフロントシートを指し示した。「こちらは、わたしたちの同胞《ブラザー》のアハメドよ。ここにいる人たちは兵士なの。アハメドは、何も悪いことは起こらないって約束してくれたわ」

自分でも、正気をなくした教師が喋っているようだと思った。一語一語をゆっくりと発音し、顔には賞味期限切れの笑顔を貼りつけている。ナイジェルが物問いたげな視線を送ってきた。わたしも素早く視線を返す。意志の疎通が図れているのかわからなかったが、少なくとも一緒にいられてほっとしていた。

頭のなかでは、理性に期待する気持ちと、理性など通用しないという気持ちがせめぎあっていた。心のどこかでは、これは何かの誤解にすぎないと信じていた。派手な車を乗りまわすうえに肌が白いのだから、わたしたちは彼らの縄張りでは招かれざる客なのだろう。勝手に陣地から出るなと叱責されたら、そのまま道路に送り返されるはずだ。その一方で、イラクやアフガニスタンに滞在したときの経験や、それぞれの国のニュースで集めた情報から、怒れる過激派が敵の首を刎ねたがることもよくわかっていた。どちらのほうがより理性を欠いた行為なのだろう。

車が大きく跳ねるたびに、背後の銃に頭を小突かれた。激しく当たった拍子に弾が発射されたら大変だ。

「ブラザー・アハメド」と、声をかけた。「この兵士に、銃を頭から離すように言ってくれませんか？　わたしは武器を持っていません。脅威にはならないし、恐くてたまらないわ」

アハメドは、わたしの背後の兵士にソマリ語で話しかけた。銃が引っ込められたが、ほんの少しだけだった。そのとき、アハメドが金の腕時計をつけていることに気づいた。伸ばした腕から、甘いコロンのにおいがかすかに漂ってくる。

戦略を練っておこうと考え、わたしたちを待っているという司令官と言葉を交わす場面を想像してみた。どんな言い方をすれば、スパイじゃないと納得してもらえるだろう——盗《と》るものを盗ったらモガディシュへ戻してやろうと思わせなくては。このときにはモガディシュという地名を故郷のように懐かしみ、思い焦がれるのにふさわしい場所のように感じていた。空想のなかの司令官がわたしたちの鞄を引っかきまわし、なかに入っている物を一つひとつチェックしていくようすを思い描く。そこであっと思ったのがカメラだった。モガディシュをパトロールするアフリカ連合の部隊やＴＦＧの兵士たちを撮った写真がたくさん保存されている。あれを見られたら、わたしたちが異教徒の味方で、聖戦の敵側についた人間という印象を与えてしまうかもしれない。電源を入れてボタンを押されてしまったら、一巻の終わりだ。

「ちょっといい？」隣に座っているアリに話しかけた。「唇がかさかさなの。鞄を開けてクリームを出してもいいかしら？」

アリはぽかんとした顔でわたしを見ていたが、それから、好きにしろと言っているような仕草をした。

屈み込むと、リップクリームを探しているふりをしながら、両手でバックパックのなかを引っかきまわした。嘘をついたせいで頬が火照るのを感じながら、カメラを見つけ、メモリーカードを挿してあるスロットを探り当てる。素早く指を動かし、ちっちゃなレバーを押してカードを外すと、二本の指で挟むようにしながらバックパックの奥に弾き飛ばした。これで、少なくとも、簡単に写真を見ることはできなくなった。わたしはリップクリームをつかむと、見せつけるようにしながら取り出した。唇に塗りはじめるとアリは目を背けたが、ようすをうかがっていることは気配でわかった。

「シスター、どうして恐がらない?」

「なんですって?」

アリはまともに目を合わせようとしない。わたしの見せかけの自信が癪に障るようだった――ひょっとしたら、泣いたり命乞いをしたりしないのが、面白くなかったのかもしれない。

わたしは素早く頭を回転させると、大きな声でこう言った。「恐くないわ。ブラザー・アハメドが何も悪いことは起こらないって約束してくれたんですもの」

アハメドはふたたび電話で話をしていた。お願いだから、聞こえていますように。アリの反対側からは、懸命に呼吸を整えようとしているナイジェルの息づかいが聞こえてくる。彼のカメラはどうなったのだろう。

そのとき、向かい側から走ってきたトラックとものすごい速さですれちがった。銃を持った若者たちでいっぱいだ。わたしは首を伸ばして彼らを見送った。車が走り出してから二十分ほど経っていたが、それまで人間はおろか、動物や建物も一切目にしていなかったのだ。腕に激しい衝撃を感じて、アリに叩かれたことに気がついた。「**何を見てる?**」と叫ぶと、わたしのヘッドスカーフの垂れた部分をつかんで顔を隠そうとした。声には怯えたような響きがあった。

しばらく沈黙がつづいてから、もう一度アハメドの注意を引こうとした。「マイ・ブラザー」と呼びかけながら、少しだけ体を乗り出し、愛想よく聞こえるように注意しながら後頭部に向かって話しかけた。「お金の問題なの?」

振り向いたアハメドは、二人がかりでようやく真相にたどりついたとでもいうように、顔を大きくほころばせていた。

「ああ、そうだな」と言ってから先をつづけた。「そうかもしれない。たぶんそういうことなんだろう」

# 17　囚われの身　*Tuna Fish and Tea*

四十五分ほど走っただろうか。車は一時的に舗装道路に戻ってから、またすぐに砂漠に入っていき、迷宮のような小さな村に到着した。壁で囲まれた建物がひしめきあうなかを、砂の小道がくねるようにつづいている。車は、色あせた青石《ブルーストーン》でできた大きな門の前で停車した。アハメドが車を降りると、鍵束を出して門を開ける。門扉が大きく開き、高い壁に囲まれた施設のなかに顔を隠した兵士たちが待ちかまえているのが見えた。シャモ・ホテルのＳＵＶはついてきていなかった。アブディと二人のソマリ人は姿を消してしまった。

バックパックを手にして車を降りながら、中味を探られるのは時間の問題だろうと考えていた。顔を隠した男たちが九人か十人はいただろうか。肩から銃を提げて、食い入るような視線を向けてくる。スカーフのほかに身につけているのは、ジーンズと襟の高いドレスシャツ。かぶりもののせいで頭が綿棒のように膨らんでいるが、痩せた体は若々しい。気持ちが高ぶっていることがはっきりと見てとれる。わたしたちの前では話をしないように命令されているのだろう。一人の兵士が歩いてくると、わたしたちの背後で門を閉めた。

軍事基地か何かなのだとしたら、小さくてお粗末な施設だった。トタン屋根の低い靴箱型の建物があって、壁面には等間隔で三つの扉が並んでいる。廃材でつくった差し掛け屋根の下が調理場になっているようで、中庭を覆うように、どっしりしたアカシアの木が重そうな枝を伸ばしていた。門の脇に建っている小屋は屋外便所だろうか。わたしはアハメドのほうを向いた。「トイレを使わせてもらってもかまわないかしら？」

アハメドは、わたしを気遣うような仕草でその小屋を指さした。「もちろんかまわないよ、マイ・シスター」

一人の兵士がついてきた。誰にも気づかれませんようにと祈りながら、バックパックを持ったまま歩いていく。トイレは高い壁に囲まれているだけで屋根がない。なかに入ると、コンクリートの床に穿《うが》たれた浅い穴からうっすらと悪臭が漂ってきた。最近は使われていないようだ。穴の脇に立つと、カメラを引っ張り出して電源を入れた。ジーッという起動音にぎょっとして、木の扉の両側にできた大きな亀裂からのぞかれないように祈る。バッグのなかからメモリーカードを探し出すと、もう一度スロットに挿して、素早く「すべてを削除」を押し、モガディシュでのこれまでの活動の証拠を消し去った。念のため、穴の上にしゃがんでおしっこをしておいた。

外に出ると、アリという兵士が――車のなかでわたしの腕を殴った男だ――年下とおぼしき兵士の一人に怒鳴り声で指示を出し、その兵士が水の入ったプラスチックのバケツを持って近づいてきた。手を洗うためのものだ。それからアリに追い立てられるようにして低い建物に向かい、左端の暗い部屋へ入っていくと、ナイジェルが見るからに薄汚いウレタンのマットレスに座っていた。汚れた壁に寄りかかっている。室内は黴臭かった。奥の壁に小さな窓があり、金属製の鎧戸が降りていた。もともとは、部屋全体が淡いピンク色に塗られていたらしい。床には短い電線が散らばっている。ナイジェルは煙草を吸っていて、動揺しているように見えた。

アリが戸口から顔をのぞかせた。反対側の壁際に置いてあるマットレスを指さして、おまえはあっちだと伝えてくると、すぐに姿を消してしまった。

ナイジェルが視線をよこした。拉致されてからはじめて二人きりになった。「これからどうなるんだ?」

「わからない」

「誘拐されたんだ。そうだろう?」返事を待たずに先をつづける。「それとも、何か別の理由があるのか?」

拘束と誘拐のちがいについて考えてみた。一度だけ、バグダッドのサドル・シティで取材をしていたときに、エナスとイラク人カメラマンと一緒に拘束されたことがある。武装グループに車を囲まれてサドル派の本部へ連れていかれると、政治的な立場を問いただされ、スンニ派を支持しているのではないかと詰問されたのだ。シーア派の仲介者に電話をかけて圧力をかけてもらうことができたので、その一時間後には無事に解放された。大変なことになったと怯えていたのに、最後はあっけなく片がついた。今回もそうであってほしいとどれだけ祈ったことだろう。

ナイジェルとろくに話をしないうちに、アリが戻ってきた。今度は新聞紙を手にしている。注目を浴びていることを確かめようとでもいうのか、新聞紙を見せびらかすようにしながら二つに折ると、きつく丸めて円錐形をつくる。先端部分を器用にひっくり返すと、口の部分に長い指を滑らせながら、縁を少しだけ外に折り曲げていく。屈み込むと、できあがった作品をぽとんとナイジェルのそばに落とした。折り紙の灰皿だ。ナイジェルとわたしは言葉もなく見つめるだけだった。

「いままでに見たことがあるか?」アリが訊いてきた。訛りのある英語だったが、言っていることは理解できる。何らかの形で学習したのだろう。

わたしたちは黙ったまま首を振った。アリは戦闘用のスカーフを巻いたままだったが、布の下には笑顔が浮かんでいるようだった。このまま居座るつもりなのか、ナイジェルからそう離れていない場所にしゃがみ込んだ。「俺も以前は吸っていた。ジハードよりも前のことだ」話をしながら、ナイジェルからわたしに視線を移す。「だが、もう二年経つ。禁煙だ」

お喋りをしようという合図なのだと思った。目の前にいるのは、両手で銃を持った眼光鋭い男であり、捜査網から外れた村にある薄汚い部屋で相手の出方をうかがっているという異様な状況ではあるけれど、わたしは懸命に恐怖をこらえようとした。アリと信頼関係を築くことができれば得るものがあると、自分に言いきかせた。

蓋を開けてみると、アリは、ソマリアの政治やジハードについてとめどなく喋りつづけた。彼のジハードとはソマリアからエチオピアの軍隊を追い出すことであり、ピックアップトラックでモガディシュ周辺を走りまわっている十代の武装グループが標榜しているジハードとほとんど変わらないものだった。エチオピアの国民はほとんどがキリスト教徒だ。ソマリアはイスラム教徒《ムスリム》の国なのだから、イスラムの教えをしっかりと守らせるイスラム教の政府が必要なのだとアリは言う。彼が侵略者たちと戦いはじめたのは二年前――エチオピア軍の侵攻がはじまった二〇〇六年に、イスラム戦士《ムジャヒディン》と契約を交わしたということだった。アリに言わせれば、これはまさに、キリスト教徒による内政干渉にほかならない。アリはエチオピア人を憎んでいる。エチオピアにまつわるすべてのものを。

「この二年、俺の人生はジハードだけだ」アリはスカーフの下でそう言った。その時点では、膝を折って壁にもたれていた。銃は隣に立てかけてある。

ソマリアで聖戦士になるには、人生の喜びをあきらめて、大義に身を捧げることが求められるようだ。それはつまり、イスラム法のもっとも厳格な解釈を採り入れて遵守するということだ。テレビや音楽や喫煙は禁じられ、おまけに――アリにはもっとも辛いことのようだったが――スポーツも禁止されている。自分はずっとサッカーが好きだったというアリの嘆きようは、並大抵のものではなかった。自身で楽しみ、テレビでも観戦し、アフリカのいくつかの国のワールド・カップ代表チームの忠実なファンを自認していたという。

わたしとナイジェルは、あらゆる手を使ってアリという人物を探ろうとした。彼の苦しみを自分のもののように受けとめ、異教徒と戦わなければならない暮らしがいかに大変か聞かされるたびに、「そうでしょうね」と相づちを打った。ナイジェルがサッカーのスター選手や、競い合っているチームの名前をあげていくと、アリも興味をそそられるようだった。だが、ゆるやかな絆を築けそうだと感じるたびに、壁にぶち当たってしまう。

「おまえたちの国だ」アリはわたしたちに向かって指を振ってみせた。それまでのお喋りなどなかったかのように、いきなり怒気を含んだ声に変わっている。「おれたちの国にエチオピア軍を送り込んだのは」

アリにとっては、ナイジェルがオーストラリア人でわたしがカナダ人だという事実は問題にならなかった。国のちがいなど取るに足らないことだ。信仰心のない、肌の白い外国人であることに変わりはない。西欧世界は不可解で淫らで、悪魔《シャイターン》のみに支配されている。わたしたちはジャーナリストで、ソマリアへ来たのも国民の窮状を世間に伝えるためだと何度も訴えたのだが、いい印象を与えるどころか、猜疑心を煽っただけだった。確かに、スパイ疑惑は根も葉もないものとは言い切れなかった。アメリカが秘かに特殊部隊を送り込んで、エチオピア軍や足元のおぼつかない暫定政府を支援していることは、記事で読んで知っていた。モガディシュ上空を無人航空機が行き交い、鉄灰色のトンボのような姿で低空飛行をくりかえしているという話も聞いていた。

アリが部屋を出ていって扉を閉めると、ナイジェルもわたしも暗がりのなかで黙り込んだ。彼らの目的は何なのだろう？　それがどうしてもわからない。わたしたちは希望を持ちつづけるために状況を整理していった。アハメドは、何も問題はないという自分の言葉に確信を持っているようだった。アリは怒りを爆発させそうになってはいたが、わたしたちに危害を加えることはなかった。金品の要求すらされていない。

鎧戸の隙間から光が差し込んでいた。窓の下枠には分厚い書籍が積まれている――どうやら『コーラン』のようで、全部で八冊ほどあった。部屋の奥にある鉄製のコートラックには男ものの服が掛かっている。薄いトタン屋根では照りつける日差しを防ぐことはできず、オーブンのなかにいるのかと思うほど暑かった。ヘッドスカーフにくるまれた髪が汗みずくになっているのがわかる。戸外から男たちの話し声が聞こえてくる。状況を読み解こうとするわたしたちの会話は、堂々巡りするばかりだった。

「これは誘拐だ」と片方が言い出すと、「そうじゃない。単なる誤解で、政治絡みの問題なのだ」ともう片方が返すのだ。

意見を戦わせていると、なぜだか気持ちが楽になった。

しばらくすると、アハメドが戸口から顔をのぞかせた。「もう行くよ」まるで友だち同士の別れの挨拶だ。「ここの連中には充分に用心することだ。言われたとおりにしないと殺されてしまう」

どこへ行くの？　お願いだからここにいて、と叫びたかった。洗練された英語を話すことや顔をスカーフで隠していないことが重要に思えて、心の慰めになっていたのに。銃を携帯していないのはアハメドだけなのだ。車のなかで言われた言葉——「心配しなくても、あなたの身に悪いことは起こらない」——が、頭のなかを何度も駆けめぐっていた。

「待って」と、声に出した。「司令官はどうなったの？　わたしたちに会いたがってるのよね」

「ああ」忘れていたよとでも言いたげな口調で、アハメドが答える。「インシャーアッラー。それは明日だ」

とたんに、疑念が湧いてきた。アハメドは嘘をついているのだろうか？　司令官なんていないのかも。もしかしたら、こっちの言い分を聞いてもらうチャンスはないってこと？　すべての望みを託していたのに。

アハメドから引き出せるものは何でも引き出してやろうと思った。最後のチャンスかもしれないと感じたのだ。「マイ・ブラザー、一つだけお願いがあるの」と、声をかけた。「家族に電話をさせてもらえないかしら？　ホテルに戻らなければ、すぐにわたしたちの身に何かが起こったとわかるはずだわ。無事だと知らせるだけでもかまわないから」

アハメドは、素晴らしい提案だとでも言いたげな顔でうなずいた。「おそらくね」と、遠回しな言い方をする。「おそらく、それが次のプログラムになるはずだ」

せめてシャモ・ホテルにいるアジョスに電話をかけさせてほしいと頼んでみた。アジョスなら必要なものを手に入れるのを手伝ってくれるかもしれない、と。

それはまた別のプログラムになるかもしれないな。アハメドはそう言うと、最後ににやっと笑ってみせた。それからそっと扉を閉めて、わたしたちをふたたび暗がりに置き去りにした。門がきしみ、車が走り去る音が聞こえてきた。

アハメドが行ってしまうと、あとのことを任されたらしいアリが新たな役割を楽しみはじめた。アリはいきり立っていた。自分の人生やジハードのことを話したいという意欲は消えてなくなっていた。怒りの原因は一つに絞られたようで、その矛先はわたしたちに向けられることになった。

アリは金《かね》を出せと言いはじめた。「どこにある?」とわめき立てる。わたしはバックパックに手を突っ込んで、アメリカドルを取り出した。全部で二百十一ドル。その日の朝に、シャモ・ホテルの金庫から持ち出した分だ。震える手で札束を渡す。ナイジェルが持っていたのは、数枚のコインと、胸ポケットに折り畳んで隠しておいた百ドル札が一枚。アリは懐疑心を露わにしながらお金を数えた。「これで全部か?」

「ええ」

「信じないぞ」怒りが激しくなっていくのが声でわかった。「信じないからな」とくりかえす。「そんなわけはないだろう」

ナイジェルもわたしも無言のままだった。

「カネはどこだ?」アリが訊いてきた。

「ホテルにある。置いてきたの」いつの間にか、受け答えをするのはわたしの役目になっていた。

「じゃあパスポートだ。俺に渡せ」

「それもホテルに置いてきた」

アリは目を細めてわたしを見た。咎めるようなまなざしは、秘かに何らかの決意を固めたように見える。思わず視線を逸らした。従順さをアピールするべきか、抵抗を試みるべきか、わからなかったのだ。わたしの反応に気をよくして意地の悪そうな笑い声をあげるアリ。歩いて外へ出ていった。中庭にいる兵士たちと協議するような声が聞こえてきたかと思うと、すぐに部屋に戻ってきた。

アリはわたしのバックパックをつかむと、中味を床にぶちまけた。開け放した扉から差し込む光を頼りに、蔑むような目つきで一つひとつを丹念にチェックする。カメラに、ノートに、水が入ったペットボトル。リップクリームの蓋を開けた。ヘアブラシを回転させながら調べている。爆発物を扱っているかのような、用心深い手つきだ。首を横に振っているところを見ると、なかに入れてきたものがお気に召さないらしい。

アリは部屋を離れるたびに怒りを新たにして戻ってくる。中庭のどこかに憎しみが詰まったタンクが置いてあって、中味を吸うたびにハイになっているのではないかと思うほどだった。荷物を調べ終わると外へ出ていき、またすぐに戻ってきた。目を剥きながらわたしを指さすと、「立てっ!」と叫んだ。肩にかけているストラップに手を触れて、自分が銃を持っていることを誇示しようとする。アリは胸板が厚くてずんぐりしていた——太っているわけではないのだが、栄養が行き渡っていて、ソマリ人には珍しい、がっしりした体型だった。わたしはナイジェルをちらっと見てから立ち上がった。座りっぱなしだったので膝や背中がこわばっていた。アリが黙って扉のほうを指し示す。

外に出ると日差しで目が眩んだ。何歩か歩いてコンクリートの中庭を横切っていく。二段の階段の先に閉ざされた扉があった。アリがその扉を指さして、なかに入れと伝えてくる。とっさに躊躇すると、背中を殴られた。すごい力だ。「殺されたいのか？」乱暴に押されて、よろめきながら階段を上がっていく。

扉の向こうは暗くて小さな部屋で、壁際に金属製の寝台が置いてあった。熱が充満して空気が淀んでいる。アリが扉を閉めた。

「やめて」声が震えないように気をつけた。「こんなことしないで」薄闇のなかで相手の視線をとらえようとしながら、話しつづけた。「どうかやめて、あなたはイスラムの人間なのよ。ムスリムは誰よりも優れた人々だわ。こんなこと、イスラムの教えでは正しいこととされていない。お願いだから……」

男たちと一緒に車に押し込められて砂漠を走っているときから、これからもっとひどいことが起こるのではないかと恐れ、言うべき言葉を考えていた。

聞こえているのかいないのか、何の反応もない。アリはわたしのヘッドスカーフをむしりとって床に投げ捨てた。それから手を伸ばして、アバヤの襟元を下に引っ張ったので、スナップが外れて前がはらりと開く。身を守ろうとして両手をあげると、頭を強く叩かれた。驚いた拍子に悲鳴が出た。「殺されたいのか？」アリはさっきと同じ台詞をくりかえすと、わたしを壁に押しつけた。部屋の反対側の窓辺に、いかにも重たそうな本が積んであるのが見えた――ここにも『コーラン』が置いてある。

アリの手がタンクトップの下に滑り込んで、ブラのなかに入ってきた。ぎこちない動きであたりをまさぐっている。息が荒くなっていた。顔を見なくても済むように目を閉じた。相手の右手が、ジーンズのボタンとジッパーを探り当てる。太い指が両脚のあいだを探りはじめたかと思うと、すぐに引っ込められた。嫌悪感とともに、吐き気がこみ上げてきた。**心配しなくても、あなたの身に悪いことは起こらない**。アハメドはそう言ったんじゃなかった？　気づくと声をあげて泣いていた。喉に木の塊が詰まったんじゃないかと思うような、耳障りな声だった。「こんなのまちがってる」しゃがれた声で言いつづけた。「あなたはよきムスリムじゃない」

またもや激しく押され、今度は床に突き飛ばされた。「そんなまねをする必要があると思うのか？」言葉を吐き出すようにしてアリが叫んだ。「俺には妻が二人いる。おまえは醜くて、悪い女だ」床に置いておいた銃を手に取ると、さっさと服を着ろと身振りで伝えてきた。まるで、わたしが彼を怒らせ、彼の名誉を汚したといわんばかりの態度だった。「俺はカネを探していただけだ。カネだけだ」

「わかった」小さな声で返事をした。震える手でアバヤのスナップを留めようとしていると、不意に、体がすっぽりと覆われていてよかったと思えてきた。スカーフを頭に巻きつけてからこう言った。「ノープロブレム、ノープロブレム」

大嫌いな言いまわしだったのに、口から勝手に出てきていた。

アリは泣くのをやめろと命じてきた。わたしを追い立てるようにしながら元の部屋へ戻っていく。埃っぽい闇のなか、出ていったときのままの姿勢でマットレスに座っているナイジェルを目にしたとたんに、またもや涙が頬を伝いはじめた。なんとか嗚咽をこらえた。ナイジェルの顔に浮かんだ愕然とした表情は、わたしの顔から読みとったものに対する純粋な反応だった。

アリは部屋を出ていく前に、威嚇するようにわたしのほうを指で突いてからこう言った。「おまえは問題《プロブレム》だ」

建物の裏には学校があったのだと思う。風に乗って聞こえてくる子どもの声が一人や二人のものではなく、庭で遊びながら笑い声をあげている姿が目に浮かぶようだった。棚に『コーラン』が積んであったので、はじめは、宗教学校《マドラサ》の一画に閉じ込められたのかもしれないと考えていた。けれども、どの部屋の床にも、ヒューズや、使い古しのバッテリーや、電線の切れ端が散らばっていることがわかってくると、考えが変わってきた――ムジャヒディンたちが爆弾を製造している場所かもしれないと思うようになったのだ。

実を言えば、自分たちがどこにいるのかまったくわかっていなかった。モガディシュから西に行ったどこかだろうとは思っていた。車はかなりのスピードで長い距離を走りつづけた。途中で目に留まったのは、駱駝を連れた数人の男たちと、兵士を満載したトラック一台だけだ。はじめは、そもそもの目的地だった国内避難民のキャンプで使用されている色鮮やかな防水シートがちらちら見えていたのだが、それから車はふたたび向きを変えて藪のなかへ入っていった。監禁された部屋からは、車が通り過ぎる音も、飛行機が通過していく音も聞こえなかった。ときどき、熱波を浴びて膨張したトタン屋根がピシッとかパチッとか音を立てるだけだ。まるで、箱に入れられてからまた別の箱に閉じ込められ、自分たちが知っているあらゆるものから遮蔽されたような気分だった。

アリが昼食を運んできてくれた――甘くて濃いお茶が入った魔法瓶と、ミネラルウォーターを数本と、どろっとした感じの冷めたスパゲッティが入った薄っぺらいビニール袋が二つ。さらに、油でぎとぎとのツナの缶詰も差し入れられた。少しだけ口に入れて噛んでみたものの、それ以上は食べられなかった。積もり積もった恐怖が酸っぱい液体に醸造されて、胃のなかに溢れていた。

午後の遅い時刻になってから、少しだけ外へ出ることを許された。アカシアの枝の下で、ナイジェルとマルバツゲームをはじめ、目の端で少年兵たちの姿をとらえながら、砂に引いた格子のなかに力なく○や×を描いていった。少年たちは銃を持ったまま足を投げ出して座り込み、退屈しきっているように見えた。青い空を、もくもくと膨らんだ白い雲が流れていく。

気分を変えたくて、「子どものころ、雲のなかの影が何に見えるか言い合って遊んだりした?」と、ナイジェルに問いかけた。

気でも狂ったのか、と言いたげな視線が返ってきた。

部屋に戻されると、ナイジェルが声をあげて泣き出した。勇気がなくて、抱きしめることはおろか、立ち上がってそばに行ってあげることすらできなかった。アハメドから結婚しているのかと尋ねられたときに、とっさの判断でノーと答えていた。グーグルで検索してもらえばわたしたちがスパイではなくジャーナリストであることがわかると訴えたばかりだったので、正直に答えたほうがいいと計算したのだ。嘘をついて自分の首を絞めることになるのは嫌だった。あのときナイジェルを慰めてあげられなかったのは、くすぶりつづけているアリの怒りに火をつけるのではないかと恐れたからだ。わたしはすでに、アリがわたしたちを引き離すのではないかと心配していた。イスラム社会では未婚の男女が二人きりでいるのは許されないことで、女性が男性の体に触れるなどもってのほかだ。ささいなことでもリスクは冒したくなかった。

そこで、遠くから静かな声で話しかけ、自分が聞きたがりそうな言葉を次々と口にしていった。絶対に大丈夫。必ずここから出られるわ。一緒にいれば乗り越えられる。この時点では、アブディと二人のソマリ人が銃を突きつけられて中庭を横切っていく姿を確認していた。ナイジェルとわたしは、三人が誘拐に加担していたのではないかと——全員ではないにしろ、誰かがわたしたちを売ったのではないかと——疑っていたのだが、彼らも残りの部屋のどちらかに閉じ込められ、同じように囚われの身となったようだった。

わたしは一緒に瞑想をしようと呼びかけた。数日前にナイロビを飛び立った飛行機のなかで聞いていた自由と平和を求めるフレーズを、今度は声に出して唱えはじめた。ナイジェルも囁くような声で唱和した。

そのあとのことはよく覚えていないが、暑さにやられて二人揃ってうとうとしはじめた。わたしはぐっすりと寝入ってしまった――どれだけ眠っていたのか見当もつかない。目が覚めると、ぼうっとしたまま寝覚めの心地よさを楽しんだ直後に、周囲のものが視界になだれ込んできた。汚い壁に、ぼろぼろのマットレス。三メートルほど離れたところでは、ナイジェルが別のマットレスに寝そべって天井を見上げている。扉の外から外国語を喋る男たちの声が聞こえてきた。目の前の光景が意識に刻まれると、何かが体のなかを落下していくのがわかった。これからどうなるんだろう？

勢いよく扉が開いた。アハメドが前と同じ服装のまま入ってくると、あとから、アリと二人の男性がついてきた。一人は長身で、四角いワイヤーの眼鏡に、オレンジ色のストライプのポロシャツという格好だった。手にはノートとペン。歳は二十代半ばだろうか。痩せていて、落ち着き払った顔をしていたものの、わたしたちを目にした瞬間の喜悦の表情は隠せなかった。檻のなかに金《かね》になる獲物が二頭もいたのだ。若者はアダムと名乗った。

「わたしが司令官だ」そう言ってナイジェルと握手をしたが、わたしのほうには寄ってこなかった。英語にはかすかな訛りがあった。「どこの国の出身だ？」ナイジェルが「オーストラリア」と答えると、持っていたノートに書きつける。つづけて、「村の名前は？」と訊いてきた。

もう一人の男はヤヒヤと名乗った。四人のなかでは一番歳を取っていて、白くて短い顎髭を生やしている。ぶっきらぼうで、私情を一切交えないタイプに見えた。肩をいからせるようすから、もともとは軍人だったのかもしれないと想像した。拉致された場所からわたしたちの車を運転してきたのはヤヒヤにまちがいない。ナイジェルが着ているピンクのペイズリー柄のシャツを、蔑むような目で見つめている。

アダムは、わたしたちの名前と職業と住所を書き取っていた。わたしは、シルバン・レイクの父の電話番号を教えながら、ブリティッシュ・コロンビアにいる母の電話番号を覚えておけばよかったと悔やんでいた。いざというときには母のほうが頼りになるとわかっていたからだ。ナイジェルは、妹のニッキーの電話番号を教えていた。アダムはにっこりしてからノートを閉じた。「インシャーアッラー、すぐに片がつくだろう」と言ってから、こう付け加えた。「きみたちは、わたしのブラザーとシスターだ」

アダムはしばらくしてから部屋に戻ってくると、待ちかねていたニュースを伝えてくれた。「スパイ容疑は晴れた」わたしたちに歓声をあげる隙を与えず、すぐに新たな声明が口にされた。「アッラーの思し召しにより、身代金を請求させてもらう」

アダムの声が電話回線を介して父のもとへ届けられる場面を想像してみた。娘の命がかかっていると言われたら、父は何と答えるだろう？　どんな言葉が口にされるのだろう？　どんな取り決めが交わされるのだろう？　父には慢性の持病があって、障害者の給付金に頼って生活している。母はパン屋で働いているけれど、雀の涙ほどの給料しかもらっていない。わたしの銀行口座は空っぽ同然だ。カルガリーにいる友人たちはほとんどがウェイトレスで、お金持ちなんて一人もいない。地図を見てソマリアを指せる人間がいるかどうかも怪しいほどだ。イラクにいたときは誘拐事件は大きな関心事であり、ハムラ・ホテルでも話題になっていた。一流のジャーナリストであれば、たいていは、報道機関を通じて誘拐保険に加入している。対応にあたる企業に保険金が支払われ、人質解放の交渉にかかる費用に充てられるのが一般的だ。フリーランスの場合は加入者はほとんどいない。しかも、自国の政府が救出に動いてくれるとは限らないことは周知の事実。原則として、政府は犯人の要求には屈しない。費用がかかりすぎるし、多くの問題が関わってくる。どの国の政府も、テロリストに資金を渡したと思われるのは避けたいはずだ。

トイレに行って新鮮な空気を吸うことを許されたのは、夕刻のことだった。アリに促されてあとをついていくと、建物の外壁に沿って藁の敷物が広げてあった。ふたたび、ツナの缶詰とお茶が入った魔瓶が差し入れられた。どうやら、夜はここで過ごせということらしい。わたしは、この試練は一日で終わるという信念を静かな気持ちで手放した。持っていた石を下に置いて、また別の石を持ち上げるような気分だった。わたしは自分に言いきかせた。試練はもう一日だけつづきそうだけど、きっと乗り越えられる。あたりが暗くなると、いくらかしのぎやすくなった。天幕となった夜空を突き破るように、次々と星が瞬き出す。仰ぎ見ているうちに、自分がちっぽけで見捨てられた存在になったように思えてきた。

差し掛け屋根のあたりで、少年兵がごろごろしているのが見えた。直接地面に座っている少年たちもいて、何人かは体を伸ばして寝そべっていた。みんなで電池式の銀色の大型ラジカセを囲み、ラジオから聞こえてくるBBCソマリ・サービスの放送に聞き入っている。男性のニュースキャスターが、ソマリ語でわめくようにしながら戦況とおぼしきニュースを伝えている。つづけて、気味が悪くなるほどはっきりと、「シャモ・ホテル」という言葉が耳に飛び込んできた。

とたんに空気が一変した。少年兵たちがさっと起き直って言葉を交わしはじめたのだ。立ち上がったアリが、興奮したようすでこっちに向かって手を振ってからラジオを指さした。ニュースキャスターの声が聞こえてくる。「カナディーーアン」につづいて、「オーストラリーーアン」ナイジェルと目が合った。わたしたちのことがニュースになっているのだ。まちがいない。とたんに胸が苦しくなった。これは現実に起こっていることで、自分たちは深刻な状況に置かれている——そう思い知らされた瞬間だった。

# 18　身代金　*Ransom*

いまになってみるとよくわかるのだが、身代金目当ての誘拐事件は、わたしたちが思っているよりも頻繁に起こっている。

メキシコやナイジェリアやイラクで起こっている。インド、パキスタン、中国、コロンビアでも起こっているし、その狭間にある多くの国々でも起こっている。動機には政治や個人的な恨みによるものもあるが、たいていは、金《かね》をよこせという単純明快なものだ。誘拐はビジネスであり、投機取引であり、お金を巻き上げられるのはわたしのような人間だ——つまり、場ちがいなところをふらふらとさまよい、貧しい人々が暮らす地域を、現地標準からすれば贅沢な手段で移動する人間が標的にされるのだ。油田の仕事で遠い国までやってきた作業員や、出張中のビジネスマンや、ジャーナリストや旅行客が、乗っていた車や会議の会場から強引に連れ去られる。銃を突きつけて食事の席から退出させるという、スマートなやり方もある。自分の国で暮らしていると、よほど注意を払っていない限り、こんなにも多くの人が誘拐されているとは気づかないだろう。第一報が飛び込んでくるだけで、そのあとのことは報道されないからだ。アメリカ人の旅行者がベニンでさらわれました。ヨハネスバーグで、オランダ人コンサルタントが身代金目当てで拉致されたもようです。トルコを観光中のイギリス人が、何者かにバスから引きずり降ろされました。

犯人たちが家族に電話をかけてくる。政府に接触してくることもある。専門の組織が秘かに活動を開始する。よくあることだと言う人はいないだろうが、少なくとも、国内での手続きがはじまり、手順どおりに事が進んでいく程度の頻度では起こっていることなのだ。

わたしのケースでは、家族に異変を知らせたのは、誘拐犯ではなく、ヴァンクーヴァーにあるラジオ局の男性プロデューサーだった。拉致されてから十二時間も経たないうちにソマリアの通信社から情報の乏しいニュースが配信され、彼がそれに気づいてくれたのだ。記事には、カナダ人とオーストラリア人の二人のジャーナリストがモガディシュ市外で行方不明になったと書かれていた。名前はファーストネームだけしかわからなかったが、そのプロデューサーとは年のはじめにラジオの生放送でイラクからの最新情報を伝える仕事をしていて、ソマリアへ向かうことも伝えてあった。彼がインターネットで連絡先を探して、レッドディア在住のわたしのおじに連絡し、そのおじが父に電話をかけた。父は、ペリーと一緒に裏庭に面したポーチで日光浴をしているところだった。

父が母に電話をすると、母はわたしの兄と弟に電話をかけた。どうすればいいのか誰にもわからなかった。ラジオ局のプロデューサーが、オタワにある外務省の電話番号を調べて教えてくれた。父が連絡してみると、女性職員から、ニュースには気づいているがまだ何も確認できていないとの返事が返ってきた。彼女は、何か情報が入ったら連絡するようにと別の電話番号を教え、家で待機しているようにと言ったそうだ。

一本のニュースから新たなニュースが派生していった。父の電話は鳴りっぱなしで、何十人という記者が話を聞かせてくれと言ってきた。家の前の通りにはテレビ局のトラックが二台、歩道には近所の人々が集まっていた。電話は鳴りつづけていたが、父は対処しきれなくなって出るのをやめていた。ペリーが玄関の番をして、親しい友人や親類だけを招き入れた。あとは、みんなで家にこもって、何らかの進展が見られるのを待ちつづけたという。

ソマリアから最初の電話がかかってきたのは翌朝のことで、父の留守番電話にざらざらした声が残されていた。アダムと名乗る男が、「ハロー、われわれはお嬢さんを預かってる」と吹き込んでいたのだ。またかけるからそのときカネの話をしよう、と言って電話は切れた。それで決まりだった。わたしは道に迷ったわけでも、行方をくらましたわけでもない。拉致されたのだ。わたしをさらった誘拐犯がいて、その誘拐犯が身代金を欲しがっていた。

ブリティッシュ・コロンビア州の小さな借家を出ようとしている母の姿が目に浮かぶ。手が震えて車の運転ができず、ロッキー山脈を越えて、父が暮らすアルバータ州まで十時間のドライブをしてくれる友人にハンドルを握ってもらっている。車がくねくねとつづく山道を登りながら松林を抜けていくあいだも、母は助手席で身をこわばらせたままだ。八月のロッキー山脈。路肩の土手では、ルピナスが花を咲かせていたはずだ。山肌には残雪の白い筋ができていたことだろう。上空を鷲が舞っていたかもしれない。母の目には何も映っていなかっただろうが。

日が暮れるころには、カナダ連邦警察から派遣された三人の捜査官がシルバン・レイクの父とペリーの家に到着していて、母も一緒に、ダイニングルームのテーブルを囲んでいた。捜査官たちは質問をしながらメモを取り、録音機に残されたアダムの声を何度も確認した。電話に盗聴器を設置する許可を求め、次に電話がかかってきたときに言うべき要点を教えてくれた。狙いは、アダムを言いくるめてわたしを電話口に出させること――生存していることが証明されるし、どんな扱いを受けているか想像がつき、何らかの手がかりをつかめるかもしれないというのだ。身代金の話になったら正直に話すように指示が出た。つまり、お金はないし、政府にも払う意志はないと伝えろということだ。

わたしの所持品は――日記や、歯ブラシや、シャモ・ホテルの部屋に置いていったあれやこれやは――このあとすぐに、ナイロビにあるカナダ大使館に送られ、父と母には、わたしが持ち歩いていたもののリストが手渡されることになる。「ショール（緑）一点　Tシャツ（茶）一点　ワンピース型水着一点　アップル社製ノートパソコン一点　ズボン（黒）一点　ヘッドスカーフ一点　ニベアの日焼け止めクリーム一点　航空機の発着表と電子航空券の購入記録各種　タイ、インド、パキスタン硬貨各種」母は、なぜそんなことに巻き込まれたのかわかるような気がして、リストと首っ引きでわたしが何を残していったか調べたと言っていた。

家の前に集まっていた記者たちが前庭の芝生で寝ずの番をするようになると、マスコミとはできるだけ話をしないようにと指示が出される――しかも、友人や近所の人たちとも同じように接しろというのだ。カナダ連邦警察は、情報を与えなければ、誘拐についての報道はすぐに下火になると踏んでいた。捜査官は、人質への注目度は高いよりも低いほうが都合がいいと説明した。誘拐犯は情報収集に長けていると思っておいたほうがいい。インターネットの検索は手慣れたものだし、ニュース記事も読んでいる。誘拐直後は、手がかりを探しながら、捕まえた獲物の対価を見積もろうとすることもある。家族は裕福か？　がっぽり儲けている大企業に勤めていないか？　政府が重要だとみなす人物だろうか？　不安に耐えきれなくなった母が、お願いだから娘を返してとカメラの前で泣き崩れるようなまねをすると、それだけで身代金の額が跳ね上がる可能性があるというのだ。

捜査官が両親に伝えたメッセージは、あなたたちは一人ではないというものだった。交渉の訓練を積んだチームが交替で待機する予定で、事件が解決するまでは、床に敷いたマットレスで眠り、電話の監視をつづけ、二十四時間態勢で毎日両親に指示を与えてくれるという話だった。それと同時に、誘拐犯を説得し、懐柔し、圧力をかけ、曖昧な言いまわしで言質を与える――つまり、わたしをソマリアから連れ出せそうな手段を手当たり次第に試してみるということだった。

捜査官はこう言ったそうだ。誘拐事件は何度も起こっていますが、必ず解決しています。

これは両親を安心させるための言葉だった。と同時に、何ヶ月もつづくはずの交渉を前に、ナイジェルとわたしが商品とみなされていることを伝えようともしていた。誘拐犯は、わたしたちをさらって監禁しておくのに資金を使っている。彼らは投資をしたわけで、それはつまり、わたしたちを生かしておくことが最善の利益につながるということだ。人質を殺したら損失を出してしまうのだ。

もちろん、トタン屋根の家に監禁されていたわたしたちは、そんなことは何一つ知らなかった。捕らえられた日はたびたびパニックに襲われ、落ち着きを取り戻すたびに、犯人たちと直接話ができるような戦略を思いつけばこの試練はすぐに終わると確信するようになっていった。

二日目の朝早く、アダムが、アリとヤヒヤとアハメドを従えて入ってくると、計画がまとまったと告げてからこう言った。おまえたちの家族に身代金を要求する短い電話をかける。支払いの猶予は一日で、支払わなければおまえたちは殺される。

わたしはすぐさま抗議をはじめた。「わたしたちの家族は裕福じゃない。身代金なんて払えないわ。それに、向こうは日曜日よ。仮にお金があったとしたも、銀行はどこもしまってる」

アダムは動じなかった。ナイジェルがどうして自分たちを誘拐したのかと尋ねると、にっこり笑って、おまえたちの国の政府がイスラム世界を攻撃しているせいだと答えた。「悪い政府だな」私利私欲のためだと思われるのは心外だという口振りだった。つづけて、家族からお金をもらうつもりはないと付け加えた。「二十四時間以内に殺されるとわかったら、おまえたちの国の政府がどうにかして払ってくれるだろう」そう話す口元を見ているうちに、上の前歯が一本欠けていることに気づいた。

わたしは尋ねた。「どのくらい要求するつもりなの？」

「ああ！」アダムは、うっかりしてたよと言いたげな声を出した。「まだはっきり決めていない」と言ってから、値踏みするような目つきでわたしたちに視線を走らせる。「百万ドルというところかな」軽く肩をすくめてみせる。「あるいは、二百か」

呆然とするわたしたちを残して四人は部屋を出ていった。数分後に、車が走り去っていく音が聞こえてきた。

グループ内の序列がなんとなくわかってきた。アダムとアハメドが指揮官で、ヤヒヤとアリが副指揮官。銃を持って中庭をうろついている、八人前後の脚の長い――わたしたちが〝少年〟と呼ぶようになっていた――若者たちが、歩兵として彼らの指揮下に置かれている。指揮官たちはステーションワゴンで建物を出入りしていた。普段は別の場所にいるようなので、ひょっとしたらモガディシュに戻っていたのかもしれない。ヤヒヤは少年たちの監督役のようで、ソマリ語であれこれと命令を出しながら、壁の向こう側にある市場か何かから、お茶の入った魔法瓶や、袋に入った調理済みのスパゲッティを運ばせていた。

アリはわたしたちの監視を任されているようだった。指揮官がいなくなるといきなりハイテンションになり、凶暴といってもいいような性急さで部屋を出たり入ったりする。あるときは、戸口に立ちはだかって、「おまえたちの政府がカネを払わなければ、おまえたちは死ぬんだからな」と言ってきた。大げさな身振りで自分の首に指を滑らせ、首を切り落とすまねをする。この状況が楽しくてたまらないようで、わざわざそばに来て顔をのぞき込んできた。男性にしては甲高い声で、「どんな気分だ？」と訊いてきた。「もうすぐ死ぬとわかってるのは」

二日目の朝はのろのろと過ぎていった。数時間おきに、モスクの時報係《ムアッズィン》が礼拝の時刻を告げると、扉の外から、衣擦れの音や祈りを唱える声が聞こえてくる。ナイジェルはマットレスに横になって静かに涙を流しながら、周囲のものは見るに堪えないとでもいうように、片腕を曲げて顔を覆っていた。前日にアリから真新しい布を渡されていた。軽くて大きな正方形の綿の布だ。ナイジェルに渡されたのは赤い布で、彼はいまジーンズの代わりにその布を身につけている。暑さをしのぐためにスカートのように腰に巻いているので、何人かの犯人たちと同じような格好に見える。わたしのほうは汗まみれのままだった。体を覆い隠しておくしかないとわかっていたので、ヘッドスカーフも、タンクトップとジーンズの上から羽織ったアバヤも脱ぐことができなかった。アリから渡された、青と白の上品な小花模様の布は、黴臭いマットレスの上に広げてシーツとして使っていた。

わたしは頭のなかで計算した。時差を考えると、ソマリアのほうがカナディアン・ロッキーよりも九時間早い。家族の姿を思い浮かべた。みんなはまだ寝ているだろう。犯人たちは夜中に電話をかけるつもりなんだろうか？　懸命に涙をこらえた。わたしたちは高い壁の奥に閉じ込められている。銃を持った男たちが大勢いて、地図のどのあたりにいるのか見当もつかない。まさに、手も足も出ない状況だった。

アリがまたもや戸口から頭をのぞかせて、「どんな気分だ？」と尋ねてきた。「あと二十時間の命だとわかってるのは」指で首を掻き切る仕草をするが、今度は効果音までついていた——シュッと引っかくような声を出す。それから、ふたたび姿を消した。耳をふさいでアリの言葉を閉め出し、頭のなかを空っぽにしようとしたが、そんなことができるはずもなかった。わたしたちをさらった男たちはイスラム原理主義者だ。イスラム原理主義者は実際に人の首を刎ねている。プレスTVで働いていたときに、イラクのサドル・シティ外れの原っぱまで足を運んだことがある。シーア派とスンニ派の戦闘で命を落とした市民軍兵士の遺体置き場と成り果てていた場所だった。あたりを眺めていると、ゴミの山のなかに横たわる腐敗した男性の遺体が目に留まった。髪は艶を失い、生気を失った茶色の目が大きく見開かれている。映像を処理するのに何秒かかかってから、ようやく自分が見ているものの正体がわかった。遺体の首は切断されかかっていて、一番目の椎骨が日差しを浴びて鯨骨のように白く光っていた。

すでに学んでいたはずの教訓を、世界はなおもわたしに学ばせようとしていた。実際に目にするまでは、どんなことが起こり得るのか知ることはできないのだと。

刻々と期限が迫るなかで、ナイジェルとわたしの希少価値は高まっていた。いましかチャンスがないと思ったのか、昼食を運んできた二人の少年は、部屋を出ていかずにきまりが悪そうなようすで戸口にたたずんでいた。英語を話してみたくてたまらないのだ。

意外なことに、わたしは片方の少年に好意を抱くようになる。名前はジャマル。片言の英語しか話せなかったが、拙さを補うだけの熱意があった。紺のTシャツに、丈が短い黄褐色のズボンという格好で床に座って脚を組み、裾の折り返しから棒のような浅黒い足首をのぞかせていた。わたしたちに邪気のない笑顔を向けてくる。ティーンエイジャーなので――十八歳だと言っていた――育ち盛りなのは明らかで、脚はひょろ長く、少しでも背を低く見せたいのか、細い体を屈めていた。目はきらきらと輝き、黒い巻き毛は短く刈り込まれていた。顎のところから数本の毛が伸びているので、これから顎髭が生えてくるのだろう。つけているコロンは、フルーティーで安っぽい香りだった。ジャマルの顔には見覚えがあった。あの日、最初にバックドアに近づいてきた兵士が彼だった。大きな目は一度見たら忘れられそうにないほど印象的で、瞳に浮かぶ怯えの色が未熟さを物語っていた。スカーフをかぶってはいたが、前の部分が少しだけはだけていて、容姿を確認できる程度には顔が見えていた。

もう一人の少年はアブダラという名前で、体つきはがっしりして、陰気な空気を漂わせていた。そのときアブダラが運んできたのは食べ物のほうで――またもや、油でてかてかになったスパゲッティ――、噛みつきやしないかと警戒したのか、二本の指で袋の縁をつまんでわたしたちの手の上にどさっと落とした。

ジャマルのほうは好奇心を隠そうとしなかったが、人見知りをしているのか、質問するときも視線を合わせようとせず、わたしたちが答えると下を向いたまま笑みを浮かべる。どこから来た？　二人は夫婦なのか？　ソマリアのことをどう思う？　車は持ってるか？　アブダラも一緒に座っていたが、そばにいるだけで落ち着かない気持ちにさせられた。抑揚のない声で、自分も十八歳で、ジハードのために戦っていると教えてくれた。

「兵士《ソルジャー》」そう言って胸に手を当てるようすは、まさに誇り高き戦士だ。話をするあいだはわたしを見つめたままで、目を逸らしていても視線が注がれるのを感じていた。

ナイジェルもわたしも、運ばれてきた食事には手をつけなかった。二人の前で食べるのは、弱さをさらけ出す行為のように思えたのだ。

話をしているうちに、ジャマルが婚約したばかりであることがわかった。

「お相手はきれいなの？」

ジャマルははにかんだように下を向いたが、口元がゆるむのは抑えられなかった。「そう、きれいだ」

「いつ結婚するの？」

ジャマルは答えた。「このあと」

「すぐに、ってこと？」

「そう」と返事をしてから、「インシャーアッラー」と付け加え、言葉を探してから先をつづけた。

「けっこんパーティーは……」二本の指を摺《す》り合わせる。

「お金がかかる？　結婚式にはお金が必要なの？」

「そう」言いたいことが伝わって、ほっとしたように微笑んだ。

そこでようやく気がついた。「このあと」というのは、「この誘拐の片がついたら」という意味だったのだ。それからふと思った。ジャマルにとって、今回のことはジハードとはあまり関係ないのかもしれない。彼はお金をもらって家に帰りたいだけなのだ。結婚式を挙げて、婚約者を妻として迎えるために。

「死ぬまであと十七時間だな」アリが声をかけてきたのは、屋外便所に行かせてもらって、ふたたびマットレスに腰を落ち着けたときだった。ナイジェルは壁のほうを向いて寝そべっている。気づくとこう考えていた。アリの代わりにジャマルが来てくれればいいのに。ジャマルといるほうが気分が明るくなるもの。ナイジェルは自分の殻に閉じこもってしまい、その日は、慰めの言葉や、希望を持てそうな言葉を口にしようともしなかった。

アリは怒っているようだった。「聞こえたのか？」

「聞こえてる」

「もうすぐ死ぬんだからな」

薄いマットレスの下からコンクリートの堅さが伝わってきてお尻が痛かった。暑さで干上がったような気分で、アリの意地の悪さにも嫌気がさしていた。

「そうね」茶化したように聞こえることを承知で先をつづけた。「アッラーがお望みならば……」

一瞬でアリの怒りに火がついた。殴りかかってきそうな勢いで、近づいてくる。「貴様」と叫んだときには沸点に達していた。「冗談だと思ってるのか？　死ぬ覚悟ができてるんならそう言ってみろ。俺がいますぐ殺してやる」

わたしはすくみあがった。「ちがう、そうじゃないの、ごめんなさい」本気だと伝えるために声の調子を変えてみた。怯えながら何時間も過ごしていると、恐怖にどっぷり浸かっているような気分になる。わたしはその海のなかで一日中船を漕ぎつづけていた。

ナイジェルはそっと寝返りを打って、わたしたちの会話に聞き入っていた。

「冗談だなんて思ってないわ、マイ・ブラザー。死にたくなんかない」そう言って、頭を下げた。「でも、それがわたしの寿命だと言うのなら、できることは何もない。わたしが言いたかったのはそういうことなの」

ふたたび顔をあげてみた。アリは用心深くわたしの表情を読みとろうとしているようだった。怒りは少しだけ鎮まっていた。なんであんなことを言ってしまったんだろう。定命《ていめい》の教えを――わたしたちの運命はアッラーが入念に定めたもので、逃れようとしてもできることはほとんどないという考え方を――揶揄するのは神への冒瀆であり、論争を巻き起こすきっかけが欲しい人間には願ってもない手段になる。

そのとき、ある考えが浮かんできた。一筋の光が。「このまま死ぬのなら」と、できるだけ落ち着き払った声でアリに話しかけた。「その前に、指導者《イマーム》と話をしたい」

アリが驚いて頭をあげた。一拍置いてから、「だめだ」と答えた。「それが許されるのはムスリムだけだ」

ソマリアには、ムスリムにだけしか許されないことがたくさんある。なぜなら、国民のほぼ全員がムスリムだから。

「そういうことなら」と、わたしは先をつづけた。二十四時間の猶予を引き延ばせるかもしれないと思いながら。「死ぬ前にムスリムになるのがいいかもしれない」

その夜、ナイジェルとわたしはふたたびアハメドの車に乗せられた。誘拐の場面が再現され、スカーフで顔を隠した男たちの集団と一緒に車に詰め込まれた。知らない男たちばかりで、見分けがついたのは、アハメドとアダム、アリとヤヒヤだけだった。男たちが肩から提げている弾帯に銃が当たってカタカタと音を立てていた。ハンドルを握ったのはアダム。リアハッチからアブダラが乗り込んできて、自動小銃《カラシニコフ》の銃口をわたしたちの後頭部に向けた。

その一時間前に部屋まで迎えにきたアハメドは、例によって輝くような笑顔を浮かべ、最高のおもてなしを提供する接客係のような慇懃な口調で話しかけてきた。

「うまくいってるの？」わたしは尋ねた。

「ああ、そうだね。とてもうまくいっている」

「でも、二十四時間と言ってたでしょう？」

アハメドは驚いているように見えた。「ああ、もう少し時間を延ばすつもりなんだ。ノープロブレム！　これからもっと居心地のいい家に連れていく。こんなみすぼらしいベッドに寝かせてしまって、申し訳なかったね」

その言葉を信じていいのかどうか、判断のしようがなかった。車は、砂を撒き散らしながら村のなかを走り抜けていく。ナイジェルとわたしはしっかりと手をつないでいた。窓の外を見てもいまいる場所がわかるようなものは見つからず、建物の外壁と灌木が見えるだけだ。四角い眼鏡のアダムは、ハンドルを右や左に切りながら、エンジンを吹かしてスピードをあげていく。

アダムに尋ねてみた。「家族と話をしたの？」

「ああ、したよ。話をした」振り返ってナイジェルを見る。「おまえの妹と話をした」そう言って顔をほころばせたので、前歯が欠けているのがはっきり見えた。「彼女は……英語ではなんて言うんだったかな？　そう、パニックだ」

喉を締めつけられたような気分になった。「わたしの両親とは？」

「おまえの母親とな。いい人間だな、とてもいい」どうでもよさそうな口調でそう言ったきり、それ以上のことは教えてくれなかった。

# 19　電気の家　*Electric House*

新しい家は、古い家のそばにあった。車で十分ほど走ってから、またもや、高い壁に囲まれた建物の前に降ろされると、金属製の小さな扉からなかへ入るように指示された。全員でアヒルの群れのように列をつくって扉をくぐり抜け、少年たちは戸口にぶつけないように自動小銃《カラシニコフ》を縦にして持っていた。なかには砂地の庭が広がり、その向こうに、広い中庭を備えた平屋の家が建っていた。ポーチには物干し用のロープが何本か張ってある。前の家と比べてそれほど豪華になったとは思えなかったが、新しい家には電灯がついていて、屋内に設置された小さなバスルームには、バケツで水を流すタイプのトイレがついていた。銃を手にして無言で進んでいく二人の少年兵のあとをついていくと、じめっとした感じの部屋があらわれた。床には薄汚れたマットレスが二つ。

結晶化した黒黴が枝を広げるように奥の壁を覆い、両脇の壁にも触手を伸ばしていた。二人きりになると、ナイジェルとわたしは黙ってマットレスを引きずりながらできる限り黴から遠ざかり、部屋の両側に分かれてそれぞれの場所を確保した。

アダムがビニール袋をいくつか手にしてあらわれると、どうだと言いたげな顔で袋を差し出し、開けてみろと身振りで伝えてきた。ナイジェルがもらった袋には、二組の新しいシャツとズボンがきちんと畳まれて入っていた。わたしの袋には、男物のジーンズ一本と、男物のワイシャツ二枚と、子ども用かと思うほど小さな、スパンコールつきの茶色いスカートが一枚。どれも新品だった。差し入れはほかにもあった。ノートとペン、ヘッド&ショルダーズのリンスインシャンプー、どこかのメーカーの香水、固形石鹸、歯ブラシと徳用サイズの練り歯磨き。アダムの顔には、気が利くだろうと言いたげな表情が浮かんでいる。ナイジェルのほうに視線をやると、丸太かと思うような、お揃いの練り歯磨きを手にしているのが見えた。

どうやらすぐに殺すつもりはないようだ。安堵がこみ上げてくるのと同時に、どっと疲れが襲ってきた。**何よこれ。**思わず、練り歯磨きを握りしめた。**そんなに長く監禁しておくつもりなの？**　アダムにはこう言った。「うわぁ、ものすごく大きいのね」

アダムは得意そうだった。「気にするな」と言って、両手をあげてみせる。「あんたたちは、われわれのブラザーとシスターだからな。見ればわかると思うが、それはちゃんとしたブランドものだぞ。クレストのやつだ……」

わたしたちは、こんないいものを買ってきてくれたなんてと、大げさにお礼を言った。ソマリアでアメリカ製の練り歯磨きを手に入れるには、お金も手間もかかるはずだ。もっとも、百万ドル単位の身代金が手に入ればこの程度の出費は痛くも痒くもないだろうし、アダム自身もそう計算しているのだろう。

アダムは笑顔を浮かべて、おやすみと言った。

それから数日は、安らかな眠りとは無縁の夜がつづいた。夕方の礼拝が終わると、家のなかは静まりかえる。電気はあてにならなかった。いきなり照明が消えてしまい、消灯時刻のようなものも決まっていないようだった。わたしたちはナイジェルがうとうとしはじめるまで囁き声で言葉を交わし、他愛のない話題や愉快な話題だけを選んで、思いつくままに喋りつづけた——ペットの話、学生時代の話、これまでの旅行での体験談。闇のなかでは、ナイジェルの顔の輪郭がかろうじて見えるだけだ。ナイジェルにとっては眠りが現実逃避の手段だった。昼間の彼は、不安のせいで体がこわばってうまく動けなくなり、普段の姿からは想像もできない人間になってしまう。わたしは最初に監禁された家を〈爆弾の家〉と名づけていたが、あの家にいたときのナイジェルは、部屋のなかを見まわして、自殺に使えそうな道具を——切れた電線や、鉄製のコートラックを——探してばかりいた。わたしたちの首を刎ねようと意気込んでいるアリの先手を打って、自ら命を絶とうと考えていたのだ。

わたしは花柄のシーツに横たわり、ねたましい思いで、ナイジェルの寝息に耳を澄ましていた。部屋の隅をゴキブリが横切っていく。わたしはシーツの両端をつかんで頭からすっぽりかぶると、繭にこもるようにきつく体に巻きつけ、横向きになった。新しい家の——〈電気の家〉と呼ぶことにしていた——バスルームでは、犯人たちが外のポンプから茶色いバケツに汲んできてくれた水を使って、手を洗い、トイレの水を流す。寝る時刻になって明かりが消えてしまう前に、できるだけ体をきれいにしようとするのだが、身につけているものを脱ぐのが恐くて、部分的に肌を出すことしかできなかった。アバヤのスナップを外して濡れた手を鎖骨に滑らせ、長い袖をたくし上げて腕を洗い、トイレを使ったあとは、ズボンを下げたままの格好で股の部分に素早く水をかけた。水の感触に生き返ったような気分になったが、きれいになったとは言いがたかった。でも、きれいかどうかは相対的な問題で、それはすべてに対して言えることだった。前日よりも不安が大きい日もあれば、前の日ほど不安を感じない日もあったのだ。

夜中にわたしを苛《さいな》んでいたのはレイプの不安だった。この家にいる女性はわたし一人で、男性のほうは、ほかの場所で寝起きしているアハメドとアダムのほかに、十二人いるはずだった。そのうちの四人が囚われ人だ。ナイジェルとわたしは、アブディと、運転手のマルワリ、警備責任者のマハードも隣の部屋に移されたと聞いて胸を撫で下ろしていたところだった。少なくとも、彼らが殺されていないことはわかった。廊下に出たときに、扉の前に三人の靴が積み重なるように置いてあるのも確認していた。

家のなかには、男性のエネルギーとしか表現しようがないものが漲《みなぎ》り、抑圧された若い力が空気を震わせているのを感じるほどだった。たとえば、少年たちが食事を運んでくるとき。わたしに注がれた視線が、女を見てしまった自分や、何かを想像してしまった自分を恥じるかのように、素早く逸らされるとき。ある日の午後、アリが荒々しい足取りで部屋のなかを歩きまわりながら、ソマリアが内戦状態にあるのは欧米諸国やキリスト教徒のせいだというういつもの主張を延々とわめき立てていたときもそうだった。わたしに対しても、ソマリアの外の世界に向けるのとよく似た、好奇心と嫌悪感が入り混じった視線を向けているように思えた。あるときは、ナイジェルに、「おまえの国の女たちは……」と言いながら、胸の膨らみを描くように両手を丸めてみせた。それにつづく言葉が出てこなかったのか、不愉快そうに唇をゆがめていた。わたしのことは敢えて無視するという念の入りようだった。

けれども、花柄のシーツとアバヤが堅固な障壁のように思えたのは、なんといっても、闇に沈んだ家のどこかから、衣擦れの音や、低い呻き声が聞こえてくる時間帯だった。わたしは、彼らを迷わせ、彼らの風紀を乱す敵でありながら、完全に無力な存在だった。彼らのほうでも、わたしをどう扱えばいいのか計りかねているように思えた。

アハメドはある時点で、もともとの標的が『ナショナル・ジオグラフィック』誌の二人だったことをほのめかす発言をしている。「男が二人だと聞いていたんでね」と、言われたのだ。


あれは一週目の半ばごろのことだ。アハメドが〈電気の家〉にあらわれると、持っていた携帯電話を差し出してきた。「母親と話すといい」

わたしは電話を取って耳に当てた。「母さん？」

すると、母の声が聞こえてきた。わたしの名を呼ぶ母の声が。雑音が入って声が遠かったせいで、最初は本物なのかどうかよくわからなかった。通話の設定はスピーカーにしてあった。みんなに聞こえるように電話を耳から離せと、アハメドが身振りで伝えてくる。声が届くのに一瞬の遅れがあったので、同時に喋って貴重な時間を無駄にしてしまった。

「そっちは大丈夫？」わたしは尋ねた。

「だめよ、だめに決まってるでしょう……あなたはどうなの？　大丈夫なの？」

「ええ、わたしたちは大丈夫」

母の声が重なった。「大丈夫なの？」

「大丈夫だから」

二人で大海原に放り出され、上下する波に揉まれて相手を見失いそうになりながら、分厚い波の壁に向かって叫んでいるような気分だった。母はわたしのことを想っていると言い、みんなが祈ってくれていると教えてくれた。ナイジェルもそこにいるのかと訊いてきて、一緒にお金を集めようと思っていると言った。確かに、「一緒にお金を集める」と言ったのだ。どういう意味なのか想像もつかなかった。いくら要求されたのかと訊いてみた。母は一瞬言葉に詰まってから、こう答えた。「百五十万ドル」お互いに黙り込んでしまった。そんな大金を用意できるはずがないことは二人ともわかっていた。「アマンダ」母はつっかえながら言葉を継いだ。「何か、そ、その……ごめんなさい……何か……その……言いたいことはないかなと思って……思いつくことはない？」

何を訊かれているのかよくわからなかった。あとから聞いたのだが、このときの会話には大勢のカナダ連邦警察の捜査官が聞き耳を立てていて、母はある交渉担当者から指示を受けていたのだ。母は政府がシルバン・レイクで借り上げた家で寝起きしていて、そこは連邦警察の司令本部の役割も兼ねていた。母と交渉担当者は状況を探ろうとしていた。身代金の額については交渉の余地があるのか？　わたしとナイジェルの身は安全なのか？　わたしたちを監禁しているのは誰なのか？　わたしのほうは、〈電気の家〉の一室で、誘拐犯たちに――アハメドのほかに数人の男たちに――囲まれながら、部屋に響きわたる声を聞いていた。彼らの世界で耳にする母の声は、ちっぽけで弱々しいものだった。「ないわ……」涙がこみ上げてきた。何でもいいから伝えられることがないか、考えようとした。ところが、言葉を探しているうちに通話が切れて、母の声も消えてしまった。

わたしはこのころから、何があってもナイジェルと一緒にいなくてはと思い詰めるようになっていく――どんな手段を使ってでも引き離されないようにしなくては、と。ナイジェルは、人目もはばからずに涙を流して犯人たちを困惑させることはあっても、依然としてわたしよりも彼らと打ち解けていた。ナイジェルは男なので、それだけで敬意が払われる。一緒にいるおかげで、わたしも多少なりとも同等に扱ってもらえるのだ。ナイジェルのそばにいれば安全だとわかっていたから、わたしはこの考えにすがりついた。

一日か二日おきに指揮官たちがやってくると、冷静でビジネスライクに見えるように精一杯努力しながら、何度も何度も同じメッセージを送りつづけた。わたしたちの家族はお金持ちじゃない。政府にはお金を払うつもりはない。ナイジェルもときどき加勢してくれたが、そうでないときは、絶望や感情を顔に出してはだめというわたしの言葉に従って、静かに涙を流していた。すぐに何らかの交渉がまとまるという希望が打ち砕かれると、わたしは、数週間から一ヶ月もすれば、犯人たちがうんざりしてあきらめてくれるのではないかと期待するようになっていく。わたしを――わたしたち二人を――殺すのがためらわれる相手だと思ってもらえるように、愛想よくふるまい、政治や宗教については中立の立場を貫いた。このまま彼らを苛立たせずにいられれば、シャモ・ホテルへ送り返そうと思ってもらえるかもしれない。倉庫で埃をかぶっていた荷物を返品するように。

アハメドはわたしたちに会いにくるたびに、「どんな状況かな?」と言いながら暗い部屋に入ってくる。きれいなシャツときちんと折り目のついたカーキのズボンという格好で、どこから見ても、施設を訪問する高官といった雰囲気だった。

質問には二通りの答えがあった。一つは、大声で叫んでやりたい答え――おかげさまで、最悪の状況よ! もう一つは、現状を維持して基本的な取り決めを守っていますというもので、ナイジェルと一緒にいられて、一日二回の質素な食事をとって、永遠になくなりそうにない練り歯磨きで歯を磨いていられるのなら、こっちの答えを選んだほうがよさそうだった。

「いまの状況には何の問題もないわ」と答えてから、言い添えた。「でも、家に帰りたいの」

「ああ、そうだろうね」とアハメドは答える。「いま働きかけているところだ」

　指揮官がいないときは少年たちが部屋に集まってきたが、彼らのお目当てはもっぱらナイジェルだった。彼らはナイジェルとは視線を合わせていた。たどたどしい英語でスポーツや車を話題にしたお喋りをして、ナイジェルもそのときだけは鬱々とした気分を忘れることができるようだった。わたしたちは少しずつ少年たちの名前を覚えていった。イスマエルという十四歳の少年に、副指揮官と同じ名前のヤヒヤ。ユースフに、二人のモハメド。ジャマルのように感じがよさそうな少年がいて、この子の名前がハサム。それぞれが携帯電話と自動小銃《カラシニコフ》を持ち歩き、シャツのポケットには、トランプほどの大きさのミニチュア版『コーラン』を入れていた。

　わたしのそばにくると、彼らはとたんに用心深くなった。ほとんどの少年に、家族以外の女性と身近に接した経験がなかったのだと思う。わたしは謎めいたイメージを払拭しようと心がけた。アフガニスタンやイラクで暮らしていた、パキスタン、スーダン、シリアといった国々を旅してまわったとくりかえし口にすることがプラスに作用することはわかっていた。彼らはこういった国々には親近感を覚えるようで、特に、イスラム戦士《ムジャヒディン》が〝異教徒の侵略者〟と戦っているアフガニスタンとイラクには同族意識を持っていた。ほんの少しでもイスラムの風習や文化に親しんでいることを示すと、たとえば、もうすぐ断食月《ラマダン》がはじまるわねと言ってみたり、エルサレムでアル・アクサのモスクの美しさに感動したことや、アフガニスタンのトラボラを旅したときの思い出を語ってきかせたりすると、うさんくさそうな目つきがかすかに和らいで、もっと話をしたいと思ってくれるようだった。

　ジャマルは明らかに、周囲の状況などものともしない、幸せな性格に生まれついていた。くよくよするのが性に合っていないのだ。わたしたちの部屋を弾むような足取りで出たり入ったりしながら、お茶の入った魔法瓶や緑色のバナナの房を持ってきてくれる。その顔には、必ずと言っていいほど生き生きした笑顔が浮かんでいた。ナイジェルの面白くもない冗談に爆笑してから、笑いを押しもどそうとするかのように片手を口に当てる場面が何度もあった。一度など、市場で煙草を二箱も仕入れて、こっそりナイジェルに渡してくれたことがあって、やんちゃな自分に満足そうなようすを見せていた。

ジャマルと一緒にアブダラが入ってくることもあったが、そのようすは、善のジキルにつきまとう悪のハイドといった趣だった。笑うのも親しげにふるまうのも気が進まないようなのに、わたしたちの話は一言も聞き漏らすまいとする。ほかの少年たちが、わたしたちの前でスカーフを外すようになってからも、アブダラは用心深く布を巻きつけたままだった。そばに座って、わたしには読みとることのできない感情をたたえた瞳をぎらつかせながら、鼻と口は赤と白のチェックの布の下に埋めている。あるときは、アフガニスタンでのムジャヒディンたちの戦いぶりについて質問してきた――どんな銃を持っていたか、どんな格好をしていたか、車は持っていたか。

わたしたちも少しずつ情報を引き出していった。ほとんどの少年たちは、トレーニング・キャンプのような場所で兵士になる訓練を受けていた。十四歳のイスマエルは、砂漠のどこかで武装勢力の実戦に参加したそうだ。ジャマルは、悲しみと義務感に駆られてムジャヒディンに加わった。父親が数年前にエチオピア軍の攻撃で命を落としたそうで、母親は健在ということだった。父親を失ったときの記憶が生々しいのか、思い出すだけで目が潤《うる》みはじめていた。ジャマルは、「それが、ぼくのジハードのはじまりだった」と話してくれた。

アハメドとアダムはもともとは教師で、副指揮官のヤヒヤは農夫だった。ジハードがはじまる前は、年下の少年たちの何人かは学校へ通っていた。いまでは報酬をもらって戦う身だが、それほどの金額が支払われているわけではない。事前のリサーチで、ソマリアの武装勢力の資金はイスラム過激派のネットワークを通じて諸外国から流れ込んでいることは知っていた。その一部は、アデン湾に出没する海賊がせしめた莫大な身代金から捻出されていると考えられていた。わたしの目には、誘拐犯のグループはきれいに階層化されているように見えた。指揮官たち――アハメドとアダムと、わたしたちがロメオと呼ぶようになる第三の男――はそこそこ裕福なようで、車や高級そうな服を持っていた。現場を指揮するヤヒヤとアリが中間管理層に属しているのに対し、少年兵たちには、武器と住居と食事に加えて、アッラーのご加護があるという信念だけが与えられていた。

「ジハード」とは「奮闘」という意味のアラビア語だ。イスラム世界には目標の大きさに応じた二つのジハードがあり、どちらも気高いものとされている。より崇高なジハードは内的なもので、すべてのイスラム教徒《ムスリム》が、よりよい人間になって、誘惑や欲望に打ち勝って信仰を貫くために、生涯にわたって努力をつづけていくことを指す。もう一つのジハードは外的なもので、みんなで共有し、必要とあらば暴力も辞さないもの――つまり、信仰を守って主張していくための苦闘なのだ。犯人たちにとってはエチオピアとの戦いは後者のジハードに含まれるもので、今回の誘拐には大義という衣が着せられていた。アリが言うように、わたしたちが〝悪い国〟から来た外国人であるのはもちろん、身代金が手に入れば、より大きな戦いに資金を注ぎ込むことができるというのだ。

少年たちは小さな部隊に編成され、必要に応じて、モガディシュやほかの場所の通りでの銃撃戦に駆り出されているようだった。わたしたちが集めた情報によれば、ほとんどの少年は自宅で暮らしていて、わたしたちがアフゴイ回廊で拉致されたあの日に、それぞれの部隊に招集がかかって任務を命じられていた――命じたのが誰なのか、確かなことはわからなかったが。

この任務が終わったら、ジャマルにはやりたいことがあくさんあるようだった。まずは結婚をして、それから情報技術を学びたい。大学がたくさんあると聞いたのでインドの大学がいい、と話してくれた。アブダラのほうは戦争のことしか頭にないようだった。あるとき、これからの人生でやりたいことはあるかと質問してみた。アブダラは獰猛な一瞥をくれると、ジャケットを羽織る動きをしてから、爆弾の破裂音を口まねしてみせた。

一瞬、意味がわからなかった。「自爆者？」

アブダラは黙ってうなずいた。彼に言わせれば、殉教者。天国の入り口に立ったとき、神の軍隊で戦った兵士たちは特別な門からなかへ入ることができる。

ジャマルが首を振った。「だめだ、だめだ」と言うように、手を前後に振っている。ジャマルもわたしと同じで、ふたたび平穏な暮らしが戻ってきて、こういったことのすべてが過去になる日が来ると信じているのだ。「アブダラにはしんでほしくない」と、ジャマルは言った。「ぼくのともだちだから」

# 20 アミーナ誕生 Amina

「ムスリムになったらどうだ?」ある朝、わたしたちの部屋にあらわれたアリが、そう声をかけてきた。少しうんざりしたような口調だった。「なぜ祈らない?」

アリが困惑してみせるのははじめてのことではなく、どうして決まった時刻に祈りを捧げずに生きていけるのか、理解できないようだった。アリの一日は、早朝の祈りにはじまり、夜の祈りに終わるまで、アッラーと契約した一日五回の礼拝できれいに区分されている。アリに言わせると、精神修養もせずにだらだらと過ごしているわたしたちはまちがいなく地獄へ堕ちるそうだ。以前にも、身のほどを知れと糾弾されたことがあったが、この日は、それほどきつい口調ではなかった。すでにいつもよりも気温が上がり、部屋には沼地のようなにおいがたちこめていた。

アリは腰を下ろして壁にもたれた。深々と溜息をつく。「祈ったほうがいいぞ」

そのときふと思った。立場が逆だったらどうなっていただろう。囚われの身になって、自分が知っている世界から引き離されたとしても、アリだったら、なんとしても神との契約を守り、信仰が課した規則に従って生きていこうとするだろう。時間が無為に過ぎていくという思いが強くなるうちに、そこに力を見出すことができるかもしれないと思い至った。礼拝の時間には、隣の部屋からも、アブディとほかの二人がアラビア語で祈りを捧げる声が聞こえてきていた。

アリと信仰の話をするときは、文句を並べ立てているときを避けて、いつもより落ち着いているときを慎重に選ばなくてはならなかった。あるとき、ナイジェルが仏教に惹かれていると話しかけたことがあったが、アリは興味を示さなかった。

「祈り方は知ってるのよ、ブラザー」正式な宗教を持たずに育ったナイジェルから抗議されると困るので、わざとそっちは見ないようにした。「ムスリムのやり方についてはもう少し学んでおかないと」と言ってから、『コーラン』の英訳版を持っていたら貸してほしい、目を通してみたいから、と頼んでみた。

この言葉はアリを喜ばせたようだった。「バカラ・マーケットで探してみよう」と言いながら、わたしからナイジェルへ視線を移す。「インシャーアッラー、あそこに必ずあるはずだ」

バカラ・マーケットというのはモガディシュの中心部にある一画のことで、食料や日用品や武器を売っている場所として知られていた。誘拐される前に、取材に行けるかどうかアジョスに打診したときは、「とんでもない」と笑い飛ばされた。「バカラ・マーケットはアル・シャバブの本拠地だぞ。白人にはとてもとても危険なところだ」

「インシャーアッラー」アリにはそう言い返しておいた。

わたしがやっていたのは、自分にはその覚悟があるというアピールだ。イラクで暮らしたときの経験から、ムスリムのなかには、キリスト教からイスラム教への改宗をそれほど大きな飛躍とは思わない人が少なからずいることは知っていた。この二つの宗教は別々の名前の同じ神を崇めている。イスラム教では、モーセとイエスの存在を認め、「ムーサ」と「イサ」と呼んでいる。モーセ五書《トーラ》、聖歌《サーム》、福音《ゴスペル》も、神の啓示とみなされている。改宗するには、預言者ムハンマドこそが自分の進む道を示す者であると宣言しなくてはならない。

わたしはアリにこう言った。聖書は何度も読んでいる。子どものころは膝をついて祈っていたし、祖父母はとても信心深い。

アリはすぐに言わんとすることを察してくれた。「それなら、おまえはすでに五十%はムスリムだということになる」片手で、威厳を示すような仕草をする。「あとは、シャハーダを唱えれば」——つまり、「アッラーのほかに神はなく……」という信仰告白を行えば——「無事に天国へ行けるだろう」

ナイジェルが、いいかげんにしろと言いたげな視線を向けてきた。わたしがやろうとしていることが気に入らないのだ。イスラム教を受けいれるふりをして改宗を求めるという案については、一度か二度ほど話し合っていた。ナイジェルは、リスクが大きすぎるという理由で断固反対の立場だった。信仰は彼らにとって何よりも大切なものなのだから、嘘をついているのがばれたらただでは済まない、絶対に殺されるぞ、とナイジェルは言った。

利点もあると、わたしは反論した。改宗すれば、犯人たちはわたしたちを丁重に扱わざるを得なくなるはずだ。仲間とみなさざるを得なくなって、もっと寛容になってくれるかもしれない。わたしにとっては西洋の女というイメージを払拭できるチャンスでもあった。自由な生き方は——旅や仕事に明け暮れ、好きな服装や話し方を選び、夫や家族に束縛されない暮らしは——、ここでは嘲笑の的にしかならない。自分を別の人間につくり直すのなら、早ければ早いほどいいと考えていた。

アリはすっくと立ち上がると、ズボンの埃を払ってから部屋を出ていった。

ナイジェルがわたしを睨みつけた。「ふざけるな。二度と口にするなよ」マットレスを引っ張って部屋の反対側に移動すると、壁に生えた黒黴からはもちろん、わたしからも用心深く距離を置いた。

タイミングを計ったように、近くのラウドスピーカーからはっきりしない音が聞こえてきた。時報係《ムアッズィン》が――前の家で耳にしていた声よりも、年齢を感じさせる声だった――マイクの前で何度か咳払いしてから、礼拝の時刻を告げる詠唱をはじめたのだ。

ナイジェルは深々と息を吐いてから首を振った。「いいさ、きみはムスリムになれよ。だが、俺は絶対にお断りだ」

仲間割れをしている余裕はない。身に染みてわかっていた。わたしも溜息をついて、「そういうわけにはいかないのよ、ナイジェル」と訴えた。「わたしだけがムスリムになったら、必ずここから連れ出される。ムスリムの女を異教徒の男と一緒に置いておくわけにはいかないんだから」

「そうだろうな」と、ナイジェル。

それで終わりだった。膠着状態というやつだ。改宗がいちかばちかの賭けになることは、お互いにわかっていたのだ。わたしはそのまま口を閉ざした。

部屋の窓は戸外に面していたが、鉄格子が何本かついていた。窓からは別の家が見えた。ときどき、そこで暮らしている家族の声が――遊んでいる子どもの声や、お喋りをしたり、笑ったりしている両親の声が――聞こえてきた。女性の背中がちらっと見えたこともあったが、相手が叫び出したら大変なことになると思うと、恐くて声をかけられなかった。窓辺で交流を図った相手は、ある日の午後に窓の下枠にひょいと飛び乗ってきた、がりがりに痩せたオレンジ色の猫だけだった。

部屋とつながっているバスルームには自由に行き来してかまわないことになっていた。トイレの反対側の壁が中庭に面していて、上のほうに通気孔があった――コンクリートの壁が、三十センチ×六十センチぐらいの渦巻き模様にくりぬかれ、新鮮な空気が入るようになっていたのだ。二人ともすぐに気づいたのだが、爪先だって首を伸ばせば、犯人たちがほとんどの時間を過ごしている、くさび形の狭い一画をのぞくことができた。

その通気孔が外の世界につながる扉《ポータル》になった。テレビであり、ニュース局だった。監視するものができたのだ。

交替で監視をつづけていると、ある日、中庭に見たことのない男があらわれた。黄色いビニール袋を持っている。中年の太った男で、身なりはよかった。背中を丸めて歩くようすは、腹《はら》が重すぎる、いままでずっと痩せていたから巨体を動かすのに慣れていないと言っているようだった。アリと副指揮官のほうのヤヒヤに、ソマリ人男性たちのあいだで習慣化している挨拶をする――体の片側にハグをしてから、もう片方の側にハグをするのだ。男は素早く中庭に視線を走らせると、鞄から、十五センチぐらいの厚みがあるソマリア・シリングの札束を出した。副指揮官に札束を渡すと、数分ほど話をして去っていった。

こうして、わたしたちは金庫番の存在を知ったのだ――本人が資金を出しているのか、資金提供者の代わりに現金を届けているのかはわからない。少なくとも週に一度は顔を出して、現金と日用品を犯人たちに届けるようになった。一度か二度ほど、少年たちに食べさせるために、手料理が入った大きな鍋を運んできたこともある。わたしたちは彼にドナルド・トランプというあだ名をつけた。

このののぞき穴からは、暇をもてあました少年たちが軍事教練やトレーニングをするようすも目撃している。ユースフという肌の浅黒いがっしりした少年が、みんなを先導して行軍やスクワットスラストをしたり、空想上のダンベルを持ち上げるような動作で二頭筋を曲げたりしていた。副指揮官のヤヒヤが審判になってレスリングをやらせることもあり、ときどき途中で動きを止めては、押さえ込みの技のようなものを実演してみせていた。少年たちが、厳しすぎる、自由にやらせてくれない、いつもノーとしか言わないとこぼしていたので、ヤヒヤのことは滑り止め《スキッズ》と呼ぶようになった。

のぞき穴のおかげで見るべきものはできたが、希望は与えてもらえなかった。ふくらはぎがつりそうになるまで背伸びをして、逃げ道が見つからないかと目を凝らしてみたのだが、脱走は考えるだけ無駄のようだった。狭い場所に大勢の人間がひしめきあっているので、どんなささいなことでも人目につくうえ、出入り口は一箇所だけ——中庭の奥にある、重金属の門についた小さな扉だけなのだ。建物を囲んでいる壁のてっぺんには、レーザーワイヤーが張りめぐらされていた。壁の向こうでは、いかめしい声をした時報係《ムアッズィン》の詠唱がはじまり、忠実な信者たちに、立ち上がって一斉に同じ方角を向くように告げていた。

ナイジェルと改宗の話をしてから数日後のある朝のこと、アリが濃紺の革で装丁された分厚い二冊の本を持ってあらわれた。表紙には、複雑な浮き彫り加工が施された金色の文字で、『聖コーラン』と英語で綴られている。アリは誇らしげなようすで、一冊をわたしに、もう一冊をナイジェルに差し出した。どちらも新品だった。ティッシュペーパーのように薄い紙に、小さな文字で韻文が印刷されていた——片側の頁がアラビア語、反対側が英語の対訳だ。

いま思えば、どんな本でも——苦しむ心を癒やしてくれるものであれば——飛びついていたと思うのだが、あのときのわたしには『コーラン』が天からの贈り物のように思えた。複雑な暗号を解く鍵を手に入れたような気がしたのだ。

一週目には、さらに二回、母と話をすることが許された。どちらの通話も一分足らずで、生きていると伝えることしかできなかった。ナイジェルのほうは、ニッキーとの通話が一回許されただけで、こちらも目的は同じだったらしい。救助されるにしろ解放されるにしろ、その日はすぐにはやってこないということでわたしたちの意見は一致していた。

わたしは、犯人たちの信仰心を利用して打開策を話し合えるのではないかと思いながら『コーラン』を開いた。

ナイジェルもわたしも、時間を忘れ、何日もぶっ通しで読みふけった。読んでいるあいだはほとんど言葉を交わさず、本そのものを汚さないように大切に扱い、ものを食べたりトイレに行ったりするときには窓台に置くようにした。

わたしたちが熱中しているのを目にしたアリは、何度か中庭に出てもかまわないと言ってくると、ひょろっとしたパパイヤの木を囲んでいる低い仕切りを指し示して、そこに腰かけろと伝えてきた。中庭は暑くて乾燥していた。銃を持ってうろついている少年たちは、わたしたちには目もくれなかった。

わたしは次々と頁をめくりながら、胸の奥でざわつく不安を無視しようとした。論理の構造を突きとめて、犯人たちの心理を解読する手がかりにしたかった。一つの情報を別の情報と照らし合わせた。コーランは難解だった。詩的かと思えば、尊大に思える部分もあり、伝えようとする内容に一貫性がない。ジハードや敵について多くの頁が割かれていたが、思いやりや慈悲の心に触れている部分もそれに負けないぐらい多かった。天国は、鼻先にぶら下げられた贅沢な果実のよう。女性はほとんどの場合は

「妻」として描かれている。捕虜や奴隷は、「自分の右手が所有するもの」という言い方で表現されていた。そのような所有物が意味するものは明白だった。つまり、基本的には、捕らえた者の好きにしていいということだ。捕虜を思いやりを持って扱い、立派なふるまいをした捕虜には自由を認めるように指示するくだりがあるかと思うと、女性の捕虜は慰み者にしてもかまわないと明言する箇所もある。男性に、妻以外の女性との性交渉を禁じる箇所をいくつか見つけたものの、最後に気がかりな条件が付け加えられていた。「ただし、おまえたちの右手が所有するものは別である」(『コーラン』四章二四節(中央公論社刊、藤本勝次他訳))というのだ。

どうやらわたしたちは、立派にふるまって彼らの慈悲の心に訴えかけることに専念しなくてはならないようだった。コーランを読んだおかげで対処する力が手に入った。どんな言語が使われ、どんな筋道で論理的思考がなされているのか知ることができたのだ。まるで、犯人たちの人生を動かしているオペレーティングシステムをこの目で確認したような気分だった。

わたしは、状況の改善につながりそうな二つの観念を見つけていた。

一つは、「信者が信者を殺すことは絶対にあってはならない」(『コーラン』四章九二節)

もう一つは、「多神教徒より信仰ある奴隷のほうがまさっている」だ。(『コーラン』二章二二一節)

「ナイジェル」と、声をかけた。「改宗すれば殺されずに済むわ」

ナイジェルも同じ韻文に気づいていたが、それでもリスクを心配していた。改宗なんてまちがってる、とナイジェルは言った。彼らを愚弄することになりかねない。あまりにも危険だ。

わたしは、アリが喉の奥でシュッという音を立てながら自分の首を掻き切るまねをして、こうやって殺されるんだと教えようとした場面を忘れられずにいた。影響力を持つことができるのなら、まちがったことだって喜んでやるつもりだった。

誘拐されてから十一日、わたしはそろそろ行動を起こそうという思いで目覚めのときを迎えていた。このまま待っていても何も変わらない。自分から動いて、停滞した空気を強引に変えてしまう必要があった。ナイジェルの落ち込みようは危険な域に達しているように思えた。マットレスに起き直って、むっつりしたまま『コーラン』を読みふけっている。

アリが部屋に入ってきて、いつものように、アッラーやイスラム教についてのお喋りをはじめると、わたしはチャンス到来とばかりに、よく考える暇もないまま一気にまくしたてた。「わたしたちにもシャハーダを唱える準備ができたと思うの」そう言って頭を下げたのは、謙虚に見せるためであり、ナイジェルの視線を避けるためでもあった。

アリは、この手で勝利を勝ち取ったといわんばかりの勢いで喜びを爆発させた。その場に跪《ひざまず》いて、額を床にこすりつける。「アッラーホ　アクバル」と叫ぶと、同じ言葉を三回くりかえした。**アッラーは偉大なり、アッラーは偉大なり、アッラーは偉大なり**。十一日目にしてはじめて、何らかの影響を及ぼしたと実感できた瞬間だった。

アリは立ち上がると、間近でわたしをしげしげと眺めた。わたしは汗をかいていたし、ナイジェルのほうを見ないようにしているのは明白だった。アリは意見が割れていることに気づいたのかもしれない。声がいかめしさを増し、言葉は直接わたしに向けられた。「おい、これは遊びじゃないんだぞ。重大な問題なんだ」

わたしは黙ってうなずき、慎ましさと、深い敬神を表現できるように努力した。「ええ、もちろんわかってるわ、ブラザー」と、わたしは答えた。「二人とも、よくわかっている」「そういうことなら、決まりだな。インシャーアッラー」と、アリ。「準備をしておけ。十一時になったら、おまえたちはムスリムになる」アリは〝ムースーリム〟と発音すると、そのまま部屋を出ていった。

ナイジェルが音を立てて『コーラン』を閉じた。冗談だろう、という表情を浮かべている。「いったい何のまねだ。話し合いもしないのか？」

もう話し合ったでしょう、と言ってやりたかった。「ナイジェル、こうしないといけないの。無茶だとわかってるけど、自分たちの命を守るためなのよ」

二人ともリスクは承知していた。『コーラン』にも、アッラーを信じないまま改宗しようとしていることがばれたときに、自分たちに投げつけられるはずの――自分たちの破滅を決定づけるはずの――言葉が記されていた。「偽善者」。身内に紛れた敵を意味する言葉。戦場で相対する敵よりも、はるかに邪悪で危険な存在とみなされる敵のことだ。『コーラン』では、こういったペテン師には死を与えるように特別な喚起が促されていて、たとえば、次のような一節がある。「よって、汝、彼らに注意せよ。神よ、彼らを呪《のろ》いたまえ」〔『コーラン』六三章四節〕

アリは部屋に戻ってくると、わたしたちの慎ましいワードローブのなかから服を選ぶように言った。中庭で洗濯させてやるからついてこいという。それだけでも新しい自由を手に入れた気分で、意欲を見せた報酬として石鹸を授かったような気がした。ムスリムは体を清潔にしておくことにこだわるから、待遇も改善されるにちがいないと期待した。

ナイジェルも衣類をかき集め、アリについて部屋を出ていくわたしに従った。狭い廊下を歩いて、アブディたちが監禁されている部屋と、使っている形跡のない小さなキッチンの前を通り過ぎてから、中庭に面したコンクリートのベランダに出た。向きなおってナイジェルと目を合わせると、驚いたことに、素早く笑いかけられた。「今度はどんなことに巻き込むつもりだ？　リンドハウト」声を潜めてそう言った。

その問いかけには、優しさと辛辣さの両方がこめられていた。とっさに頭に浮かんだのは、わたしたちの物語は――アディスアベバのホテルで出会った夜にはじまった物語は――幕を開けた瞬間から荒れ狂う嵐のようだった、という思いだった。凄まじい愛と、凄まじい苦悩。そしていまは、凄まじい悲劇が待ち受けているかもしれない状況だ。あのとき名前を名乗っていなかったら、どうなっていただろう？　バックパックを背負ったわたしが、本を読んでいたナイジェルのそばを通り過ぎるだけで終わっていたら？

ナイジェルは心のなかで、物語のあらすじと結末に何度も修正を加えていたにちがいない。

わたしたちは、プラスチックのバケツに溜めた水でのろのろと服を洗った。照りつける日差しを浴びながら、高い木の下にある蛇口から何度も何度も水を汲んで、洗い終わった服は乾かすために外に広げておいた。全身がぞくぞくして、あの暑さのなかでも手足は冷たいままだった。ナイジェルには虚勢を張りつづけ、イスラム文化については自分のほうがくわしいと言い張っていたくせに、そのころには、自分がほとんど何も知らないことに気づかされていた。わたしは好奇心旺盛な旅行者にすぎなかった。とんでもない決断をしてしまったと、秘かに恐れおののいていた。

部屋に戻ると、昼食としてツナの缶詰を一つずつ与えられた。それから、順番にバスルームで体を洗った。髪を梳《と》かし、乾いた服を身につける。わたしは、タンクトップと支給された男物のジーンズを着てからアバヤを羽織った。ありがたいことに、どの服からも洗剤の香りがした。
ナイジェルとわたしは互いのそばを離れようとしなかった。風変わりな結婚式に臨もうとしているカップルのように、自分たちの運命を決めるために境界を越える準備をしているような気分だった。わたしは、何日かぶりでこざっぱりしたナイジェルに視線を走らせた。濡れた髪をきちんと横分けにして、目を大きく見開き、かすかに顔を曇らせている。一瞬だけ、かつての胸の高鳴りがよみがえった。髭が伸びはじめて、顎はぼさぼさの毛で覆われていたが、殺風景で薄汚れた煉獄のようなこの場所には、むさくるしい姿がふさわしいように思えた。

恋人同士だったときには、別れと、共に歩む人生の両方を夢想しながら、さまざまな結末を思い描いたものだ。でも、こんな場面が脳裏に浮かんだことはなかった。ただの一度も。

顔のまわりに隙間ができないように、顎の下でアバヤをしっかりと掻き合わせてスナップを留め、慎重に髪の毛をたくし込んだ。ナイジェルは、犯人たちから渡された黒の綿のシャツを着ていた。部屋に戻ってきたアリは、新たにコロンをふりかけ、自分もシャツを着替えていた。

ムスリムになりたかったら、心をこめて信仰告白をすればいい。場所はモスクである必要はないし、指導者《イマーム》に証人になってもらう必要もない。儀式めいたことはほとんど行われない。改宗にあたっては、アラビア語で簡単な誓いの言葉を唱えるのだが、肝心なのは、その言葉を心から信じているという確信だ。誠実さが問われるのだ。

わたしたちが厳粛な面もちで立っていると、アリがアラビア語で信仰告白《シャハーダ》を唱えはじめた。わたしたちも口まねをして、一糸乱れぬとまではいかないまでも、声を揃えて唱和した。

アッラー以外に神はなく、ムハンマドはアッラーの使徒である、と誓ったのだ。

そのとき感じたのは、敗北感でも反逆心でもなかった。チェスの順番がまわってきたので、ナイトの駒を二マス滑らせてから隣のマスに移動させただけのことだ。神をだましたわけではない――わたしやナイジェルが信じる神はもちろん、イスラムの神のことも。疎外感を軽減させる手段であり、そうすることで、不安を和らげようとした。生き延びるのに必要なことをしたまでだ。

すべてが終わってアリが出ていくと、少年たちが列をつくって入ってきて、歓声をあげながらナイジェルと握手を交わした。ジャマルは「ムバラク」と声をかけてきた。「おめでとう」と。ほかの少年たちもわたしに向かってうなずき、「シスター」と呼びかけてきた。若いほうのヤヒヤがソマリ語で何か言うと、アブダラが通訳してくれた。「ジャンナ、ジャンナ。あんたたちは天国へ行けるだろうと言っている」

扉が音を立てて開いたような気がした。アリからは、ムスリムになったらナイジェルとアマンダではなくなると言われていた。彼らは新しい名前を考えていて、ナイジェルはモハメッド、わたしはマリアムと呼ばれることになっていた。この数日後には、ふたたび別の名前が授けられる。犯人たちが、わたしたちの願いに応じて、古い名前に近いものを選び直してくれたのだ。ナイジェルがノアで、わたしがアミーナ。その後しばらくは、その名前で生きていくことになる。わたしがアラビア語の意味を調べてみようと思い立つのは、もっとずっとあとのことだ。そのときわかったのだが、アミーナと名づけられた少女は、信仰心に篤く、信頼される女性になることを特に期待されているということだった。

## 21　天国　*Paradise*

そうなると、今度は礼拝のやり方を覚えなくてはならなかった。犯人たちが祈るたびにわたしたちも祈らなくてはならない。礼拝は目覚めたら真っ先にすることであり、一日の締めくくりに行われることでもあった。

イスラム教への改宗はまるで船旅だった。ナイジェルと一緒に船で港に入ったまま波に揺られつづけ、十一日目にしてようやく、犯人たちが待ちかまえる埠頭に上陸したのだ。足がふらつき、方向感覚を失っていた。少年たちは歓迎してくれているようすで、以前よりも礼儀正しく接してくれるようになった。それまでは断りもなく好き勝手に部屋を出入りしていたのに、戸口で、入ってもいいかと尋ねてくるようになったのだ。アブダラはわたしの教師になると名乗りをあげたようで、ジャマルはナイジェルを受け持つことになった。二人は少しずつ務めをこなし、『コーラン』のなかから暗記すべき箇所を教えてくれた。礼拝のときの動作を——親指を耳にあててから、右腕を左腕に重ねる動作を——紙に書いて、動きながら唱える言葉も教えてくれた。退屈を紛らわせるために教師役を買って出たのだろうか。授業中にほかの少年たちが戸口をうろつくこともあったが、わたしたちの口から出てくるたどたどしいアラビア語を耳にして、困惑を隠せないようすだった。

礼拝はラカートと呼ばれる単位で構成されている。ラカートの数は、時刻に応じて、二回、三回、四回というふうに変わっていく――どことなく、ヨガの太陽礼拝を思わせる。礼拝には動作も含まれる。直立して、跪いて、額を床につけ、正座したまま黙想するという一連の動作をくりかえすのだ。ラカートのはじまりには、コーラン第一章の七行の韻文を暗誦すると決まっていて、そこから徐々にほかの章の韻文が加えられていく。コーランの章はスーラと呼ばれている。優秀なムスリムは、百十四のスーラに書かれている一言一句を――六千二百を越える韻文を――暗記していて、好きな箇所から引用できるそうだ。

わたしの礼拝はぶざまなものだった。耳に当てる親指の角度をまちがえたり、額を床につける際に足指の腹を床につけておくのを忘れてしまったりした。アラビア語は頭のなかでこんがらがり、口から出てきたときは意味を成さないものに変わっている。イラクで暮らしていたときにいくつかのフレーズを覚えていたが、このとき教わったのは文というよりは音節で、言葉の塊をビーズのようにつないでいく。ビスミッラーヒッラフマーニッラヒーム。アルハムドゥ　リッラーヒ　ラッビルアーラミーン。

〔「慈悲深く慈愛あつき神の御名《みな》において／神に讃《たた》えあれ、万有の王」『コーラン』一章一―二節〕

なんて優しい響きだろう。子守唄のような節回しで、連ねられた詩句が波のようにたゆたっている。もっとも、言葉が引っかかって出てこなくなればすべては水の泡だ。アッラ……アッラヒーム？

アブダラが声の調子から迷いを察知した。「ちがう！」と、吐き捨てるように言う。「まちがいだ」

彼は辛抱強い教師ではなかった。

アラビア語を話すとなると、英訳版の『コーラン』はまったく役に立たなかった。判読不能なアラビア文字が並んでいるだけで、発音がわかるような説明はどこにも書かれていなかった。仕方なく、アブダラが一息に詠唱する言葉をノートに書き殴り、あとでまとめて覚えるようにしていた。部屋の反対側では、ひょろ長い体のジャマルが膝を抱えるようにしてナイジェルのそばに座り込み、辛抱強く新しい韻文を覚えさせようとしていた。

わたしはアブダラに目を向けた。「最後のところをもう一度言ってもらえないかしら？　もう少しゆっくりお願いできない？」

アブダラは首を振って立ち上がった。授業終了の合図のようだ。「おまえは出来が悪いな、アミーナ」重々しい声でそう言うと、あいつは模範生だから望みはあるとでも言うように、ナイジェルの――ノアの――ほうに顎をしゃくってみせる。それから、残りの節を畳みかけるようにくりかえすと――「アッラフマーニッラヒーム。マーリキ　ヤウミッディーン。イッヤーカ　ナァブドゥ　ワ　イッヤーカナスタイーン。イヒディナッスィラータルムスタキーム」〔「慈悲ぶかく慈愛あつきお方／審判の日の主宰者に／あなたをこそわれわれは崇《あが》めまつる、あなたにこそ助けを求めまつる／われわれを正しい道に導きたまえ」『コーラン』一章三―六節〕――英語に長けていることを誇示するように、きれいな発音でゆっくりとこう言った。

「おまえはとてもばかな女だ」

天国は常にあなたを手招きしている、というのがイスラム教の考え方だ。信者は来世を目指して生きている。現世で手にすることができなかった喜びも、長きにわたって縁がなかった慰めや富や美貌も、天国に入ればその人のものとなり、痛みや試練や争いはすべて消え去るという。天国はどこまでも広く、完全無欠の楽園だ。誰もが美しい衣をまとい、食べきれないほどのご馳走が並び、宝石で飾られたふかふかの寝台が置いてある。木が生い茂り、山には麝香《じゃこう》の香りが漂い、川が流れる涼やかな渓谷がある。完璧な場所なので、果実は決して腐らず、人は三十三歳のまま老いることはない。地上での苦しみには終止符が打たれ、門の向こうには永遠の至福が待っている。『コーラン』によれば、八つの門のすべてで天使が待っていて、楽園に到着した者たちに祝福の言葉をかけるそうだ。「おまえたちの上に平安あれ。よくやった。楽園に永遠にはいっているがよい」〔『コーラン』三九章七三節〕

天国にまつわる記述を読んでいるうちに、これこそ少年たちが待ち望んでいるものであり、祈りを捧げながら努力をつづける原動力なのだと思うようになった。夢を叶えるために巨額の商品を予約して、天使に会える日が来るまで、献身を重ねることで残金を支払いつづけるようなものだった。

ありがたいことに、わたしの『コーラン』には注釈がついていた。くわしい脚注で、預言者ムハンマドの行い、発言、教えを記録した古代の書物『ハディース』からの引用が紹介されていたのだ。この引用のおかげで、『コーラン』に書かれている神の言葉への理解が深まった。〈電気の家〉のコンクリートの部屋で頁をめくっていたわたしたちにとっては、頭に浮かんだ疑問を解明する手がかりになってくれた。脚注では教訓的な短い物語が紹介されていて、『コーラン』と併せて読むことで、現世での行いが来世でとてつもなく重要な意味を持つことがわかってくる。そこにはこう書かれていた。天国には七つの階層がある。最上層はさらに百の階層に分かれていて、頂にある層は、もっとも高潔な信者のために空けてあるそうだ。〈電気の家〉にいる少年たちは、余計なことで気を散らされることなく、わたしたちの監視以外には何の責任も負わないまま、来世で少しでも高い場所を確保しようと努力をつづけていた。信仰に捧げる時間はたっぷりとあり、審判の日を見据えて善行を積んでいた。

アブダラはわたしの信仰心を疑っていたのかもしれないが、疑念を表に出すことはなかった。その代わり、わたしの正面に座りつづけ、わたしの口から出てくるアラビア語に瞬きもせずに聞き入り、亀のような歩みで詠唱を唱えるわたしの顔に目を凝らしていた。口ごもったりつっかえたりせずに数分がかりで最後までたどりつくと、必ず褒めてくれた。「おまえはとても賢いな」とか、「とてもうまくできた」とか。でも、たいていは、その数分後にわたしがまちがいを犯してしまう。とたんに、アブダラが豹変する。怒りに我を忘れ、噛みつかんばかりの勢いでミスを咎《とが》めてくる。顔をあげて何が悪かったのか探ろうとすると、必ず「下を向いてろ！」と怒鳴られ、殴ってやろうかというふうに片手をあげることもあった。そのとき目にしたアブダラの手は、異様なほど大きかった。

　アブダラが部屋を出ていくと、ナイジェルと一緒に、力を誇示しているだけなのか、それとも、心の病気か何かなのだろうかと首をひねった。いずれにしろ、わたしのことを自分の所有物と考えているようだった。

　監禁生活が三週目に入ると、彼らの言語と信仰の両方を学ぼうとしたのは正解だったと感じるようになった。おかげで、無為に過ごさずに済んだのだ。二人で放っておかれるときは、『コーラン』で気になったところを書き留めておいたメモを見せ合った。ナイジェルは、アッラーが約束や誓約について数々の規則を定めている点に着目していた。アッラーの名にかけて何かを誓った場合、その約束はなんとしても果たさなくてはならない。ナイジェルは、指揮官たちの誰かにわたしたちの解放を誓わせたいと目論んでいた。

　少年たちは休憩時間も中庭に座って『コーラン』の詠唱をしているようで、糸のように撚《よ》り合わされた声が羽音のように響きつづけていた。わたしは不思議でならなかった。どうしてあんなに集中していられるのだろう？　それだけ信仰心が強いということなのだろうか？

何も知らなかったら、年長者が――指揮官かアリが――先導していると思っただろうが、みんなを率いていたのは、弱冠十六歳の、小柄で温厚なハサムだった。ジャマルの話では、ハサムの父親はモスクの指導者《イマーム》だそうだ。必然的にハサムが『コーラン』に一番くわしいということになり、礼拝では最前列に立っていた。メッカの方角を向いて詠唱をはじめると、みんながハサムの後ろに列をつくるのだ。わたしはバスルームののぞき穴から、ハサムが長老の役割を果たすようすを見つめていた。はっきりした大きな声で祈りの言葉を唱えながら、みんながついてこられるように、大げさな身振りで片手を動かしていた。

ナイジェルとわたしは部屋のなかで祈ることになっていた。ナイジェルは男なので、リーダーとしてわたしの前に立つ。ときどきジャマルがやってきて、外で一緒に祈ろうとナイジェルを連れ出すことがあった。誘いを断るわけにはいかないし、外に出れば新鮮な空気を吸うことができる。ナイジェルは、女であるわたしが招かれるはずがないことを承知していたので、ちょっとだけ申し訳なさそうな表情でこっちを見てから部屋を出ていくのだった。一人にされたときは、祈りの言葉は一言も唱えなかった。犯人たちは祈るのに夢中であれこれ言ってこないことはわかっていたので、喜んで壁を見つめていた。

「これはよくないな」と、ドナルド・トランプが言った。ある日の夕方にいきなり部屋に入ってきて、薄汚いマットレスや黒黴に覆われた奥の壁をしげしげと眺めはじめたのだ。「こんなところで人を寝起きさせたらだめだろう！」かすかな憤慨の表情を浮かべたドナルドは、ピンクの長袖のドレスシャツにぶかぶかのズボンという服装で、ズボンの裾は『ハディース』で定められたとおりの長さに詰めてあった――布が地面をこすらないように、くるぶしから拳一つ分だけ短くしておくのだ。その足が床を走っていくゴキブリを蹴飛ばした。

犯人たちを責めるふりをしていたが、ドナルド自身もグループの指揮官だった。わたしたちはそう確信していた。ドナルドは、五、六日置きに、街から車で日用品を運んでくる。理由はわからなかったが、アリは三週目に入るとちょくちょく姿を消すようになっていた。

ドナルドの本名はモハメドなのだが、モハメドがもう一人いるうえに、グループの金庫番で、ほかの誰よりも西洋文明に感化されているところが、大富豪の名前を連想させた。英語は完璧とは言えないものの、如才なく言葉を操っていた。どうやらヨーロッパをあちこちまわった経験があるようで、わたしたちと並んで腰を下ろすと、そのときの体験を得意そうに喋りはじめた。一時期はドイツで暮らしていたそうだ。イタリア産のオリーブオイルを褒めそやし、ほかの国のものではあの素晴らしさには太刀打ちできないと絶賛していた。いろいろなものを目にし、いろいろな知識を蓄えていて、自分の博学ぶりを知ってもらいたがっていた。そうすれば、ほかのメンバーたちとのちがいを誇示できると思っているようだった。その日は、生ぬるい缶入りコカコーラを二本持ってきて、わたしたちに一本ずつ渡してくれた。

しゃがみ込んでお喋りをつづけるドナルドの顔を、頭上の電球が照らしていた。「わかるだろう？ほかの連中はまともな教育を受けていない」と、ドナルド。「カネが欲しいだけなんだ」

「みんなにあげられるようなお金はありません」わたしはそう応じた。「おカネなんてないのに」

わたしはカクテルを味わうように、ゆっくりとコカコーラをすすった。

ドナルドは大げさに肩をすくめてみせた。「わたしに任せてもらえれば、一週間で外に出られる」にっこり笑って、首を傾げてみせる。「ちがうな、一時間で出られるはずだ」

その言葉を信じる気にはまったくなれなかった。

九月も半ばになり、誘拐されてから一ヶ月が経とうとしていた。イスラム教の聖月の断食月《ラマダン》もはじまっていた。ラマダンでは、清廉さと辛抱強さを強化するために特別な礼拝が行われる。日が出ているあいだは断食をするのだが、わたしたちははじめから一日二回しか食事をしていなかったので、これといった影響はなかった。毎朝、日が昇る前に、ハサムかジャマルがわずかな食べ物を持ってきてくれる。たいていは、ツナの缶詰か、ビニール袋に入ったホットドッグのバンズのように見えるものだ。豚肉を食べることは禁じられているので、何か別のものを挟むのだろうか。出されたものを淡々と口に運んだら、そのあとは飲まず食わずで過ごし、夜になるとまた似たような食事が運ばれてくる。目の前に食べ物が置かれても、わたしの体は何の反応も示さなかった。何週間も座り詰めで、筋肉が弛緩してしまっていた。わたしたちは水を飲み、甘味で元気をつけようと、食べ物と一緒に差し入れられるお茶を心待ちにしていた。

わたしが喉から手が出るほど欲しかったのは、ひとかけらのチョコレートだ。ときどき、マットレスの上でまどろんでいるナイジェルに、自分でこしらえた長い物語を語って聞かせていた。自分を主人公にしたおとぎ話で、クライマックスでは必ず、ブラックチョコレートや山盛りになったエムアンドエムズをぺろりと平らげる場面が登場する。さもなければ、こんな質問をする。「チョコレート・ケーキとチョコレート・パフェだったらどっちがいい？　チョコレート・パフェとキスチョコ一袋だったら？」ナイジェルは答えなかったが、そんなことはどうでもよかった。わたしは顔を手で扇いで風を感じようとした。

わたしにとっては、空気がひんやりしていて、キャンディが流れる川がある場所こそが天国だった。

そうするうちに、ブラのカップに汗が溜まりはじめ、胸が水を吸ったスポンジのようにふやけてきた。ナイジェルは数週間前からズボンを穿かなくなっていて、腰に布を巻くソマリア式のスカート姿で暑さをしのいでいた。このころにはわたしもジーンズと黒いアバヤをやめて、ドナルドが持ってきてくれた、ポリエステル素材のもっさりした赤いワンピースを着るようになっていた。ブラはどうしても外す気にはなれなかった。防護服のように感じていたのだ。

ドナルドは、部屋を出ていく前に必ず、市場で買ってきてもらいたいものはあるかと訊いてきた。そこで、次に訊かれたときのためにノートに欲しいものを書き出し、面白半分に、買えるはずのないものも混ぜておいた――石鹸、アスピリン、チョコバー、運動用のエクササイズバイク、耳掃除のための綿棒、テレビ。

その頁を破いて渡すと、ドナルドの顔に戸惑いの表情が浮かんだ。わたしはそれぞれの品物を指で示しながら、ゆっくり発音した。「エ・ク・サ・サ・イ・ズ・バイク」

「ああ、そうだ、そうだ」わかっていないことを認めて面目を失うのが嫌なのか、ドナルドはそう言ってわたしを遮った。

「市場で見つかりそうなものはあるかしら、モハメド?」

「ああ、見つかるだろう。見つかるはずだ」

その数日後、ドナルドが石鹸とアセトアミノフェンの――馬用かと思うほど大きな――錠剤と、綿棒を持ってきてくれた。ナイジェルが髭の手入れをするための小さな鋏もあった。わたしは、新しいブラジャーと読書用の英語の本が欲しいと頼んでみた。本については、ナイジェルもわたしもすがりつかんばかりの勢いだった。体以上に、心が飢えを感じはじめていたのだ。

ドナルドとはほかにも話し合いたいことがあった。考えるだけで身がすくんだが、それ以上黙っているわけにはいかなかった。生理が二週間遅れていた。バグダッドを離れる前に、浮気性の報道局長と関係を持ってしまい――一人の男性として惹かれた部分もあるし、紛争地帯で愛情に飢えていたせいもあった――、よりにもよって、これ以上まずいものは想像できないという最悪のタイミングで、そのツケがまわってきたのだ。過去に妊娠した経験がなかったので、どんな変化が起こるのか見当もつかなかった。この腰の痛みは何らかの兆候なの？　暑くて汗をかきつづけているうちに倦怠感があらわれるようになっていたが、もしかしたら、自分を取り巻く環境のせいではなくて、小さな命が育っていることが原因？　お腹のなかに、もう一人の人質がいるのだろうか？　それがどんな意味を持ち、どう感じるべきなのか、自分でもよくわからなかった。わかっていたのは、秘密にはしておけない――秘密にすべきではない――問題だということだけだった。

ナイジェルが退出の許可を求め、ドナルドと二人きりで話ができるように気遣ってくれた。二人でどう対処すべきか話し合って、ナイジェルはその場にいないのが一番だということになっていたのだ。ドナルドにはドイツで暮らした経験があるので、犯人たちのなかでは一番進歩的で、わたしの打ち明け話も、倫理に背くといった類の嫌悪感を抱かずに受けとめてくれると踏んでいた。それでも、どんな反応が返ってくるか不安だった。ドナルドの額には信者の勲章がついていた――何度も何度も勢いよく地面にこすりつけているせいで、たこのようなものができて、革をなめしたように黒くなっていたのだ。敬虔なムスリムのなかには、自尊心の拠り所とするために進んで跡をつけようとする人々もいる。揺るぎない信仰心の証なのだ。

「モハメド」と呼びかけるわたしの声は、かすかに震えていた。「あなたに話したいことがあるの」声の調子に気づいて、彼も真剣な顔つきになった。もう引き返せない。「ムスリムになって、よき女になる前のことなんだけど……実は……結婚していない相手と関係を持ってしまったの……バグダッドにいた人と……」視線を床に落とさなくては先をつづけられなかった。よく知らない誰かが――異教徒だったころの自分が――好き勝手に体を操っているような口調で事情を説明した。

「どうしても知っておきたことがあって……赤ちゃんができているかどうか」と言ってから、「インシャーアッラー」と付け加えたが、自分でもどんな思し召しを望んでいるのかわからなかった。「子どもを授かっていますように」なの？　それとも、「何らかの解決策をお示しください」？　わたしはこのとき二十七歳。赤ん坊なんて欲しくなかった。淋しくてたまらないというだけの理由でベッドにもぐり込んだのに、そんな相手との子どもだなんて。何よりも耐えがたいのは、ソマリアで妊婦になることだった。その一方で、アフゴイ回廊で待ち伏せにあったあの瞬間に、すべてのルールが書き換えられ、すべての優先順位が入れ替わったことも事実だった。もしかしたら、妊娠が解放に結びつくかもしれない。わたし自身が爆発寸前の時限爆弾のような存在になるかもしれない。頭のなかではすでに堂々巡りがはじまっていた。最低でも、医者に連れていくぐらいのことはしてくれるだろうし、そうなったら、当局に連絡してほしいと頼めるかもしれない。でも、ちょっと待って。そもそもソマリアに当局なんてものがあるの？　わたしたちを連れ出す権限を持った人間が存在するのだろうか？

　ドナルドは、わたしが窮地に立っているという事実を落ち着いて受けとめた。「オーケー、オーケー、オーケー」と応じるようすから面倒なことになったと思っているのは明らかだったが、怒っているわけでもなさそうだ。ティーンエイジャーに戻って、父親に告白しているような気分だった。ドナルドは最後に、「赤ん坊はアッラーの恵みだ」と言い添えた。

その数日後、ドナルドが紙袋を持って戻ってきた。なかにはプラスチックのカップが入っていて、回して閉めるタイプのしっかりした蓋がついていた。ドナルドは、「シーシーを入れるものだ」と言った。ドナルドが出ていくと、ナイジェルと一緒に声を潜めて笑ってしまった。おしっこ《シーシー》だなんて、どこでそんな言葉を覚えたのだろう？　わたしたちは声をあげて笑えるチャンスは逃さなかった——ぷっとおならが出たときも、しゃっくりが出たときも、犯人たちの誰かがおかしなことをいったときも。そうでもしないと、笑いたくなるようなことなど起こらなかった。ドナルドは、カップのほかにも、英語で書かれた読み物を得意そうに差し出した。市場の露店で見つけてきたそうだ。一つは、クアラルンプールにあるイギリスの教育委員会がつくった、マレーシアの学生向けの大学案内。一九九四年のもので、交換留学生がイギリスのさまざまな大学で受講できる履修課程が紹介されている。ほかには、油染みができたイスラムの子どもたち向けの児童書と、黴で黒くなった、一九八一年からのロンドン版『タイムズ』紙をまとめた読本。どういうわけか、腕時計まで買ってきてくれた——安っぽい男物の黒いデジタル時計で、中国製だった。時間がわかったほうが快適に過ごせるとでもいうのだろうか。ナイジェルとわたしは一つひとつの品に声をあげて笑ってから、一日のほとんどの時間を支配している陰気な沈黙の世界に戻っていった。

準備ができると、バスルームへ行ってカップにおしっこをして、しっかりと蓋を閉めた。ドナルドに渡すと、彼はそれを持って車に乗り込み、どこかへ走り去った。

夕刻の礼拝では、何を祈ればいいのかわからなかった。

# 22 よい一日 Today's a Good Day

わたしはナイジェルの手を見つめている。暑くて薄汚い部屋で寝起きしているとは思えないほど、きれいな手だ――爪はきれいに切り揃えられ、ソマリアの土埃は拳の畝《うね》から洗い流されている。潔癖性のナイジェル。出会ったときからそうだった。オーストラリアに会いに行ったときも、毎朝身支度のようすを見つめていたものだ。顔を洗い、デンタルフロスで歯を掃除して、畳んでおいた服を丁寧に広げていた。クイーンズランドの海岸沖の小島でキャンプをしたときも、寝袋から砂を払い、テントのなかを片づけ、積み重なったわたしの荷物を整理してくれた。ソマリアのこの地では、ナイジェルの手は体のなかで一番きれいな部位になっている。これは、一日五回の礼拝の前に行われる、ウドゥと呼ばれる清めの儀式のせいだ。改宗したあとで、ジャマルがやり方を教えてくれた。手を三回洗い、口を三回すすぎ、鼻から水を吸い込んでなかをすすぎ、それからさらに、顔、腕、頭、耳に水をかけて、最後に足を洗うのだ。

わたしたちはバスルームで別々にウドゥを行っていた。使うのは茶色のバケツに貯めてあるきれいな水で、少年たちが外の蛇口から汲んできてくれるものだった。少年たちは、中庭か、どこか別の場所にあるバスルームで体を清めているようだった。ほかの人間がわたしたちのバスルームを使うことはなかったから、三人の囚われ人たちもそうしていたのだろう。わたしはいつも鼻の洗浄を省いていたが、誰かが聞き耳を立てているかもしれないと思って、鼻を鳴らす音だけは立てていた。ウドゥは大切な儀式だった。神と話をする前に体を清めるのだ。手があれだけきれいだったところを見ると、ナイジェルは、手術の準備をする外科医のような心境でウドゥを行っていたにちがいない。この点については、イスラムの教えに賛同していたらしい。預言者ムハンマドは、「清浄であることは信仰の半ばを満たすこと」〔『サヒーフ　ムスリム』斎戒の書より（日本ムスリム協会）〕と語ったそうだ。この領域に限っていえば、ナイジェルは――少なくとも、手に関しては――良好な状態を保っていた。

わたしが彼の手を見つめていたのは、ほかに見るべきものがなかったからだ。窓の鉄格子を這っていく虫たちを目で追うこともあった。一度だけ、外を眺めていたときに大きな蛇を見つけたことがある。ゆうに二メートル以上はある茶色い蛇が、砂地を波打たせるようにしながら建物の裏の路地に消えていった。見たものといったらそれくらいだ。わたしはナイジェルの手を見つめながら、その手が大きな喜びと安らぎを与えてくれた、はるか昔に思える日々を懐かしむ。何でも器用にこなす手だった。金槌を握り、材木と格闘し、休むことなく動きつづけて床や垂木や屋根をこしらえ、ついには一軒の家を建てた手だ。狭い部屋に閉じ込められていると、わたしたちの頭脳と肉体の延長上にその手があるように思えてくる。何かすることをくれ、目的をくれと訴えているようだった。

そんなある日の午後のこと。暑さが最高潮に達して、犯人たちが昼寝をはじめる時間になると、ナイジェルが日用品の入ったビニール袋のところへ歩いていった。何か思いついたのか、自分の袋のなかを熱心にかきまわしている。

それから一時間も経たないうちに、わたしたちはバックギャモンに興じていた。駒はナイジェルが綿棒を分解してつくってくれた――髭を切る鋏で二つに切って、一人が綿の部分を、もう一人が棒の部分を使うのだ。ナイジェルは、ノートを破いて二列分のぎざぎざ模様を描いてから、鋏を使ってアセトアミノフェンの錠剤を二つのちっちゃな立方体にして、六つの面にペンで数字を書き込んだ。サイコロのできあがりだ。

わたしたちは時間を忘れてゲームに没頭した。次の日も、その次の日も、ゲームをした。ナイジェルが勝ち、わたしが勝った。言葉を交わすことも、感想を口にすることもなく、感覚遮断の心理学実験をさせられている二匹の猿のように、休みも取らずにゲームに明け暮れた。戸口で足音がすると、すべてをまとめて素早くわたしのマットレスの下に押し込んだ。信者の気を散らしかねないほかの娯楽と同様、ゲームは禁止事項《ハラム》とされていた。見つかったらまちがいなく罰を受ける。

そんなある日、ドナルドがあらわれて、一番上に薬局の名前が印刷された紙を差し出した。ソマリ人女性の名前の脇にわたしの年齢が記載されている。わたしの尿を調べてもらうために偽名を使ったのだ。ドナルドは言った。「赤ん坊はいない」

「アッラーは偉大なり《アッラーホアクバル》」思わず口走ったが、ドナルドの顔に浮かんだ表情を見れば、ふさわしい言葉でなかったことは明らかだった。赤ん坊がいなかったことを神に感謝するなんてとんでもないことだ。赤ん坊は神の恵みであり、神の恵みとは、どんなものであろうと、受け入れなくてはいけないものなのだ。

とにかく、妊娠はしていなかった。生理は遅れていたが、ただの勘ちがいだった。ストレスのせいでホルモンに影響が及んだのかもしれない。

結果がわかってほっとしたが、安堵の裏には失望が張りついていた。淋しさが募ったような気がしてならなかった。失望感の向こう側で、小型バイクのような音を立てているのは、愛を交わしたときの、かすかな甘い記憶——ほとんど現実のものとは思えなくなった、五感を満たす快感だった。

断食月《ラマダン》は十月の初旬に終わりを告げた。犯人たちは、山羊肉のシチューで断食明けを祝っていた——イードと呼ばれるお祭りだ。わたしたちにも小さなお皿によそったシチューがふるまわれ、ねばねばしたナツメヤシの実と、粗目《ざらめ》をまぶしたクッキーと、なんと、タフィー〔キャンディの一種〕がついてきた。スプーンが一本しかなかったので、ナイジェルが恭しい仕草で渡してくれた。山羊肉はおいしかった——柔らかくなるまで煮込んであって、油で炒めた米にかけてあった。ただし、食べ終わった肉は、わたしたちの胃を痙攣させながら猛烈な勢いで腸を下っていくことになる。わたしたちは交替でトイレに駆け込み、目眩と脱水症状に苦しめられた。そんな状態なのに、二人とも我慢できずにタフィーを食べてしまった。口に含むと、舌の上に甘い泉が広がった。

自分たちの世界が鎮痛剤のサイコロ並みの大きさまで縮んでしまったことは、敢えて無視しようとしていた。

誘拐されてから五週間が過ぎ、わたしはつとめて陽気にふるまおうとしていた。時報係《ムアッズィン》の最初の詠唱で目を覚ますと、「今日はいい一日になるわよ」とナイジェルに声をかける。ナイジェルは必ずといっていいほど聞こえないふりをした。

いいことなんてあるはずがない。そんなことはわかっていたが、希望を捨ててはいけないと感じていた。誰かの耳に届くかもしれないと思いながら、拳で壁を叩きつづけるようなものだった。

「ねえ」と、あるとき呼びかけた。「もう沈黙には絶えられない」

二人ともマットレスの上にいた。ナイジェルは壁のほうを向いて寝ころんでいる。返事はなかった。

こらえていたものが一気に噴き出した。「ナイジェル、わたしたちにはお互いが必要よ。話しつづけていないとだめなの。そうやって黙っていられると頭がおかしくなりそう」

ナイジェルが寝返りを打ってこっちを見た。むっとしているようだった。「俺が糞おもしろくもない話をすれば、もっと楽になると思ってるわけだ」一瞬の間があった。「俺が、楽に過ごさせてやろうと気にかけるとでも思うのか？　おまえのことを？」

まるで老夫婦のようだった。すっかり年老いて、互いへの欲望が消えてから長い時間が経ち、常に一緒にいるせいで愛情もどんどんすり減っていく。何十年も同じ袋小路に住み着いているお隣さん同士のように、口を開けば、遠慮のない恨み言が飛び出してくる。これだけ辛い状況で相手に触れることができないのも問題だった。ハグや手を握ったりすることはおろか、きっと大丈夫だと肩を叩くことすらできなかった。少年たちに誘われて中庭の礼拝に参加するナイジェルは、もはやおどおどしているようには見えなかった。礼拝が終わっても、すぐに部屋に戻されることがなくなった。ある日など、ベランダから笑い声が聞こえてきた。みんなと一緒に、グループの一員として笑っていたのだ。

ナイジェルが戻ってくると、何がおかしかったのか訊いてみた。

「ああ、何でもないよ」そう言ってマットレスに戻っていくナイジェルは、すでにわたしにうんざりしていた。わたしは彼が瞼を閉じるようすを見つめていた。

ナイジェルは毎日のようにジャマルの英語の勉強を手伝って、新しい言葉を教えていた。傍目には仲間と言ってもいいほどで、それに比べるとアブダラは――わたしの指導係は――ますます不気味な存在になっていた。授業中に頁をめくったり、わたしの『コーラン』の該当箇所を指さしたりするたびに、偶然を装って膝や肩に片手をぶつけてくるのだ。

ある日のこと、ジャマルが、魚のフライを載せたお皿を持ってきて驚かせてくれたことがあった。ドナルドからの差し入れで、本人も中庭で少年たちと一緒に同じものを食べていた。ジャマルはお皿を置いて冗談を言おうとした。わたしを見てにっこり笑うと、全部食べたら太っちゃうぞと言うように、ぷっと頬を膨らませたのだ。

ナイジェルが即座に反応して大笑いした。「アミーナは〝でぶ〟だ」ジャマルに新しい言葉を教えるときにそうするように、大げさな口調で、でぶ《ファット》という単語を強調してみせる。「そう、でぶだ」

ジャマルがくすくすと笑いはじめた。ナイジェルの笑い声も大きくなった。

わたしは残酷な仕打ちに打ちのめされ、バスルームへ行って扉を閉めた。ナイジェルにわたしの体型をどう思われようがかまわないし、冗談だったかどうかも関係ない。気に入らなかったのは、いつ犯人側についてもおかしくない献身的な態度だ。わたしには無理でも、少年たちには彼を笑わせることができるなんて。

マットレスの上に戻ると、ナイジェルにがっかりさせられた出来事を頭のなかで一つ残らず数え上げた。欠点をリストにしてみた。二つ目のリストは、ナイジェルのほうから、わたしが嫌悪すべき存在で、欠点だらけの人間であることを示す証拠を突きつけられたときのための反証のリスト。心のなかで、罵り合いの喧嘩をする場面を想像してみた。ふざけんなとわめきながら、へとへとになるまで相手の胸を叩きつづける。それから、互いの腕のなかで泣きじゃくり、これからは態度を改めると誓うのだ。すべては空想の世界で起こったことだ。実際にどちらかがマットレスから動いたわけでもなく、実際に涙が流されたわけでもない。それでも、なぜだか心が穏やかになった。

　二ヶ月目に入ると、犯人たちに連れられて移動をくりかえした――そう離れていない場所にあるもっと大きな家に連れていかれて二週間ほど閉じ込められ、〈電気の家〉に戻され、最終的には、まったく理由がわからないまま別の家に連れていかれたのだ。移動は決まって夜間に行われ、アハメドのステーションワゴンに押し込められる。少年たちはスカーフで顔を覆い、肩から弾帯を提げ、わたしたちの頭のまわりを銃身で埋め尽くした。二度目の移動のときには、アブディとほかの二人のソマリ人も一緒だった。出たり入ったりをくりかえすあいだも、路上で人影を目にしたことはなかった。

　アブディたちの姿は、〈電気の家〉の廊下を行き来するときに何度か目にしていた。祈りを唱える声は耳にしていたし、バスルームから戻る姿を見かけることもあった。三人ともひどい格好で、不健全な生活を送り、体を屈めて悲嘆に暮れているように見えた。外からのぞいた限りでは、部屋のなかは真っ暗なままだった。アブディはときどき戸口に座り込んで、廊下から漏れてくる光を頼りに『コーラン』を読んでいた。わたしは何度かアブディに視線を送ると、「大丈夫？」と尋ねるつもりで、手振りで「オッケー」のサインを送ってみた。アブディはそのたびに首を振って、見捨てられた子どものような顔をした。お腹に手を当てて、腹が減った、充分に食べさせてもらっていないと訴えてきた。

　あれは、〈電気の家〉を完全に離れる前のことだ。数人の少年たちに連れられてナイジェルと一緒に中庭へ出ていくと、アハメド、ロメオ、ドナルド、アダムの四人が立っていて、三脚に乗せたビデオカメラが用意されていた。少年たちは顔をスカーフで隠していた。銃で威嚇していく少年たちに囲まれながら、わたしたちはマットに跪いた。撮影がはじまると、イスラム世界について好意的な意見を言い、政府に身代金を払ってほしいと頼むように指示された。要求している金額を言わせようとはしなかったが、わたしの頭のなかはそのことでいっぱいだった。金額については犯人たちから何度も聞かされていた。一人百五十万ドル、二人で三百万ドル、と。ウェイトレス時代には、同じような口調でその日のお勧めドリンクを宣伝したものだった。

犯人たちは何度も撮影し直して、それぞれの台詞をくりかえさせた。映像はテレビで放映されるという。わたしは映像を見つめる家族の姿を思い描こうとした。みんなの目に映るのはどんな光景だろう？　わたしとナイジェルが、銃を持った恐ろしげな兵士たちに囲まれている。わたしの顔は青ざめているが、体調を崩しているようには見えない。目が潤んでいるのは、コンタクトレンズの洗浄液がないので、殺菌されていないバケツの水でレンズを洗いつづけているせいだ。画面にくまなく目を走らせようとする両親の姿が浮かんできた。アハメドから地面を見ていろと言われても、わたしは背筋をぴんと伸ばしつづけた。自分の台詞を言うときは、力強い声を出そうと努力した――両親に向けて、まだ持ちこたえていると伝えるためだ。

「よし、よし」アハメドがついにそう言った。ビデオを止めると、しばらく、わたしたちを日が照りつける中庭に放っておいた。ずいぶん経ってから知ったのだが、そのときの映像はめぐりめぐってアル・ジャジーラに渡り、国際メディアに向けてはごく一部しか放映されなかった――しかも、カナダでは音声が消えていた。故郷のニュース番組では、撮影からそれほど日を置かずに映像が放映されている。両親が目にしたわたしの映像は九秒ほどで、唇が動き、目は下を向き、慎み深いムスリムの女性にしか見えない衣装で全身を覆われていた。わたしの声は、ニュースキャスターが原稿を棒読みする声に掻き消されていたそうだ。

〈電気の家〉を離れることになった最後のドライブのときに、一つだけいいことがあった。ナイジェルが二人を隔てる暗黒空間に手を伸ばしてきて、誰にも気づかれないまま、五分間だけ手を握ってくれたのだ。

新しい家は〈脱走の家〉と呼ぶことになるが、名前をつけたのは実際に事が起こったあとだった。

新しい部屋はだだっ広くて、寝室というよりは居間にふさわしい大きさだった。厚さ十センチほどの真新しいウレタンのマットレスが二つ、ビニールに包まれたままの状態で置いてあった。両側の壁の釘に蚊帳が引っかけてあって、それぞれのマットレスに架かるように吊られていた。床には白いタイルが敷き詰められ、金属製の鎧戸がついた二つの窓には装飾的な鉄格子がはめられていた。片方の窓は民家の中庭に面していて、南京錠がかかった波形鉄板の小さな小屋が見える。もう一つの窓は細い路地に面していて、道の向こう側には白漆喰塗りの高い壁が建っていた。

夕方になると少年たちの誰かが部屋に入ってきて鎧戸を閉め、朝になるとまた誰かが入ってきて鎧戸を開ける。まわりに誰もいないときに、ナイジェルと一緒に鉄格子を揺すってみたのだが、上下左右ともコンクリートで固めてあってびくともしなかった。わたしはときどき、格子の隙間から指を出して戸外の空気を味わった。体の一部にだけでも風を感じていたかった。

確かに、あの窓から大声で叫べば誰かの耳に届いていたかもしれない。でも、アハメドと、わたしたちがロメオと呼んでいた男の両方から、このあたりにはアル・シャバブに忠誠を誓っている連中がうようよしていると脅されていた。犯人たちが反乱分子のグループで、イスラム過激派とつながっていないのは明らかだったから、彼らが言おうとしていたのは、おまえたちは俺たちよりも恐ろしい敵に囲まれているということだった。ロメオは、アル・シャバブの注意を惹いてしまったら、連中は大喜びで監禁役を引き受け、わたしたちをさらいにくるだろうとほのめかした。

　それだけ言えば、わたしたちを黙らせるには充分だった。信用できない相手と一緒に、もっと信用できない相手に囲まれてしまったのだ。路地に面したほうの窓の左端に立つと、壁越しに隣家の中庭が見えるのだが、ある日、そこで女性が洗濯物を干していた。明るい柄のゆったりした部屋着を着て、髪をスカーフでくるんでいたので、外に見えていたのは首の部分だけだった。こっちに背中を向けて、一人の時間を楽しむためにわざとそうしているのかと思うほど、のんびり動いている。白いシャツを干してから、また白いシャツを干しはじめた。さらに、おばあちゃんが着そうな下着を数枚、子ども用の淡黄色のワンピース一枚、明るい花柄のヒジャブを二枚、男物のズボン一本、綿の寝間着とおぼしきものを一枚。干し終わると、家族全員の洗濯物が風になびくようすを一望できた。

　その時点では、母と電話で話をさせてもらってから六週間ほど経っていた。それでも、心で話しかければ母の耳に届くような気がして、毎日、自分の想いを伝えようとした。心を強く持って、と呼びかけると、同じことを言い返す母の声が聞こえてくる。家族のようすは想像するしかなかった。両親には選択肢などないも同然だった。自分たちの唯一の資産を――シルバン・レイクにある父とペリーの家、長年にわたって献身的に手入れをつづけてきた花壇に囲まれたあの家を――眺めながら、身代金に充てるために売却しようと考えているはずだった。考えるだけでいたたまれなかった。誘拐されたその日から、わたしは同じことをくりかえし訴えつづけた。うちの家族には身代金なんて払えない、と。犯人たちが言うように、この誘拐が政治絡みのものであるのなら、彼らは懲らしめる相手をまちがえている。アハメドはわたしを安心させるためにいつも同じことを言っていた。「心配ない、心配ない。われわれが興味を持っているのは、あなたたちの政府のカネだけだ。家族に害が及ぶようなまねはしたくない」

ナイジェルに頭がおかしいと呆れられてもアハメドの言葉を信じたのは、信じていたかったからだ。ナイジェルの家族にはうちの家族よりも蓄えがあった。両親が引退を決めたときに、家族経営の農場を高値で手放していたのだ。ナイジェルは、少なくとも、犯人たちと交渉できるぐらいの資産はあるはずだと考えていたが、払えるとしても自分の分だけだということは黙っていた。

母と最後に話したときに、わたしが強く訴えようとしたのは、二人はじっと座ってて、わずかな蓄えを投げ打つようなまねはしないで、ということだった。「お金を集めようとして何かしてるのかもしれないけど、とにかくいまやってることをやめて」と、わたしは言った。「何も売らないで」

カナダ政府が足りない分を払ってくれると思っていたわけではない。わたしが悲痛な思いですがりついていたのはたった一つの希望で、何もせずにいれば犯人たちが根負けするかもしれないと考えていた。ナイジェルもわたしも飢えてはいない。二人で一緒にいる。ほとんどの場面をなんとか無事に切り抜けていた。そのときはまだ、時間稼ぎが最善の策だと信じていたのだ。


ハムディというのがジャマルの愛しい人の名前だった。モガディシュ市内に住んでいて、ジャマルの母親が息子の嫁にと選んだそうだ。正式に婚約しているので、ジャマルはときどき彼女に会いに行っていた。断食月《ラマダン》がはじまる前に、両家の家族が集まって婚約パーティーが開かれた。何日かジャマルの姿が見えないと思っていたら、戻ってきたときには、髪をきれいに刈って、とろんとした目をしていた。

「ハムディは元気にしてる?」と、尋ねてみた。

「ああ」ジャマルは口元がゆるむのを抑えようとした。「とても、うつくしい」

ラマダン明けには、ハムディに贈り物をしてもかまわないことになっていた。ジャマルが買ったのは新しいヒジャブとチョコレート。二ヶ月前までは、家族がいないところでは女の子と話をしないと決めていたティーンエイジャーにしては、大人っぽい気配りだった。ジャマルは、「おんなは、かのじょたちは、イクス……ペン……シブ」と言い切った。「金がかかる《イクスペンシブ》」という単語を発音できて得意そうだった。わたしたちが笑うはずだとわかっていたのだ。

ハムディとの暮らしに幻惑されたジャマルにとっては、現在と将来のあいだの時間は存在しないも同然だった。ジャマルは、結婚する日が来ても、披露宴は――〝けっこんパーティー〟は――こぢんまりしたものになると説明してくれた。モガディシュで大勢の人間が集まると、エチオピア軍の注意を引く恐れがあるというのだ。ジャマル自身はモガディシュ中の人間を招待しかねないほどわくわくしているようだったが、リスクは負いたくないというのが両家の考えだった。ジャマルはどちらでもかまわなかった。ハムディと結婚できればそれでいいのだ。

ナイジェルとわたしは、口実を見つけては、ハムディのことを話題にした。ジャマルが感情を露わにするのを見ているだけでも楽しかった。彼女の名前を聞きたくてたまらないくせに、自分で口にするのは恥ずかしいのだ。ジャマルはたびたび市場へ買い出しに行っていたが、ときどき、わたしたちの食事についてくるホットドッグの形をしたロールパンを買い忘れることがあった。

「助けて、ハムディ」ジャマルがパンを持たずに入ってくるたびに、わたしたちはわざとらしく溜息をついてみせる。額に両手をあてて、夢見心地の彼のようすをからかった。そのたびに、ジャマルは声をあげて笑うのだった。

ときどき、鉄格子の向こうに広がる外の世界に目をやりながら、ハムディの顔を想像してみることがあった。背は高いのだろうか？　痩せ型とぽっちゃり型のどっちだろう？　おとなしいか気が強いか、だったら？　新しい暮らしを不安に思っている？　それとも、首を長くして待っているのだろうか？　ジャマルは彼女のことをどの程度知っているのだろう？　彼の興奮ぶりは、愛しているから？　それとも愛を予感しているから？　本人がそう言ったわけではなかったが、ジャマルはハムディのことを考えることで、この家での長い一日に耐えているようだった。

そんなある日、ドナルド・トランプが持ってきた大学案内のパンフレットにジャマルが目を留めた。どの頁にも、一昔前の服装をした大学生たちの写真が数点ずつ載っていた。ゴシック様式の石造の建物に囲まれた緑の庭を縦横無尽に小道が走り、本を手にした学生たちが歩いている。

その朝ジャマルはパンフレットの頁をめくりながら、魅入られたように写真を見つめていた。パンフレットの向きを変え、気になっている頁をわたしに見せてくる。学生たちが小さな池の畔に座っている写真で、二羽の白鳥が水面に浮かんでいる。「これは、カナダのみずうみとにてる？」と訊いてきた。

「そうね、似てるわね。でも、このパンフレットに載ってるのは全部イギリスの大学なのよ」わたしは自分のマットレスに座っていた。ナイジェルは窓辺にたたずんで、静かに『コーラン』を読んでいた。

ジャマルは、実際に読んでいるかのように、指で英語の文章を追っていた。眉間にしわが寄っている。「きいたんだ」と言って、先をつづけた。「カナダはイギリスよりもうつくしい。なぜならば、イギリスは、ロンドンは、もっとずっと……」言葉を探しながら、部屋の壁や天井を指さした。

「コンクリート？」

「そう、コンクリート。ロンドンはコンクリートだ」

ジャマルは世界を見たいのだ。それがよくわかった。世界に向かって身を乗り出しているのが感じ取れた。

「ロンドンはとてもきれいなところよ、ジャマル」わたしは言った。「きっと気に入るわ。建物はとても古いものばかりで、ムスリムも大勢いる」

ジャマルはわたしの言葉を噛みしめているようだった。「でも」と言いながら、専門家のように指を立ててみせる。「ムスリムのくにじゃない。くらすなら、ムスリムのくにがいい」

期待されている返事はわかっていたが――「そうね。もちろん、あなたの言うとおりだわ」――相手がジャマルだったので、何も言わずに黙っていた。


疲労が溜まってきたので、ナイジェルと分担して日課をこなすことにした。まるで、二人家族のような暮らしだった。二人で責任を負ったのだ。わたしが紅茶を淹れて、ナイジェルが洗濯をする。バケツの水で食器を洗うのは交代制。食器といっても、使っていたのは薄いブリキのお皿が二枚とスプーン一本だけだ。与えられた食材で料理をこしらえ、少年たちが放り込んでいったテーブルほどの大きさがある茶色のリノリウム材を食卓代わりにしていた。ツナの缶詰が添えられたロールパンを食べる日もあれば、ロールパンつきのツナの缶詰を食べる日もあった。パパイヤや玉葱がついてくると、わたしがスプーンの柄の部分を使って細かく刻み、ナイジェルが――料理番組のシェフになりきって――食材を混ぜ合わせ、世に名だたる特製ツナサラダをこしらえてくれる。ときどき、ジャマルがしなびたレタスを持ってくると、ウェイトレス時代の声音で、本日のとっておきの一品《ひとしな》を高らかに謳い上げた。ツナサラダのレタス乗せでございます。

朝が来ると、ベッドを整えながら、さっきまで見ていた夢の話をする。このころのわたしの夢は、もう何年も思い出すこともなかった人々が登場する鮮明なものだった。なかでも頻繁にあらわれたのが、ハイスクール時代の親友リアーナと、親戚たち——祖父母に、いとこに、叔母たち——だった。夢のなかのわたしはいつも自由の身なのだが、夢のなかで必ず、これは現実じゃないと気づくのだった。

ナイジェルとは、それまでとはちがった形で話をするようになった。結婚のことで嘘をつかれていたと知ったときの衝撃と怒り、その後の慟哭の日々について包み隠さず打ち明けた。ナイジェルのほうは帰国してからの数ヶ月を振り返り、結婚生活に終止符を打ち、羞恥心に苛まれていたと話してくれた。スコットランドにいる恋人のことも話してくれた。エリカという名前のオーストラリア人で、とあるお屋敷のシェフとして働いているという。犬を飼っていて、とても性格のいい女性だそうだ。ナイジェルはエリカを恋しがっていて、彼女を置いてアフリカへ飛んでくるなんて愚かだったと胸を痛めていた。

お金や家族の資産についても本音で話をした。わたしは、うちの家族が用意できるのは五万ドルが精一杯だろうと考えていて、ナイジェルは、うちはそれよりは多く用立てられると言っていた。二人ともお互いの家族が連絡を取り合っているはずだと考えていた。夜になると、寝る支度を整えながら、必ずナイジェルのほうを向いて声をかけた。「これでまた、解放される日に一日近づいたわね」と。

そして、十月の三週目に入ったある朝のこと、少年たちがいきなり部屋になだれ込んできた。アブダラ、モハメド、若いほうのヤヒヤ、ハサムの四人が、全力疾走といってもいいほどの勢いで駆け込んできて、朝食を食べていたわたしたちをぎょっとさせた。

「立たないとだめだ」ハサムが言った。

わたしは尋ねた。「何があったの？」

「立て」ハサムの声は尖っていた。

そこではじめて、ハサム以外の少年たちが銃を持っていることに気づいた。体が震えはじめた。二人で立ち上がる。アブダラとモハメドは、密告を受けた警察官か何かのように、恐ろしい顔でわたしたちの持ち物を引っかきまわしている。鞄のなかの物を引っ張り出して、マットレスをひっくり返す。何かを探しているようなのだが、それが何なのか想像もつかない。咎められるようなことはしていないと、自分に言いきかせた。例のバックギャモンは別だが、それは本のあいだに挟んであるし、見つかったところでゲームだとわかるとは思えないから、隠しているものも何もない。でも、本当にそうなのだろうか？　何がまちがったことなのか、どうしてわたしにわかるのだろう？

少年たちは無言のままだった。ハサムがいかめしい顔でわたしたちの前に立ちつくすあいだ、ほかの三人がわずかな所持品を漁りつづける。一つ残らず床にぶちまけたかと思うと、今度はそれを部屋の外に運びはじめた。わたしのバックパック。ナイジェルのカメラケース。ノートにペンに、洗面用品や着替えが入ったビニール袋。きれいさっぱりなくなった。つづけて、ヤヒヤがナイジェルのマットレスの端をつかんで持ち上げると、ずるずると引きずりながら扉に向かいはじめた。

そこでようやく、何が起こっているのかわかってきた。アブダラが、ナイジェルのほうの壁に架かっていた蚊帳を外して廊下へ向かう。隣にはもう少し小さな部屋があって、バスルームを行き来する途中で何度も二人でのぞき込んでいた。壁越しに金槌を使う音が聞こえてくる――きっと、アブダラだ。隣の部屋で蚊帳を吊ろうとしているのだ。それから彼らはナイジェルを連れに戻ってきた。銃を胸に突きつけ、身振りで扉のほうを指し示す。わたしたちを引き離そうとしているのだ。説明は抜きで、言葉が交わされることもなかった。わたしは、ナイジェルの背中が遠ざかっていくのを見つめていた。別れの挨拶も合図もなく、彼は姿を消してしまった。

# 23　悪い女　Blame the Girl

わたしはマットレスに寝そべったまま、何か元どおりになるようなことが起こらないかと考えている。少年たちの誰かが、ナイジェルのマットレスを引きずりながら部屋に入ってこないだろうか。つづいて、ほかの誰かがナイジェルを追い立てるようにしながら戸口にあらわれて、ひょっとしたら、本当は彼を連れていく計画じゃなかったと謝罪めいたことを口にするかもしれない。状況の変化を告げる音が――衣擦れの音や、扉がきしむ音が――聞こえてきて、自分の持ち物が揃った、慣れ親しんだ暮らしが再開されるのを待っていた。でも、そうはならず、家のなかは静まりかえったままだ。静けさが耳のなかにどっしりと居座っている。わたしは独りぼっちだった。

一時間が過ぎ、二時間が過ぎた。孤独の世界は新しい国のようであり、新しい惑星のようだった――わたしと、青い小花模様の布がかかったマットレスがあるだけで、四方を囲む壁が、暗い森にそびえる木立のように屹立《きつりつ》している。ナイジェルがいないと言うべきことも見るべきものもなくなり、空気はずっと淀んだままだ。だだっ広い部屋に一人でいると、自分がちっぽけに思えてくる。

犯人たちがこの日を選んでわたしたちを引き離した理由は、想像もつかなかった。誘拐から八週目に入っても身代金が支払われる気配がないことと関係があったのかもしれない。犯人たちのあいだに、積もり積もった苛立ちが充満しているように感じていた。ちょうどその前日の午後、表でちょっとした動きがあった。何人かの指揮官が姿を見せて、中庭でスキッズ隊長と真剣な口調で話し込んでいたのだ。予想よりも監禁が長引きそうなので長期戦に備えろと指示を出していたのだろうか。スキッズはすでにわたしたちのことをお荷物だと思っているようで、おまえらには興味がないといわんばかりの態度を取っていた。スキッズは英語を話さないし、人としての温かみも感じられない。スキッズが、自分の力を行使するために、ナイジェルとわたしを引き離すように命じたのかもしれない。〝俺がこの家のボスだ〟と誇示するために。

しばらく経ってから、ジャマルが戻ってきた。わたしのバックパック、洗面用品や着替えが入ったビニール袋、英語の本を運んでくると、これでおしまいとばかりに床にぶちまけた。わたしは、釘を抜いたあとの四角い穴に見入っていた。ナイジェルがいてくれたら、気持ちが沈んでいくのを止めるために、心が明るくなるような励ましの言葉を口にしていただろう。「がんばろう、いまだけの辛抱よ」とか、「最高に幸せだった誕生日の思い出話をして」とか。何もかもが虚しく思え、喉を締め上げられたような気分だった。**落ち着くのよ**、と自分に言いきかせた。**落ち着きなさい、落ち着きなさい**。

起き直ると、イスラム教の勉強のために与えてもらったノートを出して、新しい頁を開いた。「ブレッドベアードへ」と、エチオピアでつけたナイジェルのあだ名を書く。「心を強く持って。あきらめないで。必ずここを出て家族と再会できる。わたしは壁の反対側にいるから、あなたがいるほうへ愛を送りつづけます」

書いたものを何度か読み直した。毎日口にしていた励ましの言葉のようなものだった。こんなこと、本気で信じてるの？　自分でもよくわからなかったが、紙に書いてみると気分がよくなった。わたしはくねくねした筆跡でもう一行書き加えた。「読んだらすぐにトイレに流して」

頁を破りとると、文字を書いた部分だけが残るように端の部分をちぎっていった。それを、エンピツの頭についた消しゴムほどの大きさに丸めると、やめておけという心の声が聞こえてこないうちに、扉を叩いてバスルームへ行かせてほしいと合図した。

少年たちは、最初のころとちがって、バスルームへの行き来に付き添うのを面倒くさがるようになっていた。わたしたちが金属製の扉を叩くと、たいていはベランダに座っている見張り役が素早く身を乗り出してこっちを見てから、指を何回か鳴らして行っていいと伝えてくる。新しい家の廊下はL字を描いていて、わたしの部屋はちょうど角の部分にあった。戸口は見えただろうが、見張り役からは廊下の残りの部分——L字の短い棒の部分——は死角になっていた。その部分にナイジェルの新しい部屋があって、その奥がバスルームという間取りだった。

指を鳴らす音が聞こえたので、丸めた紙を掌にくるんで廊下を歩きはじめた。兵士が何をしているのか、指を鳴らしたのが誰だったのかは知りようがない。廊下の長さは五メートルほどで、壁は濃い青に塗られ、床には白いタイルが敷いてあった。ナイジェルの部屋は右側だ。

開いた扉の前にさしかかると素早く視線を走らせ、ほかに誰もいないことを目の端で確かめてから、手首をひねって手紙を投げた。丸めた紙が床を滑っていくあいだに、横目でナイジェルの姿を捕らえる。マットレスの上に仰向けになって、眠っているように見えた。鼓動が速くなるのを感じながらバスルームへ向かい、どうか少年たちよりも先に見つけてくれますようにと必死に祈った。

二つの部屋の位置からいって、ナイジェルには返事を出す方法がないことはわかっていた。ナイジェルがわたしの部屋の前を通らなければならない状況は考えにくい。一方通行のコミュニケーションしか取れないのだ。

部屋に戻ると、新たな現実にどう対処したものかと頭を悩ませた。壁の向こうで同じように気を揉んでいるナイジェルの姿を想像してみるものの、本能的に、自分のほうが危うい状況に置かれていることは察知していた。壁は緑色で漆喰がところどころひび割れている。厚さは三十センチぐらいだろうか。試しに、拳で壁を叩いてみた。壁材に吸収されてしまうのか、音が間延びしていて、伝わり方は速くなさそうだった。

反応はない。沈黙の重みで、全身の感覚がなくなっていた。

と、反対側からコツコツいう音が聞こえてきた。とたんに力が湧いてきた。ナイジェルにはわたしの音が聞こえていて、わたしにも彼の返事が聞こえたのだ。そのまま一日中壁を叩いていたかった。見張り役の少年が一時間置きぐらいに見まわりに来なかったら、本当にそうしていただろう。彼らは銃を手にして廊下を歩いてくる。壁を叩き合っているところを見つかったら、もっと離れた部屋に連れていかれてしまうかもしれない。仕方なく、素早くドンと叩いて返事をすると、用心するだけの理由があるわたしたちは互いに息を潜めた。これも一種のやりとりではあったが、何かを伝えられたわけではなかった。

日が暮れてくると、わたしは刻々と深まる闇のなかに横たわって恐怖と闘いつづけた。いまのところ、犯人たちはわたしの体に触れていない。初日はアリに体をまさぐられたが、それ以降はずっと放っておかれた。にもかかわらず、自分が女であることを意識せずにいられたことは一瞬だってなかった。『コーラン』では捕虜の女が妻のような扱われ方をしているが、犯人たちがそれを文字通りに受け取っているかどうかはわからなかった。『コーラン』に出てくる捕虜のほとんどは、七世紀の戦闘で捕らえられた男たちか、村からさらわれてきて家事労働をさせられている戦争未亡人だ。大昔の戦いの副産物としか思えない、古代史の世界が広がっている。その一方で、犯人たちが肩をすくめて、おまえたちに恨みがあってやっているわけではないと言うたびに、わたしとナイジェルの扱いが古い考え方に則ったものであることが伝わってくる。つまり、わたしたちは宗教戦争の歩兵《ポーン》にすぎず、犯人たちは現代のソマリアで太古の物語を再演しているのだ。

その晩は、がらんとした部屋で眠れぬ夜を過ごした。いろいろな思いが頭のなかを駆けめぐり、ナイジェルと言葉を交わしたくてたまらなかった。夕刻の礼拝に備えて体を清めているときに、一緒に使っているバスルームをくわしく調べておいた。トイレがあって、陶器のシンクがあって、シンクの上に据え付けられた薄汚いプラスチックのキャビネットには、ガラスの代わりにホイルペーパーを使った四角い鏡がはまっていた。床から二・五メートルぐらいの高さに鉄の棒を渡した小さな窓があって、奥行きのある窓台がついていた。翌朝の朝食後、ふたたび、丸めた手紙をナイジェルの部屋に投げ入れた。思いついたことを説明しようと思ったのだ。まず、わたしがバスルームの窓台の目につかないところに手紙を置いて、部屋に戻ってから壁を叩いて隠したことを伝える。ナイジェルがバスルームに行って手紙を読んだら、読んだものはトイレに流し、部屋に戻ったら読んだことを報告するために壁を叩く。ナイジェルのほうも同じやり方でわたしと連絡を取る。

うまくいくか試してみることにした。バスルームに手紙を隠して、壁を叩いた。四十分ほど経つと、ナイジェルがコンコンと返事をしてきた。ささやかだが、大きな意味を持つ勝利だ。わたしたちはさっそく、一日に一、二回のペースで手紙を——元気が出るような短いメッセージや絵を——交換しはじめた。発覚する危険を少しでも減らそうと、手紙の隠し場所は、洗面台の上で剥き出しになっていた電球のソケットに変更した。手紙では、小さなものでいいから部屋のなかにある美しいものを探してみてと呼びかけた。小さな紙に飛行機に乗っている自分たちの絵を描いた。ファーストクラスの快適なシートでシャンパンのグラスを触れ合わせながら、アフリカから逃げ出そうとしているわたしたちの姿を。ナイジェルの頭の上に吹き出しをつけて、「もう一杯どう？」と書いておいた。

ナイジェルからの手紙は愛情のこもった楽しいもので、そのほとんどに、将来のことが――解放後にやりたいことや、食べたいもののことが――書いてあった。わたしたちが観光客になって、ナイロビの国立公園でにこにこしながらキリンを指さしている絵もあった。わたしはもらった手紙を心にしっかり焼きつけると、細かく破いて汚れた便器に捨て、見えなくなるまでバケツの水を流しつづけた。

わたしたちはそれぞれの部屋から壁を叩きつづけた。一日に数回、ドクン、ドクンと、鼓動のように鳴りひびく。

**そこにいる？　わたしはここにいるからね。**

ナイジェルと引き離されたのをきっかけに、それまでの日課はなかったことにされた。まるで、犯人たちが別のバッテリーを稼働させたようだった。ジャマルが部屋をうろつくことはなくなった。アブダラの授業も終わり、『コーラン』の暗誦はハサムが担当するようになった。午後の早い時間に、ナイジェルを訪ねたあとでわたしの部屋にあらわれるのだ。ハサムは歳の割には小柄だった。別の状況下で会っていたら、かわいい少年だと思っていただろう。頬にはぶつぶつとニキビができていた。にっこりしたときの笑顔は最高で、何をするにも一生懸命取り組んでいるように見えた。ほかの少年たちもハサムをかまうのが好きで、抱え上げて肩に担いでは面白がっていた。

「オーケー、今日は授業だ」ハサムはいつもそう言った。「今日は、最高のムスリムになるための授業だ」ハサムの話では、アッラーは庇護者であり、礼拝は天国に一番近い道にとどまる手段とのことだった。わたしたちを誘拐した件については申し訳ないと思っているようすで、一度は「カネのためで、イスラムのためではない」と言っていた。アブダラが行き当たりばったりで居丈高だとすれば、ハサムは熱心で、わたしが『コーラン』の一節を唱えるのを辛抱強く聞いていた。ハサムの詠唱は歌を歌っているようで、自分でも声を上げ下げして抑揚をつけてみたくなった。

「ラフーマフィス　サマワーティ　ワマーフィラッド」と唱えて、わたしがくりかえすのを待っているハサム。これは「天にあるもの、地にあるもの、すべては神に属する」という意味の一節だ。〔『コーラン』二章二五五節〕

ナイジェルとわたしは、犯人のなかで誰が一番恐ろしいかという話を何度かしていた。名前があがったのが、若いほうのモハメド。大きな肩をいからせ、目が寄った顔が鼠のように見えた。モハメドはほとんど口を利かなかった。はじめのころは、わたしたちに向かって指を振りながら舌打ちをして、「おまえたちは悪い人間だ」と言っているような態度を取っていた。憎々しげな目をしていたので、名前がわかるまでは〝悪魔の息子〟というあだ名をつけていた。一番になったのはアブダラだ。射るようなまなざしは冷ややかで、感情の起伏が激しく、自爆テロを決行して大勢の人間を殺す自分の姿をくりかえし夢想していた。

ナイジェルが連れていかれて一日中不安に怯えるようになっていなかったら、アブダラの代わりにハサムと顔を合わせる機会が増えたことで状況が改善されたように感じ、心の安らぎすら覚えていたかもしれない。

一人でいると、何もかもが嫌でたまらなくなった。誰からも話しかけてもらえない日もあった——ジャマルがものも言わずに食事を運んできて、ハサムが面倒がって顔を出さない日だ。一人で閉じ込められていると、じめじめした深いタンクに入れられたような気分になる。そうするうちに、古い映画に出てくる自己達成予言の意味がだんだんとわかってきた。まったくの正気の人間を精神病院の一室に監禁すると、時の経過とともに実際に正気を失っていくという、例のあれだ。頭のなかの声がしつこく囁きかけてきた。大声で叫べば、誰か答えてくれるだろうか？　わたしが死ねば、騒ぎになるのだろうか？　それまでナイジェルにかけてきた励ましの言葉も、小鳥のさえずりのように、もうすぐ解放されるわ、解放されたらプールサイドに座ってサンドイッチとビールを楽しめるようになるわと囁きつづけていた言葉も、すべてがばからしく思えるようになっていた。

世界を旅しながら積み上げてきた勇気という名前の煉瓦が、少しずつ崩れようとしていた。

少年たちからも何かが失われはじめ、礼儀を守ろうとする意識が薄れていった。正午の礼拝の前には、バスルームの先にあるシャワーを使ってもかまわないことになっていた。廊下の突き当たりに窓があって、その下にタイル敷きの一画があったのだが、扉はなくて、赤いハイビスカスの模様の薄っぺらい綿のカーテンで仕切られていた。なかにはシャワーヘッドと細長いノブがあるだけで、そのノブを回転させると茶色い水がちょろちょろと流れてくる。水が出てこない日もあって、そういうときは、少年たちが外の蛇口から汲んできてくれるバケツの水で体を洗っていた。わたしはシャワーの時間を楽しみにしていて、水の冷たさや、濡れた髪に指を滑らせる感触や、ドナルドが買ってきてくれたドイツの固形石鹸の牛乳のような香りを存分に味わっていた。はじめは、用心しながら体の一部だけを洗っていたのだが、そのころには、純然たる欲求に突き動かされて服を全部脱ぐようになっていた。五分かそこらだったが、裸になれる解放感と、赤茶けた水ではあっても、体を水が滴る感触が恋しくてたまらなかった。喜びらしきものを感じられる唯一の機会だったのだ。

ところが、綿のカーテンは透けて見えるほどの薄さで、少年たちもわたしも、ほぼ同時にそのことに気づいた。正午に近い時間帯だと、窓から漏れてくる光で体の輪郭が見えてしまうのだ。なかからも、布の向こうの人影をとらえることができた。最初に見つけたのはハサムで、廊下の角で四つんばいになってカーテンの下の隙間をのぞき込むようにしていた。その次の日は、忍び笑いが聞こえて、二つの人影が――ジャマルとアブダラが――すぐそばを動いているのが見えた。

不安のせいで眠れない夜がつづき、午後の遅い時刻になると、暑さにやられて夢と現《うつつ》を行ったり来たりするようになった。服もシーツも汗にまみれ、脱水症状からくる頭痛のせいでいつも頭がずきずきしていた。その日も、マットレスの上でまどろんでいたところではっと目が覚めた。銃を持った二人の少年が――アブダラとモハメドが――いきなり戸口にあらわれたのだ。猛々しい目をしていきり立っているように見えた。二人はなかに入って扉を閉めた。

「モハメド、アブダラ」わたしはマットレスに起き直ると、かすかに震える声で名前を呼んだ。「何か問題があるの？」

わたしはことあるごとに彼らの名前を呼ぶようにしていた。ちゃんと見ているわよと念を押して、注意を惹きつけ、こっちを見返してもらうために、わざとそうしていたのだ。たった一言でいいから言葉を交わせる雰囲気をつくろうとした。アラブ人の伝統的な挨拶は、「アッサラーム　アライクム」というもので、「あなたに平安がありますように」という意味だ。はじめて聞いたのはバングラデシュにいたときで、パキスタン、アフガニスタン、エジプト、シリア、イラクでも耳にしていた。もう少しくだけた挨拶が「サラーム」で、もっと丁寧に言いたいときは、「アッサラーム　アライクム　ワラフマトゥッラーヒ　ワバラカートゥフ」で、「あなたに平安とアッラーの御慈悲がありますように」という意味になる。『コーラン』を読んでいたおかげで、このころには、アッラーの教えには挨拶が欠かせないことがわかっていた。ある章《スーラ》にこんな一節がある。「挨拶を受けたときは、もっと丁寧な挨拶をするか、せめて同じほどの挨拶を返せ」〔『コーラン』四章八六節〕その教えを少年たちを相手に実践してみると確かに効果があって、長い挨拶をすれば、長い挨拶が返ってきた。わたしはどんな場面でも挨拶を欠かさなかった。部屋に入ってきた相手には必ず多めに言葉を投げかけて、三秒か四秒ほどの時間を割いてもらい、少しでも長く足止めしようと――人間として声をかけてもらおうと――していた。

ところが、その日は挨拶が返ってこなかった。アブダラが足を一歩踏み出してきて、わたしの胸に銃を向けたのだ。「反対になれ」ぶっきらぼうにそう言うと、マットレスの上にうつ伏せになるように身振りで示した。

心が急降下しはじめた。落とし戸を無事に通り抜けたと思ったら、その下にも新しい落とし戸がぽっかり口を開けていた。のろのろと体の向きを変えると、綿の布に額を押し当てて、顔の脇に両手を置く。二人はマットレスのそばに立って、わたしの頭上に銃を差し出している。アブダラのくるぶしが見えた。コーヒーのような色をした無毛の肌が、十五センチほど離れたところに見えている。下へ下へと、わたしは落ちつづける。二人の息づかい。目を閉じて、これから起こることを待ち受ける。

モハメドが口を開いた。「おまえは悪い女だ」

アブダラも言った。「問題はおまえだ」

うなじに鉄の指のような銃身が押し当てられる。何も考えまいとした。二人はソマリ語で何やら言い合っているが、次の一手を考えていなかったのか、どうやって決着をつけるかで揉めているようだった。二人が黙り込んだ。

と、モハメドに脇腹を蹴られた。すごい力で。左半身を痛みが駆け抜け、涙がどっと溢れてきた。「おまえは悪い」モハメドがくりかえした。「殺してやるからな、インシャーアッラー」二人の足が向きを変えて戸口に向かう。扉が開いて、かちゃりと閉まった。物音ひとつしない。二人は出ていったのだ。

その二十分後にジャマルが戸口から顔をのぞかせたときも、わたしは声をあげて泣いていた。わたしの涙は彼を弱気にさせたらしい。それでも、ジャマルに逃げられないようにと、アラビア語で丁寧なほうの挨拶をして言葉が返ってくるのを待った。理性をかき集めて、こう問いかけた。「ジャマル。お願いだから何が起こっているのか教えてちょうだい。お願いよ」

ジャマルの顔に浮かんだ表情はとっさには読みとれないものだった。口を開くのも嫌そうだ。溜息をついてからこう言った。「どうして、はははおやに、カネはらうなという?」俺にはどうすることもできないとでも言うように、首を横に振っている。自分で招いたことじゃないか、と。ジャマルは背を向けて立ち去ろうとした。「ながくここにいるのは、かのじょが、カネはらわないせいだ」と言ってから、こう付け加えた。「へいしたち、とてもおこってる」

その理屈をみんなの頭に染み込ませようとする声が聞こえるようだった。アハメドが、あのビロードのような声で、自分なりの見解をスキッズ隊長に伝える場面が浮かんできた。スキッズはそれに自分の苛立ちを混ぜ込んで、少年たちにくりかえし言ってきかせたにちがいない。**おまえたちが不満を抱えて**

惨めな思いをしているのは、みんなあの女のせいだ。二ヶ月経っても進展が見られない状況に飽き飽きして、家を恋しく思うようになったのも、あの女のせいだ。手に入らないものや、できずにいることがあるのなら、あの女を責めろ。母親にカネを払うなと言ってるのは、あの女なんだからな。

## 24 マヤ *Maya*

路地の向こう側の家に、小さな女の子が住んでいた。庭で洗濯物を干していた女性の娘だ。午後になって、暑さに眠気を誘われた犯人たちが日陰のベランダでうたた寝をはじめると、わたしはその子の声に耳を澄ます。母親が鍋を洗ったり洗濯物を干したりするあいだに、そばで遊んでいるようだった。キャーッという悲鳴や口答えする声、ときには、興奮した甲高い声で**マヤ**と叫ぶ声が聞こえてきた。「ノー」にあたるソマリ語だ。あどけない声に聞き入っているうちに夕方になってしまうこともあった。

窓辺に立って目をすがめると、壁の向こうで、母親のヘッドスカーフや衣類とおぼしき黄色や藍色がちらちらと動くのが見える。わたしはドナルドから丸いコンパクトをもらっていて、これが、ちょうど窓の手すりにぶつからない大きさだった。手すりの外に出して角度をつければ窓から見えない部分が鏡に映るのだが、光が反射して、窓から白い手が伸びていることに気づかれては困るので、何度もやるわけにはいかなかった。外の世界のことを――ドルの札束を欲しがっている別のグループに誘拐されたり、見せしめのために殺されたりする危険が潜む場所のことを――考えると、不安が全身に広がるのだった。

女の子は小さ過ぎて見えなかったが、声からすると二歳ぐらいだったのではないかと思う。片時もじっとしていられず、敷地内を危なっかしい足取りで走りまわっているようで、母親が家のなかへ誘導しようとするたびに、**マヤ**と叫んでいた。

母親は言葉のやりとりを教えようとしていた。

「イスカ　ワラン？」と娘に話しかける。ジャマルに教えてもらったので知っていた。「お元気ですか？」という意味だ。

気が向くと、女の子もまねをする。「イスカ　ワラン？」

「ワーラ　フィーアンニヤハイ」

「ワーラ　フィーアンニヤハイ」女の子がくりかえす。

「わたし《ワーラ》は元気です《フィーアンニヤハイ》」わたしも一緒に囁いてみる。

二人の会話はほとんど理解できなかったが、声の調子で見当をつけた。愛情と苛立ちが入り混じる、母と子どもの関係。ときどき、男性の声や、祖母らしき女性の声も聞こえてきた。複数の女性たちが――母親の友人たちだろうか――、小鳥のさえずりのような声や笑い声をあげることもあった。聞いているとうらやましくて泣きたくなった。みんながその子に無償の愛を捧げているようだった。全員の姿を心に思い描く。温かくて、おおらかで、わたしを裏切ったりしないはずの人々の姿を。裏口から外に出てみんなのあとをついていき、そのまま夕食の席に招かれる自分の姿を空想してみる。どこからともなくあらわれた、肌の白い幽霊のような女が、完璧なソマリ語で「お元気《イスカ》ですか《ワラン》？」と挨拶をするのだ。女の子の名前を知りたくて聞き耳を立てていたのだが、どうしてもわからなかったので、マヤと呼ぶことにした。

午後の監視役は、アブダラが一手に引き受けているようだった。部屋の前の廊下を足音を忍ばせて歩くのだが、ときどき、何の前触れもなくわたしの部屋の扉を開けることがあった。なかに入ってきてわたしの姿をとらえると、銃を握ったまま身じろぎもせずに視線を送ってくる。何かを探しているような顔で持ち物を漁りはじめることもあった。ナイジェルと引き離された直後は週に一度だったものが、週に二度、三度というふうに増えていった。わたしの持ち物を床に放り投げるようすは、暴力をふるっているのと変わらない。ほかの少年たちはスカーフをとって歩きまわるようになっていたのに、アブダラは顔を隠したままだった。

わたしはアブダラが入ってくるたびに挨拶をした。部屋のなかを歩きまわるようすを目で追った。アブダラは少年たちのなかでは飛び抜けて体が大きくて、胴回りが太く、腕が長かった。瞳は黒く、両目の間隔が開いている。低い声で怒鳴るように話すのだが、スカーフで口を隠しているので聞き取りにくい。わたしはなんとか会話をしようと手を尽くし、英語で話をする気になってもらえそうな話題を探しつづけた。「今日の夕食は何かしら」大きな声でゆっくりと問いかけた。「お腹が空いたわ。あなたはお腹が空かないの、アブダラ?」返事が返ってくることはほとんどなかった。

そのときは気づかなかったが、アブダラは、わざと大きな音を立てて周囲の反応をうかがっていたのかもしれない。どの程度までなら、昼寝をしている少年たちや、壁の向こうでじっとしているナイジェルに気づかれないか、探っていたのだろう。あの空白の時間帯を利用して何ができるか、秘かに策を練っていたのだ。

ほかには気を逸らされるようなことは何もなく、ドナルドが差し入れてくれた英語の本を読み耽っていた――ナイジェルと一緒に大笑いした、例の黴だらけの古色蒼然とした読み物だ。一九八〇年代の『タイムズ』紙をまとめた読本は、イギリスの貴族院や、衰退するイギリス経済に関する記事を集めたもので、記事の最後には、学生向けの質問事項やライティング練習用の空白頁が設けてあった。英語の絵本は、ムスリムの双子の少年たちが思いやりの心を学んでいくストーリー。マレーシアの裕福な若者たちにイギリス留学を勧める大学案内のパンフレットは、湿気でくっついた頁から腐ったようなにおいを漂わせていた。ハ、ハ、ハ。ナイジェルと二人で笑いながら頁をめくったものだ。きれいな頁を破って、ツナと玉葱のサラダを乗せるお皿代わりにしたこともある。得意そうな顔で持ってきたドナルドをあざ笑って、こんなものにお金を払ったのか、こんな古いものに価値なんてないのにとばかにした。ゴミになってもおかしくないものを市場で売り買いするなんてと、ソマリアという国そのものを見下していた。

　カナダでほうれん草のサラダやケーキを食べていたことを思い出したときも、そう言えばそんなものが好きだった時期もあったと、ナイジェルと一緒に声をあげて笑ったものだ。

　そのわたしが、マットレスの上に起き直って、ドナルドからもらった英語の本の一字一句を目で追っていた。社説に添えられた、ぱりっとしたスーツとピルボックス帽〔婦人用の小型の縁なし帽。平らな円筒形をしている〕姿のマーガレット・サッチャーの色褪せた風刺画を食い入るように眺めた。午後の日差しで膨張したトタン屋根が呻《うめ》くような音を立てるなかで、読本の記事のおしまいに載っている読解力のテストに律儀に答えを書いていく。「この記事は、客観的、主観的いずれの視点から書かれていますか？　その根拠も述べなさい」大学案内のパンフレットに至っては、魅了されているといってもいいほどだった。そこには、ロンドン、マンチェスター、オックスフォード、ウェールズのほかに、聞いたこともない都市にある大学の名前がずらりと並んでいた。イギリスがこんなに広いなんて知らなかった。文章部分は募集定員や履修課程の説明ばかりで面白くもなんともないのだが、掲載されているカラー写真は、染みがついて色褪せてはいても、依然として生命力にあふれていた。石造りの壮麗な校舎。青々とした芝生に、咲き誇る花々に、小道を歩く笑顔の学生たち。肩からバックパックを提げて、小難しい話に夢中になっているのだろうか。

この学生たちが卒業してから十年以上経っている。それぞれが家を持って、仕事に就き、犬や赤ん坊のいる暮らしを送っているのだろうか。それから、ふと思った。わたしはどうしてそういうものを欲しがらなかったのだろう? どうして、貯めたお金を航空券だけに注ぎ込んで、学費に充てようとしなかったのだろう? 面白半分に、講義室に座っている自分の姿を想像する。学生寮の部屋にいる自分や、木曜の夜遅くに地下のパブにいる自分を。違和感はなかった。目標ができたような気がした。きれいに髪を梳かし、真新しいラップトップを抱えてキャンパスに立っている自分の姿を思い浮かべる。

扉が開いて、閉まる音がした。顔を上げるとアブダラが立っていた。紫がかった腰布《サロン》に、伸びきって、汗で黄ばんだランニングシャツという格好だ。顔をスカーフで覆い、隙間からのぞく目でわたしをにらみつけている。このときは何かを探しているようなふりをすることもなく、銃を壁に立てかけてからこう言った。「立て」

わたしが動こうとしなかったので、もう一度同じことを言った。

こうなることを恐れ、近いうちにその日が来ると予感していたが、それが何の役に立ったというのだろう。何も変えられなかった。準備することなどできなかった。

パンフレットを膝から落として、のろのろと立ち上がる。体が震え、喉が詰まったような気がした。

「お願い。やめて」

アブダラは返事をする代わりに、右手を伸ばしてわたしの首をわしづかみにすると、その手に力をこめてわたしの体を乱暴に壁に押しつけた。そのまま手首を喉に食い込ませて、顎を上げさせる。思わず泣き出すと、長い指を顔に這わせるようにしながら口をふさぎ、指先を眼窩にめり込ませた。息ができなかった。「お願いだからやめて、お願いだから」喘ぎながら、ぴんと張った掌に向かって訴える。アブダラも「黙れ、黙れ」と言いながら、首をつかんだ手に力をこめてきた。いつのまにか腰布《サロン》が消えていた。ウエストにゴムが入った短パン姿になっていて、空いたほうの手をなかに入れて性器に触っている。頭の中味が液体になって溢れ出し、もう何も考えられなくなった。アブダラの手が、わたしのワンピースの裾を探りあて、たくしあげていく。わたしは抑えた声で話しつづけ、両手で相手の体を叩きながら無駄な抵抗を試みた。「こんなことしないで。お願いだからやめて」側頭部を拳で殴られると、全身が硬直したような気がした。「黙らないと殺すぞ」アブダラが言った。「**シャットアップアイウィルキルユー**」と。そのままわたしのなかに入ってきたので、死んでしまいたいと思った。

十秒後には終わっていた。信じられないほど長い十秒。地鳴りとともに大地が割れ、深い亀裂でそれまでの自分から隔てられてしまうには充分な時間だった。

アブダラが手を離すと、わたしはぬいぐるみのように床にくずおれた。

アブダラは腰布《サロン》を巻いて、銃を手に取った。扉を開けて、廊下のようすをうかがっている。わたしは頭を両手で覆ったまま、顔を上げなかった。バスルームへ行かせてくれと訴えた。体を洗いたくてたまらなかった。声をあげて泣きたかった。誰もいないところに隠れていたかった。アブダラはふたたび廊下に目を走らせてから、「行け」と言った。部屋を出ようとすると、わたしの胸に銃を突きつけ、もう一度触るつもりなのかと思うほど体を寄せてきた。それから言った。「喋ったら殺してやるからな」この男なら本当にそうするだろうと、わたしは信じて疑わなかった。

# 25
# 見えない出口　*Catch-22*

何も変わらないのに、すべてが変わってしまった。海のなかにいるのかと思うような緑の壁も、鎧戸と鉄格子がついた窓も、土埃で汚れた床も、トタン屋根も、以前のままだ。ジャマルが運んでくるホッケーのパックのようなツナの缶詰も、近くのモスクから聞こえてくる時報係《ムアッズィン》の声も、廊下の向こうから響いてくる羽音のような詠唱の声も、以前と変わらない。変わったのはわたしだった。

　わたしは身じろぎもせずにマットレスに横たわっていた。目は閉じたまま、片腕で顔を覆い隠して。背中が痛い。脚のあいだが腫れてひりひりする。自分の肉体から追い出され、皮膚のなかに戻ろうとしてもなぜだかうまくおさまらない。外側にあった凶暴な破壊の力のようなものが、内側に忍び込んでいた。わたしは幽霊になって廃墟の街をさまよっていた。

　アブダラを憎むべきだったのかもしれないが、それ以上に、自分のことが憎かった。過去の過ちや、自分のいたらなかった点を、一つひとつ丹念に掘り起こす。どうしてソマリアなんかに来たの？　いままで何をやってきたの？　もう少しの辛抱だと自分に言い聞かせるうちに八週間が過ぎて、とうとう、揺るぎない現実を突きつけられたような気がした。何分経とうと、何時間過ぎようと、延々と同じような時間が流れているのも問題だった。自分のほかには誰もいないうえに、わたしは何も持っていない。過去に抱いたことのある恐れが束になって襲いかかってきた――闇に怯え、物音に身をすくませた。子どもに戻ったような気分だった。パニックが荒々しい大波となって、くりかえし押し寄せてきた。理性を働かせようとするのさえ一苦労だった。どうにか気持ちを落ち着かせても、どうせ避けられないならさっさと終わらせてしまいたいとしか思えない。青い小花模様のシーツが目に入ると、細く束ねて首をくくる輪をつくるだけの長さはあるだろうかと考える。バスルームのレイアウトを思い出して、鋭利なものや鈍器や、飛び降りることができるような高い場所はあっただろうかと考える。何でもいいから、自分をこの世から叩き出せるものはないだろうか。先に死んでしまえば、殺すことはできないのだから。

二日間はそうやって横たわったままだった。体を起こすのは、トイレに行くか、形だけの礼拝をするか、水を飲むときぐらいのもので、自ら命を絶とうとすることもできず、そうかといって、生きることへの興味も見出せなかった。

三日目の朝には、何をすればいいのかわからないまま、ナイジェルに手紙を書いてバスルームに隠しておいた。ほどほどの明るさが確認できる程度の、他愛のない挨拶の手紙。太陽が輝いているふりをしていれば、本当に輝き出すかもしれないと思ったのだ。壁を叩いて手紙を隠したことを伝えると、そのままマットレスに寝そべった。ナイジェルが読んだと知らせてくるのを待ちながら、汚れた床や、鉄格子の隙間から差し込んでくる麦わら色の光に目をやって、気持ちが明るくなることを無理矢理考えようとした。そんなものがあるの？　何でもいいから考えるのよ。考えていれば思いつくから。待ち望む気持ちが芽を吹いた。地中から飛び出してきた。気持ちが明るくなることを思いつくまで、代わりを務めてくれるものができたのだ。

　昼近くになると、立ち上がって歩きはじめた。部屋のなかを一周してから、もう一周。歩いているうちに気分がよくなってきた。目的ができたのだ。穏やかな気持ちで、しっかりした足取りで、裸足で円を描くようにしながら、赤いワンピースを踏まないように片手で裾をたくしあげた。歩きながら自分に話しかけると、言葉が共鳴しながら両脚を駆け下りていく。

**必ずここから出てみせる。わたしは絶対に大丈夫。**

　心が慰められるのを感じた。同じ言葉を呪文のようにくりかえしながら、ひたすら歩きつづける。そのときはじめて、だだっ広い部屋に閉じ込められたことに感謝した。歩きつづけているうちに、足を止める理由が見つからなくなった。そうするうちに、ハサムが、その気があるなら新しい章《スーラ》を教えてやろうと言いたげな顔で部屋をのぞき込んできた。『コーラン』は窓台に置きっぱなしで、わたしはそれを取りに行こうとするそぶりさえ見せなかった。ハサムは面食らったような顔をしたものの、何も言わずに行ってしまった。それを見て確信した。誰もアブダラがしたことを知らないのだ。

　午後になっても——新たな恐怖の対象となった、酷暑と静寂の時間が訪れても——わたしは歩きつづけ、オリンピック選手のように汗を流していた。ジャマルがお茶と水入りペットボトルを持ってきてくれた。モハメドが何度か扉を開けてのぞき込んできたが、嘲るような笑いを浮かべてふたたび姿を消した。そうするあいだも、わたしは自由になる準備を整えるのに忙しかった。将来の計画から不確実な部分を消して、あらゆる絶望と、絶望につきものの、交換条件を申し出るような煮え切らない気持ちも振り払った。これからは、「ここを出られたら、もっと優しくて、辛抱強くて、寛大な人間になります」なんて考えるのはやめよう。「出られたら」じゃなくて「出たら」。「ここを出たら」だ。ここを出たら、父さんを思う存分ハグしよう。母さんを、ずっと行きたがっていたインドへ連れていってあげよう。もっと体にいいものを食べて、大学へ通うことを検討して、わたしを心から愛してくれる男性を見つけ、何か意義のあることをしよう。ソマリアでの体験を友人たちに語って聞かせる自分の姿を思い浮かべる。楽しい話でないことは明らかだったが、その物語にはちゃんと結末がある。部屋のなかで円を描きながら、わたしは自分に未来を与えつづけた。**その日のためにがんばるのよ**、と自分に発破をかけた。**がんばれ、がんばれ。**

その数日後に、アブダラがまたもや部屋に入ってきた。前回と同じ午後の遅い時刻で、わたしの喉をつかんで壁に押しつけ、苦労して築き上げた決意を打ち砕いた。その数日後はもう少し遅い時刻にあらわれ、その後も何度もあらわれた。そのたびに、何かを奪われ、命の泉を吸い上げられるような思いを味わった。アブダラはわたしを殴ってそのまま出ていくこともあった。

一日に、六時間か七時間ほど歩きつづけた。早足で歩くこともあれば、ゆっくり歩くこともあった。足の裏がだんだんと分厚くなった。足跡で汚れた小道ができあがっていく。楕円コンパスで描いたような円、レーンが一本しかないミニチュア版のトラックだ。休むのは、水を飲むときと、トイレに行くときだけ。礼拝の時刻にはマットレスに座るものの、動作を付け加えることはなくなっていた。一日に何度か回る向きを変え、内側にくるほうの足の負担を和らげる。傍目には、頭がおかしくなりかけた動物が檻のなかを行ったり来たりしているように見えたかもしれないが、歩いている本人は自分がどんどん強くなっているように感じ、本気でそう信じていた。**必ずここから出てみせる。わたしは絶対に大丈夫。**手首には、ドナルドが数週間前に持ってきてくれた男物の時計。突如として、時間が大きな意味を持ちはじめ、予定を立てるようになった。時計に目をやって、こう考える。**よし、いまは八時ね。正午まで歩いたら、扉を叩いてシャワーに行かせてもらおう。**動きながら絶望を脱ぎ捨てた。筋肉がついて、あちこちに筋や腱や節ができはじめた。ハサムはときどきわたしの動きを遮って、『コーラン』の一節を覚えさせようとした。わたしは楕円の道から慰めを得た。窓の外から、幼いマヤの抵抗の叫びが聞こえてくるたびに、心のなかで彼女に声援を送りつづけた。

ドナルドがいつものように顔を出したときに、ナイジェルと一緒にいたいと頼んでみた。どうして部屋を別々にされたのかと尋ね、ドナルドが何をいまさらという顔で、イスラムの教えでは未婚の男女が一緒にいることは禁じられていると説明するようすを見つめていた。

予想どおりの答えだった。わたしにはおなじみのジレンマだ。イスラム教に改宗したのだから、戒律には黙って従うのが当然だとみなされる。世の中には、わたしと似たような感覚で物事を判断してくれそうな穏健派のムスリムが大勢いるが、ここではそんなことは期待できない。犯人たちはイスラム原理主義者なのだ。異議を唱えるようなまねをしたら、異教徒の烙印を押されてしまう。そもそも、あんなに長いあいだ一緒の部屋で寝起きさせていたことが不思議なのだから。

ドナルドは慰めるような口調で話しつづけた。部屋のなかを指し示す。「ここはいい場所じゃないか。誰にとってもこうしたほうがいいんだよ」

本気で言っているわけじゃない。ドナルドがここでの暮らしに怖気をふるっているのは明らかだった――わたしやナイジェルだけでなく、全員の暮らしぶりに。顔を出すと、必ずと言っていいほど、部屋が汚い、家具ぐらい置いたらどうだと文句を言っていた。ドナルドは、モガディシュにある自宅で料理をつくってくれる妻と暮らしているようで、ときどき、少年たちのために魚のフライやシチューが入った鍋を運んできた。わたしに対しては、物わかりのいい世話人の役を演じていた。わたしはドナルドが来るたびに同じことを訴えた――母と話をしたい、特大サイズのチョコレートを食べたい、何でもいいからもっと食べるものの量を増やしてほしい。ドナルドはそのたびにわかったという顔でうなずくのだが、実際には何もしてくれなかった。

「調子はどうだい？」イスラム式の挨拶を交わすと、必ずそう訊いてくる。

「よくないわ」わたしの返事は決まっている。「家に帰りたい」

ドナルドの返事もはじめからずっと同じままだ。「すぐに片がつくはずだ。インシャーアッラー」

「イスラム」とは、「神への降伏」もしくは「神への服従」という意味のアラビア語だ。わたしは、犯人たちがその言葉どおりに振る舞う姿を幾度となく目撃していた。わたしたち全員が、文句を言わずに待ちつづけ、来るものを受けいれるように求められていた。

この日は、思い切って一線を越えようと思った。「別々の部屋にいたほうがいいなんてことはないの」わたしはそう切り出した。「ある少年がこの部屋を訪ねてくる」名指しで告発したら、アブダラが何らかの手段でわたしを殺そうとするのはまちがいないので、用心して名前は出さないようにした。「その少年がしていることは禁止事項《ハラム》にあたる」

ドナルドは言わんとすることを理解してくれた。部屋の中央の床に片膝を抱える格好で座り込んで、不愉快そうな表情を浮かべているが、不意打ちを食らったようには見えなかった。わたしは目の奥がつんとするのを感じながら、すがるようなまなざしを向けた。指揮官たちと会うたびに、兵士たちよりも教養があると感じていた。アブダラがしていることを快く思わないに決まっている。ドナルドが少年たちを取り調べるかどうかはわからない。警告だけですませるのかもしれない。わたしが安全に過ごせるように何らかの対策を講じてくれないだろうか。たとえば、ナイジェルをこの部屋に戻してくれるとか。

「わたしはムスリムの同胞《シスター》よ」と、先をつづける。「あなたにはわたしを助ける義務がある。アッラーも、ムスリムは助け合わなくてはならないとおっしゃってるわ。あなたの娘さんや奥さんが同じ目に遭いそうになったら、黙って放っておかないでしょう？　お願いだからやめさせて。わたしは家へ帰って家族と一緒に暮らしたい。ここであの兵士たちと一緒にいるのはとても危険だわ」

ドナルドは何度か咳払いをした。それから指を立てて、マットレスの上に広げてあった『コーラン』を指し示すと、こっちによこせと身振りで伝えてきた。言われたとおりにして、彼がきちんと足を組んで、『コーラン』を大切そうに膝の上に立てるようすを見つめていた。頁をめくりながらアラビア語の文字をたどっている。すぐに「ああ」と声をあげ、つづけて、英語の対訳を探しはじめた。「ここだ」

該当箇所を指さしたまま、わたしが読めるように『コーラン』を逆向きにする。二十三章の一節から六節。その箇所なら知っていた。女性の捕虜――〝右手〟に所有される者――に言及した、泣きたくなるほどよく知っているおなじみの箇所の一つで、善行と自制心を厳しく説くにあたっての例外事項として言及されているようだった。読むたびに不安を掻き立てられていた言葉が、棍棒になって殴りかかってきたような気がした。

信ずる人々は栄える。
これらは礼拝にさいして謙虚な者、

むだ話を避ける者、
喜捨を行なう者、
自分の隠し所を守る者、
ただし、自分の妻あるいは右手が所有するものにたいしては別であって、咎《とが》められることはない。
〈『コーラン』二十三章一－六節〉

「ほらな」と、ドナルド。「いま起こっていることは、為すべきことではないにしろ、許されることだ」何か興味深いことでも講義しているつもりなのか、賢者のように両手の指を合わせて尖らせている。

「禁じられてはいない」

少年たちが『コーラン』の教えを額面どおりに受け取っていることは知っていたが、指揮官たちは――特に、ヨーロッパで暮らした経験があるドナルドは――敬虔なキリスト教徒であるわたしの祖父母が旧約聖書に対してそうしているように、悠久の時の流れを考慮する余地を残してくれているのではないかと期待していた。祖父母は、奴隷制度や女性の扱いについて怒りを招きかねない文言が出てくると、悪い部分を無視して、よい部分だけを選ぶようにしていた。ところが、ドナルドにはそういう視点が一切なかった。非難すべきことではないと裁定を下したのだ。

「でも」わたしは食いさがった。「わたしは傷ついてるのよ。ここで起こってることは問題《プロブレム》だわ」

ドナルドはわたしに『コーラン』を返すと、帰ろうとして立ち上がった。それからわたしにあることを言った。何度も自分に言い聞かせてきたことだったが、ドナルドの口から出てくると、殴られたような衝撃が走った。「インシャーアッラー。シスター・アミーナ、おまえはきっと大丈夫だ。ノープロブレムだよ」

十一月になった。わたしは憑かれたように日数を数え、懐かしい友人たちの誕生日を書き出し、アルバータ州の移ろいゆく季節の風景を思い描いた。クリスマスはもう目と鼻の先だ。そのころには家で安全に過ごしているはずだと自分に言い聞かせる。少年たちは、金曜日になると、着ていた服を洗って交替でモスクへ向かう——それも、一週間が経過したことを教えてくれる手がかりになった。わたしは毎日気が遠くなるまで歩きつづけ、何らかの変化が訪れるのを祈るような気持ちで待った。九月はじめに、何も売らないで、お金は払わないでと訴えたときの母との最後の会話を——あれを会話と呼べるのなら——頭のなかでくりかえし再生した。

母の姿。頭のてっぺんから爪先まで、艶のある黒髪から、お気に入りの履き古した茶色のカウボーイ・ブーツまで、ありありと思い描くことができた。空想のなかの母と一緒に暮らしているようなものだった。最後に顔を合わせたのはほぼ一年前で、イラクへ旅立つ直前だった。一年の最後の夜をキャンモアにある母のアパートで過ごし、一緒に——母はカウチに座り、わたしは床に寝そべった格好で——映画を観た。二人とも、もうずいぶん前に、人でごった返すパーティーや酔っぱらいたちのカウントダウンへの興味を失っていた。母はちょうど五十歳になったところだった。わたしのほうは母がわたしを身ごもったころの年齢にさしかかり、母は、その当時の祖母の年齢になっていたわけだ。ダイヤルの目盛りを切り替えるように三人の立場が変わっていた。若者、中年、老人、と。

ときどき、指揮官の一人があらわれてわたしに質問をした。大陸を越えて、投げかけられた質問は、家族の結びつきと具体的なイメージの両方を呼び起こしてくれた。

おまえの父親が最近もらった賞は何だ？　答えは、**ガーデニングの功績を讃えた、コミュニティーズ・イン・ブルーム賞。**

オマはどこにキャンディを隠している？　答えは、**カボチャの形をした壺のなか。**

わたしの回答が生きている証になった。交渉をつづける意味はあるとわかってもらえるのだ。わたしには、質問の一つひとつが贈り物のように感じられた。レッドディアにある整理整頓が行き届いた祖母の家や、父の家の裏庭で風に震えるダリアの花を思い起こすきっかけを与えてくれた。この家の外にわたしの人生があったことを思い出させてくれたのだ。

わたしは心のなかで何度も何度も母に語りかけた。相手のことを思うたびに二人のあいだに糸が張りめぐらされ、蜘蛛の糸のように空を漂いながら海を越えていく場面を想像した。母が愛を送りつづけてくれているのはわかっていた。わたしもメッセージを送り返す。大好きよ、大好きよ。つづけて、**ごめんなさい、本当にごめんなさい。**さらに、最初に言ったこととはまったく逆の、一番に聞いてもらいたいメッセージを送る。**お願いだからここから出して。どうにかしてお金を払って。できることは何でもして、何もかも売り払って。**

考えるだけで胸が痛んだが、それが正直な気持ちだった。アブダラが部屋にやってくるたびに、死んではだめと自分に言い聞かせなければならなかった。

歩いたり休んだりしていないときは、部屋の右手の奥にある、壁に面したほうの窓辺にたたずむことが多かった。窓台に光が集まるので、『コーラン』やドナルドが買ってきてくれた英語の読み物に目を通すのが楽だったのだ。午前中が多かったが、ときどき、携行式ロケット弾が空を引き裂き、そう遠くないところにある建物に命中する音が聞こえてきた。わたしたちは、モガディシュの外れにある衛星都市のような村に閉じ込められていたのではないかと思う。誰が誰と戦っているのかは見当もつかなかった――アル・シャバブとエチオピア軍？　それとも、市民軍同士の戦いなのだろうか？　判断材料は音だけだ。戦いの火蓋が切って落とされたかと思うと、いきなり音が止む。その後はあたりが不気味なほど静まりかえり、住民たちは家のなかに隠れたまま、決着がついたと確信できるまで息を潜めているようだった。わたしはフィクサーのアジョスの顔を思い浮かべ、ひっきりなしに鳴りつづけていた彼の携帯電話を思い出した――友人や親類縁者が次々と電話をかけてきては、刻々と変化する戦況についての最新情報を提供していた。どこで戦闘が起こっているのか。どの道が安全で、どの道がそうでないのか。朝のうちに死んだ人間と、死を免れた人間の名前。

窓辺にたたずんだまま、この家に迫撃砲が命中すればいいと願ったこともある。屋根が吹き飛び、あたりに煙が充満し、家にいる全員が慌てふためくさまを思い描いた。誰が死のうがかまわなかった。報いを受けるべきだと思った。一人の例外もなく。爆撃を生き延びれば、逃げ出すチャンスが見つかるかもしれないと考えていた。

あるとき、もう一つの窓から近所の住民らしい男性の姿が見えた。わたしと同世代だろうか。草ぼうぼうの庭を突っ切って小屋のほうに向かいながら、顔の見えないもう一人の男性と話をしている。善良そうな人に見えた。弾むような足取りや、親しげに友人の肩に腕をまわすようすに、心に響くものがあった。

孤独な魂の叫びが空気を震わせたにちがいない。その男性が、わたしに呼ばれたかのようにいきなり振り向いて、鉄格子に覆われた窓をのぞき込んできたのだ。目が合うと、お互いにぎょっとした。とっさにしゃがみ込んだときには心臓が早鐘を打っていた。犯人たちにこのことを知られたら、鎧戸を一日中閉ざされてしまうかもしれない。その一方で、男性の視線が、自分は目に見える存在なのだと気づかせてくれたことも確かだった。彼が誰かにわたしのことを話すかもしれないし、それがきっかけで何かが変わるかもしれない。

でも、そうはならなかった。何も起こらないまま数週間が過ぎた。わたしはその窓から外を見ることをやめてしまった。

路地に面したほうの窓辺に立って『コーラン』を読んでいると、鉄格子から侵入してくる外気を感じることができた。ほんのかすかなものでも、気圧の変化や、湿度が上がっていって水滴ができそうになる瞬間や、風が集まってくる気配を察知することに喜びを見出した。地球の丸みを思い浮かべ、いまの自分とかつての人生が三日月刀のような線で隔てられている場面を想像した。どこか遠いところの海上で、刺すような冷気が塊をつくるところを思い浮かべる。椰子の木をなぎ倒し、砂漠を越え、わたしがいるほうへ近づいてくる。天候が変わることはめったになかったので、たまに訪れる変化が象徴的な出来事に思え、大きな力が突進してくるような気がした。

ある日の午後のことだった。ぱらぱらと雨が降りはじめ、向かいのコンクリートの壁にまだらの染みをつくりはじめた。窓台に肘をついてトタン屋根を叩く雨音に耳を澄ませてみる。空が暗くなって、煙ったような灰色に染まっている。いきなり風が起こって、どこかにある木立をざわざわと揺らし、風に流された雨が壁の上に波しぶきのような模様を描きはじめた。

そのとき、声が聞こえてきた。「すごいな、なんてきれいなんだ」はっきりした声で、わたしが感じたことがそっくりそのまま言葉になっていた。

わたしの声ではなかったが、よく知っている声だった。「ナイジェ？」

その声が訊き返す。「トラウト？」

驚きのあまり、二人とも黙り込んでしまった。窓辺に立っているナイジェルとの距離は、おそらく三メートルぐらい。路地が狭いせいで、わたしたちがいる家のトタン屋根と壁の向こうにある建物のトタン屋根がわずかに重なり合って、完璧な防音空間ができあがっていた。屋根に覆われているうえに、高い壁が反響板代わりになってくれたおかげで、お互いの声がはっきりと聞き取れた。それぞれの窓辺に立てば、わたしにはナイジェルの声が聞こえ、ナイジェルにもわたしの声が聞こえるのだ。物理現象によってもたらされた小さな奇跡。何週間も経ってからようやく気づくことができた奇跡だった。

# 26 贈り物 *A Feast Is a Feast*

　将来のことを考えたときに思い浮かんだもの。それは、常に寄り添いつづけるナイジェルとわたしの姿だった。もう恋人同士ではなかったけれど、代わりに、何か別の関係がはじまっていた。わたしたちは友人だった。本物の友人で、最高の友人で、お互いの人生に永遠に組み込まれた存在だった。それ以外の何だというのだろう？　この先どれだけ生きたとしても、中庭からアラビア語の詠唱が聞こえてくる暮らしや、指を鳴らす音で管理される人間味のない暮らしがどういうものか、わかってくれる相手と出会えるとは思えなかった。こういった場面を記憶に留め、解放されたら語り合おうと思っていた。肩を並べて歩いていける関係を築いて、友人として永遠につづく愛を捧げよう。この先もずっと、それぞれの家のポーチで自分たちの体験を語り合おう。

　わたしたちはそれぞれの窓辺に立って、苦労しながら話しつづけた。窓の前を行ったり来たりしながら、声を潜め、誰かが入ってきたときのために『コーラン』を開いて窓台に開いておいた。見つかるかもしれないという不安はあったが、犯人たちの行動を熟知していたので、ベランダを離れる時間になっても、ほとんどの兵士が寝起きでぼんやりしていることはわかっていた。自分たちの部屋のほうには誰も歩いてこないと確信できる、まとまった時間帯があったのだ。

　わたしの部屋の窓は肩の高さにあったので、お互いの声をはっきり聞き取るには、爪先を思いっきり伸ばし、鉄格子に頭をくっつけるように身を乗り出さなくてはならなかった。そうやって足が痛くなるまで立ちつづけた。休みを取りたくなったら、「それじゃあ、またあとで話しましょう」とか、「これから食事をするわね」とか、デスクに戻る事務員のような調子で声をかけた。最後にこう付け加えることもあった。「愛してるわ、ナイジェ」

　ナイジェルも、「顔を上げてしゃんとするんだ、トラウト」とか、「俺も愛してるよ」と声をかけてくれた。

　引き離される前は、一緒にいるのが当たり前だったせいで、相手に苛立って怒りっぽくなっていたかもしれないが、そのころには一緒にいられることのありがたさが身に染みていた。わたしはロープにすがりつくように、響いてくる声にしがみついた。

　二人で過ごした時間を振り返りながら、細かい場面を徐々に付け足していった。言葉遊びをして、思いつく限りの古臭いジョークを言い合った。話題にするのは、前夜の夢や、少年たちとのやりとりや、その日のお腹の具合。ナイジェルは、美しい女性のことを考えながら時間をやり過ごすのが好きだった。一番のお気に入りはケイト・ブランシェット。身代金の交渉についても推測をめぐらせた。お互いの家族が協力しても五十万ドルが精一杯なのではないかと――犯人たちもその金額で手を打たざるを得ないだろうと――声に出して話し合った。その日がすぐそこまで来ているような口振りで、将来の話をした。ナイジェルはカメラマンの仕事に戻りたくてたまらないそうで、アフガニスタンへ行くというプランまで口にしていた。わたしは、カナダでのんびりと過ごすことにこだわった。そうやって話を聞いてもらっていると、誓いを立てているような気分になって、必ず実現すると思えてくるのだった。

心のなかには、故郷の風景が次々と浮かんできた。兄や弟とはもう長いこと会っていない。祖父母はずいぶん歳をとった。会いに行きたい友人たちの顔。カナダのぴりっとした冷気や、美しい雪景色を夢想する。ヴァンクーヴァーへ向かう自分の姿を思い描いた。わたしにとってはこの世でもっとも美しい場所だ。部屋のなかをぐるぐる回っているときは、周囲のものを視界から締め出し、ここはスタンレー・パークの小道だと自分に言い聞かせた。背の高いヒマラヤスギの木立を抜けて、ちょうど遊歩道《シーウォール》のカーブにさしかかったところだ。もうすぐ砂浜が見えてくる。

一日の大半を、気を紛らわせるものもないまま一人で過ごしていると、おかしなことが起こってくる。心がどんどん強くなっていくのだ――たくましい、と言ってもいいほどに。徐々に陣地を増やしながらその人を乗っ取っていく。新たな種類のエネルギーがみなぎってくるのを感じたのは、ナイジェルと引き離されて一ヶ月ほど経ったころだ。肉体的なものであると同時に、肉体とは関係ないようにも思え、脚から数センチのところに手をかざすと、内部が熱を発しているのが感じられた。両手にみなぎるエネルギーは異様なものに思えたが、パワーを手に入れたようにも感じられ、使い方さえ覚えれば道具になるような気がした。よい力なのか、悪い力なのか、そもそも力なのかも――生き延びるための道具を授かったのか、狂気の片鱗が顔をのぞかせただけなのかも――わからなかった。ある朝、ツナの缶詰を食べ終えたあとで、スプーンを目の前にかざして一時間ほど念を送り、曲がるかどうか試してみたことがある。ぴくりともしなかったが、それでも、以前ほどばかげているとは思わず、可能かもしれないと感じるようになっていた。窓辺に立ったとき、ナイジェルにスプーン曲げに挑戦したと話してみると、ナイジェルも心的エネルギーを使った実験をしたと打ち明けてくれた。オーストラリアにいる両親に、身代金についての緊急メッセージを送ってみたということだった。

ある日、ナイジェルがこんな質問をしてきた。「誰が一番憎い？」

わたしたちはしょっちゅう相手に質問をしていた。話の口火を切るのに役立ったことが何度もあった。わたしたちにとっての会話とは、過去と未来を行ったり来たりする言葉のやりとりだった。すでに起こったことかこれから起こること、どちらかに浸って時を過ごしていたのだ。「いままで訪ねたなかで一番好きな国は？」「いままでに体験した最高のセックスは？」「ここを出たら、一番はじめに何を食べたい？」「考えただけでわくわくするのはどっち？　熱いシャワーか、ひんやりした清潔なシーツだったら？」

それなのに、そのときはじめて、ナイジェルがいま起こっていることについて尋ねてきた。犯人たちのことを。考えるまでもない。一番憎いのはアブダラだ。つるりとした脇の下も、嫌なにおいがする息も、何もかもが厭《いと》わしかった。残忍で乱暴なところも憎かった。午後になるたびに、また傷つけに来るのだろうかと自問しなければならないのも嫌だった。アブダラは五日に三回ぐらいの割合であらわれ、姿を見せない日も、来たらどうしようと怯えながら過ごさなくてはならなかった。恐れが現実になって、ほかのみんなが昼寝をしている最中に扉をすり抜けるように入ってくると、わたしは空想のなかで反撃に出る。アブダラの手から銃をもぎ取り、頭に銃弾をお見舞いする――周囲の人間を一人残らず叩き起こして、あの男がどんなにおぞましいことをしてきたか教えてやるのだ。アブダラを殺してやりたかった。死んでしまえと思った。でも、憎しみが頭を駆け抜けるのは一瞬だけ。そこから先は我慢してやり過ごさなくてはならない。何度も何度も。憎しみはその場にとどまり、人目を盗んだ大胆な行為の足元で、煮えたぎる溶岩のように炎を揺らめかせていた。目には見えていたが、なかへ入っていくのは嫌だった。そんなことをしたら持ちこたえられなくなってしまう。食事やセックスや今後の計画について話しているほうが何倍も気が楽だった。

「このゲームはつづけられそうにない」ナイジェルにはそう答えておいた。「やめておきましょう」

ナイジェルにはすべてを包み隠さず打ち明けていたが、アブダラのことだけは別だった。ナイジェルの心に毒を注ぎたくなかった。壁越しに物音が聞こえているのではないかと疑ってはいたが、知ったところでできることなどないのだから。

いずれにしても、ナイジェルと少年たちとの関係は、わたしと少年たちのそれとはちがうものだった。ナイジェルは運動のためにヨガをやっていた。彼の話では、あるとき、部屋に入ってきたハサムとアブダラが、ポーズを取っているナイジェルを目にして自分たちもやりたいと言い出した。実際に一緒にポーズを取ると、ナイジェルの動きを一生懸命まねようとしたそうだ。その後も何度か顔を出して、新しい動きに挑戦してみたいから教えてくれと言ってきた。腰布《サロン》の下で棒のような脚を広げ、笑いながら木のポーズを取っていたという。わたしはその話を、少年たちが想像以上に退屈している証として受け取った。と同時に、それは、壁のこっち側と向こう側とではまったくちがう世界が広がっているというサインでもあった。

時が流れるにつれて、わたしの願いは、大きくて、抽象的なものになっていく――自由と安らぎと安全だ。それ以外で喉から手が出るほど欲しかったものといえば、なんといっても食べ物だ――ミディアム・レアのステーキに、袋いっぱいのキャンディに、凍らせたジョッキに注がれた冷えたビール。一食分の食事を細部に至るまで思い浮かべていると、平気で二時間ぐらい経ってしまう。たとえば、オムレツをつくる場面をうっとりと思い浮かべる。青々としたピーマンを刻む感触に、フライパンでバターが溶けるジュッという音に、ボウルのなかでかき混ぜている鮮やかな黄色の卵。でも、何よりも恋しかったのは、誰かに抱きしめられる感触だった。わたしを気遣ってくれる相手の腕にすっぽりとくるまれてみたかった。

家族に直接何かを求めたことは一度もなかったのだが、十一月半ばのある日、ドナルド・トランプが、いかにも頑丈そうな大きな黄色いビニール袋ともう少し小ぶりの黒いビニール袋を手にして部屋に入ってきた。

「カナダから荷物が送られてきたぞ」ドナルドはそう言うと、ゆっくりとした動作で、床に敷いた四角いリノリウムの板の上に中味を並べていった。薬が入った袋が数点。それぞれにラベルが貼ってあって、薬品名や注意事項が印字されている。「ノロキシン　四百ミリグラム（細菌感染――一日二回の経口摂取）」とか「ロキシスロマイシン　百五十ミリグラム十錠（軽度から中度の、耳、鼻、喉、呼吸器、皮膚、生殖器・泌尿器の感染症――十二時間ごとに一錠を経口摂取）」とか。それから、鉛筆とボールペンが数本ずつ、罫線入りのノート一冊、爪切り、セントアイブスのボディーローション、セロハンの袋に入った綿の下着五点、ヘアゴム、デンタルフロス、生理用品数箱、プラスチック容器に入ったウエットティッシュ、イギリス製の全粒粉ビスケット。つづけて渡された黒い袋には、眼鏡処方でつくった不格好な眼鏡と、数冊の本が――嬉しさのあまり悲鳴をあげそうになった――入っていた。

「運がいいな」ドナルドはそう言い残して部屋を出ていった。

ドナルドがいなくなると、天にも昇る気持ちで並べられた品物を確認していった。涙がこみ上げてきた。こわごわと一つひとつに触れてみる。黒い袋に入っていた本は、クロスワード・パズルと、ソマリ語の慣用表現が記された小冊子。ネルソン・マンデラの自伝『自由への長い道』の上下巻は、合わせて九百頁はあろうかという大作だった。廊下から、ドナルドがナイジェルの部屋の扉を叩く音が聞こえてきた。ナイジェルも同じような恵みを手にできますようにと、わたしは祈った。

しばらく経って窓辺の会議が招集されたときには、二人とも有頂天になっていた。ナイジェルも、薬と洗面用品と筆記用具を受け取っていた。さらに、『ニューズウィーク』誌の最近の号と、数独の本と、アーネスト・ヘミングウェイの本が二冊——『キリマンジャロの雪』と『アフリカの緑の丘』——と、アフガニスタンを舞台にしたカーレド・ホッセイニの二作目の小説『千の輝く太陽』も。わたしと同じように綿の下着を五点受け取ったそうだが、誰かが——アダム？ それとも、ドナルドだろうか？——袋を開けて、一着分をくすねた形跡があるということだった。あとから知ったのだが、犯人たちは救援物資の中味を漁って、医療品や家族が書いた手紙を抜き取っていたらしい。

わたしはマンデラの自伝の上巻を三日もしないうちに読み終え、すぐに下巻に取りかかった。いよいよ、南アフリカでの二十七年間の投獄生活が語られる。ストーリーに食らいつき、自分宛のメッセージを読んでいるつもりで文字を追った。マンデラは、共同トイレの便器のふちに貼り付けたメモで仲間の囚人たちと連絡を取り合っていたそうだ。自分の心がいたずらを仕掛けてくることもあったという。自分は正気なのかと疑うこともたびたびだった。マンデラはこう書いている。「強靱な信念こそが、耐乏生活を生き抜く秘訣だった。胃袋が空っぽでも、精神を充実させることはできる」〔『自由への長い道』（NHK出版刊、東江一紀訳）〕わたしはドナルドから小さな懐中電灯をもらっていた。電池を長持ちさせようと思ってたまにしか使っていなかったのだが、本をもらってからは、細い光で文字を追うようにしながら夜遅くまで読み耽った。

バスルームの窓台を利用して、ナイジェルと読んだ本を交換した。文字を追い、パズルを解いた。わたし宛の荷物に入っていた薄い本を読んで笑い合った。『五分でできるストレス解消法』というタイトルで、本文中にこんな件があった。「慌ただしい生活や、自分をよく見せたい、すべてにおいて成功したいというプレッシャーのせいで、わたしたちはかつてないほどのストレスにさらされている」**かつてないほどのストレスにさらされている。**ほんと、確かにそのとおりよね。そうやってばかにしながら、二人とも最後まで読んだ。窓辺で開催される二人だけの読書会。それぞれの本について、その一節を読んだ瞬間に何を感じたかというところまで踏み込んで、くわしく語り合った。『アフリカの緑の丘』には料理をつくったり食べたりする場面が数多く登場するので読むのが辛かったが、それでも、窓辺で何度も何度も飽きることなく話題にした。『ニューズウィーク』誌の特集では、わたしたちがいくらでもデータを提供できそうなテーマともいえる、グリーンエネルギーが取り上げられていた。たまたま、ナイジェルの古くからの友人のカメラマンが撮った写真が――アフガニスタンで撮影した兵士たちの写真が――載っていて、現実世界への架け橋となったその一枚が、ナイジェルの心に喜びと勇気を与えてくれたようだった。

いつもの食事の代わりにご馳走を与えられたようなものだった。自分を誰よりも愛してくれる人にスプーンで食べさせてもらっているような気分で、一つひとつの言葉を咀嚼した。そうやって夢中になりながらも、荷物の送り主は家族ではなくカナダ大使館だと確信していた。眼鏡の度数はわたしの処方に合わせてあったが、ケースにはナイロビの店のロゴが入っていた。そして、母と一緒にオプラ・ウィンフリーの番組を見たり、頁の隅を折った自己啓発本を交換したりしてきた経験から、『五分でできるストレス解消法』は母がわたしのために選んでくれた本なのではないかと思っていた。ずいぶんあとになってから、わたしの推測どおりだったことが判明する。カナダ連邦警察がオーストラリア連邦警察と協力して集めた荷物が、ナイロビのカナダ大使館からモガディシュの空港に送られてきたのだ。受取人の名前はアダム・アブドゥル・オスマン。週に何度か母に電話をかけてきた男が名乗った名前で、例の四角いワイヤー眼鏡をかけたアダムのことだ。アダムは誘拐された翌日にわたしたちに会いにやってきていたが、このころには、ほとんど姿を見せなくなっていた。

アダムはグループの広報担当官だった。ほとんどの場合はモガディシュにある自宅から連絡を取っていたようで、電話口の向こうから二人の幼い子どもが走りまわる音が聞こえてきたという。これもあとから聞いたのだが、電話の最中には母を「ママ」と呼ぶこともあり、一度か二度ほど、わたしと結婚してもかまわないかと訊いてきた。母が、あなたには奥さんがいるじゃないのと指摘すると、イスラム教では許されている、複数の女性と結婚してもかまわないのだと言い返してきたそうだ。

アダムは捕まることを恐れていたのかもしれないが、電話の口振りからはそうは感じられなかったようだ。母に電話をかけてきては、身代金を払えとくりかえし、娘は少しずつ弱ってきていると念を押した。捜査官たちの意見は、アダムが偽名を使っているということで一致していたようだ。囮捜査か何かを仕掛けて、荷物を取りにきたアダムを拘束しようとしたかどうかはわからない。いずれにしても、人を雇って取りに行かせるなりして、アダムのほうでもシナリオどおりに事が運ばないように手を打っていたはずだ。

救援物資はありがたかったが、同時に、誰一人として――家族も、それぞれの国の政府も、犯人たちも――解放の日が近いとは考えていないことがはっきりした。祝宴は短いから盛り上がるのよ。わたしは自分にそう言い聞かせて素早く頭を切り換えた。常に頭痛と下痢に苦しめられていたというのに、薬は取っておかなくてはと考え、薬で膨らんだ袋をマットレスの脇の壁際に並べておいた。それから本の世界に戻り、一日に数章ずつ読み進めていった。ネルソン・マンデラの自伝は午前中に読みたくなったが、ヘミングウェイの小説は男と女のやりとりの場面が官能的で、夜にベッドで頁をめくりたくなる本だった。いつまでもこの状況がつづくはずがないと自分に言い聞かせる一方で、手に入れたものを無駄遣いしないよう心がけていたのだが、ビスケットだけは数日で平らげてしまった。救援物資を受け取って歓喜に包まれたあとには、虚脱感が待っていた。すべてのことに表と裏があった。安定した心と、絶望に沈む心は、ごく細い線で隔てられているだけだった。

しばらくすると、上唇が荒れてむずがゆくなってきた。小さなコンパクトをのぞいてみると、黴のような白い発疹ができていた。一日ごとに大きくなっていくようで、鼻のあたりまでゆっくり広がったかと思うと、いきなり片側の頬を上昇しはじめて、屈辱的な気分にさせられた。薬の袋に入っていた抗生剤を使ってみても効き目はない。新しいクリームを塗ってこすり落とそうとしたものの、悪化したようにしか思えなかった。まるで、生きたままソマリアに食い荒らされていくような気がした。

いつになく弱気になって、ナイジェルに手紙を書いた。気持ちが沈んでいた――沈み過ぎて、窓辺で話をすることすらできなかった。手紙には、落ち込んじゃってごめんなさいと書いてから、理由を説明する一文を加えておいた。「午後になると招かれざる客がわたしの部屋を訪ねてきます」壁を叩いて、手紙を隠したとナイジェルに伝える。すぐに、手紙を読んだという意味のノックが返ってきた。

次に窓辺で話をしたとき、ナイジェルはいつもよりも口数が少なかった。ずっと手紙に書かれた人物のことを考えていたのだろうか。

「誰なんだ?」とうとう、そう訊いてきた。「アブダラだな。そうだろう?」

「そうよ。でも、そのことは話したくない」

「あいつは何をしに来るんだ? まさかあいつは……」そのまま声が小さくなっていく。「いつからづいてる?」そう問いかける声は悲しそうだった。

とっさに、何もかもぶちまけたくなった。耳を覆いたくなるような話を事細かに語って聞かせ、ナイジェルが声をあげて泣いたり、これまでの努力をふいにして少年たちに闘いを挑むように仕向けてやりたい衝動に駆られた。でも、すでにその時点で自分と同じものを背負わせてしまったことを悔やんでいた。ナイジェルに対してフェアじゃなかったし、自分自身にも生々しい現実を突きつけただけだ。

さらに質問を重ねようとしたナイジェルを途中で遮った。「わたしは本気よ、ナイジェ。そのことは忘れてちょうだい」忘れられるわけがないのを知りながら、そう言った。

わたしは心の安定を取り戻そうと努力した。そうするしかないというのが大きかった。

誘拐されてから百日目——十二月一日——には、バスルームに新たな手紙を隠しておいた。書き出しは、「百日目を祝して」だ。「前向きな気持ちを忘れないようにしましょう。世界の向こう側には、わたしたちをここから連れ出して、故郷で無事にクリスマスを迎えられるように手を尽くしてくれている人が大勢いると信じましょう」手紙を書くときはいつもそうなのだが、文字を綴っていると本気で信じようという気持ちになっていく。その手紙は、ここに書いてあることこそ真実だと訴えていた。

# 27
# 砂漠へ　The Desert

「起きろ、出かけるぞ」闇のなかで誰かが言った。わたしは眠っていた。時刻は深夜。部屋の扉が開いている。誰かがわたしの顔に懐中電灯の光を当てた。ハサムだ。後ろに立っているのはスキッズ隊長。「出かけるぞ」ハサムがくりかえした。光をマットレスの端まで移動させて、わたしの持ち物を照らし出す――本と、洗面用品と、着替えの衣類。「服を着ろ。それから出かける」

　わたしはマットレスの上に起き直った。家のどこかで音がしていて、何やら騒がしい。新しい家に連れていかれるのだ。それ以前にも、夜の夜中に何の前触れもなく同じことが行われていた。「ここを出るの?」ハサムに問いかけるあいだも、スキッズとは目を合わせないようにしていた。冷ややかな視線が不安を掻き立てるのだ。「荷物をまとめたほうがいいかしら?」

　ハサムは苛立っているようだった。「ノー、ノー」とくりかえす。「服を着るだけだ」

　わたしはその意味を考えた。「嘘でしょう?　解放されるの?」

「イエス、イエス、早くしろ。さあ」ハサムは上に向けた掌を押しあげるようにして、わたしを急かした。わたしを死の淵からよみがえらせようとするかのように。

頭のなかで花火が打ち上がって、鮮やかな光と色が飛び散った。嬉しくてどうにかなりそうだった。マットレスのそばに置いておいた男物のジーンズを探りあて、昼も夜も着っぱなしの赤いポリエステルのワンピースの下に穿いた。よろめきながら立ち上がって、ヘッドスカーフを探す。スキッズのあとをついて暗い廊下に出ていくと、後ろから銃を持ったハサムがついてきた。ずり落ちそうになったジーンズを片手で押さえる。ナイジェルの部屋の扉が閉まっているのに気づくと、振り返ってハサムに確認した。「わたしたち、自由になるのよね？　そうよね？」ハサムは黙っている。

中庭に出ると、アハメドのステーションワゴンが停まっていた。エンジンがかかったままだ。ハサムに促されてバックシートに乗り込んだ。家からアブダラが出てくるのが見えた。頭にスカーフを巻いて、いつもの腰布《サロン》の代わりにズボンを穿いている。少年たちが出かけるときの格好だ。つづいてあらわれたのはアハメドだ。わたしの前で顔を隠すことはなかったのに、彼もスカーフを巻いていて、完全に肌を隠している。一人で座席に座っているあいだに、楽観的な気持ちが潮が引くように消えていった。

アブダラがわたしの隣に乗り込んできた。アハメドが運転席のドアを開けて入ってくる。「アブダラ、アハメド」声をかけた。「何も問題はないのよね？」

二人とも答えなかった。わたしなど存在しないかのように。車内灯の下でアハメドがキーをまわしてエンジンをかけ、ギアをバックに入れる。背後で誰かがゲートを開けている。後ろのドアが開いて、完全に顔を隠したスキッズがわたしの隣に乗り込んできた。

恐怖がゴボゴボいいながら喉元にせりあがってきた。思わず口走った。「いったい何なの？　ナイジェルはどこ？　彼も来るのよね？　これからどこに行くの？」危険をいち早く察して、考えるよりも先に言葉が飛び出してくるようだった。甲高くて切羽詰まった声だった。

アハメドは片手を助手席にまわした姿勢で車をバックさせると、ゲートを出て、未舗装の道を走りはじめた。誰も答えてくれない。誰も、ナイジェルがどこにいるのか教えてくれない。

三人の男とわたしを乗せた車は、高い壁に挟まれた迷路を縫うようにしながら細い砂の道を駆け抜けていく。理性の声が囁きかけてきた。走ってる場所を目に焼き付けて、どの道がどこにどうつながっているのか確かめておくのよ。逃げ出すチャンスがめぐってくるかもしれないんだから。いまは無理でも、もっとあとか、そのうちに。けれども、どの道も同じに見えた。ヘッドライトに照らし出されるコンクリートの壁はのっぺらぼうで、標識のない道を曲がると、また標識のない道があらわれる。低木がダッシュボードの向こうにあらわれたかと思ったら、次の瞬間には消えていた。数分後に、アハメドが車を停めた。真っ暗な建物の入り口に男が一人立っている。金庫番のドナルド・トランプだ。顔を隠さず、銃も持っていないのを目にして、感謝の気持ちがこみ上げてきた。

ドナルドは後ろのドアを開けて、無言でアハメドの隣に体を押し込んできた。これでバックシートは四人になり、フロントシートにはアハメド一人だけだ。

車がつんのめるように走り出した。わたしは、解放というかすかな希望にしがみついたまま、ドナルドに意識を集中させていた。「どういうことなの、モハメド？」と、本名で呼びかけた。「これからどこへ行くの？　何が起こってるの？」

話しかけているのに、彼は前を向いたままだ。聞こえないふりをしている。視線をダッシュボードのあたりにさまよわせているが——神経質になっているようだ——わたしのほうを見ようとしない。「モハメド、この人たちはわたしをどこに連れていくつもりなの？　ナイジェルはどこ？　お願いだから教えてちょうだい。わたしはあなたの同胞《シスター》なのよ、覚えてるでしょう？」胸の奥で新たな不安が渦巻いていた。このまま売られるのかもしれない。身代金が手に入らなくてもおまえをアル・シャバブに引き渡せば埋め合わせができると、何度も脅されていた。その言葉を実行に移すつもりなのだろうか。そう考えれば、ナイジェルがここにいない理由も説明がつく。わたしはこれから殺されるか、別の誘拐犯に引き渡される。お金のせいだ。ナイジェルの家にはあるけれど、わたしの家にはないからだ。ナイジェルだけを人質にして、わたしのことは手放すつもりなのだ。

わたしがとっさにとった行動は、ムスリムらしからぬ、本能的なものだった。手を伸ばして、アブダラの膝越しにドナルドの腕をつかんだのだ。お喋りで緊張を和らげようとしたわけではなく、話を聞いてくれそうな相手にすがりつきたかった。極上のオリーブオイルづくりの条件について語り合ったわよね？　コカコーラを持ってきてくれたし、妊娠検査もしてくれたわよね？　気づくと、声をあげて泣いていた。ドナルドの腕が強ばったように思えた。

「お願い」と、訴えた。「わたしを殺させないで。お願いだから、何が起こっているのか教えて。ナイジェルはどこ？　あなたなら止められる？　わたしは売られるの？　この人たちはわたしを売ったの？　このままで大丈夫なの？」

ドナルドはばつの悪そうな顔で、わたしの手を振りはらった。咳払いをして、「いやあ……」と言いながら、運転席のアハメドに心配そうに視線を走らせる。「実は何も知らないんだ。インシャーアッラー、このままで大丈夫だ。だが、俺は何も知らない」

それだけ言うと、ドナルドはふたたび押し黙った。

一分も経たないうちにふたたび車が止まった。今度は、壁に挟まれた狭い戸口の前に停車している。〈電気の家〉だった。六週間ほど前に、ナイジェルと一緒にバックギャモンをやった家。男が二人、わたしたちを待っていたようだ。フロントシートに乗り込んできて、アハメドの隣に座る。二人ともスカーフで顔を隠していた。片方はロメオという男で、胴が長く、いつもは肩に掛けている黄色と白のチェックのスカーフを顔に巻いている。もう片方は見覚えのない男だった――肩幅が広くて、がっしりしていて、立派な体格の持ち主だった。

あらかじめ指示されていたのか、あとから乗ってきた二人もわたしを見ようとしなかった。誰も挨拶をしない。誰も口を利かない。

車は猛スピードで深い闇に突っ込み、ヘッドライトの先に浮かび上がる泥の道をたどっていく。両側に座っているアブダラやスキッズと体を密着させるのが嫌だったのもあって、わたしはわずかに身を乗り出し、何かの動物の毛皮が敷いてあるセンターコンソールに片手を添えてバランスを取った。車は、どこかの市場にさしかかったようだ。店じまいをした露店らしきものは、乱雑に組み合わせた木や金属の廃材でできていた。小枝や段ボール、解体された木枠や波形のブリキを使ってこしらえたみすぼらしい小屋も並んでいる。大小にかかわらず、すべての建物が木の枝と廃材でできているように見えた。車に飛ばされてペットボトルが転がっていく。ヘッドライトが舞い上がる紙くずを照らし出す。前方で何かが燃えていた。オレンジ色に燃え上がる炎が夜空を背景にして塔のようにそびえ立つのを見て、とっさに自分の目を疑った。近づくにつれて見えてきたのは本物の炎。大がかりな篝火《かがりび》があたりを照らし、周囲に群がる人影の頭上で、鞭のようにしなりながら火の粉を散らしていた。

アハメドはスピードを落とそうとしなかった。ハンドルに覆い被さるような格好で、車を加速させながら篝火の前を走り過ぎる。わたしは振り返って、スキッズの背後に飛び去っていく景色に目をやった。十五人から二十人ほどの若い男たちが、ばらけた塊になって業火の縁にたたずんでいる。その多くが、犯人たちのものとそっくりな自動小銃を持っているように見えた。

三十メートルほど行くと、またもや炎があらわれた。さっきの篝火よりは規模が小さく、ここでも男たちが群がっている。遠くにもぽつぽつと瞬く炎が見えていた。そのとき、通りで人影が動いていることに気づいた。全員が若い男たちで、ゆっくりとあたりを歩きまわっている。冥界に降りて、明かりが灯された洞穴のあいだを走り抜けているような錯覚に捕らわれた。

目を奪われているわたしをドナルドが眺めていた。目を合わせないまま、話しかけてきた。「頼むから、まわりをよく見てくれ。どういう場所だかわかるか？　ギャングどもを見ただろう？」尖った声には嘲るような響きがあった。「パリやトロントにいるとでも思ってるのか？　見ろよ、そうじゃないだろうが。ここはソマリアだぞ」

ドナルドは、ソマリアという名前をほかの少年たちと同じように発音した。畏れ多い名前を口にするような調子で、四つの音節を一定のリズムで発音するのだ。「ソー・マル・イー・ア」と。

車は、わたしたちを待ち受けるものに向かって走りつづける。まるで宇宙を漂っているような気分だった。体を支えるものも、動きを止めるものもないまま、手応えのない広大な空間をくるくるまわりながら落ちていく。群衆場面は数分で飛び去り、人も小屋も散らばった廃材も見えなくなって、車はふたたび郊外の舗装道路に出た。明かりのない静止画像のような風景の一画を、滑るように走りつづける。しばらくすると、アハメドがハンドルを切って砂の道へ入っていった。自分をどんな言葉で励ませばいいのかわからなかった。これから何が起こるのか、一瞬たりとも頭に浮かんでこない。砂漠でアル・シャバブと交換するつもりなの？——わたしと札束を？　それとも、わたしを殺して遺体を放置し、言われた金額をさっさと払えとナイジェルの家族に圧力をかけるつもりなのだろうか？　心のなかで火がついては消えていく。アハメドは、行く手にあるものを正確に把握しているかのように、ゆっくりとハンドルを切りながら、ヘッドライトの下からいきなりあらわれる灌木をかわし、砂を飛び散らせた。ドライブがはじまってから四十五分、アハメドは一言も言葉を発していない。

警告もなくブレーキが踏まれ、勢いよく車が止まった。エンジンを切る音。車内にふっと沈黙が訪れた。またもや涙があふれてきた。喋りながら静まりかえった空間を埋めようとする、自分の声が聞こえてくる。「これからどうなるの？　どうしてこんなところにいるの？　何をしてるの？　わたしを傷つけないで、お願いだから、傷つけないで」

誰もわたしを見ようとしない。ドアを開けて、一人また一人と車を降りていく。わたしはバックシートのうえで膝を抱えるようにしながら吐き気と闘っていた。誰かに腕をつかまれ、ドアのほうへ引っ張られる。

空には月が出ていて、細く、青く輝いていた。きらびやかな星々の絨毯が頭上に広がっている。どうしてそんなことに気づいたのだろう。空がそこにあって、わたしもそこにいて、体の半分が車の外に出ていた。腕をつかんでいるのはドナルドだ。「来い」と言った。わたしは両手で内側のドアハンドルにしがみついた。ドナルドは力をこめて、わたしを引きずり出そうとする。「ほら、さっさと来るんだ」気が立って、うんざりしているような声だった。わたしの足が砂のなかを滑っていく。手がドアから離れた。

わたしは体を起こした。ひょろりとした茂みを縫うようにしながら砂漠を歩いていくと、開けた場所があらわれ、月明かりのなかにアカシアのねじれた枝が浮かび上がっているのが見えた。車に乗っていた男たちはすでにそこにいて、ドナルドとアブダラがわたしを木のほうへ追い立てる。計画や、それを実行に移す手だてについては、すでに話し合いがすんでいるようだった。男たちは横並びになって、儀式に挑むような厳粛で冷酷な表情を浮かべている。ほかの車や人影は見えなかった。アル・シャバブに売られるほうがましかもしれないと思っていたが、これでその可能性もなくなった。恐れていたことが現実になった。わたしは死ぬのだ。

口から言葉があふれてきた。男たちにというよりも、自分に言い聞かせるように話しつづけた。**ママに会いたい、パパに会いたい。もう一度みんなの顔を見たい。**死を前にして望むのはそれだけだった。わたしは泣きじゃくり、全身を震わせ、回転しながら虚空へ落ちていく感覚につきまとわれていた。いまでも瞼に浮かんでくる。いかにも嫌そうな重い足取りで、一歩一歩、空き地に近づいていく自分の姿。木にたどり着いてドナルドにすがりつくわたしと、わたしの肩に――優しさが感じられる仕草で――両手を置いて向きを変え、一列に並んだ犯人たちから顔をそむけさせようとするドナルド。手を伸ばしてドナルドのシャツの胸元をつかむと、ドナルドがその手を振りほどいて力ずくでわたしを座らせようとして、その拍子にシューッと音を立てて服が裂けたこと。気づいたときには、犯人たちに背を向けて砂のなかに跪《ひざまず》いていたこと。さらさらした砂漠の砂がジーンズに入ってくる感触。昼間の熱気が閉じ込められた砂の大地からは、熱い空気が放射されていた。

誰かが背後からヘッドスカーフをむしりとって髪をつかみ、わたしの頭をのけぞらせた。重くて冷たいものが首に当てられる。ナイフだ。目の端でとらえられるほど刃が長くて、切っ先が丸い。喉が詰まって苦しかった。髪をつかんでいる男が頭をさらに引っ張り、ナイフの角度を変えて刃が首を撫でるようにする。首の左側の柔らかい部分に。頸動脈に。刃がのこぎりのようにぎざぎざしているのがわかった。肌に食い込んできたから。お願いだからやめてと頼んだ。アブダラやアリが、手で首を掻き切るまねをしたときの場面が脳裏に浮かんできた。首を切られたイラク人の死体も。わたしは喋りつづけた。それまで一度も考えたことがなかったのに、この世にこれ以上確かなことはないと感じたことを口走っていた。**こんなことは許されない。わたしはまだ子どもを産んでない。子どもが欲しいのに。**

あれは本当にわたしだったのだろうか？　そう、確かにわたしだった。

逃れる道はなかった。殺してやると何度も何度も言われ、とうとう、その言葉が実行に移されようとしていた。体のなかのヒューズが剥き出しになって煙を出しはじめた。全身の筋肉が強ばった。必死で息を吸おうとする音が聞こえてきた。

背後から、ソマリ語で言葉を交わす男たちの声が聞こえてくる。ドナルドとスキッズの意見が食いちがっているようで、そこにアハメドが割って入る。きつい口調で。髪を握っていた男がいきなり手を離したので、わたしはつんのめって砂のなかに突っ伏した。

ようすをうかがおうと振り向くと、ドナルドの声が飛んできた。厳しい声で「前を向いてろ」と言った。

男たちが話をつづけるあいだ、わたしは砂のなかですすり泣いた。動物のように。声をあげることができない手負いの獲物のように。自分の口から漏れていた音と、その音に滲む狂気が、いまでも耳の奥に残っている。どれだけ時間が経ったのだろう。何かがきっかけでもう一度振り返ってみると、今度はスキッズが携帯電話を出して電話をかけていた。誰かと話している——あとで知ったのだが、電話の相手はアダムだった。ドナルドが歩いてくる。体を屈め、その晩はじめてわたしの目をのぞき込んできた。わたしを気遣って、本当に心配してくれているように見えた。「おまえの家族はいくらなら用意できる？」

「わからない、わからない」泣き疲れて大きな声が出なかった。「あなたたちが望むものは何でも手に入れてくれる。お願いだから殺さないで。必ずお金を用意してくれる。用意してくれるから」

「あいつらが欲しがっているのは百万ドルだ」ドナルドが言った。「俺がいてラッキーだったな。おまえにもう一度チャンスをやるように頼んでおいてやったぞ。期限は七日。それまでに払われなかったら、そのときは必ず殺される」

その直後に、ドナルドがスキッズの携帯電話を差し出してきた。電話口から聞こえてきたのは母の声だった。

# 28 通話記録　*Call Home*

カナダ連邦警察
合法的通信傍受

事件・識別情報　リンドハウト
回線・識別情報　403―887―＊＊＊
通信番号　1122

年月日　2008年12月13日（土）
通話開始時刻　12時04分24秒（山地標準時）
通信方向　受信

発信者　アダム・アブドゥル・オスマン

電話番号　２５２１５３７＊＊＊
位置情報　不明

受信者　ロリンダ・スチュアート
電話番号　４０３─８８７─＊＊＊
住所　アルバータ州シルバン・レイク、３８３９　５０　アベニュー

［背後で識別困難な会話］
アブドゥル・オスマン　（咳払い）
スチュアート　もしもし？
アブドゥル・オスマン　ハロー？
スチュアート　こんにちは、アダム。
アブドゥル・オスマン　オーケー、話をしよう。アマンダは――（一時的な通信障害）、それから
――
［背後で外国語による会話］
［二機目の電話が接続］
アブドゥル・オスマン　あれはあのときの話だ。いまは時間がない。
スチュアート　わかった。
アブドゥル・オスマン　俺たちの時間を無駄にするな。おまえたちの時間もだ。時間がないんだ。

わかったか？

スチュアート　ああ、なんてこと……わかったわ——

〔背後で外国語による会話〕

リンドハウト　（泣き声）ママ？

スチュアート　アマンダ。（泣き声）アマンダ、お母さんはここよ。（泣き声）アマンダ……
アマンダ、大丈夫なの？

〔背後から外国語〕

リンドハウト　聞いて、ママ。わたしの話を聞いて、いい？

スチュアート　いいわよ。

リンドハウト　……よく聞いてね、いい？

スチュアート　わかった、ちゃんと聞いてるわよ、ハニー。

リンドハウト　（泣き声）もしも……もしも、お金を払わないと（すすり泣き）……百万ドルを払わないと……一週間以内に……わたしを殺すって言うの。わかる？

〔背後から外国語〕

リンドハウト　今夜ね、わたしを連れ出して殺そうとした……（すすり泣き）……でも、でもね、もう一度チャンスをやるからって、みんなに、電話をかけさせてくれた。（泣き声）

スチュアート　アマンダ、気を……気をしっかり持って。しっかりするのよ、ハニー。わたしたちもね——

リンドハウト　（泣き声）

スチュアート　——わたしたちもやってるの——

リンドハウト　ママ。

スチュアート　——できることは、全部。

リンドハウト　ママ、わたしの言うことをよく聞いて。わたしたちには……一週間しかないの、わかる？　それに、わたしにはもう……怖くてたまらない。こんなことするなんて信じられないけど……（すすり泣き）……でも……みんなに頼むなんて、ほんとに嫌なんだけど……。（泣き声）

スチュアート　アマンダ、アマンダ、お願いだからわたしたちのことは心配しないで。心配しなくていいのよ。

リンドハウト　（泣き声）

スチュアート　みんながあなたのことを想ってる。

リンドハウト　（泣き声）

スチュアート　あなたがやらなくちゃいけないのは——

リンドハウト　わかってる、わたしね——

スチュアート　——気をしっかり持って——

リンドハウト　（識別不能）

スチュアート　——体を壊さないようにすることよ。

リンドハウト　（泣き声）何かあるの？　何か、一週間以内にお金を払う方法はあるの？

スチュアート　アマンダ、できることは何でもやろうとしてる、あなたたちのためにお金を集めようとしてるの。だって――

リンドハウト　（泣き声）

スチュアート　――政府は払わないっていうから。わたしたちね、もう一度銀行に掛け合ったのよ。

［通信切断］

# 29　クリスマス　Christmas

その日の遅い時刻に、とても遅い時刻に、わたしは自分の部屋に戻された。マットレスに這い上がるようにして体を横たえると、花柄のシーツを頭からかぶった。蚊帳を広げる気力は残っていなかった。家のなかは静まりかえっていた。起こったことを整理するだけのエネルギーはなく、一連の出来事がお芝居だったのかどうかも――わたしを想定どおりの精神状態に追い込んで、一万キロ以上も離れた故郷に、泣きわめきながら恐怖を伝えさせるために、月明かりの下で処刑ごっこをしたのかどうかも――わからなかった。

朝になって、ハサムが部屋に入ってきて鎧戸を開けると、窓辺に行ってナイジェルがあらわれるのを待った。ナイジェルが来ると、泣きながら前夜のことを順を追って話したが、ぎざぎざの刃を首に当てられたことは黙っていた――ナイフそのものの存在を教えたくないという気持ちがあったし、あのときの情景を心のなかでよみがえらせる準備もできていなかった。殺すと脅されたとだけ話して、ナイジェルには銃を突きつけられたのだろうと思わせておいた。逐一語って聞かせたところで、何かが楽になるはずもなかった。ナイジェルは、わたしが連れていかれる物音を聞いてずっと泣いていたという。二人とも、犯人たちとの関係が以前よりも危険な領域に入ったことを実感していた。事態は終結に向かって動きはじめた。犯人たちは全員で死のリハーサルを行ったのだ。わたしの死の。考えまいとしても、あの光景を頭から振りはらうことはできなかった。その日の朝は、何も手につかないまま、思い出したように涙を流していた。

しばらくすると、ハサムが魔法瓶に入った午後のお茶を持ってきてくれた。戸口にたたずんだまま、心配しているとは思えなくもない表情でようすをうかがっている。わたしはマットレスに横になったまま泣きつづけていた――午前中は声をあげて泣きじゃくっていたが、そのころには、涙がとめどなく滴り落ちているような状態だった。ハサムの顔には、自分は家に残っていたけど、おまえがどこへ連れていかれ、そこで何が起こったのかは知っていると書いてあった。

「外に出たいか？」ハサムが尋ねてきた。夕べのことを茶化しているのかと思って、なんて残酷なことを言うのかと驚いたが、それから気づいた。提案してくれているのだ。

「外に出るの？　今日？　これから？　ええ、どうかお願い」わたしは『コーラン』をたぐり寄せると、これも持っていきたいと身振りで伝え、にっこり笑ってみせた。「外でも勉強できるものね」

ハサムがうなずいた。「訊いてくる」と言って、扉を閉めた。

ほとんど期待はしていなかった。『五分でできるストレス解消法』を読めば、期待はときに干上がるものであることがわかる。救援物資が届いたあとであの本の頁をめくっていたら、こんな一節に出くわした。「感情面に負担を強いられる状況に長期間にわたって直面していると、〝燃え尽きる〟恐れがある――つまり、肉体面や、精神面や、感情面で消耗してしまうのだ。被災者は、（肉体面、精神面、感情面における通常のストレス症状に加えて）絶望、幻滅、不信といった感情を体験する」

あのときのわたしは、まさにそういう状態だったのだ。

意外なことに、ハサムは十分ほどで戻ってきた。『コーラン』を持ってついてこいというふうに手を振ったので、わたしはあとについて廊下に出ると、ナイジェルの部屋の前を通り、バスルームとシャワーの前を通り、普段はほとんど使われていない扉をくぐり抜けた。外に出たとたんに、暗がりに慣れた眼球が日差しに灼《や》かれ、目の前に黄色い水が満ちてきた。黄色い水が流れ去ると、自分たちが車道につづく狭い中庭に立っているのがわかった。敷地の角にあたる場所で、少年たちがスキッズ隊長と過ごしているベランダからは死角になっているが、まわりを囲んでいるのは同じ壁だ。土の庭から幹を伸ばしたパパイヤの木が枝を広げ、葉の隙間からぎらつく日差しが降りそそぎ、枝から濃い緑色の果実がぶら下がっている。

外に出ると、ハサムがいきなりよそよそしくなったように思えた。ハサムは銃を携帯していた。身振りで、木陰に伏せてあったバケツに座るように伝えてくる。自分は車道の奥まで歩いていったが、そこには南京錠がかかった金属製のゲートがあって、向こう側が外の道だ。前の晩はそのゲートから闇のなかへ出ていったのだが、明るいなかで見るととても同じ場所とは思えない。ハサムは銃を手にしたまま腰を下ろし、ゲートのそばの壁にもたれた。わたしとの距離は六メートルぐらいだろうか。四ヶ月にわたって与えられてきた空間と、ちょうど同じぐらいの広さだった。

わたしはバケツに腰を下ろすと、『コーラン』の上に置いた自分の両手に目を凝らした。くすんだ肌の下に青い血管が走っているのが見える。パパイヤの木に目をやって、弧を描く枝や、丸まった葉っぱに視線を走らせた。晴れ渡った空にポップコーンのような白い雲がぷかぷか浮いている。太陽の下で見ると、わたしの赤いワンピースはずいぶんと毒々しい色をしていた。敷地を囲む壁は白く塗られ、てっぺんに張りめぐらされたレーザーワイヤーの下に空色のラインが引かれていた。ワイヤーに破れたビニール袋が引っかかっている。目に映る何もかもが鮮明で、奇妙で、この世のものとは思えなかった。車道の向こうにいるハサムは、壁によりかかったまま、何かに心を奪われているようなようすで空を眺めている。わたしは『コーラン』を開こうとさえしなかったし、ハサムもわたしのほうを一度も見ようとしなかった。そこにいたのは二十分ぐらいだったろうか。わたしたちはそれぞれに、プライベートなひとときと呼べそうな時間を過ごしたのだ。太陽の光を、血の気の失せた頬や鼻や一本一本の指先にまで行き渡らせるには充分な時間で、外気にさらされた肌が、痛々しいながらもどことなく郷愁を掻き立てられるこんがりしたピンク色に染め上げられた。

ナイジェルが、殺されることを覚悟して身辺整理をしておくべきだと言い出した。言い残しておきたいことを書き留めるなり、口頭で伝えるなりしてくれれば、ナイジェルが――幸運に恵まれて無事にここから出ることができたら――家族に伝えてくれるというのだ。死を前にして思うことでも、謝罪の言葉でも、愛しているという慟哭の叫びでもかまわない。遺言でも、所持品の分与でも、何でもいい。チャンスを無駄にするなよ、と。わたしは死んでナイジェルは生き残るという筋書きが想定されているわけだが、それについては腹を立てないようにした。俺は現実的なんだというのが本人の弁だった。

「何か思いついたら教えてくれ」

「気が乗らない」と、わたしは返した。

わたしにとってのナイジェルは声だけの存在になっていて、肉体を離れ、エネルギーの塊のように宙を漂っていた。向こうも同じように感じていたのだろう。わたしたちの会話のほとんどは、家の裏手にできた柔らかな音響空間のなかで交わされたものだった。

バスルームから戻るときに、一度だけ、ナイジェルが自分の部屋の戸口に立って前を通るのを待ってくれていたことがあった。離ればなれになってから八週間。外見の変化は凄まじかったが、わたしは衝撃を表に出さないようにした。ナイジェルは、白いタンクトップを着て、腰に腰布《サロン》を巻いていた。ガリガリに痩せて、顔は髭に覆われ、肌が土気色になっていた。青い瞳は潤み、白目が黄ばみ、老人の目を見ているようだった。わたし自身も悲鳴をあげたくなるような姿だった。ナイジェルの顔にそう書いてあった。歩くと足ががくがくして、肌は青白く、コンパクトをのぞいたときに、白い黴が顔に広がり、乾いた塩の塊が筋になって頬に張り付いたように見えるのを確認していた。わたしは戸口にさしかかると、口の動きだけで「わたしを見て」と話しかけた。**びっくりよね。**笑顔で肩をすくめてみせると、ナイジェルも同じ仕草を返してきた。見てしまったものを変えることはできない。路地を飛び交う声だけの存在でいたほうがお互いに幸せだったかもしれない。

立ち去る前にもう一つ危険を冒してみようと思い、手を伸ばしてナイジェルの手を取った。手を握り合ったまま何も言わず、たっぷり三十秒はその場に立ちつくしていた。

七日目の朝が来て去っていった。ドナルドかアハメドかロメオがあらわれて連れていかれるのではないかと、生きた心地がしなかった。七日目の夜は、わたしを責め苛むようにのろのろと過ぎていった。八日目の朝を迎えたときは、恐怖に震えることしかできなかった。無意識のうちに何度も何度も日数を数えなおしていた。ドナルドは身代金を工面するのに一週間だけ待ってやると言っていたけれど、あれは、七日間待ってから殺すという意味だったにちがいない。つまり、いつ殺されてもおかしくないということだ。八日目が過ぎて、九日目がやってきた。ぼんやりした希望がパチパチと音を立てはじめ、火が消えたはずの窪みで細い残り火が燃え上がる。わたしはサインを待っていた。指揮官たちは誰一人として姿をあらわさない。スキッズの電話も鳴らなかった。ようすを探ろうと扉の鍵穴をのぞいてみると、細長い穴から中庭での暮らしをかいま見ることができた。祈りを捧げ、食事をとり、お茶をする少年たち。午後のお茶の時間が終わると、背の低い――もともとはプランターだったはずの――円形の囲いに座ったスキッズ隊長のまわりに集まって、軍事訓練らしきものを受けていた。スキッズが立ち上がって銃の使い方を実演してみせることもあった。

少年たちは、どうにかして長い時間をやり過ごそうとしていた。礼拝やスキッズの講義以外の時間には、指の爪で脇毛を一本一本抜きながら、清浄であれという預言者ムハンマドの教えを守ろうとしていた。

わたしは、差し迫った脅威がなくなったことを示すサインを見つけようと躍起になっていた。救援物資のなかに、英語の対訳がついたソマリ語の慣用表現の小冊子が入っていた。「痛みを和らげるものはありますか?」とか、「撃たないでください。わたしたちは人命を救うために手を尽くしているのです」とかいう文例が載っていたところをみると、ソマリアで医療活動に従事する外国人医師や看護師のために用意されたもののようだった。わたしはリストに目を凝らしながら、スキッズと接触する手だてを探った。わたしの部屋にはめったにあらわれなかったものの、身代金の交渉について知っていそうな唯一の人物だったからだ。ノートを破った紙に、ソマリ語の単語や文章を寄せ集めた文章を書いて、最新情報を教えてほしいと頼むと同時に、カナダの両親がお金を集めるため最善を尽くしていることを保証する手紙をこしらえた。「あなたが平和でありますように。一週間が経ちました。状況はどうなっていますか?　お願いだから教えてください。わたしたちは人命を救うために手を尽くしているのです」おしまいに「アミーナ」と署名しておいた。

その日の遅い時刻に、扉を叩いてジャマルを呼んだ。手紙を差し出すと、隊長に渡して、ぜひとも返事が欲しいと伝えてほしいと頼んだ。文面に目を走らせるジャマル。わたしは、彼が相好を崩してくすくすと笑い出すようすを見つめていた。

「それで大丈夫？」

ジャマルは笑いをかみ殺した。手紙を二つに折るあいだも、口元はゆるんだままだった。「ああ、だいじょうぶ。わたしておく」

その数分後には、ベランダから弾けるような笑い声が聞こえてきた。鍵穴からのぞいてみると、少年たちが身を乗り出してわたしの手紙をまわし読みしながら、寄せ集めに失敗したソマリ語の文章を大喜びで読み上げている。すぐにぎゃははと笑い転げたかと思うと、馬鹿騒ぎがはじまり、手紙が読み返され、別の解釈が加えられるたびに笑い声が大きくなっていく。あのスキッズがあんなに楽しそうな笑い声を聞くのははじめてだった。スキッズ隊長の姿もちらりと見えた。スキッズが身をよじらせるようにして笑っている。少年たちは興奮したようすで言葉を交わしながら、相手を爆笑させている。おそらく、わたしや、わたしのソマリ語をネタにした冗談が次々と披露されているのだろう。いいプレゼントになったわね、と心のなかでつぶやいた。ほんのひとときでも暑さを忘れてもらえてよかったわ。わたしはメッセージを送ったのに、これで、向こうからは何も返ってこないことは明らかになった。返事はこないだろう。

**楽しんでいただけて何よりだわ。**扉の後ろから、声を出さずに呼びかける。**せいぜい楽しむがいいわ、クソッタレどもめ。**

十二月のはじめに、犯人たちはふたたびイードを祝った。イスラム暦には年に二回のイードがある。一回目は、断食月《ラマダン》の終了を知らせ、断食明けを祝うためのもの。二回目のイードは、そのおよそ二ヶ月後、ハッジと呼ばれる年に一度のメッカへの巡礼期間に行われる。最初のイードと区別するために、イード・アル＝アドハーと呼ばれている。前回のイードと同じように、少年たちは普段よりも念入りに体や衣類を洗い、食事の量や礼拝の時間もいつもよりも多めだった。わたしは鍵穴からお祭り騒ぎを眺め、犯人たちが礼拝のためにモスクを行き来する姿や、どこかへ出かけたスキッズが食べ物が入った大鍋を持って戻ってくるようすを見守った。スキッズは、少しばかりの山羊肉をよそったブリキのお皿を自分で運んできて、二枚目のお皿をナイジェルの部屋に持っていった。ジャマルは、わたしたち二人に、アルミ箔にくるまれたタフィーを三つずつ持ってきてくれた。しばらくすると、礼拝に参加するように言われて、家の正面にあるがらんとした大きな部屋にナイジェルと共に呼び出された。女は部屋の隅で祈ることになっていたので、わたしはほっと胸を撫で下ろした。ずっと礼拝を怠けていたから、正しい祈り方をほとんど忘れていることに気づかれてしまうと怯えていたのだ。最後尾についたのは一人だけだったので、落伍者として、みんなのまねをしながらついていけばよかった。

部屋に戻ると、それぞれの部屋の窓辺に立ってナイジェルとある決断を——ささやかではあっても、身を切られるような決断を——して、タフィーはクリスマスまで取っておくことにした。クリスマスを自宅で迎えることはできないと考えたのは、悲観的だったせいだろうか？　それとも、実際的？　よくわからないが、考えただけで心が寒々として、ひどく惨めな気分になるので、準備だけはしておこうと考えたのだ。家族と離ればなれになったまま祝日を迎えるなんて、考えるだけでも耐えられなかった。

それでなくても、マットレスと蚊帳と茶色いリノリウムの板しかない部屋で暑さに朦朧となり、アブダラの仕打ちに耐え、事件の解決を祈りつづけているというのに。

　クリスマスは、兄と弟が姿を見せる年に一度の祝日だった。祖父母と父とペリーも集まって、母が調理した七面鳥の丸焼きを食べ、みんなで写真を撮って、強い絆で結ばれたごく当たり前の家族のような気分を味わう日だ。その日は刻々と近づいていたが、どうやら、事態は一向に進展していないようだった。わたしが処刑されかかったというのに、政府とも、家族とも、身代金の交渉が進んでいるようすが見られなかったのだ。ナイジェルとわたしは先のことを考えて計画を立てるようになった。手はじめが、タフィーの一件だ。自分の分のタフィーは、救援物資に入っていた宝物と一緒にマットレスの脇に並べ、セントアイブスのボディーローションの隣に置いておいた。それから、プレゼントを交換し、エッセイを書いて見せ合うことにした。テーマは「これまでに体験した最高のクリスマス」で、細部に渡って綿々と思い出をたどり、食べたものについては特にくわしく書くことにした。

　わたしはエッセイに熱心に取り組み、遠い昔の記憶をたぐり寄せながら、母がディズニーランド旅行のプレゼントでわたしたち子どもを驚かせ、ホリデイ・インに部屋をとり、華やかなアトラクションを体験させてくれたときの思い出を綴っていった。ナイジェルを癒やし、自分の慰めにもなるように、慎重に言葉を選んだ。次はプレゼントだ。救援物資に入っていた咳止めシロップの砂時計型のプラスチックボトルを利用して、苦心のすえに小さな人形をこしらえた。頭の部分に笑い顔を描いて、黒い靴下を利用してミニミニサイズのセーターをつくり、袖をつけて完成させた。それから、綿棒を薄く切って針をこしらえ、デンタルフロスを伸ばして糸の代わりにした。裁断に使ったのは、ナイジェルの髭切り鋏――バスルームに隠しておいてもらったのだ。セーターの胸元に「わたしのちっちゃな相棒《マイ・リトル・バディー》」と刺繍して、新しいおもちゃの宣伝文句を織り交ぜたクリスマスカードを書いた。「もう一人じゃない。これからはリトル・バディーがあなたのそばに！」仕上げに、真っ白な紙に縞模様のステッキ型キャンディの絵をちりばめるように描くと、包装紙代わりにしてプレゼントを包み、デンタルフロスで縛って固定した。別の紙で靴下をつくってデンタルフロスで縫い合わせると、三つのタフィーをなかに入れる。

クリスマスの朝が来ると、少しばかり気が大きくなって、ワンピースを膨らませた格好でバスルームまで歩いていき、なかに隠していたものを窓台に置いておいた――プレゼントと紙の靴下のほかに、エッセイを書き込んだノートまで。部屋の壁を叩いて、取ってきてとナイジェルに伝える。しばらくすると、ナイジェルのほうも、自分の分を取ってこいと壁を叩いてきた。置いてあったのは、紙にくるまれたプレゼントと、飾りがついた紙の靴下で、なかにはナイジェルがとっておいたタフィーが三つ。

午前中は、二人でクリスマスキャロルを歌って過ごした――『天《あめ》には栄え』とか、『民みな喜べ』とか。タフィーを次々と頬ばり、口のなかでゆっくり溶かしながら、粒のようになるまですすりつづけた。ナイジェルが書いたエッセイは、きょうだいでお金を出し合って、両親にアイルランド行きの航空券をプレゼントしたときの思い出だった。窓辺ではお互いに質問を重ねながら、それぞれの物語をさらに豊かなものにしていった。あの日の、あの瞬間のナイジェルには、これまでに好きになったどの相手に対するよりも強い愛を感じ、よくある恋物語を超越して、より深いところにある礎に到達したような気がした。複雑な背景は抜きにして、一人の人間として愛したのだ。

幸い、犯人たちはわたしたちを放っておいてくれた。二人で『リトル・ドラマー・ボーイ』を歌い、感極まったしゃがれ声になりながら、『清しこの夜』を歌った。最後にようやくプレゼントの開封だ。ナイジェルが包みを開いてリトル・バディーの姿に楽しげな吐息を漏らすと、次は、わたしが開ける番だ。ナイジェルは靴下をつくるために、ノート二枚分の紙をボールペンで真っ赤に塗りつぶしていた。それぞれを靴下の形に切り抜き、デンタルフロスで綴じ合わせ、履き口の部分には白い毛の飾りの代わりに乾いたウエットティッシュをあしらっていた。なかには、手描きの模様つきの紙にくるまれた小さな箱が入っていた――数ヶ月前にドナルドが買ってきたコロンの箱に入っていた厚紙を利用したものだ。箱のなかからあらわれたのは、ナイジェルがわたしのためにつくってくれた繊細な味わいのブレスレット。ツナの缶詰のプルトップのリングを、糸を使って複雑な形に注意深くつなぎ合わせ、腰布《サロン》の裾についていた小さな房飾りを一つひとつの輪に結んであった。爪の先で芥子の実サイズの小さな結び目をいくつもつくってくれていたので、完成までに何日もかかったにちがいない。丁寧に仕上げられ、ナイジェルの持てる力がいかんなく発揮された作品だった。ティファニーでもあれほどの逸品は見つからないだろう。過去に受け取ったどんなものよりも、素敵な贈り物だった。

# 30　脱走　*Escape*

脱出する手段などあるのだろうか？　あるはずだった。一月になると、わたしたちは脱走のことを口にするようになった。ある日ナイジェルが、バスルームの窓を調べている、窓から外に出られるはずだと言い出したのだ。

その窓なら何度も目にしていたが、とてもそんなことができるとは思えなかった。高さは床から二・五メートルほどだろうか。分厚い壁が天井付近で大きくへこんで、六十センチほどの奥行きの窓台ができていた。窓というよりは、壁面を窪ませたアルコーブか棚のように見えた。その奥にあるものも窓とは言いがたい。煉瓦でできた間仕切りといった趣で、個々の煉瓦のあいだに設けられた装飾的な隙間が換気口の役目を果たしていた。煉瓦はセメントで接合されている。さらに、それでは足りないとばかりに、内側に五本の金属棒が水平に渡してあって、窓枠に固定されていた。

「頭おかしいんじゃない？」わたしはそう応じた。「無理よ。どうやって外に出るの？」

「よじ登らなくちゃならないだろうな」と、ナイジェル。「前から煉瓦を調べてたんだ。モルタルが脆くなってる。掘れば外れるはずだ」

「でも、鉄の棒が……」

「引っこ抜けるよ。そんなに頑丈じゃない。保証はできないが」と言ってから、自信たっぷりとは言えない声で付け加えた。「うまくいくと思うんだ」

わたしは半信半疑だった。頭がおかしいと思ったのはほかにも理由があって、確実に言えるのは、途中で見つかったら、殺されるか、想像したくもない方法で罰せられるということだ。それに、わたしが砂漠のドライブで目にした外の世界――この家を取り囲んでいる世界――では、巨大な篝火《かがりび》が燃え上がり、銃を持った男たちがうろついている。走って逃げたところで、安全だと言い切れる場所にたどり着けるとは思えなかった。特に心配だったのは、一緒に監禁されている三人のソマリ人――アブディとマルワリとマハード――のことで、わたしたちが逃げたらどうなるのかと不安でならなかった。きっと殺されてしまうだろう。そうかといって、五人で一緒に脱走できる方法があるとも思えなかった。

三人のことはほとんど知らなかったが、仲間意識があったし、そもそもこうなったのは自分たちの責任だという思いもあった。廊下に出るたびに、三人が閉じ込められている部屋のほうに視線をやって、三人の靴が――サンダルが二足と、アブディが履いていた欧米スタイルのハイキングブーツが――一列に並んでいるのを確認しては、屋外便所を使うときにすぐに足を入れられるようにそろえてあるのだろうと想像した。ときどき、三人の誰かが日だまりのなかに座って、『コーラン』を読んだり、縫い物をしたりする姿を見かけていた。あの三人については、扉の隙間からかいま見る姿や、廊下の向こうから聞こえてくる音や、誘拐される前に聞いた乏しい情報を介して知ることしかできなかった。アブディは、家族思いで生真面目な男性に見えた。シャモ・ホテルの運転手だったマルワリはもう少し賑やかで、彼の笑い声に救われたことが何度もあった。笑い上戸なのか、あんな状況でもクックッと笑う声がたびたび漏れ聞こえてきたのだ。国内避難民キャンプのマハードは敬虔なムスリムのようで、一日の大半は、大きな声で『コーラン』の一節を詠唱していた。

誘拐されてから五ヶ月近く経っても、犯人たちや故郷の家族の動静を知りたいときはジャマルに探りを入れるのが一番だった。

「何かニュースはない？」ある朝、いつものビニール袋入りの食事を持ってきたジャマルに訊いてみた。

「ニュースはなにもない」ジャマルは首を振ってから、溜め息をついてみせた。「インシャーアッラー、すぐにおわるよ」

指揮官はいつ訪ねてくるのかと訊いてみると、ジャマルは口をゆがめ、かすかな苦悶の表情を浮かべて言った。「わからない」指揮官が姿を見せなくなってから、一ヶ月近くが経とうとしていた。

英語に興味津々の、お喋り好きのジャマルのおかげでわかったのだが、少年たちは心のどこかで自分たちも人質と変わらないと思っていたようで、スキッズや、ますます姿を見せなくなった指揮官たちに顎で使われているように感じていたらしい。ろくに食べさせてもらってないとジャマルは言った。十八か十九ぐらいの若いほうのヤヒヤは、月のはじめに生まれた最初の子どもの出産に立ち会うことができず、スキッズは二、三日の帰宅しか許可しなかった。ジャマルも休暇をもらってハムディと結婚したいと訴えたが、スキッズはだめだの一点張りで、身代金が支払われてプログラムが——彼らはわたしたちの誘拐を〝プログラム〟と呼んでいた——完了するまで待つように言われたそうだ。

あの家で寝起きしていた人間は一人残らず、一刻も早い完了を望んでいた。わたしは**もうすぐよ**と念じながら眠りにつき、朝になって目覚めると、その言葉をふたたび口にした。**もうすぐよ、もうすぐ**

よ。念じつづけるうちに、バスルームの窓を壊さなくても、〝もうすぐ〟は近くまで来ていると信じるべきだと思うようになった。

ただし、それも、シャワーを浴びようと廊下に出たときに、いつもとちがう静けさに気づくまでの話だった。あれは一月十四日の水曜日。部屋の前に並んでいたアブディとマルワリとマハードの靴がなくなっていた。三足とも。三人がどこかへ移されたのは明らかだった。解放されたのならいいと思ったが、その可能性は低そうだとわかっていた。犯人たちが三人の証人を野放しにしておくとは思えなかった。

しばらくすると、彼らの身に何が起こったのか、アブダラに尋ねる機会がめぐってきた。アブダラは躊躇しなかった。自分に満足しきったようすで、喉に当てた指を真横にすっと引いたのだ。とたんに、砂漠の光景がよみがえり、月下にぽつんとたたずむアカシアの木が脳裏に浮かんできた。指揮官たちが夜中にやってきて、三人を連れていったのだろうか？　どうして何も聞こえなかったのだろう？　アブダラは本当のことを言ってるのだろうか？　ナイジェルが、自分も三人の行方について尋ねてみたと教えてくれた。ジャマルは曖昧な返事をしながらも、解放されたのかもしれないとほのめかしたそうだ。アブダラは、わたしのときと同じように、思い入れたっぷりに喉を掻き切る仕草をしたという。胃がむかむかしはじめた。最悪のケースがもっとも可能性が高そうに思えた。三人のソマリ人は殺されたのだ。わたしたちのせいで。誘拐される前に、アブディが誇らしげな顔で子どもたちの写真を見せてくれたことがあった——男の子が二人に、女の子が一人、学校の制服姿で微笑んでいた。あの子たちが、わたしのせいで父親のいない子どもになってしまったのだろうか。

全身から力が抜けたような気分だった。アブディたちの失踪は、ある重要なことを物語っていた。おそらく、全員を養って住居を与えるための資金が尽きようとしているのだろう。犯人たちはなりふりかまわなくなっている。同じソマリ人で、ムスリムの同胞である三人を殺せるのなら、わたしとナイジェルの運命など推して知るべしだ。わたしは迷いを吹っ切った。一刻も早く逃げなくては。

バスルームの窓を調べて可能性を探るには、苦労して上まで登らなくてはならなかった。片足を便座に乗せてから、両手を上げて窓台に置き、プールから上がるときの要領でえいっと体を押しあげる。窓台には全身が乗るだけの奥行きがないので、肘で体を支えながら身を乗り出し、お腹でバランスをとりながら両脚を宙にぶら下げる格好になった。

窓台に胸を押しつけて顔を上げると、一目でナイジェルが言ったとおりだとわかった。開口部にはまった煉瓦はゆるく固定されているだけだ。触ってみると、接合部分のモルタルが崩れて、小さな滝のように白い粉がこぼれ落ちてきた。部屋から爪切りを持ってきていたので、爪掃除をする尖ったパーツをナイフ代わりにしようと手に持った。鉄の棒の隙間から爪切りを通して、煉瓦と煉瓦のあいだの荒石まじりのモルタルを突いてみると、パーツの先端が深いところまで潜っていく。煉瓦が動きそうな手応えがあったので、これなら断層を広げられるかもしれない。少しずつモルタルを掻き出していけば、煉瓦を何列か外して、通り抜けられるだけの穴をこしらえることができそうに思えた。

そうなると、問題は手前の金属棒だ。長さは一メートルほどで、両脇の壁に深く食い込んでいるようだったが、ナイジェルが何らかの方法でそのうちの一本をゆるめておいてくれたのが確認できた。ナイジェルは、少なくともあと一本は力ずくで外せるはずだと言っていた。わたしは胸の高鳴りを覚えながら、粉塵と蜘蛛の巣まみれの格好で床に飛び降りた。急いで部屋に戻ると、この数ヶ月ではじめて、身の危険や空腹感や不安を忘れ、外へつづく穴を、体の大きさほどの穴をあけられるかもしれないという思いで頭がいっぱいになった。そこをくぐり抜ければ外に出られるのだ。

わたしたちは窓辺で計画を練りはじめた。脱出する時間帯は？　何を持っていけばいい？　どっちの方角に逃げる？　誰を頼って、どんな説明をすればいいだろう？　考えなければならないことが山ほどあった。時間帯を夜にするかどうかでは議論を重ねた。ほとんどの少年たちは眠っているし、通りを走っていっても騒ぎになる可能性は低いだろうが、本当に夜のほうがいいのだろうか。燃え上がる篝《かがり》火《び》が目に焼き付いていたわたしには、夜間のほうが危険だとしか思えなかった。それに、騒ぎを起こしたほうがいいのでは？　大声を出して人目を引くようにして、誰かに、このあたりの役人を呼んでもらうほうがいいのかもしれない。それとも、同情してくれそうな人を見つけて、携帯電話を貸してほしいと頼んだほうがいいだろうか？　その人が、カナダやオーストラリアへの一分間の通話料金を支払えることを祈りながら。お金を節約できるようにアジョスに電話をするのはどうだろう？　電話番号は、紙切れに書いて隠してあった。それとも、世界食糧計画のモガディシュ事務所のソマリ人責任者に連絡するべきだろうか？　その人物の電話番号も、誘拐されたときからずっと持ち歩いていた。

意見が一致したのは、できるだけ早く犯人たちから離れ、地元の人々に紛れ込んだほうがいいということだった。わたしのほうは、アバヤとヒジャブで体を隠せばソマリ人女性のふりをして通りを歩いていくのはそれほどむずかしいことではなさそうだ。でも、ナイジェルの白い肌はどうやって隠せばいいのだろう。わたしの衣類を着せて、ものすごく背が高い女性に見せかけるという案も検討してみたが、一番丈の長いアバヤでもナイジェルにとってはふくらはぎが半分隠れる程度にしかならない。それに、女装作戦は、最終的には裏目に出ることも考えられる。どの選択肢も、見通しの利かない道へ飛び出していくようなものだった。思いつくことは一か八かの賭けばかりで、失敗に終わる可能性が無数にあるように思えた。

わたしたちは時間をかけて計画を練った。合間を縫って交替でバスルームに足を運ぶと、爪切りを手にして窓台に這い上がり、五分から十分ほどかけて一気に窓のモルタルを削り落とす。外科手術か、金の採掘でもしているような達成感があった。こつこつ掘りつづけて粉塵を浴びるだけで終わることもあったが、爪切りをてこにして、小さいながらもまとまった塊を取り出せることもあった。

わたしの部屋の扉はベランダから見える位置にあったので、特に用心が必要だった——扉を叩いて外に出る許可をもらったら、バスルームには長居せず、廊下に戻るときは白い粉を全身から払い落として痕跡を残さないようにしなくてはならなかったのだ。あんなに時間をかけて歩いていたのに、体力が衰えていたことにも気づかされた。脚は鍛えられていたが、腕の筋肉が落ちて、体を支えられずにがくがくしてしまう。二日目の途中で肘に力が入らなくなってしまい、窓台に上がるのを断念せざるを得なかった。

ナイジェルは一人で作業をつづけてくれた。部屋の位置が功を奏して、犯人たちに気づかれずにバスルームへ通うことができたのだ。わたしは鍵穴からようすをうかがいながら、誰かが廊下を歩いてきたら注意を逸らそうと待機していた。医療関係者用の慣用表現のリストと首っ引きになって、ソマリ語の単語を寄せ集めたメッセージを紙に書くと、脱走したときに持っていけるように、いつもアバヤの下に穿いているジーンズの前ポケットに隠しておいた。「助けてください《ファドランアーウィ》。わたしはムスリムです《ワーイスラーン》。怖がらないで《ハバキン》」正しく発音できているという百%の確信が持てないまま、一語一語くりかえしてそのときに備えた。別の小さな紙切れに、仕事用のノートに書き留めておいた数人のソマリ人の電話番号を書き移し、同じように前ポケットに忍ばせた。

バスルームへ行くたびに、窓を見上げて作業の進み具合を確認した。ナイジェルは、外した煉瓦をセメントの塊と一緒に元の場所に押し込んで痕跡を隠そうとしていたが、それでも破壊の跡は歴然としていて、煉瓦は曲がり、窓台にはこぼれたモルタルが山になっていた。わたしは自分にこう言い聞かせて不安を和らげようとした。大丈夫、少年たちがここに入ってくるのは週に一度か二度――わたしたちが使った水を補充するために、特大のバケツに水を汲んでくるときだけなんだから。それでも、あまりにも無謀だという不安が一気に膨らんでいった。アブディたちが姿を消してから、緊張のあまり食事が喉を通らなくなっていたのだが、そのときは、胃がぎゅっと縮んでしまった気がした。


三日目の朝、ナイジェルから最後の煉瓦を外したという報告があった。あとは鉄の棒をなんとかしなくてはならないが、すでに一本はゆるめてあるから、もう一本外せば通り抜けられるはずだという。ただし、その前に、本気で脱走する気があるのか再確認しておく必要があった。鉄の棒を二本とも抜いたら両脇の壁が崩れるはずで、そうなったら、あたりに飛び散る破片をごまかすことはできない。棒を外したら、何が何でも逃げなくてはならないのだ。

わたしたちは覚悟を決めた。夜になったら同じ時刻にバスルームへ行って、一緒に窓から外へ出よう。決行時刻は、最後の礼拝が終わった直後の夜八時前後。二人とも三日前からほとんど眠っていなかったので、アドレナリンがひっきりなしに放出されている状態にあった。これ以上待っても意味がないような気がしていた。わたしは自身は、先延ばしにしたら神経が持たなくなるのではないかと恐れていた。

夜の闇が目眩《めくら》ましになってくれることを二人で祈った。計画では、ナイジェルを年寄りの病人に見せかけるために、頭からかぶせたシーツで肌を隠し、肩からかけた毛布で両手を隠すことになっていた。わたしも、介抱するふりをしながら同じ毛布の下に両手を隠す。背中を大きく曲げて、視線を落とし、医者のもとへ急ぐ二人連れを演じるのだ。わたしの小さなバックパックには『コーラン』を入れておく。わたしたちが敵ではなくムスリムだとわかってもらうためだ。力を貸してくれる人が住んでいそうな家、女性や子どもが暮らしている家を選んだら、医者を探しているという口実で扉を叩く。わたしはなんとしても女性を探そうと決めていた。誘拐されてから五ヶ月のあいだ、女性とはまったく接していなかった。女性ならわたしたちを追い払ったりしないはずだった。

その晩も、いつもと同じように、感覚が麻痺しそうなほど規則正しい日課をこなしながら過ぎていくものと思っていた――礼拝のあとで夕食を食べ、食べ終わったらまた礼拝、祈り終われば少年たちは眠りにつく。見張り役の二人だけが、外に座って、闇のなかでお喋りをしながら過ごすのだ。

そんなわけだから、ジャマルがいつもより一時間も早く夕食を持ってきたときにはぎょっとした。

「アッサラーム　アライクム」そう言って、ゆっくりと微笑むジャマル。

さまざまな思いが頭を駆けめぐる。何かを疑っているの？　何が起こってるの？　怯えながら過ごしてきたから、自分が以前とはちがうにおいを発し、そのせいで計画がばれてしまったのだろうか。

ジャマルに挨拶を返しながら、不安で気分が悪くなった。

ジャマルは、ブリキのお皿をよこせと身振りで伝えてくると、受け取ったお皿を床に置いた。それからビニール袋を開けて、なかに入っていたものをお皿にあける――細長い魚のフライで、油をたっぷり使って狐色に揚げてある。ジャマルは、ポケットから小さなライムを二つ出してフライに添えた。最後に出てきたのは二つのゆで卵で、これも同じようにお皿に載せる。

蛋白質だ。ジャマルはずっとわたしの食の細さを心配してくれていた。これは贈り物で、ジャマルは得意そうな顔をしている。「それはすき?」魚を指さしながら訊いてきた。「まいにち、いちばでかえるけど、よるだけなんだ。あさはつくってない」

お互いにその場に突っ立ったまま、数秒ほど相手の表情をうかがっていた。わたしは心のなかで自分を蹴り飛ばした。**何ぼけっとしてるのよ。**「すごいわ、ジャマル」そう言ってお皿を手に取った。「こんなに親切にしてくれるなんて」感謝をこめた笑みを浮かべながら、後ろめたさも感じていた。わたしが脱走したあとで、指揮官たちから重い罰を受けなければいいのだけれど。

一人になると、床に座って食事を口に詰め込んだ。栄養を取っておこうと思ったのはもちろんだが、怪しまれるようなまねはしたくなかった。食べ終わると、動作を交えながら一日の最後の礼拝を行った。礼拝が終わると、打ち合わせどおりに扉を叩き、合図に応じる相手を確かめるために外をのぞいてみた。廊下の向こうから顔をのぞかせたのはアブダラだったから、今夜はアブダラが見張りに就くということだ。少しだけ胸が沈んだ。少年たちのなかには怠け者もいるのだが、アブダラはそうではない。歩きまわるのが好きなのだ。

「ムクーシャ」と、ソマリ語で訴えてから、指でお腹を指してみせる。「バスルーム」という意味だ。「気分が悪いの。ものすごく悪いの」

アブダラはためらうことなく指を鳴らして、行って来いと伝えてきた。普段は最後の礼拝のあとにバスルームへ行くことはないのだが、お腹の具合が悪いと訴えれば文句は言われないはずだった。それに、お腹の問題にしておけば時間稼ぎができる。この日は、ジャマルが差し入れてくれた魚のフライのおかげで真実味が増していた。

　何食わぬ顔でゆっくりと部屋を出ると、廊下を歩いてバスルームへ向かう。バックパックは、日が落ちてからワンピースの下に隠して持ち出し、窓台に隠しておいた。ナイジェルが自分の部屋の戸口で待っている。アブダラの目が届かないところまで来ると、二人で小走りになった。わたしは十分が限界だと踏んでいた。ぎりぎりで十五分。それ以上経ったら、わたしが戻ってこないことに気づいたアブダラがようすを見に来るはずだった。

　バスルームに入るとカーテンを引き、バックパックから引っ張り出したアバヤを赤いワンピースの上から羽織る。ナイジェルが便器に乗ると、手を伸ばして金属棒を外しはじめた。すでに下準備をすませ、一旦引っこ抜いた棒を元の位置に戻し、モルタルの破片をゆるく詰め直しておいてくれていたのだ。ばれないように気を遣ってはいたが、この時点では、両脇の壁が完全に崩れて、棒がはまっていた部分に深い亀裂が入っているのが見えた。ここから先は、物音を立てないようにしながら、行く手を阻むものを取り除かなければならない。

　一分もしないうちに一本目の棒が抜かれ、下にいるわたしに渡された。つづいて二本目が外され、わたしの両手がひんやりした棒の重みを受けとめる。二本の棒をシンクのそばの床に置くと、緊張のあまり目眩がした。ナイジェルは素早い身のこなしで窓台に乗ると、脚を垂らした格好で腹這いになり、慎重な手つきで煉瓦を外して外側の窓枠に並べはじめた。喘ぎ声が聞こえてくる。一つ目の煉瓦が外された。つづいて、二つ、三つ、四つ。すべての煉瓦を移動させたナイジェルが、床に飛び降りて、準備が整ったと身振りで伝えてきた。いよいよだ。ナイジェルが両手を組み合わせて踏み台をつくり、足を乗せたわたしを窓に向かって押しあげる。目の前に五十センチ幅ほどの隙間があらわれた。

外をのぞいた時間は二秒にも満たなかったが、それで充分だった。窓の下には狭い通路。その先にあるはずの村は完全な闇に包まれ、行く手に何があるのか見当もつかない。わたしたちは、コンクリートの土台の上に家が建っていることを計算に入れて、地面からの高さは三メートル半ほどと見積もっていた。足首を折らないか心配だった。ほかにも心配なことが山ほどあったので、外をのぞいたとたんに、自由と一緒に、胸に抱えた不安がひとつ残らず窓の向こうで待ちかまえているような気がした。わたしは計画どおりに体の向きを変えると、あとずさりながら金属棒の隙間に——上に二本、下に一本残っている棒のあいだに——両脚を滑らせ、ゆっくりと戸外に足を降ろしていった。ひやっとする湿った空気。足首を風が撫でていく。ところが、途中で計画どおりにいかなくなった。残っている棒にお尻が当たってしまうのだ。もう一度押してみたが、どうにもならない。隙間が小さ過ぎる。わたしがだめなら、ナイジェルが通り抜けられるはずがない。

下からは心配そうな声が聞こえてくる。「早く、早く、急ぐんだ」ナイジェルが囁き声で急かす。「だめよ。うまくいかない」お尻を棒にぶつけて、窮地に陥っていることがわかるようにした。ナイジェルの顔に愕然とした表情が浮かび、額は汗でびっしょりになっている。「もう一本外せない？」「いまは無理だ」声を潜めたまま、怒ったように言い返してきた。「音がすごい」

窓台には煉瓦のかけらやモルタルの屑が散らばっている。そろそろ、アブダラが不審に思いはじめるころだ。完全に行き詰まった——行き詰まったどころか、失敗だった。

ナイジェルが手を振って降りろと伝えてきた。「部屋へ戻れ」と言ってから、先をつづけた。「急ぐんだ。ここは俺がなんとかするから」

「バックパックはどうすればいい？」

「置いてけ」と、ナイジェル。「俺が持っていく。早くしろ、急ぐんだ」

　わたしはアバヤをむしりとってバックパックに押し込んだ。それから、必死にさりげないふうを装って部屋に戻ると、アブダラに戻ってきたと伝えるために音を立てて扉を閉めた。真っ暗な部屋でマットレスに横たわると、懸命に気持ちを鎮めようとした。耳をそばだててナイジェルのようすをうかがう。トイレで吐いているような音がするから、さすがのナイジェルも神経が持たなかったのだろう。廊下から足を引きずるような音が聞こえ、懐中電灯の光が揺らめいた。鍵穴からのぞいていると、アブダラが歩いてくるのが見えた。ナイジェルも光に気づいたにちがいない。すぐにバスルームから出てきて、具合が悪いとか、トイレを流したいのでもっと水が必要だとかつぶやいている。ぼそぼそと話をする声がつづいたかと思うと、光が見えなくなって、数分後に戻ってきた。ナイジェルがすぐにバスルームへ向かう。一人だけで。

　計画が発覚するのは時間の問題だった――そのうちに、犯人たちの誰かが、応急措置を施されたバスルームの窓や、たわんだ金属棒に気づくはずだ。さもなければ、わたしの目を見て、無謀な脱走計画の一部始終を読みとってしまうかもしれない。

　夜が明けると、礼拝の前にハサムが鎧戸を開けにきた。窓辺に行ってナイジェルと話をすると、一刻も早く逃げようということで意見がまとまり、急いで計画の概略を見直した。時報係《ムアッズィン》の声から判断して、近くにモスクがあることはわかっていたので、モスクまで走っていくことにした。人が集まっているはずだから、目的にもかなっているように思えた。ジャマルからビニール袋入りの朝食を受け取ったときは、視線を合わせないようにするのに苦労した。わたしたちは正午の礼拝がはじまるのを待った。気温が高くなるので、礼拝が終わると少年たちは決まってうとうとしはじめる。わたしは許可をもらってバスルームへ行くと、そこで、わたしのナップザックとアバヤを持ったナイジェルと合流した。ナイジェルは朝のうちに、三本目の棒を外してくれていた。あたりは凄まじい散らかりようだ。わたしは、ナイジェルが素早い動作でふたたび煉瓦を外していくのを待った。今回は、血管が激しく脈打っている。ぐずぐずしている暇はない。わたしは窓から片方の脚を出して、もう片方を出した。残った棒をつかんで体を支えながら、少しでも地面に近づこうとお腹を十センチほど滑らせ、それから両手を離した。

すぐあとからナイジェルが飛び降り、つづけざまに柔らかな音を立てて砂地に落下した。衝撃のあまり、心臓が跳ね上がって激しく揺れた。

こんなはずじゃなかった。地面に触れた瞬間にそう思った。目に映ったものが予想とはまったくちがっている。想定外の景色が広がっていたのだ。わたしが思い描いていたのは、窓のなかに小さく切り取られた眺めを基にしてつくりあげた風景で、その舞台を二人で駆けていくつもりだった。この家に連れてこられるときに、車のなかから目にした断片的な映像も記憶に残っていた。駱駝を連れた人や、通りを歩く人や、列になった灌木。さびれた雰囲気の小さな村にはくねくねした道が走り、身を潜められそうな場所があちこちにあった。外に出れば、ああいった光景が目の前に広がっていると思っていたのだ。でも、実際に外に出て、細い通路の先に目をやったとたんに、自分がとんでもない勘ちがいをしていたことに気づいて目の前が真っ暗になった。左手にあるのは、横に傾いたフェンス。色のついたブリキ板と、叩いて平らにした古いオイル缶を継《つ》ぎ接《は》ぎしてつくられたものだった。右手には、これもブリキ板を使った小屋が並んでいて、黄麻布や何かの廃材で補強されていた。砂地には茨のような刺を持った葉のない低木がまばらに生えていて、その向こうに草木が茂っているようすはない。さらに恐怖を煽ったのが、ほんの一メートルほどしか離れていない場所に忽然と姿をあらわした男の子だ。七歳ぐらいだろうか。背中が湾曲していて、痩せこけた裸の体に半ズボンを穿いている。ショックを受けたような顔で目を見開き、その口からいまにも凄まじい悲鳴が飛び出してきそうだった。

わたしは男の子の視線をとらえると、にっこり笑って、優しそうな人だと思ってもらおうとした。指を立てて唇に当ててみせる。男の子はじっとわたしを見ていたが、ナイジェルに視線を移すと、その目がさらに大きくなった。男の子は音も立てずに走り出した――大人を見つけたら、誰彼かまわず駆け寄っていくにちがいない。

号砲が鳴ったような気がした。地殻の変動が大気を揺るがせ、屋根の震えが、犯人たちが昼寝をしている中庭へ伝わっていくのが目に見えるようだった。そこから先は本能がすべてを支配した。色彩が消えて、世界から理性が吹き飛んだ。ナイジェルとわたしは互いの顔を見ようともしなかった。死に物狂いでスタートを切っただけだった。

## 31 差し伸べられた手 *My sister*

男の子は右に走っていった。そこで、ナイジェルとわたしは左に向かって猛然とダッシュして、家の脇の狭い通路を駆けながら、通りを目指した。距離はおよそ十メートル。深い砂に足を取られて思うように走れない。二人ともビーチサンダルを履いていたのでますます足の運びが遅くなる。走り出してしまったので、持ってきたシーツをナイジェルの頭にかぶせる暇はなく、ソマリ人の病人と優しい介護人を演じることもできなくなった。何かのふりをしている余裕なんてなかった。窓辺で立てた作戦は一つ残らず吹き飛んだ。理性はひとかけらも残っていない。体が思い通りに動かず、監禁されていた数ヶ月間で骨がゴムになってしまったのかと思うほどだった。

通路の突き当たりにはわだちのできた砂の道が伸びていて、道沿いには、小屋や露店が並び、その向こうには茶色い平地が広がっていた。

ナイジェルは誰にともなく叫びながら――これも、計画にはないことだった――大声で訴えつづけた。「助けてくれ《イアーウィン》、助けてくれ《イアーウィン》」

パニック状態で走っていたから、見えたとしても一瞬だけだったはずだが、わたしの目は周囲の情景をとらえていた――崩れかけた塀や、おどおどしたようすの数頭の山羊や、アーチ形の戸口に立っている男性や、細いポールで荷車につながれた驢馬の姿を。時間をかけて思い描いてきた風景のなかに飛び込み、周囲から浮き上がった存在となって駆け抜けていく。ナイジェルのあとを追うわたしと、大声で叫びつづけるナイジェル。熱波が周囲の空気を包み込み、すべてが、悪夢のような非現実性のなかで進行していった。行く手に女性たちの姿が見えた。ヒジャブを鮮やかなピンクと黄色の波のようになびかせながら、日差しのなかを寄り添うように歩いている。叫びながら足を速め、彼女たちのほうに――**よかった**、女性が見つかったと思いながら――向かっていくと、振り返ってこっちを見た彼女たちが、指を差しながら何かをつぶやきはじめた。ローブの奥から顔がのぞいている。わたしたちが近づいてくるのに気づくと、一斉に走り出した。

逃げ出したのは彼女たちだけではなかった。通りから人が消えて、前方にいる人たちが四方八方に散らばっていく。あとになってから気づいたのだが、ソマリアのような場所で走っている人間を見かけたら、誰だって、すぐそこに危険が迫っていると思うだろう。つまり、自分も逃げようと思うのが当然なのだ。

曲がり角が見えてくると、わたしたちはとっさに左に曲がって、広いほうの道を走りはじめた。モスクを探したが見つからない。正午の礼拝の時刻を狙って脱走したのは、モスクに行けば人が集まっていると考えたからだ。同情してくれる人間に巡り会えるかもしれないという希望にすがっていた。振り返ったナイジェルが、ようやく、わたしの肩越しに、青空に屹立《きつりつ》する編み針のような尖塔《ミナレット》を発見。来た道をとって返し、二人で猛然とダッシュする。モスクまでは百メートルほどだった。あと五十メートル、十メートル……。

行く手に若い男性が立っていて、何事かというようにこっちを見つめている。すぐにわかった。数ヶ月前に窓から見かけた近所の男性、庭を挟んで視線を合わせたあの若者だった。

わたしはその若者に駆け寄りながら、ヘッドスカーフをきちんと巻きなおした。口から言葉がこぼれ出た。「助けて、どうか助けてください。英語はわかりますか？」

彼は、驚いたようすも見せずにうなずいた。

「前にわたしを見ていますね」わたしはそう訴えた。「覚えてますか？ 窓のところで？」

この質問も伝わっているようだった。ナイジェルも走るのをやめて、わたしたちのところへやってきた。

わたしは息を整えながら、相手にわかりそうな英語を選んで話しつづけた。「わたしたちはムスリムです。誘拐されていました。何ヶ月も監禁されていたの。わたしたちと一緒にモスクに入ってもらえませんか？」

若者は、どうすべきか決めかねているように一瞬だけためらった。ふと、ずっと隣で暮らしていたのに救いの手を差し伸べなかったことを恥じているのかもしれないと感じた。

「一緒に来て」と、彼が言った。

ナイジェルとわたしは、相手の両脇に分かれてそれぞれの側の腕に片手をくぐらせると、若者を引きずるようにしながら足早に歩きはじめた。相手の心変わりだけは阻止したかった。

モスクは背が高くて横に広い建物だった。壁は緑と白に塗られ、頂上には三日月型の飾り、短い階段の先に木の踊り場と入り口があった。靴がずらりと並んでいるから、なかには大勢の人間がいるはずだ。若者とナイジェルについて階段を上がっていくうちに、安堵の気持ちが芽生えてくる。久しく縁がない感情だったので、はじめはそれが安堵だとはわからなかった。

　そのときだった。勢いよく角を曲がってきた人影が、十メートルほど離れた位置でぴたりと立ち止まった。ハサムだ──『コーラン』の教師役と市場への買い出し係を務めてくれているハサムが、痩せた黒い影になって砂のカンバスにたたずんでいる。白いタンクトップが骨張った体からがずり落ちそうになり、腰布《サロン》だけでズボンを穿いていないところを見ると、慌てて家から走ってきたのだろう。その顔には、不信と怒り、わが身を案じる恐怖の表情が張り付いていた。

　つづいて、別の人影が角を曲がってきた──アブダラだ。顔をさらして、手には銃を持っている。

　靴を脱ぐのも忘れて弾かれたようにモスクへ駆け込んだ。そこで目にしたのは、あたりを埋め尽くす男性たちの姿──跪《ひざまず》いたり、床に座ったり、小さなグループに分かれて歩きまわったりしている。コンクリートの床には、礼拝用の敷物が一列に並べられている。いくつもの頭がこっちを向いた。何人かが立ち上がる。なかは、丸天井を戴いた二つの部屋になっていて、体育館ほどの広さがあった。疲れきって頭がぼんやりしていたせいで、気づくと、ソマリ語と英語とアラビア語を織り交ぜながら叫んでいた。**助けて！**　とか、**アッラーのご加護がありますように！**　とか、**わたしはムスリムです！**　とか。**お願いだから助けてください！　助けて！　お願いだから！**　ナイジェルも叫んでいた。

　磁石に吸い寄せられるように人だかりができた。戸惑ったような表情を浮かべ、警戒心をあらわにしている人もいる。隣の家の若者が数人の男性たちと話をしているのが見えた。しきりに手を動かし、こちらを指さしているところをみると、自分が知っていることを説明しているのだろうか。そこへアブダラがあらわれ、ジャマルを従えて猛然となかに入ってくると、こっちに向かって走ってきた。二人とも腰布《サロン》を巻いた姿だった。

つかみかかってきた手が肩をかすめるのを感じながら、すんでのところでアブダラをかわした。部屋の奥に座っている男性グループを目指して走る。思いつく限りのアラビア語で呼びかけると、彼らは髭の生えた顔をあげて驚愕の表情を浮かべた。隅に寄ると、ジャマルがナイジェルを壁に押しつけて頭を殴っているのが見えた。握りしめた拳を叩き込むようにしながら、渾身の力をこめている。ナイジェルも殴り返そうとしながら、「ジャマル！　ジャマル！」と叫びつづけていた。一風変わった方法で、自分たちがかつては友だちだったことを思い出してもらおうとするかのように。

ふたたびアブダラが迫ってくると、わたしは近くの扉をくぐり抜けて外に出て、モスクを離れるのが得策なのかどうか考えないまま死に物狂いで走り出した。

恐怖がそのままスピードに結びついた。アブダラがすぐ後ろまで迫ってきたところで、三段の階段から身を躍らせて重い砂の上に着地すると、白くぎらつく午後の日差しのなかに飛び出した。走るわたしをアブダラが追ってきたが、走りながらビーチサンダルを脱ぎ捨てたので、軽やかに素早く走ることができた。モスクの脇に密生していた灌木を鹿のようにジグザグに駆け抜ける。切羽詰まっていたからそれほど痛みを感じなかったものの、鋭い棘が——長さ五センチほどもある、ピンのようにまっすぐな棘が——足首や剥き出しの足を切り裂き、左足の親指に刺さった棘は魚雷のように爪の下の柔らかい肉に食い込んだ。そのとき、頭上を銃弾が切り裂き、空気をえぐった。振り返ってアブダラを見ると、走るのをやめて銃で狙いをつけている。ふたたび銃が火を噴いた。心がブーメランのようにモスクへ戻っていく。ナイジェルがなかにいる。なかのほうが安全だ。体を屈めると、重くてかさばる銃に手間取っているアブダラをかわして二十メートルほど疾走した。ふたたび棘だらけの灌木を駆け抜けると、つんのめりそうになりながら階段を駆け上がってモスクへ飛び込んだ。

なかは奇妙なほど静かだった。ナイジェルはどうにかしてジャマルから逃れたらしく、落ち着き払ったふりをしながら、指導者《イマーム》の説教壇として使われている半円形のエリアに座っている。まわりには十五人ぐらいの髭を生やした男性たちがばらばらと集まり、ほとんどの人が立っていた。急いでナイジェルのもとに向かおうとすると、円陣の外にジャマルと若いほうのモハメドの姿が見えた。銃を手にして、心配そうな顔で行ったり来たりしている。何があったにせよ、力関係は逆転していた。誰かが少年たちを諫《いさ》めてくれたのだ。わたしは、数人の男性たちと英語で話をしているナイジェルの隣に滑り込んで膝を突いた。どうやら、本当にムスリムなのかと疑う声に答えているようだった。

そのとき、背中のバックパックに『コーラン』と犯人たちから渡された二冊の英語の本が入っていることを思い出した。一冊は掌サイズの紫色のペーパーバックで、タイトルはアラビア語の『ヒジャブ』、女性は全身をベールで覆うべきだと提唱する本だった。もう一冊は『ハディース』を底本にしたもので、こちらもイスラムの女性に求められる風習を中心にまとめたものだ。

わたしはパックパックを探って本を取り出すと、周囲の男性たちの手に押しつけた。「ほら、わかりますか？」と、くりかえす。「わたしたちはよきムスリムです。どうか助けてください」必死に頼んだ。ムスリムはムスリムを助けるはずだと、何度も念を押した。ムスリムの務めなのだと。

何人かが、手渡された本を用心深い手つきでめくり、興味深そうに中味に目を凝らしたり、ほかの人に手渡したりしはじめた。説教壇の脇の低い位置に大きな窓があり、そこから全身黒ずくめの女性がこっちをのぞいているのが見えたが、それに気づいたある男性が、大股で歩いていって金属製の鎧戸を閉めてしまった。

アブダラもモスクに戻ってきていた。まわりに立っている人々を掻き分けるようにしながらこっちへやってくる。銃口を軽くわたしのほうに傾け、髪や頬から汗を滴らせながら。誘拐されてから五ヶ月、わたしはこのときはじめてアブダラの素顔をまともに目にしたのだった。間隔の開いた目は何度も見ていたが、広々とした額と一緒になるとちがった印象を受ける。短く刈った巻き毛やまばらな顎髭が、アブダラを幼い子どものように見せていた。

人々の肩越しにわたしの視線をとらえると、アブダラの顔に冷たい笑いが浮かんだ。わたしは慌てて視線を逸らした。

そうするあいだも、ナイジェルは集まった人々に向かって、まるで小学生のように、『コーラン』の一節を大声で暗誦していた。そこへ、新たに大勢の人間がなだれ込んできた。何人かは、顔にスカーフを巻いて武器を持っている。どういう素性の人間たちなのか想像もつかない。意外だったのは、まわりにいる男性たちの多くが英語を理解しているように思えたことだった。

ある男性が、仲間が地元の指導者《イマーム》に電話していると説明してくれた。別の地域を担当している人物なのだが、わたしたちの話を聞いて裁定を下してくれるという。「インシャーアッラー、すべてうまくいくだろう」男性はそう言うと、わたしたちにそのままそこに座っていろと伝えてきた。「インシャーアッラー、たぶん、あと十五分ぐらい」

それを聞いてどんなにほっとしたことだろう。指導者《イマーム》なら、わたしたちを助けようと思ってくれるはずだ。アブダラとジャマルが何人かの男性たちと——あくまでも礼儀正しい口調で——言い争っている声が聞こえてきた。

そのとき突然、群衆のなかから一人の女性があらわれた。銃を持った男たちを肘で押しのけながら、混乱と怒鳴り合いの渦中をすり抜けてくる。すぐに誰だかわかった。窓からなかをのぞいていた女性だ。黒いアバヤと長いヒジャブで全身を覆い、ニカーブで鼻と口を隠しているので、外からは目だけが見えている。その場にいた男性全員の視線が注がれたが、彼女は一顧だにしない。まっすぐわたしのそばに来ると、何も言わずに傍らに跪いた。無意識のうちに手を伸ばして彼女の手を探りあてていた。彼女の指がわたしの指をくるみ込む。その瞬間の安堵感は、長いあいだ感じたことがないものだった。彼女の茶色い瞳になぜだかとても親しみを覚え、以前にもどこかで目にしたことがあるような気がするほどだった。手の甲には、赤茶色の染料《ヘンナ》で繊細な巻きひげ模様が描かれている。女性同士で互いの手に緻密な模様を描いてあげる習慣があるのだ。彼女はソマリ語で周囲の男性たちに何やら話しはじめた。わたしは神経を高ぶらせながら、彼女のようすを見守った。何と言っているのだろう。助けようとしてくれていることは確かだ。悲嘆に暮れているような声。わたしに注がれるまなざしには、情感があふれている。

思わず手を伸ばして顔を撫でると、黒い布の下から頬の温かみが伝わってきた。混乱と喧噪が渦巻くモスクのなかで、彼女を自分のほうに引きよせた。

「英語は話せますか?」

「少しだけ」彼女はそう言いながら、身を寄せてきた。「あなたはムスリムですか?」

「そうです。カナダ人です」

「では、あなたはわたしのシスターです」と言ってから、こう言い添えた。「カナダ人の」

彼女が両手を伸ばしてきたので、わたしはそのまま体を預けた。がっしりした体に顔を埋めると、ライラックのような香りに包まれた。背中にまわされた腕の感触が心地よい。警戒心がゆるんで、周囲に張りめぐらせていた壁がパタパタと倒れると、わたしは声をあげて泣き出した。まわりの男性たちが早口で何かを言うと、女性はわたしを抱いた腕に力をこめた。この半年間はもちろん、イラクでの孤独な日々を計算に入れても、あれほどの安らぎを感じたことはなかった。永遠にそうしていたかった。彼女にすべてを打ち明けたかった。顔をあげてふたたび視線を合わせると、わたしは言った。ずっと監禁されていた、家に帰りたい、と。声が上がったり下がったりして安定しない。「家」という言葉を口にしたとたんに嗚咽が漏れた。わたしは、三メートルほど離れたところからこっちをにらみつけているアブダラを指さした。「あの男に虐待されています」突然、いても立ってもいられなくなって、そう訴えた。「わたしをレイプしているの」確実に理解してもらうために、指を使ってセックスの動きをまねてみた。

女性の目が大きく見開かれた。わたしから視線を逸らし、そのとおりだと言うふうにうなずいているナイジェルを見やった。

「まあ、それは禁止事項《ハラム》よ」彼女は言った。「ハラムよ、ハラム」彼女はまわりの人々を見上げて、憤怒の表情を浮かべると、わたしの頭を胸にかき抱いて髪を撫ではじめた。動揺を隠せないようすで、ソマリ語で何かを叫ぶ。あたりがしんと静まりかえった。女性は甲高い声で何やらまくしてている。立てた指を男性たちに向かって振りながら、叱りつけるような口調で話しつづける。体の震えが伝わってきて、ふと見ると、彼女の目にも涙があふれていた。ナイジェルはうなだれた姿で、黙って床を見つめていた。

そのとき、気の流れががらりと変わった。アハメドとドナルド・トランプがモスクに入ってきたのだ。取り乱したようすで怒りに震え、後ろからついてくるスキッズが拳銃を旗のように振りまわしている。一ヶ月も顔を出していなかったのに、いざというときは、瞬時に姿をあらわすことができるらしい。

アハメドはわたしを見つけると、突きたてた指をまっすぐ向けてきた。「貴様！」と叫んだ。「**とんでもないことをしてくれたな！**」つづいて大勢の人間がなだれ込んできた。男性ばかりだ。モスクに外国人がいるというニュースが村を駆けめぐり、露店に噂が広がったらしい。空気が淀んで不安定になり、あたりが喧噪で満たされた。と、大きな破裂音が轟いた。誰かがモスクのなかで発砲したのだ。

その音で呪文が解けて、止まっていた時間が動き出した。全員が蜘蛛の子を散らすように逃げ出した。つづいてもう一発。アブダラが人々を押しのけ、雄牛のように頭を低くして突進してくる。飛びかかってきたので悲鳴をあげた。蹴って撃退しようとしたのだが、アブダラは強かった。両手でわたしの足をつかむ。肩の向こうに大きく揺れた銃が反動をつけて戻ってきて、ばたつかせていたわたしの脚を打った。ソマリ人女性の腕から体が引き離される。アブダラはわたしを脇の扉に引きずっていこうとしていた。わたしは爪を立てて床にしがみついた。記憶にある限り、まわりにいた人々は誰一人としてアブダラを止めようとはしなかった。

止めようとしてくれたのは、あの女性だけだ。

彼女は両手でわたしの片方の手首をしっかりつかむと、ソマリ語でとめどなく何かをつぶやきながら、体重をかけて引き戻そうとした。そこから数分間、わたしの体は二人のあいだで宙ぶらりんになって、アブダラが足を引っ張りつづけるあいだも、ソマリ人女性は、わたしの左腕を両手で抱え込むようにして頑丈なおもりの役目を果たしてくれた。見たことがない男がアブダラに加勢してわたしのもう片方の脚を引っ張り、前に大きく傾いた弾みで、わたしを守ろうとしてくれている女性が顔から倒れ込んだ。それでも彼女はあきらめなかった。倒れた勢いを利用してわたしにのしかかってくると、手の位置を変え、改めてわたしの肘の上を握りなおした。わたしたちは一緒になって――列車の車両のように連結されて――引きずられ、ずるずるとモスクの床を滑っていった。肩の関節に激痛が走り、このままでは外れてしまうと怖くなった。

だが、彼女のふんばりもそこまでだった。彼女の両手が離れ、アブダラともう一人の男が勢いづいた瞬間がはっきりとわかった。わたしはアバヤで床を拭き取るようにしながら引きずられていった。扉までくると、なんとか頭を上げて振り返った。ソマリ人女性は、床のうえで大の字になって、人目をはばからずに泣いていた。揉み合ううちにヒジャブとニカーブが脱げていたので、顔が表にさらされている。母と同世代の五十代はじめだろうか。ぽっちゃりした頬と秀でた額。髪は、細い編み込みを何本もつくったコーンロウ・スタイル。片方の腕はわたしのほうに伸ばされたままだ。銃を持った三人の男に取り囲まれている。

そのままモスクの外に出ると、誰かがわたしの肩を持ち上げ、乱暴な動作で運びはじめた。階段を下りて、壁に囲まれた中庭へ向かっていく。わたしは足を蹴り上げ、手を振りほどこうと身をよじり、砂の地面に肘を打ちつけた。中庭まで来ると肩を持っていた手が離れ、上半身がそのまま地面に落ちた。

アバヤと下に着ていたワンピースが、お腹のあたりまでまくれあがっていた。アブダラが、荷車を引くように、左右の脇にわたしの両脚を抱え込んでいるので、体重が激減したせいでぶかぶかになっていたジーンズが足首までずり落ちていた。中庭を引きずられるうちに全身が砂埃にまみれ、すり切れた下着まで脱げていくのがわかった。要するに、お腹から膝まで丸裸だったのだ。

首を伸ばして救出や脱出につながりそうなものを探したが、何も見つからなかった――目に入ったのは、こっちを見下ろしている二十人ほどの男たちだけだ。わたしは身を隠すものがないままさらし者になっていた。お腹に冷たいものが当たるのを感じて、誰かに唾を吐きかけられたのだと気づいた。つぶやき声も聞こえてきたが、何と言っているのかわからない。中庭の外れまで行って道路との境界を示す金属の門柱の前を通り過ぎていくと、さらに大勢の見物人が集まっている気配が伝わってきた。わたしは手を伸ばして門柱をつかみ、両手でしがみついた。

アブダラが前に進まなくなった原因を確かめようと振り返る。アブダラとゲートの向こうに、青いトラックが待っているのが見えた。エンジンがかかったままだ。わたしの全身をふたたび野生の力が駆けめぐる。トラックに乗らずにすむのなら、どんなことでもするつもりだった。モスクのなかでまたもや銃声が響いた。とっさに思った。**ナイジェルだ。ナイジェルが殺されてしまった。**頭のなかにブラックホールが広がり、自分も死の淵に吸い込まれるような気がした。アブダラに引っ張られると、足をばたつかせながら門柱にしがみついた。そのとき、わたしを見下ろしている細面の女性が目に留まった。門の外に集まった野次馬たちに混ざって、何を考えているのかわからない表情を浮かべている。わたしは英語で叫んだ。「**どうして助けてくれないの？**」

彼女はすくみ上がったように見えた。「英語は話せない」と、完璧な英語が返ってきた。

次の瞬間、片方の拳に激痛が走った。誰かが力をゆるめさせようとして蹴ったのだ。痛みに呻《うめ》いて手を放す。そのまま無理矢理立たされると、背中を押されながら、四ドアの二列シートのトラックまで歩かされた。アブダラの手でバックシートに放り込まれたが、わたしはその瞬間を逃さなかった。足で思いっきり股間を突くと、アブダラが後ろにひっくり返った。

わたしは反対側のドアから飛び降りると、そのまままっすぐ野次馬たちのなかに飛び込んだ。腕を振りまわし、耳の奥でわんわんいう音を聞き、ジーンズがずり落ちないように手で支えながら。大きな声で、ムスリム全員が知っている『コーラン』の開巻の章《スーラ》を唱えはじめ、唱えながら、ようすをうかがっている全員と目を合わせようとした。ビスミッラーヒッラフマーニッラヒーム。アルハムドゥ　リッラーヒ　ラッビルアーラミーン。アッラフマーニッラヒーム。マーリキ　ヤウミッディーン。イッヤーカ　ナァブドゥ　ワ　イッヤーカ　ナスタイーン。イヒディナッスィラータルムスタキーム……。意味はこうだ。「慈悲ぶかく慈愛あつき神の御名《みな》において／神に讃《たた》えあれ、万有の王／悲深く慈愛あつきお方／審判の日の主宰者に／あなたをこそわれわれは崇《あが》めまつる、あなたにこそ助けを求めまつる／われわれを正しい道に導きたまえ」〔『コーラン』一章一―六節〕

ひどい発音で、早口で、わめき声になっていたけれど、わたしは大勢の傍観者たちに話しかけることで――実際には、叫んでいたのだが――証明しようとしたのだ。揺るぎない信仰心と呼ぶのに無理があるのなら親近感を、親近感でも無理があるのなら単純な事実を伝えたかった。髪はぼさぼさで、体は汚れ、どこからどう見ても外国人だけど、わたしだって人間なのだと。

誰も動かなかった。どう反応すればいいのかわからないようだった。虚空に向かってアラビア語を叫びつづけるわたしを、これほど恐ろしいものは見たことがないと言いたげな顔で見つめている。わたしはしゃがれ声になるまで叫びつづけ、誰かに羽交い締めにされてトラックへ運ばれていくあいだも口を閉じようとしなかった。二人の男がモスクの扉からナイジェルを引きずり出してこっちへ連れてこようとしているのに気づいたときも、まだ叫んでいた。ナイジェルの姿を目にしたとたんに安堵がこみ上げ、次の瞬間には、凄まじい不安に襲われていた。二人で窓から飛び降りてから四十五分。うまくいったのに、成功はしなかった。川を渡りきらないうちに捕まってしまったのだ。

ナイジェルは生きていたし、わたしも生きてはいたが、二人とも確実に息の根を止められてしまっていた。

# 32
# フリルの家　Tacky House

若いほうのモハメドと一緒にトラックのバックシートに押し込められると、わたしはナイジェルと手を握り合った。つづいて、モスクにいた二人の男性が犯人たちと一緒に乗り込んでくるのを目にして唖然となった――ほんの二十分前までは、多数派に味方してわたしたちの解放を訴えてくれているように見えた無表情な二人組が、さっさと宗旨替えをして犯人たちの仲間に加わったらしい。一人はスキッズとアブダラと一緒にフロントシートに乗り込んで運転席に腰を下ろし、もう一人は無言のままナイジェルの隣に座る。ジャマルはトラックの荷台に乗った。ドアが音を立てて閉まり、エンジンがかかった。外にいた野次馬たちの何人かが手を振って別れを告げている。

どこに連れていかれるにしろ、逃げ出した場所でないことは確かだった。わたしは震え出し、そして喋り出した。最後にもう一度だけ彼らの名誉心に訴えようとモハメドに話しかけたが、実際にはほかの男たちに、特に新入りの二人に向かって喋っていた。

「どうしてこんなことができるの？」正面を見据えているモハメドの横顔をにらみつけた。「あなたたちはムスリムだと言ってるけど、わたしたちだってムスリムなのよ。わたしたちを捕虜にするなんて、正しくないことだわ」

トラックに乗る前にモハメドに何度も殴られたせいで、顎骨のあたりが痛んだ。また殴られるかと思ったが、拳は飛んでこなかった。砂の道を走るトラックのなかで、モハメドは前方を見据えたままだ。誰も口を開こうとしない。ナイジェルが握った手にぎゅっと力をこめてきた。フロントガラス越しに、アハメドとドナルドを乗せたステーションワゴンが黄色い砂埃にくるまれながら走っているのが見えた。

穴だらけの道に出て猛然と走り出したかと思うと、十分ほどでタイヤがパンクしてトラックは急停車した。目の前に「モガディシュ大学」の看板を掲げたピンク色の建物が見えた。ということは、これまで監禁されていた家は、中心部ではないにしても、モガディシュの近くにあったわけだ。銃弾の跡やモルタルが陥没した穴であばたのようになった校舎の壁が、大学はキャンパスライフを満喫できるとは言いがたい状況に置かれていることを物語っていた。少年たちはわたしとナイジェルに銃を突きつけると、隣に停車していたステーションワゴンに追い立てた。なかからアハメドが降りてきた。その肩の向こうに、椰子の木や低層の建物が並んでいる光景がちらっと見えた。もう一度逃げようか。喉がむずがゆくなるように、そんな衝動が沸き上がってきたが、ここで逃げるのは闇雲にロケット弾を発射するようなものだと思い直した。

ふいに、いままで感じたことのないほどの強烈な疲労感に襲われた。もう闘う気力は残っていなかった。

二人でドナルドが待ち受けるステーションワゴンに乗り込み、アハメドはパンクしたトラックに残った。助手席に座ったスキッズが振り返ってわたしとナイジェルを指さすと、その指を自分のこめかみに当て、冷酷な顔で引き金を引く仕草をする。

「わたしたちを殺すつもりだわ」わたしはナイジェルに力なく言った。そうとしかとれなかった。

ナイジェルの片方のシャツの袖は破れてちぎれかけていた。肌からは血の気が失せて、蠟のように真っ白だ。と、隣に乗り込んできたモハメドがナイジェルの顔面を思いっきり殴りつけた。ナイジェルは拳をよけようとして顔をそむけ、手で両目を覆った。泣くまいとこらえているのがわかった。

モハメドの携帯電話が鳴り出したおかげで、ナイジェルは次のパンチを食らわずにすんだ。蛙の鳴き声の呼び出し音が車内に響き渡る。モハメドはナイジェルから目をそむけたまま、ポケットから携帯を出して話しはじめた。

わたしはナイジェルに囁きかけた。もしわたしが死んであなたが生き残ったら、家族に伝えてほしい。家族を愛していること、迷惑をかけ、悲しませたことを申し訳なく思っていること。母にはぜひインドに行ってほしい。インドに行けば、わたしのことをもっと深く理解してもらえるはずだから。「父さんとペリーにはタイに行くように伝えてね。タイに行けばすごく幸せになれるからって」

ナイジェルも、両親やきょうだいや恋人へのメッセージをわたしに託した――わたしが口にしたものと同じように、そのすべてに、愛情と謝罪と絶望がこめられていた。

モハメドはソマリ語で電話の相手に優しく話しかけていた。子どものたどたどしい話し声が聞こえたような気がした。モハメドが何か言うたびに笑い声をあげている。

ステーションワゴンは街なかを走り抜けていく。窓から見えるのは、ユーカリの並木や、のろのろ走るミニバスや、道端に転がっている車のタイヤ。白い水漆喰を塗った建物は、熱波に灼かれて古い骨のように見えた。男たちは荷車を押し、女たちは手桶を抱え、子どもたちは通り過ぎていく車をぼんやり眺めている。そのときのわたしには、何もかもが閉ざされた扉のようにしか見えず、ソマリアという国がわたしたちの存在を頑として受けいれようとしないことを改めて思い知らされていた。

しばらくすると、給油が必要になったステーションワゴンが、街角に立っている痩せた老女の前で停車した。足元にガソリン入りの缶が並んでいた。スキッズが窓越しに数枚の札を手渡すと、老女が缶のなかのガソリンをタンクに注ぐ。わたしとナイジェルの姿ははっきりと見えていたはずだ。すがるようなまなざしを向けてみたものの、老女はわたしたちを無視したまま顔をそむけてしまった。

ステーションワゴンは走りつづけた。あてもなく延々と周回しているようだったので、わたしたちを殺すために夜になるのを待っているにちがいないと思った。つまり、あと数時間の猶予があるということだ。

バックシートの後ろには、ずっとわたしたちに同情的だったドナルドが座っていた。危険は承知で、振り返ってドナルドのシャツの袖をつかんだ。「あなたの助けが必要なの」聞こえないふりをして窓の外を眺めるドナルド。わたしは引き下がらなかった。「お願い、お願い、お願いだから」

たまりかねてドナルドが切れた。「自分たちだけだと思ってるのか?」凄まじい怒りが伝わってきた。「ドイツ人もいればイタリア人もいる。彼らは難なく帰国できた」おそらく、新聞で読んだほかの外国人捕虜のことを言っているのだろう。「誰もおまえたちのためにカネを払おうとしない。それなのに、ここにきて、騒ぎを起こしやがった」そう言ってわたしの手を振りほどいた。

わたしは座席に体を沈めた。体の痛みがぶりかえしてアドレナリンを抑え込んだ。モスクの床を引きずられたときに背中とお尻の皮が剥けていた。両足が腫れ上がり、灌木の棘が刺さったときの血が乾いてこびりついていた。かすかな脈動を感じていなければ、それが自分の足とは思えなかっただろう。

ステーションワゴンは幾度となく角を曲がり、ようやく目的地とおぼしき建物に到着した。壁の奥にあるその家は、いままで監禁された場所とはちがって、明らかに誰かの住居だった。戸口の外には子どもの靴が脱ぎ散らかされていて、物干し用ロープには女ものの服が干してある。ドナルドとスキッズに追い立てられるようにして天井の低い廊下を進み、いくつもの閉ざされた扉の前を通り過ぎて奥の部屋に入った。二人はアブダラとモハメドに見張りを命じると、部屋から出ていった。何かを調理しているにおいが漂ってきた。

ふいに、ここはスキッズの家かもしれないとひらめいた。わたしたちがいる部屋は寝室だった。それもただの寝室ではなく、いたるところにフリルがついた婦人の私室《ブドワール》というやつだ。窓には更紗のカーテンがかかり、クイーンサイズのベッドにはピンク色の花柄のカバー。木製のドレッサーには、スキンクリーム、香水、ヘアジェルの瓶がきれいに並んでいる。

わたしたちは誰かの日常生活の内側に足を踏み入れていた。誰かの結婚生活に。甘い香りのするピンク色の愛の巣に。家の正面のほうから、ソマリ語でわめき散らす女性の声が聞こえてくる。おそらく、二人の外国人と銃を抱えた不潔な少年兵たちがいきなり押しかけてきたことに文句を言っているのだろう。

ドナルドが部屋に戻ってきた。「座れ」と言いながら床を指し示した。

ナイジェルと一緒にベッドの反対側の壁にもたれて座ると、ドナルドが尋問を開始した。モハメドとアブダラは、次の指示を待つように、立ったままわたしたちを見下ろしている。スキッズがソマリ語で質問し、ドナルドが英語で通訳する。烈火のような怒りもそのまま伝えられる。

「なぜ逃げた？」

「どうやって外に出た？」

「誰に助けてもらった？」

「死にたいのか？」

同じ質問に何度も答えさせられた。ドナルドに、ばかなやつだ、悪いムスリムだと罵られながら、わたしたちは謝り、誰の助けも借りていない、死にたくない、自分の国に帰りたいだけだと訴えた。

スキッズがわたしを指さした。その指がわなわなと震えている。

ドナルドが彼の言葉を英語でくりかえした。「おまえだろう」ドナルドが言った。「おまえが計画を立てたんだ」彼らの頭のなかでは、全部わたしがやったことになっていた。いままでもそうだったように、彼らにとってわたしは邪悪で信頼できない女なのだ。

わたしたちは何度も殴られた。痛みに耐えかねて体を屈めると、モハメドに銃の台尻で背中の窪みをど突かれた。

ついにドナルドが、運命を決定づけることになりそうな質問を口にした。「なぜだ」唾を飛ばしてそう言った。「なぜ、俺たちにファックされていると言った？」

体に震えが走った。ドナルドはさらにつづける。「ファックが何だか知ってるのか？　その気になればやれたんだ、アッラーに栄光《スブハーナッラー》あれ。だが、俺たちはやっちゃいない。この嘘つきめ！」

非難の言葉が宙に浮いた。アブダラが目をぎらつかせて威嚇してくる。全員がわたしをにらんでいた。

素早く頭を働かせた。いまならアブダラの罪を暴くことができる。でも、わたしのなかの何かがそれを思いとどまらせた。わたしは怯えていた。アブダラはやっていないと言い張るに決まっている。認めたとしても、どうせ非難されるのはこっちなのだ。

ドナルドに釈明した。「あの女性は英語が話せなかった！　何を言われたかわかってないわ！　わたしは、彼らのことが怖い、暴力をふるわれないか不安だと言ったの。そんな言葉は使わなかった。よい言葉じゃないし、そんな言葉を口にするのもよいことじゃない。それにわたしはムスリムなのよ」振り返ってナイジェルを見た。「わたしがそんな言葉は使わなかったと、この人たちに言って。言ってよ！」

ナイジェルは黙っていた。

スキッズとドナルドが相談をはじめた。アブダラとモハメドがわたしの頭と肩を殴りつけた。頭がふらふらして足元の床が崩れ落ちるような気がした。ドナルドが部屋の反対側へ行こうとすると、手を伸ばして彼の脚をつかみ、こっちを向かせようとした。「助けて、お願いよ。**お願いだから**」

「もうきみのせいだということになってるんだ」ナイジェルが囁きかけてきた。「黙って受けいれておいたほうがいい」

このときのナイジェルの言葉は、長いあいだ、わたしの心のなかに留まることになる。とても長いあいだ。その後にいろいろなことが起こり、長い時間をかけて思いをめぐらせていたときも、手にした石をまわしながらありもしない縫い目を探すように、ナイジェルの言葉を頭のなかで反芻していた。

**黙って受けいれておいたほうがいい。**

「そんなの無理よ」わたしは小声で言い返した。

ドナルドとスキッズはさらに尋問をつづけ、アブダラとモハメドはわたしを殴りつづけた。その間ずっと、ナイジェルは、窓から逃げようと言い出したのが自分であることも、二人で一緒に脱走計画を練ったことも白状しなかった。ナイジェルはまったくの部外者だった。

ナイジェルがそれらしきことを口にしたとき、彼の声は恐怖でひび割れていた。「悪かった。どうしてあんなことをしたのかわからない。耳を貸すべきじゃなかった」そう、わたしの言葉に耳を貸すべきではなかったのだ。本人も黙って罪を認めているのだから。

あのときの感情をどう表現すればいいだろう？ 憎悪、愛情、困惑、依存。そのすべてがもつれあっていた。あの瞬間は、もつれた糸をほどいて一本一本に目を凝らすことなどできなかった。彼はナイジェルでわたしはアマンダ。わたしたちはこの上なく深く結びついていた。考えてみるとそれは、子どものころに、よろめきながら転がりつづけた家族に捕らわれていたときの感覚と大差なかった。自分という存在を支えてくれている相手に怒りをぶつけるのはむずかしい。

尋問がどれくらいつづいたのか覚えていない。七分か十五分か、五十分ぐらいだったかもしれない。わたしが感じていたのは、心が隙間からこぼれ落ちて、外界から隔絶された、壁も床もない真っ暗な空間を螺旋を描きながら墜落していく感覚だけだった。

**このまま死ぬんだ。わたしたちが答えられなくなるまで殴りつづけて、死んだら置き去りにするつもりだろう。**

やがて、ドナルドがそろそろ行く時間だと言った。おまえたちにはほとほと嫌気がさしたとでも言いたげに頭を横に振った。彼は、花柄のカバーのかかったマットレスの端に座っていた。ドナルドに行ってほしくなかった。スキッズよりも彼を信頼していたから。

「お願い、行かないで」わたしは弱々しく訴えた。「お願いよ」

ドナルドは父親のような目でわたしを見ると、ベッドの端を手で叩いて隣に座れと伝えてきた。モハメドが異議を唱えようとすると、黙ってろと言うように手を振った。わたしはよろめきながら立ち上がり、ドナルドからそう離れていない場所に腰かけた。動くと肋骨が痛んだ。

わたしの頬に手を伸ばすドナルド。軽く触れただけで、飛び上がるほど痛かった。「ひどい顔だ」ドナルドはそう言ってから、もう行かなければいけない、こんなことになって残念だと言い添えた。「よくわからないが、まずい方向に向かっているのは確かだ」

そのときドナルドの携帯電話が鳴った。「サラーム」とそっけなく返事をすると、わたしを見て電話を耳から離した。早口でまくしたてる女の声が聞こえた。「ほらな？」ドナルドが立ち上がって、一瞬だけ微笑んだ。「遅刻だ。もう行かないと」

ドナルドが行ってしまうと、それまで姿が見えなかったハサムが茶色の紙袋を持って部屋に入ってきた。スキッズが袋を受け取って中味を床にあける――二本の長い鎖と四つの南京錠がぶつかり合ってチャリンと音を立てた。近くの市場で調達してきたのだろう。太くて重たそうな、濃い鋼色の鎖。両開きの大きな扉を閉めるときに使うものだ。ハサムが素早くわたしに視線を走らせ、傷が増えていることに気づき、わたしの身に起こったことを推し量った。その顔に警戒とも同情ともつかない表情が浮かんだような気がしたが、森に逃げ込んだ兎のように、すぐに姿を消してしまった。

鎖を持ち上げたスキッズが、重みを確かめながら満足そうな顔をした。鎖をモハメドに渡すと、モハメドがわたしの目の前にかがみ込んだ。鎖の両端を左右の足首に巻き付けると、それぞれの側に南京錠をかける。それぞれの錠が邪魔にならない場所におさまり、ひやっとするなめらかな鎖で拘束された二本の脚が、十五センチほどしか開かなくなるように。モハメドはナイジェルにも同じように鎖をつけた。

終わると、鎖につながれたまま歩かされた。わたしはナイジェルのほうを見ないようにした。さまざまな感情に心を掻き乱されて、自分たちが仲間だとは思えず、同じ人質として見ることすらできなかった。あれほどの孤独は感じたことがない――心が肉体に閉じ込められ、肉体も自由を奪われていたのだから。歩くことはできても、鉄の鎖が肌に食い込んだ状態で、ぎこちなくゆっくりとしか歩けない。どう考えても走ることは不可能だ。わたしとナイジェルは完全に彼らのものになった。どんなゲームに挑もうとしたにせよ、わたしたちは負けたのだ。

# 33　書類　*Documents*

日が暮れると、犯人たちは更紗のカーテンがかかった家からわたしたちを連れ出した。おそらく、住人の女性が――わたしたちが到着しときに腹を立てていた女性が――、あんな汚い人たちはここには置いておけないと訴えたのだろう。家を出る前に、彼女が用意してくれた食事をジャマルが運んできた。トレイに載っていたのは、大皿に盛られたスパゲッティと、絞り立てのオレンジジュースが入った水差しと、プラスチックのコップが二つ。数ヶ月ぶりに人間らしい食事をした。顎が腫れていたのでほとんど噛めなかったが、あのときの食事には――麺の風味や、コップから飲み物をするという当たり前のことに――心が少しだけ慰められた。

アブダラは、食事をするわたしたちを満足そうなようすで監視していた。いきなりわたしに訊いてきた。「たくさんの男とファックしたのか?」さりげない口調を装っていたが、覚えたての英語を試しているのは明らかだった。そうでなかったら、ほかの人間がいるところであんな質問はしなかったはずだ。

「何人だ?　何人の男とファ、ファ、ファックした?」

わたしは返事をしなかった。

アブダラはナイジェルに視線を移して、「おまえはどうだ」と訊いた。「何人の女とファックした?」

ナイジェルは口のなかのものを呑み込んだ。殴られたせいで顔がぱんぱんになっている。「四人かな?」ちゃんと数を数えたとでもいうふうに、そう答えた。

アブダラがにやけ顔をにんまりさせて、「ああ、四人か!」と言った。「多いな!」満足したようなようすで、壁にもたれかかる。

わたしたちは黙って食事を平らげた。


意外なことに、その夜連れていかれたのは、数時間前に逃げ出したばかりの〈脱走の家〉だった。危険は覚悟のうえで戻ったということなのだろうか。わたしとナイジェルのことが近隣に知れ渡ったはずなのに――結局は、わたしたちの大脱走の一部始終を目撃されてしまったのだから――犯人たちは脅威を感じていなかった。それとも、元の家に連れて帰るほど切羽詰まっていたのだろうか。もしかしたら、ほかに行くところがなかったのかもしれない。

わたしの部屋は出ていったときのままだった――本と、着替えと、洗面用品と、薬の袋がウレタンのマットレスの脇に一列に並べてある。マットレスには青い小花模様の布がシーツ代わりにかけてある。鎧戸は閉まっていた。

マットレスに横たわると、足首をつなぐ鎖が肌を滑り落ちて怖気が走った。汗をびっしょりかいたせいで体がべとつき、骨の髄まで響くような鈍痛で手足がうずいていた。逃げる途中で靴とバックパックと眼鏡をなくし、『コーラン』とイスラム社会の女性のたしなみについて書かれた二冊の本もどこかへいってしまった。わたしは恐れを見せずに闘った。モスクで出会った女性のことが頭を離れない――なんて勇敢な女性だったのだろう。わたしを助けられなかったことでさぞかし心を痛めているにちがいない。どうか彼女が無事でありますようにと祈りを捧げた。

　しばらくするとジャマルが戸口にあらわれたので、バスルームへ行かせてほしいと頼んだ。ジャマルは、わたしの背中に銃を突きつけながらついてきた。カーテンを開けると、破壊の痕跡が目に飛び込んできてぎょっとした。あたり一面に、モルタルの屑や煉瓦の破片が散らばっている。アルコーブの奥には巨大な穴が口を開けていて、傷口か、無理矢理こじあけられた闇の世界への入り口のように見えた。誰が見つけたにしろ、発見したときは衝撃を受けたにちがいない。

　わたしがトイレを使っているあいだ、ジャマルはカーテンの反対側にたたずんでいた。息づかいが聞こえてくる。おしっこの音を聞かれているのかと思うと、きまりが悪かった。

　部屋に戻ると、誰かがわたしを連れにくるにちがいないと、まんじりともせずに夜を明かした。砂漠のなかの空き地で身をよじらせているアカシアの木や、喉にナイフを当てられたときの記憶が、不安を掻き立てながら頭に居座っていた。

　ふと気づくと、時報係《ムアッズィン》の詠唱が聞こえてきて耳を疑った。鎧戸の隙間から差し込んだ薄い日差しが、けばけばしい緑の壁を照らしている。いつのまにか眠っていたらしい。そして、いまは目覚めている。生きたままで。家にいる全員が起き出したような音が頭上を漂っていた。いつものように、体を清め、祈りを捧げている気配がする。ベランダから言葉を交わしているような音が聞こえてくる。

　安堵の気持ちがこみ上げてきて体が温かくなった。

わたしは自分に言い聞かせた。たぶんわたしたちは大丈夫、と。

悪いことは暗がりでしか起こらないと決まっていたらどんなにいいだろう。人生が、光と闇の陣地にきれいに分かれてくれていたら。あの朝、あの家に降りそそぎ、近隣の家や住民たちやモガディシュ全体を包み込んだ光の波が心を浮き立たせるものだったら、どれほど嬉しかったか。

あれは、次に何が起こり、物事がどう進むべきなのかが誰にもわからない、そんな瞬間だったのかもしれない。わたしの耳には、ベランダに集まった犯人たちのぼそぼそいう話し声が聞こえていた。今後の対策を練っているのだろうか。なにしろ、昨日はさんざんな一日だった。二つの宝箱に脚が生えて全速力で走っていってしまったのだから。

それからまもなく、スキッズ隊長とアブダラが食べ物を運んできた。スキッズは日常的な事柄にはまったく関心を払わないし、アブダラも食事を持ってきたりはしない。それなのに、その二人がわたしの部屋に立っていて、優しげな表情まで浮かべながら、わたしの前にご馳走の山を置いたのだ——よく熟した黄色っぽいマンゴーと、ホットドッグ用のロールパンと、コップに入った温かいお茶を。

「それを食べろ」そう告げるアブダラの声には、普段とちがって、怒りの影がみじんも感じられない。

「待っててやるから」

とたんに胸の鼓動が速まった。待つって、何のために？　わたしは手にした食べ物と、床に置かれたお茶のコップに目をやった。見つめているうちに頭が朦朧としてきた。わたしは飢えていた。脱走騒ぎで体力を使い切って、体がからからに干上がっていた。

スキッズはそっけなくうなずいてから部屋を出ていった。アブダラもあとにつづき、戸口で振り返って謎めいた視線を送ってきた。

二人がいなくなるとロールパンを細かくちぎって食べた。お茶をすすった。食べながらふと思った。ナイジェルにも同じものが与えられたのだろうか。二人はナイジェルのことも待っているのだろうか。指でマンゴーの皮を剥くと、裏側についた果肉を丹念にしゃぶる。なかからあらわれた果肉は鮮やかなオレンジ色で、周縁から中心に向かって色が濃くなっていた。甘味には満足感を覚えたが、それだけでがらんとした空洞のような胃袋を満たせるはずもない。飢えについては充分に学んでいたので、食べ物を慌てて呑みくだそうとするのは動物がすることで、群れのなかにいるのでもない限りは無意味な行為だとわかっていた。一人でいるときは、少しずつ時間をかけて食べるほうが心と体の両方に有益だった。

ちぎったパンを一つずつ口に入れて咀嚼すると、今度はマンゴーに齧りついた。壁の向こうから何かが聞こえてきた——苦痛に耐えかねた悲鳴が。二人はナイジェルの部屋にいるのだ。

十分ほどしてから、アブダラがふたたび戸口にあらわれた。慌てたようすはない。「うまいか？」と、本気で知りたがっているような口調で訊いてきた。

わたしは黙ってうなずくと、まだ半分しか食べていないと身振りで伝えた。アブダラは扉を開け放したまま去っていった。

食事をつづけながら残りのパンをちぎり、小さな真珠ほどの大きさになるまで細かくしていった。パンをちぎり終わると、マンゴーの種にしゃぶりつき、歯と舌を使って木屑のようになるまできれいに舐めた。お茶は最後の一滴まで飲み干した。

わたしを連れに戻ってきたのはアブダラとスキッズだった。アブダラは自動小銃を抱え、スキッズは拳銃を持っている。

アブダラが訊いてきた。「そろそろ終わったか?」立って、自分たちのあとをついてこいと身振りで伝えてくる。スキッズがソマリ語で何か言った。アブダラはマットレスを指さしてから、自分のマカウィーを——綿の腰布《サロン》を——示し、ふたたびマットレスを指した。シーツにしている青い小花模様の布を取ってこいと言っているのだ。大きさも厚みもマカウィーと変わらない。どこへ行くのかわからないが、その布を持っていく必要があるようだった。

廊下に出ると、アブディたちが暮らしていた部屋の前を通ってベランダへ向かう。鎖のせいで歩くのが困難で、ふらつきながら安定を保つのが精一杯だった。片足を出してからもう片方の足を引きずり、すり足状態でのろのろと進んでいく。足は裸足で、服装は、前夜のうちにどっしりした黒いアバヤを脱いでいたことをのぞけば、脱走したときのままだった。緑のタンクトップの上から赤いポリエステルのワンピースを着て、ぶかぶかのジーンズを穿き、頭には黒いヘッドスカーフ——モスクから屈辱的な方法で連れ出されたせいで、どれも埃まみれになっている。

廊下を半分ほど行ったところでバランスを失って転び、腰の片側を激しく打ちつけた。スキッズの視線を感じながら体勢を立てなおそうとするのだが、足につながれた鎖が短いせいで、なかなか体重を移動できない。動くのもままならないようすを確認したスキッズの目が、満足そうに光るのを見たような気がした。

二人はわたしを従えて、両開きの扉がついた、がらんとした広い部屋に入っていった。十二月のイードのときに礼拝が行われた部屋だ。あのときは、ナイジェルと一緒に礼拝に参加して、イードが記念していることを——イブラーヒームが自分の息子をすすんで神に捧げたことを——讃えるように言われたのだ。部屋には光があふれていた。壁が黄色く塗られている。イードの礼拝のときは、列の最後尾について犯人たちの背中を見つめていた。コンクリートの床に跪《ひざまず》いたまま、左手にある二つの窓から差し込む陽光を見つめ、広々とした中庭にぽつんと立っている発育不良の木に目を奪われていた――普段は目にすることができないものに。

その日は、アブダラに背中を押されて部屋の奥まで歩かされた。スキッズがふたたびソマリ語で何かを言うと、アブダラがわたしのために通訳した。「おまえは悪い女だ」声がどんどん大きくなっていく。「おまえは逃げ出した。書類を持ってるか？」

思わず聞き返した。「書類？　いいえ、書類なんて持ってないわ」

「嘘をつけ」と、アブダラが言った。

そのとき気づいた。彼らはナイジェルの部屋を探って、助けを求めるソマリ語の文章を書きつけた紙を見つけたにちがいない。書類からはほど遠いものだったが、犯人たちは自分たちが書類と呼ぶものに――文字が書かれた紙に――異様なまでに神経を尖らせていた。紙に書かれた文字が奇妙な威力を持っていたのだ。

五ヶ月にわたって一定の距離を保ちつづけていたスキッズが、はじめて手が届くところまで近づいてきた。その目を見たとき、嫌な予感がした。とっさに片手で押しのけようとしたが、それが相手の動きを早めてしまったようだ。スキッズは左手でワンピースの襟元をつかむと同時に、空いたほうの手を振りかざして銃床でわたしの頭を打ち据えた。歯や、眼球や、指先にまで痛みが走った。真っ先に思ったのは、脳が傷ついてしまったということだった。

思わず横にふらついたが、スキッズの手はワンピースをつかんだままだ。強引にわたしの体を起こすと、ワンピースを頭までめくりあげ、汗まみれのタンクトップを指でまさぐる。抗おうとすると、またもや頭を殴られた。

「やめて、お願いだからこんなことしないで」わたしは訴えた。

スキッズが吼えるような声でアブダラに何かを命じると、彼らがシーツを持ってこさせた理由がわかってきた。スキッズがわたしの腕を押さえているあいだに、アブダラが小花模様の布を奪い取ってわたしにかぶせ、頭をすっぽりと覆ってから首の後ろで固く結んだのだ。青い光以外は何も見えなくなった。いくつもの手が体を触ってくる。タンクトップが引き裂かれた。身をくねらせて、目に見えない手から逃れようとしても、また別の角度から手が伸びてくる。誰かの拳が頭に命中した。目眩とともに吐き気がこみ上げ、体から力が抜けていく。別の人間の声が聞こえてきた。人が増えたのだ。ソマリ語を話している。モハメドとユースフの声だ。いきなり部屋が混み合ってきたようで、男性のエネルギーで空気がむっとしている。ハサムの声が、あの買い物係の愛くるしい少年の声が聞こえてきて、その事実がほかの何にも増して心に重くのしかかる。**まさか、ハサムまで**、と。

誰かにジーンズを引っ張られ、ちょうど、鎖がつながれている足首のあたりまで引きずり降ろされた。部屋の空気が熱かった。わたしの体を覆っているのは、頭にかぶせられた布とずり落ちたジーンズだけだ。肌にぴりぴりした痛みが走った。腕を胸とお尻に押しつけて体を隠そうとした。足元で誰かの手が動いている。ぼそぼそいう声が聞こえたかと思うと、つづいて一斉に息を呑む音がした。誰かが「アジョス」と口にした。シャモ・ホテルのフィクサーの名前を。

それを耳にしたとたんに心が沈んだ。そう、彼らはジーンズのポケットを探って、わたしが秘かに持ち出した小さな禁制品を発見したのだ。脱走する前にソマリ語のフレーズと電話番号を書き写しておいた、ちっちゃな二枚の紙切れを。ひまわりの種ぐらいになるまで小さく折り畳み、ジーンズの前についている幅の狭い三角形のポケットに詰め込んでおいたのに。

　犯人たちは興奮したようすで声高に話しつづけた。先をつづけるお墨付きをもらったとでも言いたげな、勝ち誇った声だった。

　そして、実際にそうした。先をつづけたのだ。彼らは、あの朝、あの部屋で自分たちがしたことを捜索と称していた。でも、彼らがやったことは、わたしたち全員を未知の領域へ引きずり込むものだった。少年たち全員があの場にいた。あとになってようやく、その重要性が理解できた。全員で共有したからこそ、仲間割れもせずにその後の数ヶ月間を過ごすことができたのだ。彼らが手を携えて足を踏み入れた邪悪な世界は、人としての尊厳を取り戻すことなど望めない場所だった。彼らは全員で同じ罪を背負った。わたしの体から流れ出た血は、数時間や数日どころか、何週間も止まらなかった。

# 34

# 暗闇の家　*New Rules*

ここから、わたしは闇のなかに入っていく。現実の物理的な闇のことで、新しい家の新しい部屋という形をとったそれは、四方を壁で囲まれた寒々しい暗黒の空間だった。新しい家はモガディシュから離れた農村にあるようで、そこでも、白い水漆喰塗りの建物が累々と築かれた白い骨のような姿をさらしていた。礼拝の部屋での出来事からわずか数時間後、彼らはわたしたちを――わたしとナイジェルの両方を――夜の闇に紛れて新しい場所に移動させた。わたしは黒いアバヤとヘッドスカーフで体を覆い、全身が麻痺したような奇妙な感覚で車に揺られていた。体はぼろぼろだった。傷つき痛めつけられた箇所があまりにも多過ぎて、少しでも体の重心をずらすと新たな痛みに襲われる。心のほうは別の場所にあって、網にからめとられて上空から起こっていることを眺めているような気分だった。

隣では、ナイジェルが声を出して喘いでいた。犯人たちに殴られやしないかとひやひやするほど大きな声で。シャツは着ていない。理由は想像したくなかった。

バックシートの後ろには銃を抱えた少年たちが押し込められ、彼らの足元から鍋がぶつかり合う音やビニール袋の音が聞こえてくる。前の家を完全に引き払った証拠だった。

新しい家ではほとんど何も見ていない。車から引っ立てられると、戸口をくぐり抜けてから長い廊下を歩かされた。

なかに連れ込まれる前に、ナイジェルのほうを向いてこれだけ言った。「気持ちを強く持って。絶対にここから出られるわ、ナイジェ。でも、しばらくは会えないかもしれない」想像しただけで目に涙がこみ上げた。彼も涙ぐんでいた。それまでのことは忘れて、その腕のなかにもぐり込みたかった。

犯人たちはわたしを窓も照明もない部屋に入れると、一緒に運ばれてきたらしい、ウレタンのマットレスと、所持品の入ったいくつかのビニール袋と、茶色いリノリウムの板を投げ込んだ。大きな部屋だった。マットレスを壁際に置くと、反対側の壁がずいぶんと遠かった。腐敗物と尿が混ざった酸っぱいにおいがした。ずっと封鎖されていたのか、洞穴や倉庫のように、光からも、人が生活している空間からも隔てられていた。扉のそばの窪んだスペースにバスルームがあり、使用している形跡のないじめっとしたにおいが漂っていた。

誘拐されてから二十二週間、ナイジェルと自分が発見される場面をあれこれと思い描いてきた。携帯電話の信号が追跡されて位置を割り出してもらえるのではないか、カナダかオーストラリアの政府が兵士か傭兵を送り込んで人質奪還作戦を展開してくれるのではないか、女たちの——犯人たちの妻かいとこか母親の——密告で一気に片がつくのではないか。希望は徐々に失われていったが、こうして、空気の淀んだ部屋に閉じ込められたことで、完全に潰えてしまったような気がした。

わたしはすでに相当量の血を流し、高熱を出していた。頭も激しく痛んだ。自分は死ぬのだ、時間をかけてゆっくり死んでいくのだとはっきり思った。マットレスに横たわっていると、どんな小さな音にでも意識が素早く反応した。部屋の反対側で鼠が動きまわっている。誰かが壁に何かを——おそらく蚊帳を——打ちつけている。ほかにもあった。廊下から空咳の音が、知らない誰かが咳をする声が聞こえてきたのだ。明らかに女性の声だが、まさかそんなはずはない。幻聴なのだろうか。

最後には、朝になったら痛みも和らぎ、目の前の闇も薄れているだろうと思いながら眠りについた。けれども、目が覚めてみると、口のなかが乾き、汗をびっしょりかいていた。全身に悪寒が走り、痣ができた部分はちょっとした刺激にも敏感に反応する。扉の下枠から細い光が漏れているのが見えたが、何も照らしてはくれなかった。

この家が〈暗闇の家〉だ。ここでは新しい規則が定められ、犯人たちはすぐにその規則を明らかにした。喋ってはならない。マットレスの上では一分たりとも体を起こしてはならない。食べたり飲んだりするときだけは、片肘をついてもかまわない。規則を破ると殴られた。監禁場所は部屋ですらなくなった。幅九十センチ、長さ二メートルほどのマットレスのサイズに縮んだのだ。濾過された水を市場で買ってきてくれることもなくなり、毎朝、同じ二リットル入りのボトルに入った水を与えられるようになった。外の蛇口から汲んできた水のようで、鉄の味がして舌に粒が残った。

二日目の午後、懐中電灯を持って部屋に入ってきたアブダラが、わたしが仰向けに寝ているのを見つけた。すごい力で足を蹴ってきた。「横になれ」そう言うと、爪先でわたしを横向きになるよう転がした。「これ以外はだめだ。運動はするな」

だめ押しとばかりに、もう一度蹴ってきた

あとから気づいたのだが、犯人たちは、わたしが前の家で部屋のなかを歩きつづけるようすを目撃していた。その数週間後に、わたしたちが脱走を試みたのだ。モスクのなかでわたしを追い回したときのアブダラの怒りの形相や、中庭を引きずられながらばたつかせた足が立派な武器になったことを思い出す。アブダラは同じ目に遭わないように警戒していた。彼らはあらゆる手段を使ってわたしを弱らせておこうとしていた。わたしが何らかの手段で体を鍛えるのではないかと恐れ、仰向けに寝るのを禁止した。おそらく、脚上げや腹筋をはじめてふたたび脱走を企てると思ったのだろう。

一日に五回、鎖につながれたまま、銃をかまえた少年に見張られてバスルームまでの短い距離を歩くことを許された。壁の上のほうに格子のはまった小さな換気口があり、日中は、そこから差し込むかすかな光が寄り集まって、水の流れない洋式トイレと、水の出ないシンクと、隅にある錆びたシャワーヘッドが見える程度の明るさが保たれていた。水は、扉の内側に置かれた容器に入っていた。

体を清めたあとは、礼拝を行うことになっていた。あのときばかりは礼拝が待ち遠しかった。多少は体を動かせたし、バスルームへの移動以外に体を起こしてもかまわないとされる唯一の時間だったのだから。たいていは一人か二人の少年が背後に立って、懐中電灯の光か携帯電話の青白い画面を頼りに、リノリウムの板を敷物代わりにして動作を交えながら祈りの言葉を唱えるわたしのようすを監視した。跪《ひざまず》くと、足に巻かれた鎖が足首に食い込んだ。ラカートの終わりの正座はできなくなっていた。

少年たちはわたしのアラビア語をからかった。抑揚や、拙い発音を口まねしてはあざ笑った。

「おまえは悪いムスリムだ、アミーナ」アブダラの笑い声が、鞭のように闇を叩く。「嘘つき女め」

四日目になると、不衛生な水のせいで体調を崩した。胃が焼け付くように痛み、下腹がゴロゴロ音を立てた。ペットボトルで床を叩いてバスルームに行かせてほしいと訴えた。少年たちは頼みを聞いてくれることもあったが、聞いてくれないこともあった。彼らは木の扉を少しだけ開けておいて、音もなく忍び込んできては眠っているわたしを驚かせた。目を覚ますと、アブダラと若いほうのモハメドがわたしの所持品を壁に投げつけていることが何度かあった。懐中電灯の光で全身をくまなく探りながら、〝書類〟を持っているだろうと迫ってくるのだ。本と薬は、〈暗闇の家〉に移るときに取り上げられていた。綿棒とボディーローションは残された。一組分の着替えと、瓶に入った香水と、丸太のような練り歯磨きも手元にあった。でも、それがすべてだった。

一つだけ、どういうわけか、わたしの持ち物に紛れ込んでいたものがあった。ナイジェルのシャツだ。脱走するときに着ていた紫のボタンアップシャツで、何カ所か裂けて、片方の袖がなくなっていた。わたしはそれをベッドに持ち込み、しっかりと抱いたまま眠りについた。

熱で朦朧としながらまどろんだ。意識があちこちをさまよい、体が燃えるように熱かった。闇のなかにいると、体がどんどん縮んで消えてしまいそうな気がした。脇腹を何度も蹴られ、慌てふためきながら目を覚ましたこともある。モハメドだった。片足をわたしの肋骨のあいだに食い込ませている。何をしているのか理解するまでに数秒かかった。眠っているあいだにうっかり仰向けになっていて、「運動禁止」の規則を破っていたのだ。モハメドはわたしが横向きの姿勢に戻るまで蹴りつづけた。

何度かナイジェルの立てる音を聞き取った。外の廊下で鎖がぶつかり合うかすかな音がしたのだ。ほかにも、例の謎の人物が咳き込む音がくりかえし聞こえてきた。吼えるような耳障りな声で、まちがいなく女性の咳だ。夜も昼も聞こえるということは、どうやらここに住んでいるらしい。誰であるにせよ、だいぶ具合が悪そうだ。考えているうちに頭が混乱してきた。なぜ女性がこんな近くにいるのだろう。彼女も監禁されているのだろうか。誰かの妻？　使用人？　彼女の存在を知って心が騒いだが、女性なら無条件に救いの手を差し伸べてくれるという幻想はとっくの昔に捨てていた。誰かはわからないが、わたしと同じように身動きが取れない状態なのだろうと想像した。

闇のなかにいると、時間の概念が崩れ、現実離れしたものになって伸び縮みしはじめる。アコーディオンのように音を立てて伸びたかと思うと、いきなり折り畳まれる。時間の区別もつかなくなる。一時間なのか一晩なのか、一日なのか。

マットレスは黒い海を漂ういかだのよう。周囲の闇が、実体を伴って重くのしかかってくる。タールのようにどろりとしていて、喉に絡まり、肺のなかでねばりつく。闇を吸って吐く方法を覚えなければならなかった。闇が、わたしを呑み込もうと襲いかかってくるような気がするときもあった。顔の前に手をかざしても何も見えない。何か影響を及ぼしてやろうと、腕を振って風を起こそうとした。自分に肉体があることを思い出すために、首のつけねの窪みを押してみることもあった。

八日が過ぎ、九日が過ぎた。時間を気にするまいとしたが、昼夜のリズムが失われた状態では気にせずにいられるはずがなかった。簡単なことしか考えられなくなった。**パニックを起こしちゃだめ。正気をなくしちゃだめ。**鉄道模型をぐるぐると走らせるように、脳を無理矢理動かしつづけた。**落ち着くのよ、**と自分に言い聞かせた。**こんなことがいつまでもつづくはずがない。犯人たちだって、すぐにここから出すつもりでいるに決まってる。**礼拝を呼びかける声を頼りに日にちを数えた。どうやら隣にモスクがあったようで、文字どおり、壁のすぐ向こうから詠唱が聞こえてくるのだ。時報係《ムアッズィン》の声は、耳に心地よくない老人のものだった。

あまりにも暗いせいで目に負担がかかり、ほとんど常に頭痛に悩まされていた。目を閉じたまま過ごすようになると、今度は脳が混乱をきたして苦労を強いられた。代わりに頼るようになったのが聴覚で、日ごとに鋭くなっていくのを実感していた。午後になると、ＢＢＣソマリ・サービスのラジオ放送が流れ、きんきんした音のラジオからアナウンサーが話すソマリ語が聞こえてくる。聞き取れる言葉はないかと耳をそばだてた。知っているソマリ語はごくわずかで、ほとんどはモガディシュに来てからアブディと過ごした最初の数日間と、誘拐されてからの最初の数週間、犯人たちが積極的に話しかけてきたときに覚えたものだ。米《バリース》に、玉葱《バサル》に、水《ビヨ》。ホテル、ジャーナリスト、バスルーム、モスクを指すソマリ語も知っていた。「お元気ですか？」「元気です」「助けて」「わたしたちは人命を救うために手を尽くしているのです」も知っていた。でもラジオからそんな言葉が聞こえてくることはまずなかった。一番よく聞き取れたのは地名と有名人の名前。何日も聞いているうちに、ソマリ人レポーターがモガディシュ、エチオピア、ドイツ、ジョージ・ブッシュについて話しているのが聞こえたような気がした。なじみのある言葉は、食べ物のようにわたしの飢えを満たしてくれた。

　ときおり、家のどこかで調理用の鍋が音を立て、女性が動きまわりながらケホッ、ケホッ、ケホッと咳をする声が聞こえてきた。わたしは次第に、料理人だろうと考えるようになる。少年たちの食事をつくって、あとかたづけをするために雇われているにちがいない。廊下の突き当たりに調理場があるらしく、少年たちが市場で買ってきたものを運んでいる音も聞こえてきた。ときどき玉葱を炒めるにおいが漂ってきた。彼女は未亡人で、どうしても働かなくてはならないのだと、想像をたくましくした。身分のあるソマリ人女性だったら――未婚でも既婚でも、若くても年寄りでも――若い男たちと同じ屋根の下で暮らすことなど許されないはずだ。それに、ソマリアには未亡人がいくらでもいるはずだった。

　言葉や音をとらえると、そのまま夢の世界に入っていってしまうこともあった。一度だけ、目を閉じているときにナイジェルの笑い声が聞こえたような気がしたのだが、自分の耳を信じられずにいるうちに、会いたい思いが募って幻聴を聴いたのだと我に返った。わたしが感じていた孤独は、あまりにも惨めで、情け容赦のないものだった。どこか別の場所の暗い部屋に閉じ込められているナイジェルの姿を思い描くと、かんばって、心を強く持ってと、声に出さすに呼びかけた。わたしを脱走の首謀者に仕立てたことへの怒りは長くはつづかなかった。きっと恐怖がそうさせたのだ。理解してあげなくては。いずれにしろ、いまとなってはどうでもいいことだった。わたしは、メッセージを送り返すナイジェルの姿を思い浮かべようとした。

どん底まで落ち込んだときは、体を丸めてナイジェルの破れたシャツを抱きしめ、声をあげて泣いた。横たわったままシャツを顔に当てて、沼地のような残り香を吸い込んだ。わたしたちには数年がかりで積み上げてきた歴史があった。二人で分かちあってきたものはたくさんあったけれど、あのとき、シャツに鼻を押しあてながら思い出していたのは、汗まみれになって無我夢中で走り、モスクへ駆け込んだときの記憶だった。楽しい思い出ではなかったが、電気を充電するように感情を呼び覚ましてくれたのだ。脱走した日、希望を感じていられたのはどのくらいだっただろう。十分？　十二分？　三秒分でもいいから、あのときの希望にあふれた感覚をよみがえらせる必要があった。わたしが切実に望んでいたのは、起死回生の、胸のすくようなヒット。こてんぱんにやられていてもまだ可能性は残っていると言い聞かせることができるような、希望の光だった。暗闇のなかでほかにすがるものもないまま、シャツの布地からその光を吸い込もうとしていた。

# 35　天空の家　A House in the Sky

二週間が過ぎ、三週間が過ぎた。やがて一ヶ月が経とうとしていた。

わたしは無のなかに横たわり、淀んだ闇にあらゆる領域を侵食され、自分が存在しているのかどうかもわからない状態に陥っていった。目を開けていても閉じていても、絡まり合った青い糸や、小さな羽毛のような帆船が目の前を漂っているのが見えた。ときどき、視力を失ったのかもしれないと考えた。そもそも自分は生きているのだろうか。

ここは地獄なの？

突拍子もない考えとは言い切れなかった。

わたしは苦労しながら、日々の習慣と呼べそうなものを確立していく。闇と規則のせいで動くこともままならなかったが、それでも、できることがあると思うと心が慰められた。マットレスの頭のところに、身だしなみを整えるためのささやかな品々を並べてみた。毎朝、バスルームに行ったあとにボディーローションを使うようにして、手と腕と顔にクリームをすり込んだ。犯人たちからは、紙の鞘に入った小さな一枚刃の剃刀を渡されていた。体毛を不浄とみなすイスラムの教えに則り、毎日陰毛を剃ることになっていたのだ。バスルームの薄明かりのなかで刃の切れ味を試しながら、その気になればこれで手首を切ることもできると考えた。単なる思いつきで、いつでも実行に移せるアイデアでもあったが、それ以上のものではなかった。

毎朝、バスルームから戻ってマットレスに横たわるまでの貴重な十五秒ほどを使って、大急ぎでベッドを整えた。手で皺を伸ばし、シーツをマットレスの両脇にしっかりとたくし込む。上掛け用の青い小花模様のシーツはきれいな長方形に畳んで、足元にセットする。これが、新しい一日をはじめる合図だった。

時間をやり過ごすために、自分が知っていることや、自分を壁の向こうの世界につなぎとめてくれることを思い出すようにした。暦は二月に変わっていて、あともう少しで三月になろうとしていた。瞼の奥でカナダの風景を思い描く。ロッキー山脈は幾重にも積もった雪で白く輝いていることだろう。母はマフラーを巻いているにちがいない。父が大切にしている花壇も雪を被って茶色くなっているはずだ。カルガリーの歩道をくねるように駆け抜ける冷たい風が、ゴミや枯れ葉を吹き飛ばす。毛糸に、風に、枯れた花。肌に触れたときの感触を思い出そうとした。カナダから遠く離れ、めったに寒くなることのない国々で多くの冬を過ごしてきた。いまは、何にもましてあの季節が恋しくて、暖かくて安全な家でくつろぎながら凍てつく世界を眺めていたかった。

現実の世界では、鼠たちが大胆に振る舞うようになっていた。毛むくじゃらの体が脚のうえを慌てて走っていく感触で目覚めることもあった。闇の虚空に目を凝らして、針の穴ほどの光は見えないか、何か動くものはないかと探してみるのだが、何も見えなかった。動くことを禁じられたせいで両脚がうずいていた。右側を下にしていた体勢から左側を下にする体勢に移り、また元に戻る。だるくて吐き気がした。犯人たちが持ってくる水はなるべく飲まないようにした。毎朝運ばれてくるものを――乾燥したパンや、駱駝の脂身を混ぜたライスや、バナナを――食べるのにも慎重になった。

外の音はすべて別世界から聞こえてくるように思えた。はっきり聞こえるのは、隣の時報係《ムアッズィン》の偏屈そうな声と、廊下を歩く人間の足音だけだ――サンダルを引きずる音が、シュッシュッシュッと扉に近づいてくるのだ。あの音を聞くと胸の鼓動が早くなった。あれほどまでに純粋な恐怖は体験したことがないと思う。誰かが近づいてくるのを察知すると、恐ろしさのあまり全身がカッと燃え上がる。足音だけでは、誰が何の目的でやってくるのかわからなかった。

誰よりも頻繁にあらわれたのはアブダラだ。ほかの少年たちもわたしの部屋を訪れた。ちゃんと体毛を剃っているか確かめるという名目で来ることもあったが、たいていは乱暴するのが目的だった。脱走前は、好奇の対象――英語の練習相手であると同時に、イスラム教に改宗させればアッラーに対して点数稼ぎができる外国人――だったかもしれないが、もうそんな存在ではなくなっていた。彼らはわたしを戦利品として扱った。特に手荒なまねをする少年たちもいた。ハサムやジャマルのように、放っておいてくれる少年たちもいた。けれども、グループ全体としては、モスクでの嘘の告発で恥をかかされたのだから、品位や自制心はかなぐり捨ててもかまわないという認識を持っているようだった。

アブダラは一日に何度もやってくることがあった。扉を開けると、懐中電灯の光でわたしの目を眩ませる。それから、たいていは無言のまま、マットレスの上に膝をつく。触るというよりも、わたしの体の肉をわしづかみにした。闇のなかで片方の乳房を探りあてると、破裂させるつもりなのかと思うほどの力で握りしめる。嘲るような口調で、わたしは「穢れて」いて「開いてる」と言うこともあった。ソマリアの女性たちとちがってわたしは割礼を受けていない――つまり、名誉を守るという厳格主義に則って、大陰唇とクリトリスの切除やヴァギナの縫合といった処置を施されている女性とはちがうと言っていたのだ。

　ときどき、青い小花模様のシーツで両手を後ろ手に縛って抵抗できないようにしてから、わたしの喉に押し込んできた。わたしはアブダラが立てる音を意識から遮断した。

　死が、歓迎すべきものに思えてきた。どんなものかは知らないが、いまよりはましなはずだと思った。どんなふうに最期を迎えるのかはわからなかったが――剃刀があっても、すぐに人生を終わらせたいという切迫感はなかった――、死がすぐそばでわたしを待っているのは感じ取れた。この身をゆだねていれば、死は簡単に訪れるはずだった。

　一日どころか一時間ごとに、木の枝がたわむように、胸のなかに重いものが溜まっていく。重荷に耐えられなくなる瞬間が刻々と近づき、心が音を立てて折れてしまいそうな気がした。想像するだけでいたたまれなくなった。折れたあとはどうなるのだろう？　向こう側には何があるの？　死？　狂気？答えは見つからなかった。

　アブダラが行為に耽っているあいだは体をじっとさせていたが、心のほうは逃げ出そうとあがきつづけた。境界線を越えまいと必死で踏みとどまった。重荷を少しでも軽くしたかった。アブダラはいつも懐中電灯を床に置いていた。わたしにのしかかって体を動かすアブダラの口から、舌が少しだけはみ出しているのが見える。懐中電灯の光線はわたしたちをよけて上に伸び、普段は決して目にできないものを照らし出す――黒っぽい木を使った天井の梁、ダイヤモンドのかけらのように宙を漂う埃の粒。わたしは目に映るものに意識を集中させた。人生がこんなふうになってしまったショックから這い出そうとした。

心のなかに階段を思い描いて上がっていった。階段の先にはいくつもの部屋が見える。天井が高く、大きな窓がついた風通しのいい部屋で、涼しいそよ風が入ってくる。部屋を抜けると、光とともに別の部屋があらわれ、そうするうちに、いくつもの廊下と階段を備えた一軒の家ができあがった。一つ、また一つと家を建てていくうちに、とうとう街が誕生した――穏やかできらきらした光にあふれた、ヴァンクーヴァーによく似た海辺の街だ。その街に自分を置いてみると、心のなかの広々とした空に、わたしが暮らす場所ができあがった。友人をつくり、本を読み、港が見える鮮やかな緑の公園の小道をジョギングした。甘いシロップが滴るパンケーキを頬ばり、お風呂に入り、木漏れ日に目を細めた。それは願望ではなく、狂気ともちがうものだった。苦痛を取り払ってくれるもの。わたしに生き抜く力を与えてくれるものだった。

アブダラが去ると、押し殺していた感情が一気にあふれてくる。声をあげて泣き、激流のような怒りと絶望に翻弄された。憎しみの油膜が張った海に爪先を浸して立っているような気がした。

それでも、美しい思い出を集めるのを日課にして、甘いお菓子のように味わった。人生の楽しかった瞬間を思い出すと、衰弱した手でゆっくりと包みを広げ、時間というわたしに使える唯一の通貨で支払いをする。ジェイミーへの恋心をよみがえらせ、もじゃもじゃの髪や、古着屋で買った服や、ギターを懐かしむ。

**どこに行きたいの?** あの日、カルガリーの川沿いの公園でジェイミーはそう訊いてきた。まだどこにも行ったことがなく、何も目にしたことがなかったころのわたしたち。

**どこでもいい**、とわたしは答えた。**ほんとに、どこでもいいの。**

その言葉どおりの人生を歩んできた。

細部に至るまで、脳裏によみがえらせることができる。肩を擦るどっしりしたバックパックの感触や、ジングル・トラックが吐き出す排気ガスの煙。鉄道の駅の光景に、羊肉のケバブに、ハルツームの川岸で一夜を過ごした炎の色をしたテント。ケリーと一緒にネパールへ行って、エベレストのベースキャンプまでトレッキングをしたときのことや、カブールのアマヌディンの家に泊めてもらったときの夜の光景に思いを馳せた。コルカタで掌いっぱいにすくってかぶりついた砂糖がけのピスタチオを、記憶のなかでもう一度味わってみる。ベイルートでは、ミントの小枝を添えて出されたクリームのようなハマスを三角形の柔らかいピタパンに塗って食べた。ある青年の顔が――ダン・ハンマーという名の、物静かで隙のない身なりのイギリス人の顔が――思い出の淵からよみがえる。もう何年も前に、グアテマラの深緑色の湖のほとりに座り、ケリーの手を握っていた彼の姿。みんなでプールに飛び込み、長距離バスに揺られたあとでよく冷えたオレンジ味のファンタで喉を潤し、朝が来るたびに、二つ星のホテルの食堂で笑い声をあげながら新しい一日をスタートさせた。外の世界での出来事を。

父の笑い声、母がつくってくれた料理、シルバン・レイクの夜空に瞬く星々を記憶に呼び覚ました。一度でも敵対したことのある人たち全員と和解した。うぬぼれや利己心からくる自分の振る舞いすべてに対して許しを求めた。〈天空の家〉では、わたしの愛するすべての人が集まって盛大な祝宴が開かれていた。わたしは安全で守られていた。そこにいると、恐怖の悲鳴や死を願う叫びで頭のなかを騒然とさせている声が鎮まって、一つの声だけが聞こえてくる。もっと穏やかで、力強い声。神々しさを感じさせる声だった。

その声はわたしに呼びかけてきた。**わかるでしょう？　あなたは大丈夫なのよ、アマンダ。苦しんでいるのはあなたの体で、あなたは体だけの存在じゃない。それ以外のあなたは大丈夫なの。**

その声を聞いてからは、耐えられるようになった――楽になったわけではなく、前よりは耐えやすくなったということだ。空腹で、傷だらけで、なかなか熱が下がってくれなかったが、それ以外のわたしは大丈夫だった。独りぼっちで鎖につながれてはいたが、それ以外のわたしは大丈夫だった。それ以外のわたしは、うろたえずにいるすべを心得ていた。わたしには安らげる場所があった。天から降りてきた声が、大切なことをそっと並べ直してくれたような気がした。息苦しい闇のなかに、清々しい空気が流れる空間を与えてもらったような気分だった。わたしはふたたび息をすることを思い出した。胸に手を当てて、実際に息を吸い込んでいることを確かめた。息を吸って吐くと、もう一度、同じことをくりかえす。

呼吸をしながらその瞬間をやり過ごすうちに、一時間が、一日が、一週間が過ぎていった。そのあいだも少年たちが部屋に入ってきては去っていき、彼らへの憎悪が膨らんではしぼみ、暗い穴から――陵辱され、殴られ、おぞましい言葉を投げつけられるたびに転がり落ちる、蟻地獄のような場所から――這い上がるような思いを味わった。わたしの扱い方を決めて、自分たちと同じ人間だと認めずにいるほうが楽なのだろう。認めてしまったら――誰か一人でも、我に返って自分たちがやっていることを直視したら――彼らの心も折れてしまうかもしれないのだから。わたしはそう結論付けた。

**息を吸って――わたしが求めるのは自由。息を吸って――わたしが求めるのは平和。**十回目だろうと千回目になろうと、彼らの非道な行為に耐えるのが楽になるはずはなかった。結果はいつも同じで、わたしを消耗させ、締めつけられるような希望の持てない怒りのなかに置き去りにする。わたしはそれまで、人間とは本質的に優しくて善良な生き物だと信じていた。世界がわたしにそう教えてくれた。でも、この少年たちのなかには、犯人たちの誰のなかにも、善良な部分などひとかけらも見つからない。人間がここまで残虐になれるのだとしたら、わたしは何もかも勘ちがいしていたのかもしれない。これが世界だと言うのなら、そんなところで生きていたくはない。これほどまでにわたしを怯えさせ、無力にさせる思いはなかった。

〈暗闇の家〉に来て二ヶ月目を迎えようとしていたある日、ユースフが――中庭で少年たちにトレーニングの指導をしていた大柄な少年が――懐中電灯を手にして部屋に入ってくると、ソフトボールほどの大きさのパパイヤを手渡してきた。ナイフで横半分に切ってあり、真ん中に集まった種が黒い星のように見える。わたしは果実を見つめてから、ユースフに目をやった。腰布《サロン》を巻いて、細い黒の縞模様の入った白いシャツを着ている。何週間もわたしに笑いかける者などいなかったのに、ユースフは微笑んでいた。ひどい言葉を浴びせられるか、パパイヤを取り上げられるものと思ったが、そうはならなかった。最初のころに何度か話しかけようとしたときの経験から、ユースフがほとんど英語を話せないことはわかっていた。ユースフは自分の胸を叩いてパパイヤが自分一人からの贈り物だということを伝えると、一メートルほど離れたところに腰を下ろして、わたしがパパイヤにかぶりつくのを眺めていた。

わたしはとても小さな声で「ありがとう」と言って、自分の声の響きにぎょっとした。言葉など、もう何週間もほとんど口にしていなかったのだ。

ユースフがまたもや微笑んだ。わたしが食べつづけていると、身を乗り出してきて、自分の腕をわたしの腕に沿わせた。懐中電灯の光のなかに二本の腕が浮かび上がる。「くろ」自分の腕を指してそう言った。つづけてわたしの腕を指すと、「しろ」と言った。最後に、わたしの目をまっすぐにのぞき込む。「ノープロブレム」

肌の色のちがいは問題ではないと言っているのにちがいなかった。

ユースフが部屋を出ていくと、わたしは涙ぐんだ。あれはまったくおかしな出来事だった。ユースフだってさんざんひどいことをしてきたのだ。それでも、小さな優しさが心に残った。

強く穏やかな声もずっと一緒にいてくれた。その声は教えてくれた。よいところを探しなさい、どんなことにもよいところがあるのだから、と。もがき苦しみ、心の重荷に耐えかねてもう少しで折れてしまうと感じたとき、その声は問いかけてくる。**いまのこの瞬間はどう？　いまのあなたは大丈夫？**

その瞬間だけは、いつもこう答えることができた。**ええ、いまのわたしは大丈夫。**

感謝すべきことを次々と思い浮かべた――故郷には家族がいるし、肺のなかには酸素がある。自分のための儀式もはじめた。毎晩六時の礼拝が終わると、マットレスに横たわって無言のまま訴えかける。家族一人ひとりの名を呼び、それぞれの顔を思い浮かべ、全員をお守りくださいと祈るのだ。ナイジェルと彼の家族にも、友人一人ひとりにも同じことをする。バグダッドで一緒に仕事をした人々や、モガディシュに来てから出会った友好的なソマリ人たちにも。脱走したわたしとナイジェルを助けようとしてくれた隣人たち、なかでもモスクでわたしを離すまいとしがみついてくれた女性のために祈りを捧げた。彼女が生きていますように、危害を加えられていませんように。つづけて沸き上がってきた罪悪感は押しのけた。

過ぎたばかりの一日についても、よかったことを探そうとした。犯人たちが人間らしさをかいま見せる瞬間を見逃すまいとした。**今日、ジャマルが食事を投げつけずに床に置いてくれたことに感謝します。アブダラがわたしの部屋に入るときに「アッサラーム　アライクム」と挨拶してくれたことに感謝**

**します。廊下で少年たちが笑いながらふざけ合う声が数秒間聞こえたことを嬉しく思います。ほんの一瞬だけでも、彼らの心のどこかに無邪気に振る舞いたがっている十代の子どもがいることを思い出させてくれたから。**

それまでの人生では気にも留めなかったことばかりで、よく考えればばかばかしくさえあったが、あの部屋で、あのような日に遭っていたわたしにとっては、一つひとつが重要な意味を持っていた。感謝の対象に意識を集中させることで、なんとか絶望を払いのけた。犯人たちの手で蟻地獄に投げ込まれるたびに、なんとか方法を見つけて這い上がった。楽なことではなかったが――そんな日はなかったし、そんな日が来るはずもなかったが――、この心の持ちようが梯子となり、扉となってくれた。

**どこでもいい、どこでもいいの。**わたしはそう自分に言い聞かせた。どこへだって行けるのだから。

# 36 迫り来る危機　*Danger is Coming*

アルバータ州には春が訪れていた。母は依然として、父とペリーの家からほど近い、政府が借り上げた家で暮らしていた。わたしが人質になってからの二百十日間、母は壁に掛けたカレンダーに×印をつけつづけた。カナダ連邦警察の交渉担当者が二十四時間態勢で母の家に常駐していた。といっても、母はすでに交渉をやめていた。最後に――十二月に、誘拐犯たちが砂漠で首を掻き切ると脅してから携帯電話を渡してきたあの日に――わたしと話したあとで、戦略を変更した捜査官たちから、ディスプレイにソマリアの電話番号が表示されたら電話には出ないように指示されたのだ。連邦警察のシナリオでは、母が電話に出なくなれば、アダムはナイロビに本拠を置くカナダの諜報機関のチームと交渉せざるを得なくなる。そうなれば、感情操作がしづらくなって事態が進展すると考えていたようだ。

アダムがこの変化に苛立っていたのは明らかだ。ときには、一日に十回も母の電話番号にかけてきて、メッセージを残さずに切っている。電話での接触を拒絶されたことに腹を立て、わたしたちへの救援物資を手配したときに母が使ったホットメールのアドレスに、スペルミスだらけの怒りのメールを送りつけた。一月の、ちょうどわたしたちが脱走を試みた時期に送られてきたメッセージには、アダムが主張しつづけてきたことを要約したタイトルがついていた。「我々が要求する身代金を払わないのなら、アマンダとナイジェルにいますぐ危険が迫るだろう!!!!」

誘拐から七ヶ月経っても、犯人たちは金額について譲歩する姿勢をほとんど見せていなかった。二人で三百万ドルという当初の要求こそ引き下げたが、二百万ドルは払ってもらうと言い張っていた。初期に提示した二十五万ドルという金額は、すでにアダムに拒否されていた。これはカナダ政府とオーストラリア政府が合同で支払うと決めた金額で、身代金は支払わないという公式の政府方針を貫けるように、名目上は〝必要経費〟に分類されていた。両国の政府はこの金額には一ドルたりとも上乗せしようとしなかった。拒絶された場合は、外交努力によって解決策を探るしかなかったのだ。

その外交努力がどんなものか、わたしの両親には漠然としか知らされていなかった。たとえば、ソマリア暫定連邦政府の協力を取り付けるためにモガディシュのような都市部の病院への資金援助を申し出る方法がある、と聞かされることもあった。カナダ政府の職員が氏族の長老をはじめとするソマリ人指導者たちに圧力をかけて解放を命じてもらおうとしている、とも伝えられた。ところが、暫定政府が常に転覆の危機にさらされているうえに、わたしたちを拘束しているグループがどこの氏族とも強いつながりを持っていないという報告がつづいたこともあって、再三の努力も実を結ばなかった。

膠着状態がつづいていた。アダムは受話器を取ろうとしない母に電話をかけつづけた。ソマリアからはほかにも着信があって、見ず知らずの人々が、情報を持っているとか、わたしたちを解放に導く手だてがあるとかいったメッセージを残していた。どうやって電話番号を知ったのか、何が目的なのか――犯人たちとつながりがあるのか、善意から力になろうとしてくれているのか――、母には見当もつかなかった。母はいつも、鳴りつづける電話を見ながら泣いていたそうだ。

何ヶ月も待たされると、期待しつづけること自体が苦痛になる。日が暮れて、ソマリアが夜になって連絡が来る可能性が低くなると、母は正気を取り戻すために家を出た。食料品店に行ったり、雪の積もった近所の森を一人で散歩したりしながら、頭のなかを整理しようとした。交渉担当者は家で待機してくれていたが、何を待っているのかもよくわからない状況だった。

わたしの両親の生きる糧となり、生還を信じる気持ちを支えていたのは、ほかの人たちは希望を捨てていないらしいという思いだった。オタワから毎日電話をかけてきて、諜報機関から入手した情報を報告してくれる政府職員は、所々をぼかしながらも、心の励みになるような話を伝えてくれていた。ナイジェルとわたしは食事を与えられていると両親は聞かされた。運動も許されている、と。母が真っ先に口にした不安は、女性としての身の安全は守られているのかというものだったが、捜査官たちはすぐにこう言って母をなだめた。厳格なムスリムのあいだではレイプは殺人よりも重い罪とされている。お嬢さんが性的虐待に遭っている可能性は低いはずです。

捜査官は、話すことはできないが水面下ではいろいろ動いているのだとほのめかした。母によると、オタワからは毎日のように、わたしたちの事件は解決に「非常に近づいて」いるというメッセージが伝えられていたという。母は具体的なことは何一つ知らないまま、その、「非常に近づいている」という言葉にすがって暮らしていた。

交渉の進め方をめぐって、わたしの家族とナイジェルの家族のあいだには緊張関係が生まれていた。それぞれの政府を仲介者とするように指示されていたため、双方の家族が直接連絡を取り合うことはめったになかった。ナイジェルの兄のハミルトンは、進展が見られないことに失望して、マイケル・フォックスというオーストラリア人に相談を持ちかける。フォックスは、セキュリティ対策の専門家を名乗る現代版の賞金稼ぎで、ソマリアに人脈があるので、ブレナン家が五十万ドル用意できれば少なくともナイジェルだけは救出できると豪語していた。オーストラリア連邦警察の方針にそむくことになるが、ブレナン家はこの状況で両国政府にどれだけのことができるのかと不信感を募らせていた。それに、ナイジェルが言っていたように、ブレナン家には資金もあった。一家の農場の売却で手にしたお金だ。借入金の担保にできそうな不動産を所有している親族もいた。親族のあいだでは、我が家の財力の乏しさにどう対処するかをめぐって意見が戦わされていた。このフォックスとかいう人物の言うことが正しいのなら、ナイジェルを解放する分だけのお金を用意すればいいのではないのかと。ハミルトン自身は、わたしを救出する責任まで負う必要はないと考えていた。

三月初旬、母はハミルトンがマイケル・フォックスと何らかの内約を結び、ソマリア入りしてブレナン家のお金でナイジェルの解放交渉に臨むようにゴーサインを出したことを知った。衝撃を受けた母はハミルトンとナイジェルの母親に怒りの電話をかけ、誘拐犯はお金を受け取ってナイジェルを解放したらすぐにうちの娘を殺すにちがいないと抗議した。

三月の下旬になると、両家はしぶしぶながらも休戦に漕ぎつけた。ブレナン家はフォックスの仲介を断り、何らかの突破口が開けることに望みをかけ、もう一度政府の捜査官に事件をゆだねることに同意したのだ。

ところがその後、インターネット上にあらわれた記事のせいで、わたしの両親は予期せぬ展開に心を掻き乱されることになる。あるアメリカ人ブロガーが、わたしが妊娠しているという記事をアップしたのだ。戦争や諜報活動を扱うサイトに掲載された短い記事で、具体的なことは何も書かれていなかった。この男性ブロガーは、モガディシュの信頼できる情報源から入手したものだと記しておきながら、噂に毛の生えたようなものにすぎないと断りを入れていた。

母の家に詰めていたカナダ連邦警察の交渉担当者は、こう言って母をなだめた。単なるゴシップで、わたしたちが誘拐されて以来ソマリアから流れてきた数十件もの未確認情報の一つでしょう。おそらく、業を煮やしたアダムか彼に近い何者かが、危機感を高めようとして流したものではないか。

ソマリアは噂を量産する工場のようだった。少数のニュースサイトと、どこの誰ともわからないブロガーたちがせっせと送り出してくる記事が事実とみなされ、祖国から逃げ出して世界中に散った百万人とも言われるソマリ人の情報源となっていた。母もその情報に頼っていた。母は毎朝パソコンの画面をスクロールしながら、終わりの見えない内戦の行方、氏族間の駆け引き、海賊、結びつきを強めるアル・シャバブとアル・カイダの関係についての拙い翻訳記事に目を通していた。ソマリアのメディアのほとんどは、地下で活動している非公認の組織だ。誠実な報道を目指しているソマリ人ジャーナリストたちは、常に脅迫され、身柄を拘束され、ときには暗殺されてしまう。多くのラジオ局が襲撃を受けて閉鎖に追い込まれている。ニュースサイトのなかにも、特定の氏族の支配下で偏向報道を行っているものがあると噂されていた。何が真実で何がそうでないのか知りようがなかった。

わたしとナイジェルに関するニュースは、ブロガーの記事や、得体の知れない情報提供者のネットワークからカナダかオーストラリアの諜報員に伝えられる形で、まとまりのない断片的な情報として入ってきた。わたしたち二人が車のバックシートに座っているところを見たというもの。わたしがソマリ人の子どもたちに英語を教えながら幸せに暮らしているといった、もっとうさんくさい情報もあった。あとから聞いて、その正確さに驚かされた情報もある。あの隔絶された場所からどうやって真実のかけらが漏れたのだろう。たとえば、〈脱走の家〉で部屋のなかをぐるぐると歩きまわっていた時期に、わたしが足首をくじいたという情報が両親の元に届いていたのだが、それは本当のことだった。犯人たちがソマリアでは貴重品の氷をわざわざ届けてくれたとも聞かされていたそうだが、それも本当のことだった。

母を一喜一憂させることになったのは、こういった断片的な情報の特異性だった。英語そのものが拙い割には、冷ややかな断定口調で書かれたものが多かったのだ。ほとんどの場合は、わたしが生きていて、ソマリア国内で一瞬だけでも目撃されている証拠と受けとめていたそうだが、一方では、わたしが洗脳によって別の女に生まれ変わり、自分が知っている娘とは似ても似つかない、ニュースのなかの架空の存在になってしまったようにも感じていた。特に克明に記されたレポートのなかに、誘拐されてから一年近く経ったころにソマリアのニュースサイトに掲載された、次のような記事があった。

ジャーナリストのアマンダ・リンドハウトはもはやキリスト教徒ではなく、三位一体の唯一神を崇拝する信仰を捨て、五回の礼拝で最高神アッラーを讃える身となり、誘拐犯の一人との結婚生活に非常に満足して、言葉が通じないため身振り手振りで笑ったり微笑んだりしている夫婦の姿は想像もできないだろうと、アマンダ・リンドハウトの誘拐犯の一人であるハシが、金曜日にワーガクスブ・ウェブサイトに語った。

アマンダが生活している家から数メートルほどの家に住むワーガクスブ・ウェブサイトの記者が、二人のジャーナリストのようすを間近で追い、アマンダはモガディシュ北部のスーク・ホラハのとある家で機嫌よく暮らしており、洗濯、炊事、家の掃除などの女性の仕事に日々いそしんでいると証言した。

記者は、オーストラリア人のフリージャーナリストについては充分な情報はないが、アマンダの近隣で暮らしていることは確かだとも語っている。アマンダは大きな黒いベールで体のほとんどを覆っており、現在は『聖コーラン』を学んでいる。


断言できるが、この記事が出たとき、わたしたちはモガディシュからはほど遠いところにいた。念のために言っておくと、妊娠も結婚もしておらず、ご機嫌な暮らしとは無縁の状況に置かれていた。炊事も掃除もしていなかったが、一度だけ、ジャマルとアブダラからわたしが使っているバスルームを磨けと命じられたことがあった。〈暗闇の家〉に移動して二ヶ月近く経った、ある日の午後のことだ。二人は屈辱を与えるつもりだったのだろうが、深々とした闇のなかで何週間もマットレスから離れることを許されなかったわたしにとって、それはその冬最高の十分間になった。換気口のスレートの隙間から差し込む網目のような光を頼りに、茶色のバケツの水と万能粉洗剤を汚い床に撒きながら、体を動かせる自由と、ほかの誰でもない自分だけのバスルームをきれいにできる喜びに浸っていた。シンクとプラスチック製のピンクの便座を、わざとゆっくりぼろきれでぬぐい、あまった石鹸を便器に捨てて、黒っぽい汚れの渦に吸い込まれていくのを見守った。

アブダラとジャマルは、部屋のすぐ外の薄暗い廊下で壁にもたれて座っていた。ソマリ語で夢中になって話し込んでいるのだが、お喋りに興じる友人同士のような口調は、わたしが長いあいだ耳にしていなかったものだった。女の捕虜には敵意を剥き出しにするという決まり事を忘れてしまったのかと思うほどの、屈託のないようすだった。

いまなら大丈夫かもしれないと思い、廊下に頭を半分ほど出して、洗剤の箱を掲げながら訊いてみた。「お願いがあるの、ここにあるバケツで服を洗ってもいいかしら?」

脱走以来、シャワーも着替えも許されていなかった。体を清めるときは、便器の横にしゃがみ、取手を残して頭の部分を切り取った調理油の黄色いプラスチック容器から水をすくっていた。水を使い切らないように注意しながら慌ただしく体を洗い、一度に使う水の量はカップ二杯に留めると決めていた。容器が空になっても、少年たちが重い腰を上げて水を汲んできてくれるまで何日も放置されかねないとわかっていたからだ。体からはひどいにおいがして、コロンの瓶を持参した犯人たちが、甘い香りの小道をつくろうとするように空中に振りかけることがあるほどだった。

あの日、部屋の外の廊下に座っていたアブダラとジャマルは、わたしとわたしの服に素早く視線を走らせた。と、そのとき、視界の隅で影が動いた。痩せた人影が、真向かいの部屋の戸口にかかっていた明るい色の布をめくりあげたのだ。立ち聞きをするつもりでその場にたたずんでいたのだろうが、すぐになかに引っ込んでしまった。例の女性だ。この家に住む幽霊のようなもう一人の女性――それ以外に考えられない。そのときはじめて、カーテンの向こうに彼女の寝室があったことに気づいた。こんなにそばにいたのなら、頻繁に咳が聞こえていた理由も説明がつく。

「五分だ」アブダラの声がわたしの思いを遮った。「早くやれ」

足の鎖のせいでジーンズは脱げなかったが、赤いワンピースとタンクトップとブラを剥ぎ取って、脱走のときに着ていた重くて黒いアバヤをかぶった。バスルームにとって返して茶色のバケツに残っていた水に素早く服を浸すと、石鹸を豪快に振りかけてから、一枚一枚丁寧に揉んでいく。洗剤が染みて指先に焼け付くような痛みが走ったが、汚れもよく落ちるにちがいないと思うと期待で胸が高鳴った。肌に触れるものをきれいにできることが、とてつもない贈り物のように思えた。

洗濯を終えると、ブラをシンクの脇のバーにかけた。戸口に戻り、しずくを垂らしているワンピースとタンクトップを少年たちに掲げてみせ、どこかに干したいと身振りで訴えた。服をジャマルに渡そうとすると、彼はあとずさった。それからアブダラとソマリ語で言い争いをはじめた。二人ともわたしの持ち物に触りたくないのだ。

ひとしきりの口論ののち、自分で干してもかまわないと許可が出た。気軽に下された決定ではなく、呼び出しに応じて銃を手にした数人の少年たちが集まってきた。そしてわたしは、二ヶ月ぶりに部屋の外に出ることを許されたのだった。鎖に足を取られてよろめきながら、両手で服を運んでいった。少年たちに追い立てられて長い廊下を進んでいくと、前方の開いた扉から差し込む光がどんどん強くなってくる。目が爆発するんじゃないかと怖くなった。炎が見えた――すべてを焼き尽くす白い炎が、青やオレンジの色味を帯びて渦巻いている。行く手の壁際に人影が並んでいるのがわかった。

誰かがわたしの耳元で怒鳴った。「早く、早く、早く」

わたしは〈暗闇の家〉の間取りを想像しながら長い時間を過ごしてきた。そしていま、頭のなかに正しい情報が次々となだれ込んでくる。戸口に、窓に、廊下の角。ずっと暮らしていたのに、目にしたことがないものばかりだった。気づいたときには外に出ていて、日差しがあふれかえったコンクリートのベランダに足を踏み入れていた。目の前には白い水漆喰塗りの壁。まぶしくて足元がふらついた。セメントが熱せられていて、裸足の足が焼け付くように熱い。涙が頬を伝って落ちていく。頭上の青空があまりにも広くて、目に入ってくる情報を処理しきれなかった。誰かに背後から小突かれた。

「ほら、ほら、急げ。ここに干せ」

目の前に何もかかっていない物干し用ロープがゆるく張られていた。赤いワンピースとタンクトップをロープに掛けると、なかに戻れと追い立てられた。

とたんにじめっとした空気にまとわりつかれ、息苦しくなった。つんのめりそうな姿勢で廊下を移動していくあいだも、目には太陽の黒い残像がちらつき、頭は自分が見ているものを理解しようとしていた。左側に、少年たちが所持品を置いているらしい大きな部屋があらわれ、その前を通り過ぎると、右側に扉が開いた戸口があらわれた。部屋は小さかったが、窓があって――わたしの痛む目をずきずきさせるのに充分な光があって――、なかには人がいた。ナイジェルだった。日差しを浴びながらマットレスに座り、青い蚊帳を王様のマントのように肩にかけている。本を読んでいた。わたしが鎖を引きずりながら通り過ぎても顔を上げようとしなかった。身を固くしたようすから、わたしが通っていくのに気づいていることはわかった。たぶん、顔を上げるのが怖かったのだろう。

少年たちはわたしをマットレスに戻すために、洞穴のように真っ暗な部屋を懐中電灯で照らし出した。方向感覚がなくなって、胸の鼓動が速まった。闇が以前よりも濃くなったように思えた。目がなかなか慣れてくれない。しばらくしてから、誰かが――顔の見えない誰かが――乾いたワンピースとタンクトップを戸口から放り込んだ。土をこすり落とした服からはほとんど重みがなくなり、石鹸の香りとお日さまの温かみが残っていた。

それからはマットレスに体を横たえたまま時を過ごした。戸外で過ごした三十秒ほどの時間を想って胸を熱くしながらも、ナイジェルの姿を思い返しては呆然としていた。ナイジェルを憎んじゃだめと自分に言い聞かせた。ナイジェルには本があり、窓や、蚊を寄せ付けないための蚊帳があった。ちゃんとした食事も与えられているのだろうか。犯人たちから優しく話しかけられているのだろうか。わたしの身を案じてくれているだろうか。わたしたちの待遇に天と地ほどの差があることを知っているだろうか。あのとき、ナイジェルが顔を上げてわたしと目を合わせていたらどうなっていただろう。わたしが慰めを得たり、ナイジェルの心の目が開かれたりするような、そんな瞬間になっていたのだろうか。

わからなかった。わかりようがなかった。

それから何日もナイジェルのことが頭から離れなかったが、嫉妬に身を焦がしながらも、最終的には、彼のために喜んであげるしかないという境地にたどり着いた。自分のことについては、あの日、部屋の外にあるものを目にできたことに感謝を捧げた。空気の存在を思い出したのはもちろん、海や大地にまで思いを馳せることができたのだから。わたしは心のなかで慎重に家の見取り図を描きなおした。ナイジェルと彼の本を、少年たちが寝ている、家の正面のほうに動かして、台所と呟き込む女性の部屋を、奥にあるわたしの部屋の近くに引きよせる。パズルのピースのように一つの部屋を別の部屋の隣に移動させながら、まだ物事を正しい場所におさめる力は残っていると自分を納得させていた。

# 37 折れた心 The Snap

あれは〈暗闇の家〉での出来事だ。携帯電話を手にしたスキッズが、わたしの部屋の戸口にあらわれた。電話の向こう側にいたのは訛りの強い英語を話す男性で、ナイロビにあるソマリア大使館の職員だと名乗った。何ヶ月も経ってからようやく、スピーカーフォンの向こうから聞こえてくるひび割れた声が生存確認のための質問をしてきた。犯人たち以外の人間の声を耳にするのは、脱走を試みた日以来はじめてのことだった。

「答えてください」大使館の職員が言った。「あなたが九歳のとき、お母さんに旅行に連れていってもらった場所はどこですか？」

わたしは答えた。ディズニーランド。カリフォルニアの。飛行機に乗っていきました。

スキッズが電話を持って去っていくと、わたしはそれから一日半、ひたすら泣きじゃくった。あふれてくる感情を押しとどめることができなかった。

それでも、あの電話は希望を運んできてくれた。喋っていたのは大使館の人間で、大使館と言えば秩序の象徴だ。涙を流しながらも、わたしの心は質問に織り込まれていた意図らしきもの、真意ともいうべき一本のより糸をつかみ、引き綱のようにたぐり寄せていた。あの質問は、ナイジェルとわたしが帰国の方向に向かっていることを伝えるために考えられた合図だ。母が質問を用意し、わたしがそれに答えた。母はわざとあの旅を思い出させたのだ。あれはヒントで、わたしが何よりも待ち望んでいる旅が間近に迫っていることを知らせようとしたにちがいない。みんなは――両家の家族と両国政府は――救出作戦の最終段階まできているのだ。あと少しで解放される。そうに決まってる。

胸のなかを沸々とたぎらせながら、闇のなかで何日も待ちつづけた。あと少しの辛抱だ、もうすぐあの扉が大きく開け放たれる。

希望が消えてなくなったのはおよそ一週間後。心のなかで、機首を上げて離陸していく飛行機を見送った。心が水になり、ほとばしるような勢いで周囲の闇に溢れ出していくような気がした。ばかみたい。本当は独りぼっちなのに。母と心が通じ合っているなんてただの妄想だった。ようやくわかった。凄まじい絶望が襲ってきた。

理性が働かなくなっていった。鉄砲水のように押し寄せてくる感情に、いきなり足をすくわれた。ナイジェルの姿が前触れもなく頭に浮かんできて、防壁を崩してしまう。彼を想い、その身を案じる気持ちが波のように押し寄せてくるのだが――**どうやって耐えているんだろう? 自分に何と言い聞かせているんだろう?**――波と一緒に、必ずといっていいほど、虚脱感を伴う苦い感情がついてくる。**ナイジェルは、脱走を思いついたのはわたしだと犯人たちに思わせた。いまは、あの部屋に座って、日だまりのなかで本を読んでいる。**

怒りが湧いてくると、その矛先からは誰も逃れられなかった。心のなかでみんなを、特に犯人たちを血祭りに上げる時間だけは存分にあったのだ。現実と見紛うような空想の世界をつくりあげ、透明人間になった自分を思い描いた。誰にも見られずに家のなかを歩きまわり、犯人たちを一人ひとり縛り上げていく。銃を手にとって全員に銃弾を浴びせたこともある。一人も逃さなかった。もちろんナイジェルは別だったが、見逃してやるのは、料理をしているもう一人の女性だけだった。

このころから左脇腹の激痛に苦しめられ、常に膝を抱えてあばらにきつく押しあてる姿勢を取るようになっていた。緊張が高まって耐えがたいほどになり、心はぴんと張ったワイヤーのようだった。何をやっても緊張を和らげることができるとは思えず、目覚めているあいだはたえず重圧を感じていた。

ある日の午後、外の廊下からサンダルの音が聞こえてきた。わたしは身を強ばらせて、部屋に入ってくる相手を待ちかまえた。

アブダラだった。まっすぐマットレスにやってきた。「気分はどうだ」と訊いてきてから、こう言った。「やりたい。それを上げろ」

ジーンズを脱がせるから、赤いワンピースを腰まで上げろと言っているのだ。わたしは仰向けになると、顔をそむけて目を固く閉じた。

アブダラがのしかかってくると、全身のすべての細胞で彼を憎んだ。死ねばいいと思った。相手の胸に両手を当てて、一種のバリアを張る。そのとき、体のなかから呻《うめ》き声が聞こえてきた。何が起こっているのかわかった――たわんでいた枝がとうとう音を立てて折れたのだ。上に逃れることも、緊張を和らげることもできなかった。もうこれ以上は一秒だって耐えられない。わたしは狂気の淵に落ちていく。落ちていくのがわかった。墜落して頭を激しく打ちつけた。

覚悟を決めてアブダラの胸を押し返すと、あることが起こった。掌に焼けるような痛みが走って、何かが命中したような衝撃があったかと思うと、直後に、奇妙な安らぎに包まれたのだ。わたしはもう体のなかにはいなかった。四方に飛び散って大きな天蓋をつくり、無数の光のかけらとなって天井に広がっていた。目の前に映像があらわれた。何ヶ月も前にアブダラの口から聞かされたいくつもの場面が。彼の人生が、突如として、一つづきの映像となって流れはじめた。幼いアブダラが爆発が起こった現場に走っていく。大好きなおばさんが、ちょうどその場所に立っていたことに気づいたのだ。おばさんの体の一部を――ばらばらになった片方の脚を――拾い集めて家に持ち帰る。それが、幼い少年にできる精一杯のことだった。歳月が流れ、今度は、トラックの陰に隠れているアブダラが見える。武装グループの一員として次々と近所の家に押し入り、住民たちを皆殺しにしていく姿が。

その刹那、わたしは彼の苦しみを知ったのだ。苦しみが結集して、瞬く間にわたしのなかを駆け抜けていった。息を呑むほどの生々しさで。それは、彼が生きてきた短い歳月のあいだに蓄積された苦悩。激しい怒りと無力感。トラックの陰に隠れている少年の姿だった。

これが、わたしを苦しめている人間の姿だった。わたしの悲しみよりもさらに深いところに、彼の悲しみが刻まれた。

アブダラが去ると、いつもと同じ痛みに耐えながらマットレスに横たわった。頭のなかは混乱していた。さっきのは何だったのだろう？　見当もつかなかった。何だったにせよ、わたしの胸は掻き乱された。あの瞬間は、完全に筋が通った、深遠なものにさえ思え、どっしりしたカーテンが持ち上がって隠れていた真実がかいま見えたような気がしていた。でも、心が分析をはじめて、起こったことに言葉と骨組みを与えようとすると、その何かが抗ってきた。わたしにはそれを形にすることも解き明かすこともできなかった。この未知の感情を、混沌とした姿のまま抱えていくしかなかったのだ。

けれども、結局は、それがわたしを救ってくれた。そのおかげで、人質の立場からは想像もできなかったものを心に育てはじめたのだから――共感という名前の小さな種を。

# 38 オマール Omar

周辺では戦闘が激化していた。二〇〇九年当時のソマリアは政治的混乱の渦中にあった。不安定な統治をつづけていた暫定連邦政府の大統領が二〇〇八年後半に突然辞任したため、モガディシュでは政権の空白状態がつづいていた。新生ソマリア政府を支えようとしてきた隣国エチオピアは、二年に及ぶ支援を断念せざるを得なくなり、自国の軍隊を撤退させた。アル・シャバブをはじめとするイスラム教グループが覇権を競い合ったせいで、国中で熾烈《しれつ》な戦闘がくり広げられ、市街地は角を曲がるたびに銃撃戦に遭遇するほどの無法地帯と化していた。そうするあいだも、モガディシュでは数千人からなるアフリカ連合の平和維持軍──大半はウガンダとブルンジの兵士たち──が、残っていた政府の機能を守ろうとしていた。

わたしはそんな背景を何一つ知らずに、戦闘に追い立てられているように感じていた。〈暗闇の家〉の周辺は静かだったのだが、一ヶ月ほど経つと、毎日のように爆発音や銃弾が跳ね返る音が──縄張り争いの激化を物語る、ヒューーッ、ドカーンという音が──聞こえるようになったのだ。

さすがに不安になったのか、犯人たちはわたしたちを車に乗せると、それまでとはうってかわって、豪邸のように見える家へ連れていく。車のなかではナイジェルの隣に座らされた。背中を丸め、消え入るようなようすで前方を見つめるナイジェルは、体全体がしぼんでしまったように見えた。顔を向けて「大丈夫?」と声をかけると、若いほうのヤヒヤに側頭部を叩かれた。「喋るな!」と、ヤヒヤが怒鳴る。わたしは二度と喋らなかった。

新しい家は巨大なL字型をしていて、庭は高い壁に囲まれていた。ソマリアで見たどの建物よりも大きくて豪華な家だった。正面の木の扉には凝った装飾が施され、荒れた庭の隅には箱形の離れ家が建っていた。わたしはこの家を〈希望の家〉と呼ぶことになる。

アブダラとヤヒヤのあとをついて、タイル貼りの廊下を進んでいった。鎖につながれたまま、痛む脇腹を抱えるようにしながらぎこちなく歩いていく。〈暗闇の家〉にいたとき、口を強く蹴られたせいで奥歯が二本ぐらぐらになっていた。一本は抜けて、もう一本は化膿した。歯茎が腫れ上がって顎が痛み、動くたびに刺すような痛みが走る。そんな状態でも、新しい家に入るときは野生動物のように神経を研ぎ澄ませ、五感をフル稼働させてはじめて目にする光景を受けとめていた。

誰かの住居だったのは明らかだ——これまで監禁されていたどの家ともちがって、つい最近まで人が住んでいた気配が漂っていた。空気に新鮮な香りがいくらか残っていたし、床のタイルは白くて清潔だった。この家を出ていった人たちが活動的で豊かな生活を送っていたことまで感じ取れるような気がした。どの部屋にも家具が置いてあった。ソファとランプ。木製のヘッドボードのついた高価そうなマットレスもあった。長い廊下の突き当たりを右に曲がると、今度は短い廊下があらわれ、わたしは左手の一番奥の部屋に押し込まれた。

小さな部屋で、窓はどっしりした鎧戸で覆われている。部屋の隅に、背もたれがまっすぐな金属製の椅子が置いてあった。脚が一本とれていて、座面のクッションの裂け目から黄色い詰め物が飛び出している。丸めて壁に立てかけてあるペルシャ絨毯が、長い葉巻のように見えた。

窓の右側に、ラミネート加工を施した色鮮やかなポスターが貼ってあった。吊り橋の写真だ。この手のポスターは、バックパッカーの聖地にある安いレストランやゲストハウスで何度も目にしていた。画像加工ソフトで修正され、現実にはあり得ない鮮やか過ぎる人工色に染め上げられた観光名所や自然の風景。以前のわたしは、その不自然さを鼻で笑っていた。そしていま、そんな写真の一枚が、目の前の壁に留められていた。巨大な河に巨大な吊り橋が架かり、淡い赤紫色の夕日をバックにけばけばしい緑色の断崖がそびえ立っている。わたしは一つひとつの色を貪るように眺め、ケーブルと橋桁が描く幾何学模様に目を奪われた。

吊り橋に目を凝らし、椅子を、絨毯を、鎧戸の四隅から光が洩れている窓を見つめた。すべてが美しかった。そのすべてが、漠然とした希望に満ちたものを運んできてくれた。

少年たちが、わたしのマットレスと、所持品の入った二つのビニール袋とシーツを戸口から投げ込んで去っていった。ここが新しい住まいということらしい。早速ベッドメイキングに取りかかると、立てかけてあった絨毯の下から何かが飛び出しているのに気づいた――紙だ。封筒の角のように見える。目にしたとたんに、胸の鼓動が早まった。

何が入っていると思ったのだろう。わたし宛のメッセージ？　地図？　そんなことはどうでもよかった。何であろうと、犯人たちのものではない。別の人生を送っている誰かが残していったものだ。そこには当たり前の暮らしの残滓《ざんし》があった。わたしは震える指で引きよせた。それは本当に封筒だった。写真店で現像してもらった写真を入れるのに使うような、上部に蓋のついた横長の。なかに入っていたのは一枚のカラー写真――白い縁取りがついた、男の子のパスポート写真――と、ソマリ語が書かれた一枚の紙だった。文中に男の子の名前とおぼしき単語があった。オマール。

男の子は九歳くらいだろうか。襟つきのシャツを着て神妙な顔をしている。短い髪がつんつんと跳ねていて、大きな茶色の目の下には隈ができている。花の茎のようにほっそりした、長い首。生真面目な表情の下に優しさと熱意が隠れているようで、写真を撮るきっかけとなった旅にふさわしく見せようと、年齢よりも背伸びをしているような印象を受けた。

オマールの写真を十秒ほど見つめてから封筒に戻し、放射性物質に触ってしまったような手つきで床に置いた。ある意味そうともいえた。犯人たちはこれを〝書類〟とみなすに決まっているし、書類はトラブルの元だったから。

マットレスにシーツを敷いて、その上に横たわった。それからまた封筒に手を伸ばした。そうせずにはいられなかった。その子を見たくてたまらなかった。小さな写真を目の前に持ってくる。オマールがよく見えるように。空想のなかのオマールに、わたしのことをよく見てもらえるように。真面目な顔でお互いを観察してから、誰かが戸口にあらわれるかもしれないと不安になったわたしが、彼を封筒にしまってマットレスの下に押し込んだ。脈が速くなっていた。封筒を持っていることがばれたら殴られるに決まってる。それなのに、わたしのなかの何かが写真を手放そうとしなかった。オマールを守るのが自分の使命のような気がした。味方のように思えたのだ。この国の理屈がねじれてしまったせいで、この子は自分の家を去り、いまはわたしがこの家にいる。父親が市民軍の指揮官で、この子自身がすでにジハードを決意している可能性だってあった。でも何かが、おそらくは絶望感が、わたしにそうではないと告げていた。

自分を抑えられず、数分おきに、マットレスの下からオマールの写真を取り出しては眺めた。戸口に注意を払いながら、男の子らしい顔を、細い顎を、口を閉じた貝のように見える唇を、細部に至るまで記憶に留めようとした。

ちょうど隠し場所に封筒を滑り込ませたところへ、アブダラとヤヒヤが戻ってきた。わたしの顔にやましさを読みとったのか、アブダラが鋭い一瞥をくれてから、立てと命じた。また書類の捜索をはじめるつもりなのかと怯えたが、そうする代わりに、荷物をまとめろと手振りで伝えてきた。わたしを別の部屋に移すことにしたのだ。

次に連れていかれたのは家具のない部屋で、段ボール箱が一つだけ置いてあった。なかには白磁の皿がぎっしりと詰め込まれ、一番上に、プラスチック製の青い花束が乗っていた。戸口の向こうは廊下の壁で、そこにも、コンクリートに釘を打って、以前だったら悪趣味としか思えなかった過剰な色遣いのポスターを留めてあった。今度のポスターには、山盛りになった果物が——パイナップルに、赤いりんごに、鮮やかなバナナに、ピラミッド状の房になったみずみずしい緑色のブドウが——それぞれの色を毒々しく光らせながら、空色の背景に浮かび上がっていた。これは何かの罰なのだろうか。マットレスの上から食い入るように見つめていると、数日後には、すでに切実だった空腹感がますます耐えがたいものになっていた。そうするうちに、わたしが食欲を刺激されていることに感づいたのか、写真がアッラーの怒りを招くと恐れたのか、少年の一人がポスターをはがしてしまった。

話が前後するが、荷物をまとめて最初の部屋から出るように命じられたわたしは、隠し持っていた写真をどうするか考えなくてはならなかった。オマールの部屋で過ごした最後の三十秒間は、アブダラとヤヒヤの監視の下、胸をどきどきさせながら、やるべきか否かのジレンマに陥っていた。時間稼ぎをしようと、わざとゆっくりシーツをはがしていく。写真が入った封筒はマットレスの下に隠してあった。シーツで手元を隠せば、二人に気づかれずに封筒を拾い、所持品を入れたビニール袋に放り込めるかもしれない。そうすればオマールを連れていける。わたしの心の慰めにもなるし、マットレスを持ち上げて封筒を隠していたことがばれるよりは安全だろう。

あれこれ考えている時間はなかった。勢いをつけてビニール袋とマットレスを抱え上げると、鎖につながれた人間に可能な範囲での敏捷《びんしょう》で従順な動きで戸口に向かう。オマールはもといた場所に弾き飛ばされた。壊れた椅子と立てかけられた絨毯のあいだの、極彩色の吊り橋を仰ぎ見る位置に。封筒に入ったまま、またもや置いてきぼりを食らったのだ。わたしは振り返らずに部屋を出ていき、ありがたいことに、犯人たちも振り返らなかった。

# 39　希望の家　*Positive House*

〈希望の家〉で暮らしはじめてから二ヶ月ほど経つと、ここにも戦火が迫ってきた。部屋の窓から銃撃戦の音が聞こえてきた。少年たちは戦争のことで頭がいっぱいのようだった。モガディシュでは、新たに就任した大統領が政権の運営にあたっていた。名前は、シェイク・シャリフ・シェイク・アフマド。もともとは高校の地理の教師で、数年前にモガディシュのイスラム教グループが同盟を結ぶ橋渡しをして、短期間ながら首都の武装勢力の司令官たちを和解させた人物だ。少年たちは新しい大統領の誕生に沸き立っていた。ソマリア議会がシェイク・シャリフを選出したのは〈暗闇の家〉にいたときのことで、アブダラはあのとき、いつもとはちがって数分ほど時間を取ると、エチオピア軍を追い出したうえに、ムスリムの強いリーダーが大統領に就任したことで、自分たちがどれほど興奮しているかを熱く語ったのだった。争いは終わった、と彼は言った。モガディシュから逃げ出していた何千人もの人々が戻ってきている。シェイク・シャリフは聖法《シャリア》ですべての派閥をまとめ上げるだろう。

「停戦になるぞ」アブダラは自信たっぷりにそう予言した。平和が訪れる見通しに喜んでいるようだった。わたしは、新しい政治的秩序がわたしとナイジェルにも希望をもたらしてくれるはずだと期待した。

　ところが、〈暗闇の家〉の壁越しに聞こえてくるのは激しさを増す戦闘の音だけだった。〈希望の家〉に到着したときにわかったのだが、少年たちは急速にシェイク・シャリフへの信頼を失い、信頼どころか、新大統領を新たな敵とみなすようになっていた。当初の楽観的な予測は、もっと暗い何かに姿を変えていた。シェイク・シャリフは就任後の数週間で自らを穏健派と位置づけ、さらに――犯人たちの反感をますます煽ることになるのだが――協調路線を打ち出すと、各国政府の支援を歓迎するとしたうえで、キリスト教国家であるエチオピアとの和平を希望すると表明したのだ。少年たちは午後になるとラジオの前に陣取り、ＢＢＣソマリ・サービスのニュースに聞き入っていた。戦闘は収束に向かうどころかエスカレートしつつあり、イスラム強硬派はシェイク・シャリフ本人と彼の平和構想に抵抗していた。アル・シャバブや、もう一つの反政府組織ヒズブル・イスラムは、首都の政府を守っていたアフリカ連合の平和維持軍に新たな攻撃を仕掛けていた。平和維持軍もこれに応戦。簡易爆発物でトラックの一台を吹き飛ばされたアフリカ連合の兵士たちが群衆に向かって発砲し、その場にいた十人以上が死亡したと報じられた。

　このニュースを聞いた少年たちは、新大統領を不信心者《カーフィル》と決めつけ、ジハードの完全再開を宣言した。

　脱走騒ぎの直後とはうってかわり、少年たちはふたたびわたしに話しかけてくるようになっていた。規則は変わっていなかったが――許可を得なければマットレスの上に起き上がることは許されず、体を横にした状態でしか寝られなかった――少年たちの憎悪の矛先が少しだけ向きを変えていた。つまり、わたしを苦しめることよりも、政治のほうに関心が向かっていたようなのだ。相変わらず、わたしの部屋の窓を閉め切って日の光を遮り、ビニール袋で隙間をふさぐまねまでして、一筋の光も差し込まないようにしていた。でも、効果はなかった。わたしの目と耳はそれまで以上に多くのものをとらえられるようになっていた。暗闇はすでに絶対的な力を失っていた。

やがて、ロメオが新しい家に姿を見せるようになり、来るたびに三、四日の長逗留をしては新風を吹き込んでいった。ロメオは指揮官の一人として、少年たちとスキッズ隊長に新しい自由を与えた。全員が丸一日の休みをもらって、家族に会いに家に帰ることができるようになったのだ。髪をきれいに整え、新しいシャツを着て、上機嫌で戻ってくる少年たち。果物や魚のフライを持ち帰ってみんなに分け与える少年たちもいた。ときには、わたしにもご馳走を振る舞おうと、タフィーや、よく熟れて紫色になったパッションフルーツを二つに切って持ってきた。

マットレスから廊下が見渡せたので、ナイジェルが監禁されている向かいの部屋がかいま見えることがあった。リビングルームのように広々としていて、家具が置いてあった。壁際には茶色いソファ。少年たちはいつもその部屋にたむろして、ナイジェルとお喋りをしていた。会話の断片が漏れ聞こえてくる。ナイジェルは自分は家を建てるのが好きだと話し、ソマリアに家を建てたいとまで言っていた。ソファで寝ていいかと尋ねて、だめだと言われるのも聞こえた。それでも、ソファのクッションを使って床にベッドをこしらえることは許された。

女の子やイスラム教のことがたびたび話題になっているようだった。あるときなど、ナイジェルが大声で「英語では『マスターベーション』と言うんだ」と言ってるのが聞こえてきた。少年たちの忍び笑い。誰がそれをしたかでお互いをからかい、イスラム教では射精のあと沐浴が義務づけられていることについてジョークが飛んだ。誰かがおおげさにオーガズムの声を出し、さらに笑いが上がった。

ロメオが家にいて周辺の戦闘が本格的になったときには、アブダラは日中、兵士として戦うことを許された。週に一、二回の割合で、アフリカ連合軍と戦う市民軍に参加するのだ。それが彼のジハードだった。あの家にいた少年たちのなかでは、アブダラだけが市街戦に熱中しているようだった。夕方になってどこかの司令官から電話がかかってくると、翌日の戦いに備え数時間かけて支度を整える。自分の装備をいじくりまわし、わたしの部屋まで見せびらかしに来ることもあった。それがアブダラとの会話が許される貴重な時間で、このときだけは彼の発言に質問したり感想を言ったりしても許される。彼はわたしの部屋の戸口に立つと、油を染み込ませた布で自分の自動小銃《カラシニコフ》を磨きながら、明日は神の御心にかなうよう大勢の敵を殺してやるのだと、その方法を滔々と語りつづける。

あれは、わたしたちがそういう会話をするようになったころのことだ。ある晩、アブダラが「インシャーアッラー、明日俺は死ぬ」と言い出した。

わたしは反射的に抗議の声をあげていた――死んでほしくないと思ったからではなく、それが唯一ふさわしい反応に思えたからだ。「そんなこと言っちゃだめよ！」わたしは言った。「死にたいはずがないわ。お母さんのことを考えて。どんなに悲しむか」

アブダラは首を振って、「いや、それが最高の方法だ」と言った。そしてお得意の台詞を付け加える。「おまえは悪いムスリムだ」銃を手にして戸口から姿を消したが、数分後に、ナイジェルの青い革表紙の『コーラン』を持って戻ってきた。銃を置いてわたしのマットレスのそばに座ると、頁をぱらぱらとめくりはじめ、ようやく目当ての一節を探し当てた。反対の頁に載っている英語の対訳を指し示す。「それゆえ、現世の生活を売って来世に換える者は、神の道のために戦うべきである」〔『コーラン』四章七四節〕

その一節は読んだことがあった。少年たちが、楽園こそが自分たちへの報酬であると信じているのは知っていた。正当な取引が行われ、天国《ジャンナ》に入って宝石で飾られた寝台に永遠に横たわっていられるのなら、この灼熱の痩せた土地で払う犠牲が物の数にも入らないのは議論の余地もないことだった。それが彼らにとっての信条《クレド》だった。アブダラは、おまえもそれを信じなければならないと念を押していたのだ。

二十四歳のロメオは、少年たちより年上というだけでなく、まったくの別世界から来た人間のようだった。洗練されていて、流暢な英語を話し、インドで耳にした英語のような、堅苦しくて歯切れのよい喋り方をする。ジーンズを穿き、洒落たスカーフを巻いて、高級そうなコロンの香りを漂わせていた。工学の学位を持っているそうで、ケニアに何度か旅行したときの話をしていた。

ロメオは午後になるとわたしの部屋を訪ねてきて、マットレスの向かいの壁際に座ってあぐらをかく。わたしの目をまっすぐのぞき込むと、欧米人がよく使う言い回しをちりばめながら話をする。「どういう意味かわかるか？《ユー・ノウ・ホワット・アイ・ミーン》」ひとしきり話すと、そう言って念を押す。「言いたいことはわかるか？《ユー・ゲット・マイ・ポイント》」

友好的に振る舞っているわけではなく、わたしに話しかけることで自分のエゴを満足させているように感じた。彼は言った。俺は家族の二十八番目の子どもなんだ。父親には妻が四人いた。父親が死ぬと、俺以外の家族はモガディシュから逃げ出して北部のハルゲイサへ行った。俺は結婚していない。勉学に打ち込みたいからな。イエメンの大学の通信教育を受けていた。ＩＴ関連の分野でもう一つ学位を取って、コンピュータの仕事をしたいと思ってる。大学院に願書を出してるんだ。

「おまえはとてもきれいだ」ある日、ロメオがそう言い出した。「とても健康的だ」わたしのほうに身を乗り出してくる。「いいか、俺たちが連れてくる前のおまえは美しくなかった。ひどいありさまだった」自分の額を指さしてからその指をわたしに向け、眉毛を抜く仕草をしてみせる。『ハディース』で禁じられている虚飾の行為を意味しているのだ。以前のわたしはまめに眉毛の手入れをしていて、熱中していると言ってもいいほどだった。囚われの身になって八ヶ月が経ち、眉が毛虫のように濃くまっすぐになっているのはわかっていた。ロメオはそれがよいと言っているのだ。「アッラーがおまえをとても美しくなさった。おまえがここから出たら、おまえを妻にする男は幸せ者だな」

　あのころのわたしは、毛抜きで眉を整えられるならどんなものでも差し出しかねないところまで行っていた。わたしは見栄っ張りだった。あのような状況にあってもなお、しつこく見栄にこだわっていた。アーチ型の眉にこだわった罪で地獄に堕ちていてもおかしくなかった。

　現実のわたしは見るも無惨なありさまだった。体はぼろぼろだった。殴られて歯が折れていた。脇腹の痛みは蹴られたせいでますます悪化していた。嫌な咳が止まらない。髪は束になって抜け落ちる。不潔な水のせいで刺すような腹痛にも襲われていた。かゆみを伴う黴《かび》のような吹き出物が顔の左側を覆い、首や胸にまで広がっていた。膿のせいで肌がじくじくしていた。

　それでも、自分を哀れに思う段階は通り過ぎていた。わたしは、夜が来るたびに心のなかで交わしていた自分との対話に数々の宣言を盛り込むようになっていく。〈暗闇の家〉を生き延びたのだからこの家からも脱出できる。わたしは自分にそう言い聞かせた。ありったけの自信を掻き集めて、大丈夫だと自分の体に語りかけた。それまでは、**腹痛がおさまって、明日には下痢がなくなりますように**と祈っていたのを、もっとふてぶてしい態度で口にすることにしたのだ。すべてが真実であるかのように、堂々と宣言した。**わたしの消化器官は健康。食べているものからはちゃんと栄養が取れている。肌も健康、**

**なめらかで、吹き出物も治っている。**毎日、体の一つひとつの部位について同じことを行い、おまじないのように復活を宣言していった。**目はちゃんと見える。歯はぐらつかない。髪はふさふさしている。心は何にも屈しない。**特にエネルギーを注いだのが、一番不安を抱えていた生殖器だ。誘拐されてからずっと生理が止まっていた。あちこちが痛んで、どこがどう悪いのか特定できないほどだったので、敢えて考えないようにしていたのだ。**女性器は守られているわよ、**と自分に言い聞かせた。**卵巣はまだ機能している。わたしは大丈夫。**

ある朝、スキッズが部屋にあらわれて、小さなビニール袋を床に放り投げた。中味は、透明のプラスチックシートに包装されたカプセル剤で、バナナとオレンジの絵が描かれた細長い箱に入っていた。箱の裏の説明書は中国語で書かれているようだった。薬の半分はなくなっている。ビニール袋の底に四角い紙が入っていた。薬局の処方箋で、英語が印字された用紙にペンでこう書かれていた。

氏名：サーロ

年齢：三十四歳

「女性」という表示の隣にチェックが入っていた。

それは贈り物だった。薬そのものもそうだが、彼女の名前を知ったことでそれ以上の恵みを授かった。サーロ、三十四歳。彼女にちがいない。〈暗闇の家〉では、嘔吐《えず》くような咳で夜のしじまを震わせ、それ以外の時間は、犯人たちのために料理をしていた沈黙の女性。彼女にもわたしの咳が聞こえていた。力になろうとしてくれたのだ。スキッズの手に薬を押し込んで、これを渡してやってと頼んでくれたのだ。そうにちがいない。スキッズに怒鳴られたかもしれないが、どうしてもと粘られるうちに、さすがのスキッズも折れたのだ。わたしは薬が届けられるまでの場面を心のなかで思い描いた。彼女が心配してくれたということが、何よりも心に染みた。わたしは毎朝一錠、サーロの薬を飲んだ。効き目はないようだったが、少なくとも彼女との絆は感じられた。

〈希望の家〉では屋外便所を使用していた。そこに行くには、家の中央にある長い廊下を歩いて右に曲がり、短い廊下を抜けてオマールの部屋を――調理場として使われるようになった部屋を――通り過ぎ、それから中庭に建っている屋外便所の扉をくぐる。靴は少年たちからもらっていた――サイズの大き過ぎる黄色いビーチサンダルだ。底の部分に「ＨＡＰＰＹ　２００８」という文字と風船の束のイラストが印刷されていたが、半分くらいはこすれて消えてしまっていた。

移動するときは、床に目を落とした姿勢で歩き、毎回少年の誰かにぴったりと付き添われていた。視線は常に下に向けていなければならなかった。オマールの部屋の前を通り過ぎるときに、何度か料理人の――サーロ、三十四歳の――足が見えた。彼女は戸口にたたずんで、明らかにわたしを見ていた。さわれそうなくらい近くにいた。花模様のワンピースの裾が見えた。イスラム教の慣習に従い、床に届くほどの長さで彼女の足を隠している。

ある日のこと、突如として沸き起こった勇気と、あれほどの思いやりを示してくれた女性のことを知りたいという欲求に負けて、わたしは目を上げて彼女の顔を見た。

はっとするほど美しかった。しなやかな体つきで、背が高くて、繊細な顔立ちだった。瞳は黒く、頬骨はなだらかな曲線を描き、顎は細く尖っている。ソマリ人ファッションモデルのイマンを彷彿とさせる、鋭角的な輪郭と優美な立ち姿。髪は薄茶色のスカーフでしっかりと覆っていた。

目が合うとサーロは息を呑み、片手で口を覆った。数ヶ月も同じ屋根の下で暮らしていたのに、彼女との接触はこれが最初で最後になった。サーロは怯えたように目を見開き、銃を持ってついてきていたヤヒヤのほうを見て、驚きを示すと思われる「オー！」に似たソマリ語を口にした。

裏切られたわけではなかったが、とても味方とは思えない行為だったことは確かだ。味方どころか、彼女もわたしと同じくらい少年たちを恐れており、自分から薬を分けてはくれたものの、たとえ一瞬たりとも、わたしと共謀関係にあるように思われたくないと考えていることが伝わってきた。そこまでする気はないのだ。

背後から、間髪入れずにヤヒヤの拳が飛んできた。背中に一発、頭にもう一発。わたしはふたたび、床に触れそうなほど長いワンピースの裾に視線を落とす。

しばらく経ってから、ジャマルとアブダラがわたしの部屋に来て、体を丸めて横たわるわたしをくりかえし殴り、もう二度と顔を上げませんと誓わせた。それきり危険を冒すことはなかったが、それでも彼女の顔を見られたのは嬉しかった。

# 40
# 妻の心得　Wife Lessons

「さぞかし辛いだろうな」六月のある日の午後、ロメオがそう声をかけてきた。「だが現世とはこういうものだ」一瞬で過ぎるとでもいうように、指を鳴らす。「そして、天国という報酬は永遠につづく」

励ましているつもりなのだ。素晴らしい日々がやってくるのだから、現状は堪え忍ばなくてはならないのだと。犯人たちが望んでいるのは、神の計画が明らかにされること。わたしが望むのは、監禁生活が一瞬のうちに――ずいぶん長い一瞬だが――過ぎ去ること。ここにいる全員が次の人生を待っている。ただし、わたしだけが、生きたままその日を迎えるつもりでいた。

わたしたちはまた新しい家へ移っていた。モガディシュから遠く離れ、ケニアとの国境にほど近いソマリア南部の港町キスマヨ付近に滞在することになったのだ。居場所を知ってはならないはずだったが、わたしは知っていた。アハメドが運転するSUVに乗せられてから、およそ十二時間。車は南北を貫く道路を避けながら、砂漠の道で左右に振られ、窪地で車体を弾ませ、険しい谷を這い上がるようにしながら走りつづけた。少年たちは武器がぶつかり合う音を闇のなかで響かせながら二列の座席を占領し、わたしとナイジェルは恐怖心から一言も言葉を交わさないまま、なぜか自分からそこに座ったロメオと、バシャバシャと音を立てる燃料入りの五十ガロンのドラム缶に挟まれるようにして、バックシートの後ろに押し込められていた。少年たちは、未知のものへの期待感に興奮を隠せないようすで囁き合っていた。まるで学校の遠足にでも行くように浮き足立っている。これほど家から離れるのははじめての経験らしい。車と併走している月の光を頼りに、窓から首を出して外を眺めようとしている。**キスマヨ、キスマヨ**、と声を潜めて口にしながら、少年たちは知らないうちに秘密を漏らしていた。**キスマヨ**、と。

キスマヨでは、舌でインド洋を感じることができた。肌に湿気がまとわりつき、足の鎖が錆びてくるぶしに赤い筋がつくようになった。海は見えなかったが、近くにあるのはわかった。ひたすら東へ進めばオーストラリアにたどり着く。大海原にヨットやタンカーが浮かび、あちこちに点在する島で、大勢の人々がそれぞれの暮らしを営んでいるようすを心に思い描いた。夜になると嵐が通り過ぎ、あたりを水浸しにしていった。

その何週間も前から、ロメオとアハメドはわたしとナイジェルをアル・シャバブに売り渡すと脅してきた。ここに連れてきたのは取引を完了させるためにちがいないと、わたしは思った。キスマヨはアル・シャバブの本拠地として知られていたからだ。新たな誘拐犯と新たな規則のもとで――ソマリアでもっとも危険な過激派たちに囲まれながら――暮らすなんて、考えただけで胸が不安でいっぱいになった。

ところが、数日もすると、キスマヨに移動したのは単に戦火から逃れるためだったことがわかる。わたしたちは街の中心部にある二階建ての集合住宅で二晩を過ごしてから、人気《ひとけ》のないオフィスビルに移されていた。ビルには小さな部屋が五室あり、賑やかな界隈からは離れた場所にあった――後に〈海辺の家〉と呼ぶことになる建物だ。犯人たちは、ここに滞在するためにアル・シャバブに上納金を払っているようだった。移動中にも何度か車を停めて、スキッズが砂漠の道を支配しているさまざまな武装集団の司令官たちに現金を渡していた。

ナイジェルはわたしの向かいの部屋に閉じ込められた。少年たちは、暑さを理由に、屋外にたむろするのをやめていた。わたしの部屋のすぐ先の受付ロビーで長い時間を過ごすようになったので、彼らの存在をかつてないほど身近に感じることになった。彼らは自分たちの『コーラン』を、ロビーの隅にあった年季の入った受付デスクに積み重ねていた。バスルームは全員で共用することになり、汚れが飛び散って悪臭を放つ便器にしゃがみ込んで用を足さなくてはならなかった。水は腰の高さの水槽から汲むのだが、なかではボウフラがうようよと湧いていた。

ロメオはずっとわたしたちと一緒に過ごすつもりでいるようだった。十ヶ月のあいだに顔ぶれは変わり、そのときどきでちがう人間が任務についた。何人かはまったく姿を見せなくなり、煙のように消え去った。誘拐直後の数日間に監視役を務め、わたしたちの改宗の立役者になったアリは、わずか数週間でいなくなった。十四歳といいながら十一歳にしか見えなかった最年少のイスマエル、びくびくしながらそばに近づいてきていたあの少年も、最初の一ヶ月で姿を消した。季節が冬から春に変わるあいだに、ドナルド・トランプが姿を見せる回数も減っていった。赤ん坊の父親になった若いほうのヤヒヤは、キスマヨに到着してから数週間後に出ていったきり、二度と戻ってこなかった。無口な協力者だった三十四歳のサーロは、はじめから南への移動に同行していなかった。

犯人たちがどういう背景でつながっているのかは、ごく漠然としたことしかわからなかった。イスマエルには帰るべき家がなかった。それを知ったのは、わたしとナイジェルがまだ同じ部屋に監禁されていたころのことだ。ある日、アブダラがイスマエルに片方のズボンの裾を上げさせたことがあった。ふくらはぎの肉が爆発でごっそりと削ぎ落とされ、膝から下が食べ終わる寸前の骨付きチキンのようになっていた。イスマエルはさらにシャツを持ち上げ、お腹に炎のような形の傷が巻き付いているのをあらわにした。皮膚が縮んで黄褐色になり、見ているだけで辛くなるほどだった。アブダラが、イスマエルの家族は迫撃砲で全滅し、こいつが唯一の生き残りなのだと説明した。イスマエルは孤児だった。そしてモガディシュで家族を失った少年たちの多くがそうであったように、彼もグループに引きずり込まれた――住む場所と、食べる物と、仲間を与えると約束されて。

イスマエルがいなくなってから何があったのかとロメオに尋ねてみると、ロメオはイスマエルの顔がなかなか思い出せずにちょっとのあいだ首をひねっていた。最後には肩をすくめて、たぶん新しい武装集団に回されたのだろうと言った――たとえて言うなら、別のトランプに混ぜられたのだ。

わたしたちを誘拐したグループがどう機能しているのか――誰が指令を出し、誰が少年たちを勧誘して食事代を払い、誰がわたしたちをキスマヨに移す決定を下したのかは、よくわからなかった。身代金が支払われたら誰が一番得をするのだろう？　支払われなかった場合は、誰が見切りをつけるタイミングを決めるのだろう？　わたしたちを殺すにしろ解放するにしろ、その日を決めるのは誰なのだろう？

だいぶあとになってから、アデン湾に出没する海賊たちについて書かれた本を読んだのだが、凶暴で手荒なまねをしそうに見えるソマリ人の集団は、多くの場合、商才に長けた品のいい小企業のように管理されているそうだ。投資家や会計士がついていて、身代金から経費を差し引いた純益に基づく給与体系が整っているという。あるジャーナリストが、七十五日間に及ぶ船のハイジャックで百八十万ドルの身代金を獲得した例を調査し、その約半額が投資家に渡り、仲介役（おそらく、アダムやドナルド・トランプやロメオのような人間たち）が六万ドルあまり、見張り役が一万二千ドル近くを手にしたと算出している。一人当たりの平均年収が二百六十六ドルの国では途方もない金額だが、それはあくまでも、すべてが計画どおりに運んだ場合の話だ。

ある日の午後、ロメオがわたしの部屋の戸口にあらわれてビッグニュースを伝えてきた。ニューヨーク市のとある大学の情報工学関連の学部に願書を出したところ、入学を認められたというのだ。数ヶ月後にはアメリカに発つ。ロメオはわたしに山のような質問をしてきた。ニューヨークに行ったことはあるか？　ニューヨークはどれくらい寒い？　俺の発音はアメリカでも通用すると思うか？　ロメオは、ニューヨーク在住の親戚の家に身を寄せようと考えていた。学費は身代金でまかなうそうだ。「インシャーアッラー」と言ってから、こう付け加えた。「アッラーがお許しになればな」

ロメオはわたしを立派なムスリムに育てることに関心を示すようになり、ナイジェルの『コーラン』を持ち込んで、献身と運命について長々と説教した。どんな本であれ本に触れられる喜びに変わりはなく、わたしはふたたび熱心な生徒の役割に身をゆだねた。ロメオがいるときには、体を起こして喋ることが許された。人間らしい気持ちになれた。ロメオがいればアブダラやほかの少年たちを遠ざけておけるので、身を守ることができるという利点もあった。ロメオは一、二度『コーラン』を開いて、例の「自分の右手が所有するもの」というくだりを見せると、わたしがその立場に該当すると解釈していることを伝えてきた。彼もほかの指揮官たちも暴行の件は知っていたが、品位を貶める行為として眉をひそめているだけのことで、わたしが少年たちの行動に疑問を持つのは筋ちがいだと考えていた。それが捕虜となったわたしの運命。地上のすべての人間がそうであるように、わたしの運命は母の子宮にいた時点で魂に書き込まれていたというわけだ。「いつ終わるかはアッラーの御心次第だ」ロメオはそう言った。その一方で、自分の大学入学計画については、アッラーは希望をかなえてくださると信じていた。

「なぜ異教徒の国で学びたいと思うの？」と、尋ねてみた。前々から、ロメオがアメリカをそう呼ぶのを聞いていたのだ。

偽善の罪を犯したとでも考えたのか、ロメオは一瞬たじろいだようだったが、すぐに気を取り直して淡々とした口調で答えた。「アッラーは目的があればそういう国に行ってもよいとおっしゃっている。あの国から何かを得てイスラム社会に恵みをもたらすことができれば、それはよいことだ」

ときには、男女の関係をにおわせるような話題に踏み込んでくることもあった。「ソマリアの男はハンサムだと思うか？」ある日、そう尋ねてきた。「おまえの国の男よりいいか？」外ではめずらしく海風が吹いているようで、頭上のブリキの屋根がカタカタと音を立てていた。ロメオはマットレスと向かいあわせにあぐらをかいて、膝に『コーラン』を載せている。わたしが答えないでいると、質問の角度を変えてきた。「兵士のなかにおまえが結婚したい者はいるか？」

「兵士」とは少年たちのことだ。わたしはノーと答えた。どの兵士とも絶対に結婚したくない。

ロメオは眉を上げげながら微笑んだ。耳障りのいい声で、巧みに会話に引き込んでいく。「俺がおまえに結婚を申し込んだら、嬉しいか？」

結婚を承諾するかどうかは問題にされないようだった。この手の話が出るかもしれないと薄々感じてはいたが、実際に口にされるのを聞くとぞっとした。正式な結婚に持ち込まれてしまったら、二度とここから出られないだろう。

「わたしは結婚について何かを決められる立場にないわ」わたしは首を振って、どっちにしろ可能性はゼロだと強調した。「捕虜ですもの」

「ああ、それはそうだ」と、ロメオ。「だが、アッラーがお決めになったから、おまえはここにこうしている」膝の上で手を組み、当然のような顔でわたしを見た。「抗うな、アミーナ」

そうやって結婚の話をするのには、空想の世界に現実味を持たせて、暇つぶしをしている側面もあったようだ。さすがの彼も、朝から晩まで『コーラン』の話をするのにうんざりしていたのだろう。自分が置かれた状況についてては、多額の報酬をもらったうえに花嫁というおまけまでついてくるのだから、我慢する価値はあると考えているようだった。自分に決定権があればすぐにもわたしと結婚するのだが、グループの全員が身代金をあてにしているから、〝プログラム〟の解決が先決だ。それが解決したら、ハルゲイサにいる母親の家で暮らせばいいし、自分がニューヨークに行ったあともそこにいてかまわない。さらにこう言い添えた。おまえは白人だから、嫌がらせをされたり誘拐されたりしないように、部屋のなかに――そう言えばわたしが胸をときめかせるとでも思ったのか、「大きな部屋だぞ！」と強調していた――隠れて暮らすことになるだろう。

「おまえが俺の子どもたちの母親になったら」と、彼はつづけた。「息子たちにジハードについて教えろ。ソマリアや外国でジハードを戦うよう勧めろ。『コーラン』を教えろ。おまえならきっと上手にやるだろう」

おだてってもらっても嬉しくもなんともなかった。ある日の午後、ロメオは身を乗り出して、『コーラン』のあるくだりを指さした。これまでに何度も読んだ一節だった。「おまえたちの妻はおまえたちの田畑である。だから、欲するままにおまえたちの田畑に行け」〔『コーラン』二章二二三節〕「田畑」とは、わたしの理解によれば、耕す畑のことだ。

ロメオはにやついている。「おまえが俺の妻になったら、これが何を意味するかわかるか?」

わたしの心は沈んだ。「ええ、でもそういう話はしたくないわ」

ロメオはセックスを「楽しいことをする」と呼んだ。「インシャーアッラー、おまえが俺の妻になったら、俺たちはずっと楽しいことをするだろう」あの日、彼はそう言った。「なぜって、俺は常に楽しいことをしたいからな」

床に目を落としたまま何も言わずにいると、ロメオは立ち上がって部屋を出ていった。


ロメオがそばにいないときは、聞き耳を立てているしかなかった。受付ロビーから、少年たちが咳き込んだり唾を吐いたりする音が聞こえてくる。体を清め、礼拝を行う音。繊維のようなアカシアの小葉で歯の掃除をしたり、ジョークを言ったり、退屈のあまり物憂い気分に沈んでいるときもそれとわかった。誰かが指を鳴らしてナイジェルを立たせ、沐浴させる音も聞こえてきた。

騒々しい音の出所はほとんどが携帯電話だった。全員が携帯電話を持っていて、二台持ちの少年も二人いた。高機能で、タッチパネルのものもあった。わたしたちを誘拐する前に戦闘で稼いだお金で買ったのだ。〈海辺の家〉では電気が使えなかったので、夕方になると誰かが携帯電話を売店へ持っていき、数枚の硬貨と引き替えに一晩がかりで充電してもらう。電話が通話に使われることはめったになかった。ジャマルはときどきハムディと短時間だけぎごちない会話をしていた。スキッズとロメオにだけは定期的に電話がかかってきていたから、おそらくモガディシュに残った指揮官たちと話していたのだろう。

少年たちはひっきりなしに携帯電話をいじって着信音を変えていた。聖法《シャリア》で音楽を禁じられていたので、着信音に音楽が選ばれることはない。使われるのは、鳥のさえずり、ベルの鳴る音、子どもたちの笑い声といったもので、聞くたびに気が狂いそうになった。少年たちは、家から離れた場所まで行って、ナシード——アッラーの栄光や預言者ムハンマドの美徳を讃えるアラビア語の詠唱——をダウンロードしていた。ときどきわたしの部屋にやってきては、サウジアラビアのウェブサイトからダウンロードした動画を見ろと言ってくる。ムスリムを鼓舞して怒りを掻き立てることを意図して制作されたもののようで、パレスチナ人やアフガニスタン人の遺体、大勢の子どもたちの遺体が映し出されていた。イラクでの爆発場面に、世界貿易センタービルが黄色い粉塵のなかで崩壊していく九・一一の映像が挿入されたものもあった。覆面をしたイスラム戦士たちが軍事訓練をしたり、切り立った山々の頂を背景にカマキリのようなグレネードランチャーを発射したりする姿。ある動画では、下にアラビア語の字幕を流しながら、ジョージ・W・ブッシュが「この十字軍の戦い、テロとの戦争には、長い時間がかかるだろう」と宣言する姿がくりかえされていた。ムスリムの同胞たちは、世界中で敵に囲まれていた。

　わたしはまもなく、小さな銃声や人々の悲鳴の隙間から語りかけてくる指導者《イマーム》一人ひとりの声を聞き分けられるようになった。そのときどきで、どのジハードビデオが流行っているのかもわかるようになった。新しい動画が家のなかに入ってきては出ていった。**なんてことだろう、この子たちは一日十時間も携帯の画面で人が死ぬ姿を見てるんだわ、**と思ったのを覚えている。

　夜になると、〈海辺の家〉のバスルームの窓にはまった格子越しに、緑色のネオンが遠くで輝いているのが見えた。モスクの入り口のようだった。通り過ぎる車のヘッドライトが見えることもあった。ときどき、野良猫がさまよい込んできて食べ物を漁った。少年たちが追い払おうとして靴やゴミを投げつけたが、それでも隙をうかがって何度かわたしの部屋に忍び込んできた――背骨が浮きでた体で、横に這うように動きまわり、ほとんどの猫は全身の毛がほぼ抜け落ちた状態だった。体を起こすこともマットレスから離れることも禁じられていたわたしには、猫が近づいてきても身を守るすべがない。猫たちはわたしが食事をしているあいだはそばをうろつき、空になったブリキの深皿を床に置くと、シャーッとうなりながら皿についた油をめぐって激しい争いをはじめるのだった。

このあたりの数週間分の記憶は曖昧だ。わたしの二十八回目の誕生日がやって来て過ぎていったが、もう日にちの区別がつかなくなっていた。目覚めては眠りに落ち、グンカンドリが屋根に舞い降りる音に耳を澄ませた。ある日、BBCソマリ・サービスのニュースキャスターの声が意識に忍び込んできた。少年たちが隣の部屋でラジオを囲んでいる。「マイケル・ジャクソン」キャスターは言っていた。「マイケル・ジャクソン。マイケル・ジャクソン」歌手のマイケル・ジャクソンが死亡していたのだが、わたしがそれを知るのはだいぶあとのことだ。

わたしは飢えに苦しみはじめていた。毎朝、薄くて油っぽいスープで煮た動物の脂身を三切れと、いろいろな材料を混ぜ込んだ小さなフラットブレッドを何枚か与えられる。お茶がもらえるときもあった。日が暮れると、日没後の礼拝のあとにまた同じものが出る。熟し切ったバナナがつくことも多かった。たまに、脂身が三切から二切れに減らされた。食事そのものが出ないまま終わる日もあった。自分で自分の体にぎょっとした。腰骨が鶏手羽のように突き出し、肋骨の一本一本が見える。胸の膨らみは消え失せ、骨が横縞のように浮き上がっているだけだった。

飢えというのは、お腹のなかにどっしりした石を抱え、ごつごつした角であちこちを突かれているような感覚だった。胃がバリバリに乾いた空っぽの袋のようになって、破裂寸前まで膨らんだ風船のように感じられることもあった。頭全体に痛みが広がり、何かに打ちつけて楽になりたいと思うところまで行っていた。

マットレスに横たわって〈天空の家〉を訪ねるときだけが、安らぎを感じられる時間だった。そこへ行くたびに、少しでも長く留まろうとした。心のなかの安全な場所で、料理をつくって、食べて、体の手入れをした。スープやサーモンや、体にいいものをつくった。菜園から新鮮な野菜を収穫したり、ずっと昔にベネズエラで見かけたオレンジの樹からたわわに実った果実をもいだりした。それがわたしを支えてくれた。あの家があったから耐えていけた。

それでも、現実のわたしにはもっと食べ物が必要だったので、そのときも、犯人たちの信仰心のなかに解決策を探ってみた。以前に読んだ『コーラン』の脚注のなかに、預言者ムハンマドが月曜と木曜に断食を勧めているという記述があった。断食月《ラマダン》の断食のように義務とされているわけではないのだが、少年たちの何人かはそれを習慣にしていて、定期的な断食で身を清めていると言っていた。特に真面目に断食を守っていたハサムは、預言者ムハンマドは断食明けにパンとナツメヤシを食べるよう指示しているが、ソマリアでは伝統的にサモサをパンに見立てるのだと説明してくれたことがあった。

わたしはそこに活路を見出そうと考えた。「ハサム」ある木曜の朝、朝食を持ってきたハサムに声をかけた。「アッラーはムスリムにとって断食は善であるとおっしゃっていたわね。わたしも断食をしてよりよきムスリムになりたいわ。あなたのように」

ハサムの顔に満面の笑みが広がった。わたしの献身の度合いが少しでも高まれば、自分が功徳を積んだことになる。「オーケー、アミーナ。それはとてもよいことだ」部屋を出ていったハサムがわたしの宣言をみんなに伝える声が聞こえてきた。

ジャマルとユースフが戸口から顔をのぞかせて、断食の決意を祝福してくれた。二人とも意外そうな顔をしていたが、わたしがムスリムとして成長すれば、彼らもまた、審判の日のために点数稼ぎができるのだ。

わたしは賭けに勝った。朝食を断って残りの一日を乗り切ると、夕方六時、時報係《ムアッズィン》の詠唱がはじまる直前に、小さなビニール袋を手にしたジャマルがあらわれたのだ。部屋の奥からでもにおいを嗅ぎとれた。袋のなかには小さなサモサが五つ。香辛料のきいた米とキャベツとおぼしきものを三角形に包んで、こんがりと揚げてあった。わたしは食べるために断食をした。サモサは温かくておいしいときもあれば、揚げてから時間が経ち過ぎていて胸が悪くなることもあった。でも、どちらでもかまわなかった。わたしに栄養を与えてくれたのだから。

少年たちの携帯電話から、はじめて耳にする声が聞こえてくるようになった。それまでのがなり立てるような説教の声とはちがって、穏やかで、男性にしては高い声だ。その声が語りかけてくるアラビア語が〈海辺の家〉に響き渡り、ときには、複数の携帯電話から同時に聞こえてくることもあった。外を通り過ぎる車も、同じ声を大音量で流していた。

ある日の午後、ロメオが携帯電話とメモ用紙を手にして部屋に入ってきた。ほとんど優しいといってもいい口調で言った。「アミーナ、英語の上達を手伝ってくれ」床に座ると、紙とペンを渡してきた。「単語を書き取ってくれ。英語をな。そしたら俺はそれを練習する。言いたいことはわかるか《ユー・ゲット・マイ・ポイント》？」

ロメオは携帯電話のボタンを押してから、画面をわたしのほうに向けた。動画の再生がはじまった。黒い画面に映し出されたアラビア語が消えて、ソマリアの地図があらわれる。片隅に重ねてあるのはオサマ・ビン・ラーディンの静止画像だ。黒っぽいローブを羽織って、頭と肩に白い綿のスカーフをかけた姿。長い指を一本だけぴんと立てている。音声が流れはじめた。ずっと耳にしていた例の声が。ビン・ラーディンはソマリアのイスラム戦士たちに呼びかける音声テープを公開して、そこではじめて、この国の戦闘をアル・カイダが目指す崇高な目的と結びつけていた。そのメッセージは数ヶ月間でネット上に拡散していた。そこでようやく気がついた。周囲のソマリ人たちは、あの男の演説に胸を熱くしていたのだ。

「頼む」ロメオが言った。「英語を書き取ってくれ」。わたしは目を細めて画面の下を流れる小さな字幕を読みとって、書きはじめた。**わたしが耐えてきたことは……辛抱強く……ムスリムの兄弟たちよ……。**動画の長さは十一分間。すべてを書き起こすのに三日近くかかることになり、ロメオは何度もやってきては、一度に一時間かそこらはそばに座って携帯電話をかざしつづけた。まとまった文字を書くのは数ヶ月ぶりだったので、書いているだけで手が痛くなった。ビン・ラーディンはムジャヒディンたちに、かろうじて政権に留まっていた新大統領シェイク・シャリフ打倒を呼びかけた。ソマリ人戦士を讃え、戦場の最前線でパレスチナ、イラク、アフガニスタンの兄弟たちを守る者とみなしていると明言していた。淀みない、父親のような口調で、アメリカ人を罵倒し、備えを固めよ、西側世界の同盟国に情けは無用だと訴えていた。

檄を飛ばすビン・ラーディンと、見つめるロメオ。薄暗い光のなかで、かがみ込むようにして言葉を書き取っていくわたし。動画が再生されては停止され、また再生されては停止され、メモ用紙の頁が単語で埋まっていく。ビン・ラーディンはソマリアの兄弟たちに、和平交渉や外交政策といった、美しい衣を着せた折衷案に惑わされてはならないと呼びかけた。**知性のある人間ならわかるはずだ。信仰をめぐって争ってきた昨日の敵が今日の友になり得るだろうか？**

つまり、一度はじめた戦争は最後まで戦い抜かなければならないということだ。

# 41　急変　*Everything is Changed*

　ロメオがアメリカに申請していた学生ビザが受理された。有頂天になったロメオは、それまで以上にあれこれと質問してきた。飛行機でどのくらいかかる？　ニューヨークの女たちが腹を丸出しにしたシャツを着ているというのは本当か？　イスラム教の授業はそっちのけで、英語の発音でおかしなところがあったら直してほしい、訛りのないなめらかな英語にしてくれと頼んでくるようになった。専用のノートを――表紙にピンクと紫のハート模様が描かれた、薄っぺらい安手のノートを――買ってきて、わたしが思いつくもっともむずかしい英単語を書き出してほしいという。新しい国で自分を知的に見せたがる学生が使いそうな言葉を。

　あれは八月のことだ。ロメオは、九月にソマリアを発って学生生活をはじめるつもりでいた。わたしは、これがきっかけになって、いまもつづいているはずの交渉が進展するように願っていた。

〈海辺の家〉に移動してから三ヶ月が過ぎていたが、二メートルほど離れた部屋にいるナイジェルの姿は、扉の隙間からほんの数回、目にしただけだった。正午の礼拝の前にバスルームへ行ってこいと言い放つ少年たちの声を聞きつけて、マットレスを這うようにしながら首を伸ばし、狭い廊下をのぞき込んできたのだ。その姿は衝撃的だった。頬がこけてすさんだ風貌になり、もじゃもじゃの髭が顔を覆っていた。腰にはマカウィーを巻き、ずり落ちたタンクトップから骨張った肩がのぞいている。わたしたちはお互いの姿に目を奪われたまま、胸が張り裂けるような思いと無力感を味わっていた。

ナイジェルがさらに大胆な行動に出たことがあった。指で自分を差してから、わたしを差し、両手でハートの形をつくったのだ。**愛してる。**囚われの身となってから一年が経とうとしていた。

　わたしはバスルームの窓から季節が移り変わるようすを見守った。毎日音を立てて降っていた雨が、徐々に雨量を減らしていくうちにぱたりと止んで、代わりに、夏の終わりの容赦ない酷暑が襲ってきた。ソマリ人が「ハガー」と呼ぶ乾季のはじまりだ。遠くに見えるモスクでは、入り口の緑のネオンが、啞然とするようなけばけばしいピンクに変わっていた。

　暑さとともに少年たちの苛立ちも募り、何も手に入れていないという焦りが言動に滲み出るようになっていた。ハサムはマラリアにかかって何週間も苦しむことになった。ジャマルとハムディの結婚式は無期限の延期状態。見張り役の中心人物だったヤヒヤがいつのまにか姿を消し、若いほうの――グループのなかでも暴力的な一派の一人である――モハメドが、わたしの行動に改めて目を光らせるようになった。資金も乏しくなっているようで、少年たちは、腹が減ったとしきりに不満を口にするようになっていた。

　わたしは、ロメオがニューヨークの話を持ち出して、明日にでも航空券を買うお金が――身代金の分け前が――入ってきそうな口調で喋っているという事実に希望をつないでいた。信念の証として、ロメオに頼まれた英単語をノートに書きつけていく。

Sectarian《セクテリアン》（宗派にこだわった）。Parsimonious《パーシモニアス》（しみったれた）。Autonomous《オートーノマス》（自立した）。

少年たちがさっさとけりをつけたがっているのはわかったが、指揮官たちや故郷の家族の動きを知る手がかりは見つからなかった。進展はあったのかと尋ねてみると、ロメオはお手上げだよと言いたげな表情をつくり、身代金を払おうとしないと言ってわたしの母を責めた。十二ヶ月もの時間と経費を投じていたうえに、すべての欧米人がうなるほど金《かね》を持っているという幻想に取り憑かれていた犯人たちは、要求額の減額など眼中になかった。彼らは、わたしの母が宝の山の前に立ちはだかっていると信じていたのだ。探していたのは、母を攻略する手段。犯人たちがどんな計略を練っていたのか、大陸を挟んだチェスのゲームがどんな展開を見せていたのか、わたしが知るのはもう少し先のことだ。

故郷では、カナダ政府の対応に見切りをつけた家族が、ブレナン家と協力して、ジョン・チェイスという身代金目的の誘拐事件の専門家にわたしたちの救出を依頼していた。外交努力と諜報活動に頼った救出作戦では、目に見える成果は得られていなかった。ここから先は、身代金の提示額を引き上げ、犯人たちと直接交渉しなくてはならなくなる。八月初旬、両家の家族は、チェイスが代表を務めるイギリス拠点の〝リスク軽減〟集団である、AKEという組織との契約に向けて動いていた。費用は——身代金とAKEに支払う一日二千ドルほどの経費は——両家で折半するという取り決めになった。といっても、当座の支払いはブレナン家に肩代わりしてもらって、あとから我が家の分を返済するという形を取らなくてはならなかったのだが。ブレナン家ではただちに、用意できるお金を集めはじめた。

アダムの電話に応えるのをやめてから数ヶ月が経ち、母はふたたび交渉役に返り咲いていた——今度は、チェイスと、イギリスにいる彼の同僚の指示に従い、ナイジェルの家族からも電話で定期的に情報を入手していた。ナイジェルの妹ニッキーも、アダムと連絡を取り合っていた。シルバン・レイクに置かれていたカナダ連邦警察の作戦本部はすでに撤収され、母は、そこから車で数時間ほどの距離にあるキャンモアで地下にある部屋を借りていた。アダムとの通話を自分で録音しては、暗号化されたメールでチェイスにデータを送っていた。

電話口のアダムは、それまでにないほど敵意を剥き出しにしてきたという。グループ全員が怒っていると言ってきた。要求額は二百万ドルで減額には一切応じない、と。母は両家の家族を代表して実際に支払える金額を提示してから、AKEの助言に忠実に従って、少しずつ金額を上乗せしていった。すべては、犯人たちを少しでも長く交渉の場に引き留めておくための策だ。チェイスが合意に至ると踏んでいた額は五十万ドル前後。母は八月二日に二十八万一千ドルを提案。八月の終わりには、提示額は四十三万四千ドルになっていた。

どの金額も満足してもらえなかった。アダムは頑として譲らず、怒りの声はますます激しくなっていった。あまり心配していないところを見るとわたしは実の娘じゃないんだろうと、言外ににおわせたという。頑なな態度にうんざりした母は、あるとき、「ゲームをしている」とアダムをなじってしまった。

その言葉がますますアダムの怒りを煽ることになる。そして、怒りの先にあったのは威嚇だった。「ゲームをしてるだと？」アダムは侮蔑に満ちた声でそう言った。「なら、黙ってゲームを見てるがいい」

八月の終わりに断食月《ラマダン》がはじまったので、わたしは警戒心をゆるめていた。節制を求められる聖なる月だ。日中は性行為が禁じられるので、その分だけ安全だと思えた。部屋の窓から、モスクがスピーカーで流すナシードが聞こえてきた。

ロメオはそのしばらく前に、どこへ行くとも言わずに姿を消していた。少年たちのあいだでは少しだけ緊張がゆるんでいるようだった。スキッズはまとまったお金を受け取って、少年たち全員に新しいサンダルを買い与えた。食事も改善された――夜明けから日没までは断食をするのだが、夜になれば、新鮮な甘いナツメヤシのご馳走が待っている。午後遅くに、数人の少年たちが市場でねばねばするナツメヤシをどっさり買い込んできて、夕暮れになるとわたしにも、ドバイで発行されている『ハリージ・タイムズ』という英字新聞にくるまれた数個分が手渡される。フリーのジャーナリストとして仕事を探していたときは、『ハリージ・タイムズ』の編集者にも記事を売り込んだものだ。それがいまは、ナツメヤシが乗った小さな紙面をのぞき込んで、何かニュースはないかと目を凝らしている。見つけたのは、株式相場の一覧表と、カナダ関連の短い記事で、ヴィクトリア大学では繁殖し過ぎた兎がキャンパスにあふれていると報じていた。

ジャマルとハサムは、余分にもらったお金で夕食の食材を買ってきた。たいていは、アンボラと呼ばれる、ライスの上にレッドビーンズをかけた料理が用意された。二人は午後の時間を調理に充てて、日没後の礼拝が終わると、仕上げにひとかたまりの白砂糖と塩をトッピングしたものを運んでくる。「それはすき？」わたしが食べているようすを見守りながら、褒め言葉を期待するジャマル。「おいしい？」

夜になると、タラウィー、もしくは、〝平安の礼拝〟と呼ばれる特別な礼拝が行われる。タラウィーのことは『ハディース』で読んで知っていた。断食月《ラマダン》中の夜間の礼拝は、犯した罪をアッラーに許してもらうためのものだそうだ。

事態が急変したのは、そんなある日のことだ。三人の少年たちが——アブダラとモハメドとジャマルが——物々しい雰囲気で部屋に入ってきた。アブダラが吼えるような声で、立てと言った。三人とも任務に徹しているようすで、わたしと目を合わせようとしない。

部屋の中央に連れていかれると、うつ伏せに寝て、額をコンクリートの床につけるように命じられた。アブダラが、青い小花模様のシーツをマットレスから引きはがす。わたしの上に立ちはだかると、後ろ手にさせた手首をシーツで縛った。すぐに調節しはじめて、ゆるめたシーツを肘のあたりまで滑らせてから、改めてきつく縛りなおした。肩が床から持ち上がる格好になって痛みが走る。脈が速くなり、心がパニックに向かって傾きはじめた。何をしようとしてるの?

頭上から、ソマリ語で話をする声が聞こえてくる。議論をしているような口調。それからすぐにシーツをほどいて、マットレスに戻れと身振りで伝えてきたが、そうするあいだも話し合いはつづいていた。まるで、わたしがそこにいないかのように。わたしは汗まみれのままマットレスに横たわった。モハメドが、天井近くから突き出た数本の鉄筋を指さしている。あそこから吊せばいいとでも言っているのだろうか。シーツをねじったり引っ張ったりしながら、強度を確認するジャマル。三人で部屋の隅々に視線を走らせている。注意深く、念入りに。わたしには目もくれずに、そのまま部屋を出ていった。

わたしはマットレスに横たわったまま、恐ろしいことが起こるという予感に震えていた。待ちつづけているうちにその日が終わり、次の日も過ぎていった。

その次の日だった。日が沈んで、断食明けの夕食が振る舞われたあとで、ふたたび少年たちがあらわれた。今度は、モハメドとアブダラの二人だけだ。そろって部屋に入ってくると扉を閉めた。モハメドの手には薄黄色のシーツ。ロープのようにねじってある。それが床に放り投げられた。

わたしはマットレスの上で体を起こした。「何も問題はないのよね？」と尋ねるあいだも、目はねじれたシーツに釘付けになっていた。

アブダラが言った。「立て」

のろのろと立ち上がると、足首をつなぐ鎖がぶつかり合って音を立てる。二人の顔をのぞき込んでも何も読みとることができない。まったくの無表情だ。鼓動と一緒に心も跳びはね、必死に逃げ道を探しはじめた。「まだお祈りをしていない」そう言う自分の声が聞こえてきた。「体を清めないと」

二人が顔を見合わせる。イスラムの教えにまつわることに関しては、絶対に異議を唱えられることはない。「急いでやれ」アブダラが言った。

すり足でバスルームへ向かう途中で、ナイジェルの部屋の扉が閉ざされていることに気づいた。

バスルームに入ると、窓辺に立って、遠くでぎらぎら輝いているピンクのネオンに目を凝らしながら、何が起きても心を強く持つのよと自分に言い聞かせた。闇はインクのように黒く、星も瞬いていない。かすかに風が吹いていた。わたしが感じていた恐怖は原始的なものだった。丘を目指して走ってくる獣たち。古びた鐘が鳴りひびいて、村人たちに逃げろと告げている。でも、獣たちが狙っているのはわたしなのだ。**力を掻き集めるのよ**、と自分に言い聞かせた。**強くならなくちゃだめ。**

アブダラとモハメドはバスルームの外で待っていた。わたしのあとをついて部屋に入ってくると、扉を閉ざし、壁際に座ってわたしが礼拝を終えるのを待っていた。わたしも同じムスリムであることを思い出してもらえるように、できるだけゆっくり、入念に、祈りの単位をくりかえす。最後のラカートを終えると、追加の無言の祈りに取りかかった。心のなかでアッラーを百回讃えるのだ。できる限りゆっくり唱えながら、合間に別の言葉を滑り込ませていた。**強くあれ、強くあれ、強くあれ、強くあれ。**百回以上くりかえした。

祈り終えると、時間稼ぎの口実もなくなり、立ち上がって少年たちのほうを向いた。床にうつ伏せになって寝ろ、とアブダラが言う。二日前と同じように。アブダラが黄色いシーツを後ろ手にした腕に通して、肘と二頭筋のあいだで縛り上げた。肩と胸が不自然な角度に引っ張られ、前回よりも体が反っているのがわかる。上半身に痛みが走った。足も持ち上げられ、縛られた腕のほうに引っ張られる。足首に布が巻き付けられるのを感じたかと思うと、いきなり、ぴんと突っぱった。そこでようやくわかった。両手と両足が結び合わされて、背中が反り返った格好になっているのだ。身動きできない。体全体が弓のように引き絞られ、すぐに筋肉が悲鳴をあげはじめた。モハメドがわたしのヘッドスカーフをむしりとると、目隠し代わりに顔に巻いてきつく締め上げた。眼球がずきずきして、目の奥の神経に刺すような痛みが走る。見えるのは白い光。頭がいまにも破裂しそうだった。

わたしは獲物のように縛り上げられていた。即座にパニックに襲われた。こんな格好じゃ一分だって持ちこたえられない。一秒だって無理だ。不自然な姿勢からくる痛みのせいで考えがまとまらず、首から お尻までが一直線に引っ張られた状態だった。ねじれたシーツが腕と足首に食い込み、血流が滞っているのがわかる。肺がぎゅっと圧縮されたようだった。息を吸おうともがき、口から砂を流し込まれでもしたかのように喉を詰まらせた。「きつ過ぎる」と叫ぶ声はひどくしゃがれ、自分の口から出たものとは思えない。「きつ過ぎる！」

どこかの時点で二人は部屋を出ていった。最後まで、一言も言葉を発しなかった。

あの部屋の扉のすぐそばに座っていた少年たちは、どう思っていたのだろう？　あの、最初の数分間や、最初の数時間は？　お喋りをしていたのだろうか？　笑い合っていたのだろうか？　答えは永遠にわからない。

　わたしは誰からも顧みられないまま、地中のどこか深い場所に埋められ、上にある大きな石を持ち上げよう、力を振りしぼって苦境から抜け出そうともがいていた。肩や背中が痛みに貫かれ、背骨が焼け付くようだった。首が反り返っているので、頭を床につけて緊張を和らげることもできない。頭のなかで言い争う声がしていた。**もう耐えられない。だめよ、がんばらなくちゃ。**

　あれは何時ごろだったのだろう。暗闇のなかで扉が開く音が聞こえ、足音が近づいてきた。口から言葉を絞り出そうとしたが、出てきたのは喉を締め上げられたような呻き声。わたしは闇に向かって、そこにいる誰かに向かって、これをほどいてと懇願した。

と、腰のあたりに何かが乱暴に置かれて、全身の筋肉がさらに硬直した。足だった。誰だかわからない男が、裸足の足をてこにしてシーツを思い切り引っ張った。肩に新たな緊張が走り、太腿がさらに床から持ち上がる。男が部屋に入ってきたのは、手足をきつく結びなおすためだったのだ。

　朝が来るころには、どうしても我慢できずに失禁してしまっていた。複数の人間の話し声が聞こえてきた。尿のにおいに気づいたはずだ。ワンピースの下の小さな水たまりも見えていたかもしれない。何を言っているのかわからなかったが、最初は怒っているような声だった。それから、誰かが笑い出した。後始末をすることになる人間について冗談を言っていたらしい。

　さらに時間が流れていった。わたしは眠ることもできず、警戒心も解けないまま、熱したピンで体を固定されていた。短調で詠唱をつづける時報係《ムアッズィン》の声を頼りに、時間を知った。時間の単位があるべき場所から解き放たれ、小さいものも大きなものも一緒になってわたしのまわりをふわふわと漂っていた。

縛り方にはふたたび手が加えられていた。誰かがスカーフらしきものをわたしの首に巻くと、端っこを腕と脚をつないでいるシーツに結びつけて、頭を下げると首が絞まるようにしていったのだ。**ちゃんと研究してる、**とわたしは思った。**人を苦しめる方法が載っているマニュアルで調べてるんだ。**

わたしは、一年に及ぶ監禁生活を生き抜くために、かろうじて我慢できそうな単位に時間を分割しながら耐える訓練を積んでいた。一日がとてつもなく長く感じられるときは、次の礼拝までがんばろう、あと一時間だけ我慢しようと自分に言い聞かせた。それがいまは、頭のなかの不快な音に気を取られ、次の息を吸うまで我慢できるかどうかという状態だった。

あちこちの痛みが渾然一体となって、旋回しながら脈動する星のようにわたしを巻き込んだ。肘に、背中に、首に、膝――どれがどれだか区別がつかなくなっていた。一秒ごとに痛みが走る。痛みを無視することなど不可能だった。

と同時に、別の何かが起こりはじめていた。心のなかで、避難所のような、小さな部屋の扉が開いたのだ。気持ちを落ち着かせさえすれば、そこで体を休めることができる。もっと静かな気持ちで痛みを見守ることができる。痛みをなくすのは無理でも、のたうちまわったり、痛みのなかで溺れているような感覚はなくなるはずだ。のたうちまわらずにすめば、時間はもう少しだけ優しく流れていくだろう。わたしはその避難所の上でバランスを取る方法を思いついたが、一度に数分ずつしか持たなかった。体の痛みが常に苦しみを思い出させ、悲鳴をあげろと脳に指令を出してしまうのだ。

ときどき、頭のなかに声が忍び込んできた――大丈夫よと励ましながら、常に助言を与えてくれているように思える、あの、穏やかな声が。でも、今度ばかりは素直に受けいれられなかった。いっそのこと殺してほしいと思った。そうすれば痛みから解放される。

どこかの時点で、ジャマルが部屋に入ってくると、目隠しを外し、首に巻き付いていたスカーフを取った。目のなかに光があふれ返った。助けてと頼んだが、ジャマルは冷たい視線を注いでくるだけだ。

「アイ・アム・ソーリー」最後にようやく、無表情な声でそう言った。力になれないことを謝っているわけではなさそうだ。ジャマルは、わたしがこのような事態を招いたのが残念《ソーリー》だと言ってるのであって、それは確かにそのとおりだった。

犯人たちが入ってきては出ていった。ロープをいじりまわした。目隠しをしたかと思うと、目隠しを取った。助けてと叫ぶと、口に靴下を詰め込まれ、鼻で呼吸をするしかなくなった。どこかで意識を失っていたのだろう。気がつくと、目の前に四つんばいになったスキッズがいて、わたしの顔を熱心にのぞき込んでいた――生きているかどうか確認していたのだ。二日目には二回、感覚がなくなっていた部分に血が行き渡るようにと、結ばれた腕と足が上にくるように体をひっくり返された。滞っていた血流が一気に駆けめぐって五感が悲鳴をあげたが、手足には束の間の安息が与えられた。ただし、腹這いの姿勢に戻されるたびに痛みが強くなったように感じられた。

穏やかな声はしきりに話しかけてきたが、わたしはとうとうその声に抗った。

**息を吸って、**と声が言った。

吸えない。

**あなたは絶対に大丈夫。**

大丈夫じゃない。このまま死ぬのよ。

**死んだりしないわ。呼吸をつづけて。**

もうだめ。

**だめじゃない、あなたは死なないわ。**

ふたたび午後になった。午後だったのだと思う。モハメドとアブダラが部屋に入ってきてあばらのあたりを蹴ってきたので、口のなかの靴下に向かってわめいた。パニックという名の激流にもみくちゃにされ、心がくたくたに疲れきっていた。このまま死ぬのだと思った。痛みは電流が走ったのかと思うほど鮮烈で、電流の強さも海で雷に打たれたのかと思うほどだった。逃れることなどできなかった。

そのとき、一陣の風が吹きぬけるように、わたしのなかを強い力が駆け抜けた。まるで、何かに体をつかまれて勢いよく引っ張り上げられたようだった。痛みが消えていた。そこにあったのは、肉体を脱ぎ捨てたような奇妙な安堵感。もうどこも痛くない。わたしは解き放たれ、タンポポの綿毛のように、空気の柱の上をふわふわと漂っていた。わたしは傍観者だった。肉体を持たない存在として、純粋な傍観者になっていた。死んだのかもしれないと思ったが、よくわからなかった。部屋の隅の高いところから眼下の光景を見下ろしていた。

床の上に、男が二人と、女が一人。女は獲物のように縛り上げられ、男たちがその体に一撃を加えては、彼女を傷つけている。よく知っている三人だったが、知らない人間たちでもあった。下にいるのが自分だということはわかっていたが、二人の男たち同様、彼女にも何の結びつきも感じなかった。何らかの境界を越えて、とうてい理解が及ばない領域に入り込んでいたのだ。そこで感じていたのは、深い安らぎであり、深い悲しみだった。

わたしが見下ろしていたのは苦しむ三人の人間たち。苛まれる側も苛む側も、同じように傷ついていた。

四十八時間ほど経った三日目の遅い時刻に、犯人たちはわたしの縛めを解いた。誰が結び目をほどいたのかも、言葉をかけられたかどうかも記憶に残っていない。わたしはそのまま床にくずおれた。目隠しが外され、口から靴下が取り出された。体を転がされて仰向けになる。腕と足を持ち上げられ、マットレスの上に乱暴に放り投げられた。すでに日は沈み、家のなかは闇に包まれていた。モハメドが何度も何度も蹴ってくるのはわかったが、もう何も感じなかった。犯人たちは何か叫んでいるようだった。目を細めて、ぼんやりした視界の向こうの男たちを見る。彼らの口がスローモーションで動き、そこから言葉が溢れ出しているようだった。自分が汗まみれになっているのがわかった。腕は命が通っていないもののように、体の両脇に投げ出されていた。

頭上にジャマルの顔があらわれた。手にボトルを持っている。思わず口を開けると、きれいな水が弧を描きながら降ってきた。ボトルの半分がじゃぶじゃぶと喉に注がれたので、わたしはむせながら水を吐き出し、床の上に起き直った。すると、ジャマルが別の物を投げてきた——紙とペンだ。「とれ、とれ」と言っている。何か書かせようとしているのだ。わたしの指にはペンを握る力は残っていなかった。手は両方とも使い物にならない。懐中電灯の光のなかに浮かび上がった手は、胸が悪くなるような灰色になっていた。

アブダラが、電話で話すことを書き取れと言ってきた。「今日ですべてが変わった。おまえの母親にそう言え。すべてが変わった、とな」何を言わせようとしているのかわからなかった。それほど凄まじい痛みだった。

部屋に持ち込まれた携帯電話のスピーカーから耳障りな音が聞こえてきた。スキッズが電話を顔に向けてきた。モハメドが、感覚のなくなった脚を蹴っている。パチパチいう雑音が混ざっていたが、その向こうから聞こえてきたのは母の声だった

「アマンダなの？　もしもし、もしもし？」

「ママ」

「アマンダ……」

「ママ」頭が空っぽでそれ以上の言葉は出てこなかったが、あれほど強く母を求めたことはなかった。

「ママ、ママ、ママ……ママ……ママ……ママ……お願い……」

# 42 小鳥 *The Bird*

最終的には、犯人たちが言わせたがっていた台詞をほとんど母に伝えることになったのだが、言葉を組み立てるのも一苦労だった。犯人たちの指示どおりに「すべてが変わった」と伝えたときは、本心からそう思っていた。縛り上げられて拷問されたのだと、母に言った。もうこれ以上は一日だって耐えられないと。

母は言った。アダムに五十万ドル払うと言ったのに、受けいれてもらえなかった。

わたしたちはずっと泣いていた。永久《とわ》の別れを告げるように。

回線が切られるとスキッズと少年たちはそろって部屋を出ていき、わたしは、水が半分残ったボトルとともにマットレスに置き去りにされた。アブダラが戸口で振り返り、「明日、もう一度やるからな」と言った。「おまえの母親がカネを払うまで、毎日やってやる」

アブダラも姿を消した。口にされた言葉がコンクリートの塊のように重くのしかかってきた。拷問は終わったわけじゃない。一時的に解放されただけだった。

犯人たちは、この部屋に戻ってきて、もう一度同じことをするつもりでいる。

闇がじわじわと体を包み込んだ。わたしはあのとき、希望を失うという言葉の意味を理解した。絶望を。信念が跡形もなく消え失せる感覚を。あの男たちは、またわたしを縛り上げるつもりなのだ。マットレスの上で身を強ばらせているうちに、渦を巻くような猛烈な勢いで、体の節々に血が行き渡っていった。心は一つのことに捕らわれたままだった。また同じことがくりかえされる。犯人たちは何度でもやるつもりだ。わたしたちの家族に何百万ドルもの大金なんて払えるわけがないのに、強引に要求を押し通そうとしている。永遠につづけるつもりでいるのだろう。時間など問題ではないのだから。地上にいるあいだは、天国の門をくぐる日が来るのをひたすら待っているだけなのだから。

犯人たちは、命を奪わずにわたしを壊してしまう手段を考え出していた。現金を手にするまで生かしておくつもりなのだ。

肺の奥から何かが聞こえてきた。長々と尾を引く泣き声は、人間というよりは動物の叫びのようだった。

これがわたしの人生なの？　そうなのね。

わたしはもうおしまい。

死んだほうが幸せだ。

長い監禁生活のなかで、あれほど静かな気持ちでものを考えたことはなかった。

わたしの剃刀。犯人たちから、陰毛を剃るように言われて渡された西洋剃刀は、数ヶ月のあいだに湿気で錆びつき、刃にはオレンジ色のぶつぶつがついていた。それでも切ることはできる。実際に使っているのだから、わたしにはわかる。刃は紙の鞘におさまって、洗面用品と一緒に置いてあった。マットレスの脇に一列に並んだ、ささやかな砦のなかに。剃刀を握った手に力を加えれば、確実に手首を切り裂けるだろう。

闇のなかに横たわったまま、両手に感覚が戻るのを待ちつづけた。指を丸めて伸ばしているうちに、ゆっくりと機能が戻ってくるのがわかる。頭のなかで手順を思い浮かべた。やることは簡単で、ぐっと力をこめて静脈を切り裂くだけでいい。最初は右手で、次が左手。たぶん、すべてが終わるまで二十分もかからないだろう。わたしは少年たちが部屋に入ってくる場面を想像してほくそ笑んだ。瀕死のわたしを見つけて、命を救うことができずにいる姿を。わたしの死と同時にお宝を失うところをこの目で見ることができるのかと思うと、考えるだけで嬉しかった。

早朝まで待ってから決行しようと心に決めた。

この一年は、自分を責めることに長い長い時間を費やしてきた。それまでの人生や、自由気ままに取り組んできたすべてのことをあげつらって、自分に鞭をふるってきた。どうしてソマリアなんかにのこのこやってきたのか、どうして虚しい野心を抱いたのか、どうして、自分は無敵だと思い込んだりしたのか。ひどい環境で育ったことはもう怨んでいないからと、どうして母に言ってあげなかったのだろう。どうして、自分の体を忌み嫌って、ガリガリでいるために空腹に耐えるようなまねをしていたのだろう。あれもこれも、一からやり直したいと願いつづけてきたことばかりだったが、このときようやく受け入れられた。やり直せる日は、もう来ない。

受けいれたとたんに、それまでとはちがう何かに心が慰められるのがわかった。安らぎが。数々の後悔が引き潮と一緒に遠ざかり、あとには光り輝く砂浜が残された。

わたしは人生を生きただろうか？　確かに生きた。この目で世界を見ただろうか？　確かに見た。いろいろな体験をした。人を愛した。美しいものを目に焼き付けた。幸せな人生だった。感謝の気持ちがこみ上げてきた。

鎧戸の隙間から薄い光が差し込んでくるころには、家族や、友人たちや、わたしの死を悼んでくれそうな人たち、一人ひとりとの思い出をたどり終えていた。一番胸が痛んだのは、ナイジェルを独りぼっちでソマリアに残していくことだった。わたしは、ナイジェルやほかのすべての人たちに許しを求めた。生きるのをあきらめてしまってごめんなさいと。マットレスの上のこの場所から、海を越え、大陸を越えて、一人ひとりのもとにわたしの愛が届きますようにと祈りを捧げた。少しだけ泣いたけれど、準備はできたと感じていた。さあ、いよいよだ。

望んでいたのは、速やかな旅立ちだった。戸口の向こうから、受付ロビーで眠っている少年たちの立てる音が——ときおり立てる吐息や鼻息が——聞こえてくる。そろそろ、時報係《ムアッズィン》が起き出すころだろう。おぼつかない足取りで、闇を掻き分けるようにしながらピンクのネオンが輝くモスクへ向かい、一日のはじまりを告げる最初の詠唱を行うのだ。朝というのは、わたしにとってはもっとも辛い時間だった。夢が現実の世界から去っていくまどろみのときであり、覚醒と同時に足首につながれた鎖が目に飛び込んでくる。鎖に触れて、やっぱり本物だったと思い知らされたことが何度あったろう。

手を伸ばして剃刀を手に取ると、仰向けになって、一本目の静脈を切るのにもう一分ほど待った。

**これでお別れよ**、と自分に言い聞かせた。

体を動かそうとしたそのとき、奇妙な感覚が頭のてっぺんから爪先まで広がり、温かい液体に浸かっているような気分になった。全身の力が抜けて、マットレスのなかに溶けていくようだ。痛みは感じない。何か大きなものに流れ込み、新たな力の源泉と結びついたようだった。目の奥に、懐かしい光景が

──ビーチに、山の頂に、六歳になるまで両親と暮らしていた家の前の通りが──あらわれては消えていき、ものすごいスピードであちこちを移動させられているような錯覚に陥った。もう一度この目で見たい、あの風景の一部になりたいと、胸が熱くなった。

と、戸口で何かが動いた。受付ロビーの窓から姿をのぞかせた夜明けの太陽が、うっすらした四角い光の波になって、闇に包まれたわたしの部屋の床まで打ち寄せていた。その光のなかに茶色い小鳥がいた。雀に似た鳥で、汚れた床の上をぴょんぴょん跳ねながら、首を傾げたり何かをついばんだりしている。ふと頭を上げて、部屋と、なかにいる人間のようすをうかがっているような仕草を見せた。一瞬後には宙に舞い上がり、翼をはためかせながら姿を消した──戸口を抜けて受付ロビーに戻り、空に向かって飛んでいってしまったのだ。

鳥の姿なんてもう一年近くも目にしていなかった。わたしは昔からサインを──護符や不思議な符号、使者や予兆や天使を──信じていて、自分の人生を決定づける重大な局面に、それがあらわれた。

生きて家へ帰ろうと思った。このあと何が起ころうと、どれほどの責め苦に耐えることになろうと、そんなことは問題じゃない。絶対に乗り切ってみせる。生還を信じる気持ちは、拉致されてから感じていなかったほど強いものになっていた。

# 43　ノートと誓約　A Notebook and a Promise

断食月《ラマダン》が終わった。犯人たちは山羊を屠《ほふ》って胃袋におさめると、ふたたびわたしたちを移動させた。今度の家は、海辺を離れてモガディシュ方面へ戻る途中のどこかの農村にあった。わたしはそこを〈草むらの家〉と名づけた。広い砂地の中庭があり、その一角に壊れて錆びかけたトラックが二台放置され、高い石壁が敷地を取り囲んでいる。反対側に並んだ木々は、伸び放題に葉を茂らせていた。

スキッズと少年たちは、あれっきりわたしを縛りに来なかった。肘とくるぶしの擦り傷は少しずつ治りはじめていた。数日後には、スキッズが部屋の戸口からビニール袋を投げてきた。袋のなかには新しいワンピースが二枚。薄い綿のあでやかな花柄の服で、きちんと畳んであった。これは贈り物、わたしの苦しみを受けいれた証だった。

犯人たちのあいだには、あの出来事に対する罪悪感が根強く残っているようだった。ハサムとジャマルは、数日間、わたしと顔を合わせないようにしていた。ほかの少年たちは新しいワンピースに目を留めた——着てみろと促し、実際に着てみると、ソマリアの女のようだと褒めそやすのだ。でも、生地が薄過ぎてどうにも落ち着かない。さらし者になったような気がして長くは身につけていられず、例の、もっさりした赤いワンピースを着つづけていた。ある日、アブダラが部屋にあらわれ、小さなプラスチック・チューブに入った香りのよいボディーローションを渡してくると、自分で買ったのだと誇らしげに告げた。「ドイツ製だ」と彼は言った。埋め合わせをするためのアブダラなりのやり方らしい。わたしはふたを開けてにおいをかいだが、ただの一度も肌につけることはなかった。

わたしが縛られていたあいだ、ロメオはどこかに姿を消していた。何があったか話すと驚いたふりをしたが、すべて承知なのだとその表情からうかがえた。もっと言えば、彼自身が命令を下した可能性だってあるのだ。それから数週間のうちに、ロメオはどんどん不機嫌になっていく。結局、アッラーは、ロメオがニューヨークの大学院に通うことを望んでおられなかった。航空券を買うお金が天から降ってこないまま、出発の日が来て、過ぎていった。わたしやナイジェルや少年たちと一緒にひたすら待ちつづけることが、彼に与えられた運命だった。

〈草むらの家〉にいたのは六週間ほどで、バスルームの窓から、芽を吹いた小麦が中庭を緑に染め上げ、ぐんぐん茎を伸ばしながら二台のトラックを呑み込んでいくようすを見守っていられるほど長い時間だった。また雨が降りだして、新たな季節がはじまった。

ロメオは、わたしの頭に『コーラン』の韻文を叩き込むことに専念した。ナイジェルの『コーラン』を持ってきて、夜のあいだはわたしの部屋に置いておく。後ろのほうほど章が短いので、そこからはじめて、たいていは五行か六行の韻文を一気に覚える。それからもう少し長い節に取り組むうちに、たどたどしいアラビア語ではあったが、一度に三十行ほどの韻文を唱えられるようになった。英語の対訳をたどりながら、自分が口にしている言葉の意味を理解しようとする。「神は天地の光である。その光をたとえれば、ともし火のある壁龕《へきがん》のようである。そのともし火は水晶のなかにあり、水晶はさながらき

らめく星のようである」〔『コーラン』二四章三五節〕

ロメオはときどき発音がおかしいと言って笑った。まちがえてひっぱたかれることもあった。それでも、ごくたまに、まずまずの出来映えで満足してもらえることもあった。

ロメオは少年たちを部屋に呼び集めて、わたしに『コーラン』を暗誦させた。カナリアの鳴き声を披露するようなものだ。「ほらな?」俺が正しいとでも言いたげな口調で、みんなに念を押す。「アミーナは敬虔なムスリムの女なんだよ」

どうやらそれが議論の的になっていたらしい。

『コーラン』は、ハードカバー版の『ハディース』とともに、ナイジェルの部屋とわたしの部屋を行き来した。その二冊を読むときだけは、マットレスの上に起き直ってもかまわないことになっていた。ロメオが不在のときはハサムが教師役を務める。ハサムはわたしへの仕打ちを深く悔いているらしく、わざわざようすを見にきて、イブプロフェン錠を差し入れたり、お茶のおかわりをこっそり持ってきてくれたりした。救援物資に入っていた本を読みたいだろうと、みんなの目を盗んで本を置いていっては、一度に二、三時間ずつ読めるように気遣ってくれたりもした。『コーラン』の勉強に役立つようにと、ペンと鉛筆、無地の薄いノートも届けてくれた。ミントグリーンのノートの表紙には、ユニセフのロゴがくっきりと描かれていた。

ある日の午後、そのノートを見つけたアブダラが、わたしの手からむしりとって顔の前に振りかざした。「これが何だか知ってるか?」激しい口調だった。ロゴマークを指さしている——地球を背景にして、幼い子どもを抱き上げる母親を横から描いた姿。

わたしは答えた。「ユニセフ?」

アブダラの指が母親から子どもに移った。思い入れたっぷりに視線を送ってくる。「とても悪い」アブダラがノートを持っていってしまうと、わたしはがっくりと肩を落とした。『コーラン』についてロメオかハサムに訊こうと思っていたことをいくつか書き留めておいただけだったが、わたしにとっては大事なものだった——他愛のない質問であろうと、乳白色の頁を開けば、インクを使って心の中味を自由に表現することができるのだから。二十分ほど経つとアブダラが戻ってきて、軽蔑しきったようすで床にノートを放り投げた。黒いサインペンで乱暴に引かれた大きな斜線で、母親と子どもの絵が消してあった。人間や動物を絵に描くべからずという、預言者ムハンマドの言葉に従ったのだ。こうすれば使ってもいいわけだ。

わたしはそのノートを見つめながら長い時間を過ごし、いまの気持ちを書き留めておきなさいと自分をけしかけては、ロメオが——英語を読める唯一の人間であるロメオが——中味を見せろと言ってきたらどうしようとためらった。

そうするうちに、ナイジェルが『コーラン』の対訳頁のあちこちに鉛筆で下線を引いていることに気づいた。本の終わりの白紙の頁に、メモが残っている——頁番号のリストで、再読したい箇所を記録しているようだった。下線が引かれていたのは、捕虜や行動規範に関わる韻文。ナイジェルもわたしと同じで、もっとまともな扱いを要求するために『コーラン』を利用していたらしい。

何かやってみようと思い立った。『コーラン』をめくり、英語を目で追いながら、メッセージを組み立てるための単語を探していく。見つかったら、その節全体を鉛筆で軽く囲み、気づいてほしい単語の下に、もっと強くてはっきりした線を引いた。そこを矢印で指すような感じだ。一語を選び、また一語、さらに一語とつづけていって、ナイジェルが白紙の頁に書きつけたメモの隣に、その単語のある頁番号を書き留めていく。夕方になると、今日の勉強は終わったとハサムに告げた。ナイジェルのもとへ運んでくれることを期待しながら、『コーラン』を手にして急ぎ足で出ていく後ろ姿を見送った。

わたしが送ったメッセージはこうだ。「わたし／あなた／愛している／母／言った／百万／半分／持っている」

翌日、『コーラン』が戻ってくると、一人になるのを待ってから、本をめくって最後の頁を開いた。新たな頁番号が書き留めてあった。胸を高鳴らせながら、該当する頁を急いで開き、内容を突きとめようとした。

ナイジェルは暗号を解読して、返事をくれていた。「わたし／家／望む／わたし／彼ら／嫌い」

〈草むらの家〉で過ごしているあいだは、家族のようすや、交渉に進展があったかどうかは、漠然としかわからなかった。何度か、用意された台本を読むだけの短い電話を許された。ナイジェルとニッキーがスピーカーホンで交わしている会話の一部が聞こえてきたのだが、ニッキーは親族が家を二軒と車を二台売却したと話していた。

ある日、ロメオが少年たち全員を引き連れてわたしの部屋に入ってきた。彼は言った。「一度だけチャンスをやる。おまえの母親は五十万ドル持ってる。明日それを払えば、受け取ってやる」そしてこう付け加えた。「彼女が払うのはおまえ一人の分で、ナイジェルの分は別だ。やつの家にはカネがあるが、おまえの母親は貧しい。だが、おまえを助ける気があるなら今日決めればいい」

しばらくすると、ロメオの電話が鳴った――アダムの電話を中継してきた交信で、わたしの母とつながっていた。「これが最後のチャンスだと理解させろ」ロメオが言った。銃をかまえて立つ少年たちを指さし、肩をすくめた。「電話が終わったら、連中がおまえに何をするかわからない」

ロメオに電話を突きつけられて、言われたとおりの言葉をくりかえした。わたし一人だけでもここから出してと、母に懇願した。口にしただけで胸がつぶれそうだった。ナイジェルにも所々は聞こえているはずだ。どうか、今度も無理矢理言わされているだけだとわかってもらえますように。ロメオは、うちの家族がいくら持っているのか見きわめようとしていた。ところが、母は毅然としていた。両家は協力し合っていると母は答えた。二人の分として五十万ドルを用意している。それ以上は出せないと。

ロメオはそのまま家を出ていき、アハメドが何日か代理を務めた。車であらわれたアハメドは、きれいに髭を剃り、ポロシャツとプレスの効いたズボンという都会的な格好をしていた。わたしの生存を証明するための新たな質問——**父親の好きな色は？**——を携え、新しい家の不潔な環境に嫌悪を隠そうとしなかった。わたしの足が腫れ上がり、蚊に刺されたあとがかさぶたになっているのを見て、マットレスの上に蚊帳を吊ってやれと少年たちに命じた。ずっと持ち物に入っていたのに、九ヶ月前に脱走に失敗してから使うことを許されていなかったのだ。

善意から出た行いというよりも、わたしが病気になって目の前で死なれては困るので、追加で保険をかけたということだろう。実はそのころ、スキッズがマラリアに罹って、床の上でボールのように丸まっていた。バスルームに行くときは、主寝室の床に転がって高熱にもだえ苦しむスキッズのそばを通り抜けなくてはならなかった。背を丸め、怯えた顔をして、禿げた頭を汗でぎらつかせていた。死ねばいいのにと思った。

「暗い深緑色《ハンターグリーン》」わたしはアハメドに答えた。父の好きな色だ。

それからアハメドに尋ねた。交渉はどうなっているの？　わたしたちはもうすぐ家に帰れるの？　アハメドは勢いよく首を振ると、身も凍るような知らせを伝えてきた。グループは、身代金についてはいつまで経っても折り合いがつかないと判断して、わたしたちをアル・シャバブに売るための取引をまとめようとしている。それから、アル・シャバブが改めてわたしたちを家族に売るというのだ。

アハメドは紙とペンを差し出すと、声明文を書くように言ってきた。〝誓約〟だという。どのような運命をたどろうとも、イスラム教の戒律を忠実に守り、教えを広めていく旨を宣言しろというのだ。無事に解放されたら、ジハードのための資金五十万ドルを送金する手だてを見つけろと言い、その金を工面する手段を具体的に書面に残すように求めてきた。わたしはちょっと考えてから、ジハードを讃える営利目的のウェブサイトを立ち上げ、女性にイスラム教を勧める本を書くと記した。書類好きの犯人たちのためにできるだけ事務的な言葉を使い、「これにより」とか「これをもって」とかいった語をちりばめながら、これがわたしたちの解放を推し進める一助になりますようにと願った。

最後に署名をした。アミーナ・リンドハウトと。

アハメドは全体に目を通してから、これでいいと告げた。出ていく前にこう言った。「インシャーアッラー、すぐに状況は改善するはずだ」

一瞬、耳を疑った。アル・シャバブと取引するなら良くなるはずがない。それどころか、事態はさらに悪くなるはずだと、わたしは確信していた。

我慢できなくなったので、思い切ってユニセフのノートに個人的なことを書いてみた。ノートを手に入れてからおよそ一ヶ月。もう誘惑に抗えないところまできていた。書くための道具があるのに使わないなんて、飢えた人間が目の前のご馳走に飛びつかずにいるようなものだ。

そこである日、ついに書きはじめた。マットレスの上に起き直ってノートを開き、誰かが部屋に入ってきたら、すぐに見えないところへ隠せるように用心していた。青い蚊帳をカーテンのようにまわりに張りめぐらせる。それからある文章を書いた。犯人たちに見られても読めないぐらいの小さな文字で。連ねられていく言葉は、気のふれた人間が書いたもののようであり、頁の上に極小サイズの真珠の連が並んでいるようにも見えた。

母に宛てた手紙を書くつもりで言葉を選んでいった。一方通行の会話のようなものだ。日々のようすを語っていく。空想の世界に逃げ込んで時間をつぶしていること。トイレに行きたくなったら、空のペットボトルで床を叩いて許可をもらわなければならないこと。ひもじくて孤独なこと。日々、心の片隅に後悔がこみ上げて、過去を振り返ること。意識して触れないようにしたのは、宗教と、犯人たちから受けていた虐待の件。万が一この日記が見つかるようなことがあったら、その二つが、ほかのどんなことよりも厳しい懲罰の理由にされるはずだった。

書くことで抵抗していたのかもしれない。水脈が広がって、捌け口ができたような気がした。マットレスの下にノートを隠し、毎日のように文字を連ねていった。たいていは少年たちが昼下がりにだらだら過ごしているときを選び、必ず『コーラン』か『ハディース』を膝の上に広げ、勉強しているふうを装った。書いていると罪の意識が溢れ出し、古い記憶に至近距離から胸をえぐられた。あれは、アフガニスタンでジャーナリストになろうと奮闘していたころのことだ。カブール郊外の大きな刑務所の取材に行き、女性受刑者の棟で、ヘロインを密輸しようとした罪で懲役八年を宣告されたスーダンの女性と面会したことがあった。監房にはほかにも五人の女性たちが収監されていた。わたしは、部屋は清潔で専用の小さなトイレがついている、とメモを取った。こんなふうに思ったのを覚えている。**ふうん、そ**

れほど悪くないじゃない。

スーダン人の女囚は大柄で、花柄のワンピースを着ていた。髪は細かい編み込みのコーンロウ・スタイルで、その目は悲しげでうつろに見えた。その房の囚人で英語を話せるのは彼女だけだった。切羽詰まったようすで必死に語りかけてきた。身の上話をすれば釈放される日が近づくとでもいうように。「自分のしたことは後悔しています」と彼女は言った。「家に帰りたい」

あのときの自分の返事を、わたしは深く悔やんでいた。何も知らず、何もわかっていない若い女の発言だった。わたしは答えた。「ええ、でも、犯した罪は償わなくちゃ」とかなんとか。

慰めの言葉一つ口にしなかった。彼女を恥じ入らせただけだった。その記憶が心のなかで燃え上がって、わたしを苛《さいな》みつづける。

日記のなかで、母に語りかけた。「ときどき考えるの、こんな目に遭ったのはわたしがものすごく軽率な人間だったせいなのかしら」さらに、もっと大きな誓いの発端とも言うべきものも。「ふたたび自由になったら、虐げられた人々を助けることはできないだろうか。自分の人生を意義のあるものにして、みんなに恩返しをしよう」

次の移動先はひなびた村だった。少年たちのお喋りを聞いていれば、モガディシュから少しだけ外れた場所であることはわかった。スキッズと少年たちとナイジェルは薄汚れたコンクリートの家に入っていったが、わたしは隣接する窓のない倉庫に閉じ込められた。床には糞が散らばっていたから、最近まで山羊が飼われていたのだろう。

モガディシュのそばまで来たのだから、以前のわたしだったら希望を抱いていたかもしれない——ほんのわずかではあっても、なじみのある世界に近づいたのだ。もっとちがう心境のときだったら、モガディシュの空港を思い浮かべていただろう――去年の夏、傾いた飛行機の窓から目にした金色の海岸線とその先の低地に広がる未知の街の光景に胸を高鳴らせながら、ナイジェルと一緒に降り立った場所を。頭上を飛び交う飛行機の音に耳を傾けながら、あの滑走路からの距離を推測しようとしたかもしれない。脱走する前、ナイジェルと一緒に耳をそばだてながらそうしていたように。でも、もうそんなまねはしなかった。希望を抱くたびに打ち砕かれる、そんなことがあまりにも多過ぎた。もう夢なんて見るものか。足の鎖を外し、壁を乗り越え、わたしを恐れも憎みもしない誰かが――誰でもかまわないから――運転する車に乗り込んで、離陸の準備が整った飛行機まで連れていってもらうことなどあり得ないのだから。

残念ながらスキッズはマラリアから全快したが、体は見るからに弱っていた。もはや隊長というよりも、腰の曲がったおばあさんのようだった。グループの誰もが、これまで以上にだらだらと時を過ごしているように見えた。もともと小柄なハサムは、げっそり痩せて、服に呑み込まれてしまいそうだった。ロメオはもう一緒に暮らしていなかった。最後に姿を見たのは〈草むらの家〉にいたときで、大学院や結婚のことはまったく口にしなくなっていた。話題にのぼったのは、差し迫ったアル・シャバブとの取引のこと。彼は言った。この取引がうまくいけば、グループの借金を返して、少しばかり利益も出る。おまえたちを手に入れたくてうずうずしている連中がほかにもいるんだよ。

ロメオによれば、アル・シャバブには潤沢な資金があるので、身代金をたっぷり取るまでわたしたちを生かしておく余裕があるという。十年でも、それ以上でも粘れるそうだ。

「俺たちはもうこれ以上は無理なんだ、アミーナ」ロメオはそう言って肩をすくめた。「気の毒だな、運が悪くて」

あれは、午後六時の礼拝を終えてまもなくのことだった。小屋の開き戸が開いて、スキッズ、アブダラ、モハメドの姿が見えた。三人とも顔をスカーフで覆っている。手には銃。胸の鼓動が一気に早まった。覚悟はしていた。一日か二日前、それとなく別れを伝えるかのように、ハサムからメールアドレスを書いた紙切れを渡されていたのだ。ハンドルネームはHassam123。ハサムは言った。「いつかそのうちな、インシャーアッラー。おまえが書けよ」

スキッズは、足かせをつけたままのわたしを家のなかまで歩かせ、新しいアバヤを――厚手のサテン地でできた灰色のものを――ジーンズの上から羽織らせると、外へ出て車道に停められたSUVまで歩くように身振りで伝えてきた。車にたどり着くと、舗道に座れと合図してきた。アブダラが小さな弓のこぎりを出して、足首のところで鎖を留めている二つの南京錠を切りはじめた。片方の足からもう片方の足へと、何も言わずにのこぎりを動かしている。顔から滴る汗がわたしの足を濡らし、鎖の輪が激しい力で肌に食い込んでくる。どうやら鍵をなくしたらしい。

アブダラが手を動かすたびに、のこぎりの歯が足首をかすめていく。まわりにいる全員がぴりぴりしていた。携帯電話が鳴っている。理由はわからないが、犯人たちは切羽詰まったようすで家を出たり入ったりしている。じりじりしながらわたしの足をのぞき込み、作業の進捗状況を見守っているスキッズ。やがて、スカーフで顔を覆ったジャマルが出てきて、アブダラと交替した。ジャマルは車のドアを開け放してバックシートにわたしを座らせ、うまく力が入るような態勢を整えた。片方の南京錠が外れた。足首の感覚がなくなっていたので、ちがいは感じられなかった。

アブダラがつけた溝に沿って、ジャマルがもう一つの南京錠を切りはじめたとき、ナイジェルが家からあらわれ、足を引きずりながら歩いてきた。鎖は外されている。きれいなシャツと新しいジーンズを身につけて、ぎごちない足取りで近づいてくる。視線を地面に落としたままだ。ちょうどわたしのもう片方の足が自由になったときに、反対側のドアから車に押し込まれた。

新しい衣類を与えて鎖を外したのは、商品の見ばえをよくして取引額に見合うだけの価値があることを示すためなのだと思った。少年たちのほぼ全員が一斉に車に乗り込み、スキッズがハンドルを握る。アハメドが前方の車に乗って先導しているのが見えた。ふたたび、道なき道を走りつづける砂漠の旅がはじまった。ナイジェルとわたしは一言も言葉を交わさなかった。わたしは声を殺して泣き出した。日没のときを迎え、大地が紫色に染まっていた。恐怖のあまり吐き気がこみ上げてきたことも覚えている。

何という場所なのかわからない、何の特徴もない砂の道で、車が止まった。ナイジェルとわたしは慌ただしく別の車に押し込まれた。なかには、見たこともないソマリ人の男が二人。アハメドがわたしの側の窓を指でコツコツと叩き、窓を開けろと指示してきた。そのとおりにすると、彼はかがみ込んでわたしの顔をのぞき込んだ。

「誓約を忘れるなよ」アハメドが言った。

ロメオもあらわれ、手にしていたナイジェルの『コーラン』を窓から差し入れてきた。

それから、新しい車が走り出して――わたしとナイジェルと、黙ったままの見知らぬ二人を乗せて――誰も何も言わないうちに、闇のなかへ突っ込んでいった。ナイジェルとわたしは手をつなぎ、新しいアバヤのたっぷりしたひだの下に触れ合う手と手を隠していた。ナイジェルのもう片方の手は、膝に載せた『コーラン』の上に置かれていた。

アル・シャバブに引き渡されたんだ、そうに決まってる。落ちていくような気分だった。高層ビルのてっぺんから飛び降りて、しがみつく物もないまま真っ逆さまに落ちていく。何かが頭に浮かんできても、その意味をつかめない。落ちる、落ちる、落ちる。あまりのスピードに体がひりつき、まわりが暗黒になる。やがて車がふいに止まって、わたしたちは夜の闇に引きずり出された。武装した男たちが四十人以上はいるだろうか。暗がりのなかでまわりを取り巻き、多くはスカーフで顔を隠して、叫んだり手を振ったりしている。衝撃とともに、全身の力が抜けていった。また同じことがくりかえされようとしている。開いた車のドアにしがみつくと、数人の男たちが足を引っ張って、無理矢理連れていこうとした。足かせなしに一歩を踏み出すのは十ヶ月ぶりだ。よろめいたり転んだりしながら、また別の車に向かって押しやられる。ライトをつけたまま道端に停まっているSUVへ。叫んだりどよめいたりしながら、こちらへ銃を向けている男たち。わたしは泣きじゃくり、わけのわからない言葉をわめき、伸ばされてくる手を片っ端から叩いた。そしてSUVのバックシートに押し込まれた。同じように抗っていたナイジェルも、一足先になかに放り込まれていた。

「こんなの信じられない」気づくとそう口にしていた。「こんなの信じられない」隣で怯えたような顔をしているナイジェル。

車のドアが閉められた。わたしたちを囲んでいるのは新たな顔ぶれの男たち。前に二人、後ろに一人。ふと、長いあいだ忘れていたにおいが鼻をかすめた――煙草のにおい。車のなかに喫煙者がいる。頭の奥のほうから理性の声が囁きかけてきた。イスラム原理主義者が煙草を吸うはずがない。この男たちはアル・シャバブのメンバーじゃないわ。

白髪まじりのソマリ人の男が、携帯電話を耳に押しあてながら窓の外にあらわれた。かがみ込んでわたしたちに視線を走らせる。短く刈り込んだ顎髭に、大きな茶色の目。俳優のモーガン・フリーマンにそっくりで、映画のセットからぶらりと出てきて、ソマリアの砂漠に停まっていた車の脇で立ち止まり、わたしが泣くのを見つめているようだった。無表情な顔に、戸惑いを浮かべている。「なぜ泣いてる？」そう言って電話を差し出した。「ほら、お母さんと話しなさい」

聞こえてきたのは、いままでよりも鮮明な母の声。わたしを世の中に戻すための命綱が差し出された瞬間だった。

「もしもし、もしもし？」母は言った。「アマンダ、解放されたのよ」

# 44　事の顚末　*Beginning to Understand*

その後の展開はとても現実のものとは思えず、それでいて鮮烈に記憶に焼き付いている。これはあとから知るのだが、わたしたちの身柄は犯人たちから仲介者のグループに引き渡され、そこからさらに、車の脇に立っていたソマリアのモーガン・フリーマンにゆだねられていた。彼はソマリア議会のメンバーで、わたしたちの家族が契約したＡＫＥから報酬を得ていた。ＡＫＥのジョン・チェイスとはその数週間以上前から電話でやりとりをつづけていたそうで、あの日はあらかじめ、ナイロビからモガディシュの銀行キオスクへ送金された身代金――六十万ドル――の受け渡しをする手はずを整えていた。わたしたちの家族は、受領証は氏族の長老たちのグループに渡されると聞かされていた。警察も、組織だった軍隊も、正しく機能している政府もない国では、権威として頼ることができるのは長老たちだけだった。ナイジェルとわたしの無事が確認された時点で、長老たちが現金を引き出して犯人に渡すことになっていたが、その際には、ほかの武装集団に支払う分と、おそらくは自分たちの取り分がいくらか差し引かれる。ソマリアには無償で動く人間はいなかった。

計画では、その晩はまっすぐ空港に向かう予定になっていた。わたしが夢にまで見たチャーター機と、AKEのために働く二人の男性――特殊部隊出身の、南アフリカ人とニュージーランド人――が待っていて、ケニアの安全な場所に連れていってもらえるはずだった。ところが、モーガン・フリーマンは致命的なミスを犯していて、警備に就いているアフリカ連合の兵士たちに夜道を走って空港へ向かうことを知らせていなかった。いつもなら空港が閉鎖されている時間だったので、道を折れたとたん、警備隊が車めがけて発砲してきた。わたしたちはUターンして街に引き返すほかなかった。

母と話をしたから何だというのだ。犯人たちはとっくにいなくなったようだったが、だからといって安心はできない。わたしたちはまだ車に乗っていて、狂ったようなスピードで疾走していた。まだソマリアにいて、武装した見知らぬ男たちに囲まれていたのだ。自由になったなんて、これっぽっちも信じられなかった。しばらくすると、車がタイヤをきしませながら高い門の前で止まり、わたしたちは外に降ろされた。「ほら、ほら」モーガン・フリーマンが声をかけ、扉を抜けて門のなかへ入るよう手を振っている。

わたしの脚は切り株のようで、動くことを忘れていたぐらいだから、速く歩くなんてとんでもない話だった。扉にたどり着くまでに二度転んだ。ナイジェルもよろめいている。わたしたちは腕を絡ませ、互いの体にしがみついた。扉の向こうには、きれいに刈り込まれた低木が茂り、パティオのレストランでは、ソマリ人のビジネスマンたちが合成樹脂のテーブルについて、星空の下でディナーを食べている。ここはホテルで、ここで一泊して朝を待ち、もっと安全な状況になってからふたたび空港へのドライブを試みるのだ。食事をしていたビジネスマンたちは、わたしたちがよたよたと通り過ぎるのを口をぽかんとあけて見ていた。

ナイジェルとわたしは、ホテルのフロント付近を大急ぎで通り抜け、長椅子がたくさん置かれた宴会場に入っていった。額に入ったメッカの絵や、イスラム教の聖句を絵のように配したレンダリングが、壁のあちこちに掛かっている。「どうぞ、どうぞ、こっちへ」モーガン・フリーマンがそう言って、部屋の真ん中にある赤い二人掛けのソファに案内した。部屋に人が集まりはじめ、いつのまにか入ってきた男たちが周囲に群がってくる。握手をしたがる人もいる。英語を話せる人が大勢いて、この数ヶ月のあいだ、わたしたちの噂を——脱走を試みた人質の噂を——何度か耳にしていたと話しかけてくる。暫定政府の役人だと名乗る人が数人。多くの人が急いで電話を取り出し、ニュースを広めているようだった。「もう安心ですよ」ホテルの支配人がくりかえす。「安心ですよ」ヘッドスカーフを取っても大丈夫だと言っているのだが、そんな勇気はなかった。制服姿のウエイターが目の前にあらわれ、汗をかいたコカコーラのボトルを二本、トレイに載せたまま勧めてくれた。ナイジェルもわたしも手を伸ばすほど大胆になれず、黙って見つめるだけだった。十五ヶ月ものあいだ、行動をすべて監視され、管理されていれば、自由の光がかすかに見えただけで困惑してしまうものなのだ。

　二人とも少しでも欧米人らしいところを見せたら危険なのではと恐れていた。「アッラーは《アッラーホ》偉大なり《アクバル》」解放を祝う言葉をかけてくる人々にはそう答えた。「すべてはアッラー《インシャーアッラー》の思し召し、わたしたちはまもなく家に帰れるでしょう」

　やがて、ホテルの支配人が、同じ廊下に面した二つの部屋まで案内してくれた。わたしたちの顔から不安を読みとった支配人は、緊張を和らげようと思ったのか、自分にはアメリカに親戚がいるとくりかえした。彼は、それぞれに清潔なタオルと石鹸、歯ブラシと練り歯磨きを渡してくれた。わたしには、洗い立ての香りがする花柄のワンピースを差し出してきた。奥さんのものだという。

　部屋で一人になると、新たな惑星に降り立った宇宙人のような気分になった。天井では大きなファンが回っている。ダブルベッドには枕が二つで、ベッドの正面には小さなテレビ。窓にはカーテンが引かれている。ドアに鍵をかけたが、それでも不安で、ベッド脇のテーブルを動かしてドアを塞《ふさ》いでおいた。バスルームに行って洗面台の蛇口をひねり、水が出ることを確認する。それから、数時間前に犯人たちから与えられたばかりの灰色のアバヤを脱いだ。裸になって姿見の前に立つと、久しぶりに目にする自分の姿に愕然とした。まさに骨と皮だ。肌は蠟のようで、白っぽく、青みを帯びている。もつれた髪が細い束になって胸の下まで垂れ下がり、これまで伸ばしたことのない長さになっていた。何ヶ月も日光に当たらなかったので、髪の色が黒くなっている。足首には、鎖を巻かれていた場所に沿って紫色の痣ができていた。見知らぬ人間を眺めているような気がした。

お湯をぎりぎりまで熱くしてシャワーを浴び、全身をこすりつづけた。体を洗うという贅沢がいまにも奪われるのではないかと、何をするにも大急ぎで行った。石鹼を握りしめていると、頭のなかから小競り合いの声が聞こえてきた。

**落ち着いて、もう安全よ。**

まさか、そんなはずないわ。

**いいえ、本当に安全なのよ。**

それからしばらく経ったわたしの部屋には、ベッドに座るナイジェルとわたしの姿があった。櫛に引っかかって抜けてしまうだけなので、わたしは髪を梳かすのをあきらめていた。ナイジェルもシャワーを浴びてきれいな服に着替えていた。顎髭はぼさぼさに伸びたままだ。おせっかいな支配人がチキンのサンドイッチを届けてくれたのだが、コークと同じで、手を出すのがためらわれるほど奇妙なものに見える。ナイジェルとわたしは手を握り合って話をしていて、そのこと自体が奇跡のように感じられた。互いに気後れし、それぞれの胸に不安を抱えたまま、現実離れした展開に打ちのめされていた。このままちがいなく家に帰れるのだろうか？　犯人たちは本当にいなくなったのだろうか？　一日の最後の礼拝を知らせる時報係《ムアッズィン》の声が響き、ほかの宿泊客たちが廊下を急ぐ音が聞こえると、自分たちも宴会場に行って祈りを捧げる姿を見せたほうがいいのだろうかと話し合った。結局、そのまま部屋に留まることにした。

自分たちで選択して、それでも罰せられないなんて、それもまた奇跡のように思えた。ナイジェルもわたしも眠る気になれず、ほとんど夜通し語らいつづけた。彼はわたしの身に何があったか、どの程度の虐待を受けたのか質問してきたが、わたしにはまだそれを口にするだけの準備ができていなかった。すべてがあまりにも生々し過ぎた。わたしたちは、バナナもツナの缶詰も二度と食べないと軽口を叩き合った。引き離されてからの日々について、こまごまとした情報を分かちあった。ナイジェルは読書や執筆を許されていたそうだ。足かせはされていたが、わたしのように縛られたり拷問にかけられたりしたことは一度もなかった。男だからましな扱いを受けていたのだろうと、わたしたちはお互いを納得させた。部屋のテレビをつけたら、自分たちの解放のニュースが流れていたのでぎょっとした。放送局は、わたしがバグダッドで仕事をしていたプレスＴＶだった。

翌朝、わたしたちはソマリアから飛び立った。入国してから四百六十三日、美しさに一日で心を奪われたきらめく海岸線を離れ、一度は平穏だと思い込んでしまったモガディシュの街に別れを告げた。ナイロビの空港に降り立つと、滑走路でカナダとオーストラリアの大使に迎えられた。わたしはサイドミラーに小さなカナダ国旗がはためく車に乗せられ、ナイジェルも自国の公用車らしき車に乗せられた。けたたましいサイレンとともに、わたしたちは近くのアガ・ハーン大学病院に運ばれていった。

最初に目に飛び込んできたのは母の姿だ。日差しを浴びながら、歩道でわたしが到着するのを待っていた。少し痩せたようだがきれいだった。それどころか、あまりの美しさに心を打たれたほどだ。時間が半分に折り畳まれ、何も起こらないまま互いのもとに引き戻されたような気がした。母に抱きしめられ、二人で激しく泣きじゃくった。わたしは母の胸元に顔を埋めた。母は片手でわたしの肩をさすり、もう片方の手を頭の後ろにしっかりと押しあてた。守られていると感じた。家に帰ったような気分だった。

母は同じことを何度も何度も口にした。「がんばったわね。がんばったわね。がんばったわね」

ナイジェルとわたしは、部外者立ち入り禁止の棟にある病室をあてがわれて、一週間入院した。ナイジェルの家族――母親と妹のニッキー――も駆けつけていた。わたしの父もナイロビに飛んできた。古くからの友人で、グアテマラの湖畔の桟橋で髪を切ってあげたケリー・バーカーも一緒だった。そのとき知ったのだが、わたしが誘拐されていたあいだ、ケリーは母に大きな力を与えつづけ、親友になってくれていた。カルガリーから車を飛ばして食事を運んでくれたそうだ。AKEと契約したあとは、正式な〝危機管理チーム〟の一員として週に一度のスカイプ通話に加わり、ジョン・チェイスやわたしたちの家族と解決策を話し合ってくれたという。

病室では、看護師や医師に加えて、カナダから飛んできたトラウマを専門とする女性心理学者がケアにあたってくれた。わたしは脱水症と栄養失調の治療を受け、点滴をされ、一連の検査を受けた。歯科医が、折れたり膿んだりした歯を診てくれた。わたしが真っ先に頼んだことの一つが、髪を短く切ってもらうこと。捕らわれていたあいだに伸びた分を切り捨ててしまいたかった。

拉致されてからは食べ物のことを夢想しつづけ、好きなものをお腹がいっぱいになるまで食べたいと願っていた。そしてついに、その日が来たのだ。食事の前になると、いつも看護師がメニューを届けてくれる。最初の数日は、何もかもいっぺんに食べたくてたまらなかった。医師たちは、口ではほどほどにしておくように言いながら、わたしが思う存分食べるのを止めようとはしなかった。この段階では、本能のおもむくままに自由を味わう必要があると認めてくれていたのだ。わたしは、チキン、パスタ、野菜、フライドポテト、フルーツ、ケーキ、パイのアイス添えを注文した。食べたくて食べたくて心は煮えたぎっていたが、体のほうはまったく準備ができていなかった。食べ終わると激しい胃痙攣に襲われ、ほとんどは胃におさめておくことができなかった。

ある日の午後、ケリーが、ナイロビの高級スーパーで買った食料品を持ってあらわれた——高級チーズとキャドバリーのチョコレートというご馳走だ。以前のわたしは、チーズとチョコレートを飽くことなく食べていた。米が主食の蒸し暑い国々ではこうした高カロリーの食べ物が少なかったので、一緒に旅をしたときは、ケリーにそのことでよくからかわれたものだ。いまは病室で、そんな思い出を一緒に笑い合っている。けれどもその直後には、涙を流して泣いていた。せっかく買ってきてくれたのに、食べても気持ちが悪くなるだけだとわかっていたから。

その苛立ちには、ようやく理解しはじめたばかりの、もっと大きな問題が反映されていた。心と体のあいだに遅延時間《ラグ》が生じていた。自由になっても、体のほうは元に戻っていなかったのだ。

最初のあの週はなんとなく意識がぼんやりしていて、悪夢から少しずつ覚醒していくのと似たような状態だった。朝になって、雲のようにふわふわしたベッドで目を開けると、まさかという思いが湧き上がる。頭の下には枕があり、そばのカウチでは母が眠っている。テーブルにはヘアブラシが用意され、お見舞いの花でいっぱいの花瓶がずらりと並び、窓の外には朝の空が広がっている。何もかもが幻のようで、いまにも消えてしまいそうな気がした。ナイジェルもわたしも、それぞれの家族と身を寄せ合うように過ごしながら、自分たちの体験を振り返って整理する作業に取りかかろうとしていた。

わたしたちを解放へと導いてくれた動きについて、わたしは少しずつ知ることになる――ストレスと犠牲と二十四時間態勢の対応を強いられた、オーストラリアのナイジェルの友人や家族、カナダのわたしの友人や家族、そしてもちろん、捜査官、交渉人、領事館の人々の尽力を。自由の代価は、AKEからの請求を含めて総額で百万ドルを上回り、それを両家で等しく負担することになった。旧友たち、遠い親戚、さらにはまったく面識のない人たちまでが、援助のために立ち上がってくれていた。わたしの父とペリーは自宅の抵当条件を設定しなおしていた。カルガリーのレストランで働いていたときの友人たちは、資金集めのイベントを開いてくれた。『ナショナル・ジオグラフィック』誌のロバート・ドレイパーは、そうしたイベントの一つで講演するためにカナダまで飛んでくれていた。二つの大陸で暮らす、会ったこともない人々が、身代金のために寄付をしてくれた。多くの人が十ドルや二十ドルを出してくれていて、なかには数万ドルも寄付してくれた人もいた。それを知って恐縮してしまった。

ナイジェルとわたしの元には、早い段階で、飛び上がりたくなるような嬉しい知らせが届いていた。殺されたとばかり思っていたアブディと二人のソマリ人が生きていたのだ。捕らわれてからおよそ五ヶ月後の一月半ば、三人は真夜中に目隠しをされてモガディシュの中心街まで連れていかれ、さびれた市場で無傷のまま解放されたという。

マハードとマルワリの消息についてはわからなかったが、カメラマンのアブディは、監禁の苦しみののち、難民認定を受けてナイロビに移住していた。モガディシュで以前の暮らしに戻るのは危険だと感じたそうだ。妻子を連れていく余裕はなく、ソマリアに残していくしかなかったという。わたしは退院後の二週間を静養の期間に充てて、両親とともにナイロビにあるカナダ大使の家に滞在していた。そしてある朝、近くのホテルでアブディと再会する手はずを整えることができた。

アブディは記憶のなかにあるままだった——痩せていて、ハンサムで、穏やかな話し方をする。わたしたちは長いあいだ抱きあっていた。彼はナイロビでフリーランスの動画撮影の仕事を探していたが、その時点では、まだ運に恵まれていなかった。ソマリアに残してきた子どもたちの写真を見せてくれて、会いたくてたまらないと言った。すでに難民があふれている街で難民として生きるのは困難だった。おまけに、拉致された体験に心を掻き乱されたまま夜も眠れず、飢えに苦しみ、殴られ、闇のなかで過ごした記憶に苛《さいな》まれていた。アブディは、わたしが人質としてどんな扱いを受けていたのか知りたがった。二人で、少年たちや指揮官たちについて気づいたことをメモにして、書いたものを見比べ合った。彼とマルワリとマハードは五ヶ月以上に渡って惨い仕打ちを受けていた。ナイジェルとわたしがさらに十ヶ月を耐え抜いたなんて、想像もできないという。アブディは静かな声でレイプされたのかと尋ねてきて、わたしが認めると声をあげて泣き出した。

アブディはわたしをシスターと呼び、わたしは彼をブラザーと呼んだ。わたしには、自分たちがそろって過酷な体験をしただけでなく、切なる願いを共有する者同士として結ばれていることがわかった。わたしたちは同じものを欲していた——自由になるだけでなく、自由を実感することが必要だったのだ。

ナイジェルと顔を合わせたのは、二〇〇九年の終わりに、ナイロビのカナダ大使の家で別れを告げたときが最後になった。解放から二週間。彼は退院してから、家族と一緒にホテルに泊まり、帰国に向けて体力を養っていた。二人とも青白い顔をして、痩せこけ、苦しみから逃れられずにいたが、少なくとも見た目だけは、少しずつ普通の人間に戻りはじめていた。

二人は永遠の友、そろって前へ進みながら、これから先も――何ヶ月もそうしてきたように――互いの内面生活の細かいところまで熟知して分かちあっていくのだと、わたしはずっと思い込んでいた。これから先も、何らかの方法で互いの家の窓辺に立ってそれぞれの体験を語り合い、相手を深く知るための手段を探しつづけていくものとばかり思っていた。解放されたあの夜、モガディシュのホテルの部屋で、互いを訪ね合おう、ずっと親しい間柄でいつづけようと、夢中になって約束した。二人とも以前の暮らしに戻っていくのはどんな感じだろうと考えていた。そこには、わたしたちが経験したことを理解できるはずもない人々があふれているのだ。「愛している」という言葉を、お互いに何度も何度も口にした。

それなのに、ナイロビに着いたとたんに、周囲の事情がわたしたちを引き離す方向へ動きはじめた。両家のあいだには、無理矢理分担させられることになった精神的および経済的な負担をめぐって確執がつづいていた。ナイジェルとわたしは、それぞれの国に帰って、自分たちの身に降りかかった出来事を整理して新しい人生をはじめるための努力に専念しなくてはならなかった。それがどんなに困難なことか、あの時点では、二人ともわかっていなかったと言っていいだろう。

最初の二ヶ月ほどはスカイプやｅメールで連絡を取り合っていたが、話が噛み合わず、空気が凍りつく瞬間もめずらしくなかった。二人とも、拉致されたときの自分とは別の人間になっていた。お互いに、もう心を通い合わせるのはむずかしいと気づき、そのことについてはいまだに胸の痛みを抱えている。ナイジェルはソマリアでの体験について本を書き、写真家としての仕事を再開した。わたしはこの先もずっと彼の幸福を祈っているし、あの十五ヶ月間の彼の忍耐力と友情に感謝しつづけるつもりでいる。

わたしはクリスマス直前にカナダに戻り、兄弟やペリー、祖父母、おばやおじたち、いとこや友人たちと再会した。自分自身の人生なのに、あとに残してきた世界に半身を捕らわれたままよそ者のような気分を味わい、故郷の人々に迷惑をかけたことを申し訳なく思いながらも、愛する人たちに囲まれる暮らしを取り戻せたことに、心の底からの純粋な喜びを感じていた。

# 終わりに　*Epilogue*

しばらくのあいだは、わが身の自由を注意深く観察しつづけた。一時間、一日、一週間を刻々と数えながら、人質として過ごした四百六十日が遠ざかっていくのを待った。そうしているのが自然に思えた。心のなかのそろばんをはじき、日々をやり過ごしたり乗り越えたりするうちに、ある部分は過去のことに思えるようになり、それよりも大きな部分が現在になっていった。この先も決して、自由が当り前だと思える日はやってこないだろう。いまは、ごくささやかな喜びにも感謝する毎日だ——一切れの果物、森のなかの散歩、母を抱きしめるチャンス。毎朝、目覚めるたびに、ナイジェルとわたしをソマリアから連れ出してくれた活動から、解放後の人生に順応するための手助けに至るまで、人々が与えてくれたすべてにありがとうと伝えている。

わたしはあれから自分との約束を守ろうと努力をつづけてきた。ついに大学に通う機会を得て、二〇一〇年に、ノヴァスコシア州にある聖フランシスコ・ザビエル大学のコーディ国際研究所に籍を置き、国際開発指導の分野で半年間のカリキュラムを修了した。この専門課程を選んだのは、もう一つの誓いを果たすためだった。それは、〈暗闇の家〉の絶望のどん底で誓ったこと——どうにかして、モスクでわたしを助けようとしてくれたソマリ人女性を讃える手段を見つけようと心に決めたのだ。彼女は文字どおり身を挺《てい》してわたしを守り、腕からわたしが引きずり出される瞬間まで闘ってくれた。

ソマリアのことを考えるたびに、彼女のことを想う。彼女の顔がありありと瞼に浮かんでくる。ヘッドスカーフが外れ、目は涙に濡れていた。名前も訊かなかった。生きているのか、死んでしまったのかもわからない。

実を言えば、カナダに戻った半年後に、ソマリアの教育支援を目的としたグローバル・エンリッチメント・ファウンデーション（GEF）という非営利団体を設立したのも彼女のためだった。監禁されていたあいだは、自分を見張っている少年たちについて思いをめぐらせることに多くの時間を費やしていた。特に強く思ったのは、彼らが学校に通う機会に恵まれていたらどうなっていたかということで、考えているうちに、ひょっとしたらそれ以上に重要なのは、母親や姉たちが学校に通えるような環境だったのかもしれないと思い至った。そういう環境で育っていたなら、彼らは別の道を歩んでいたのではないのか――つまり、宗教上の過激主義や戦闘にあれほど凝り固まらずにすんでいたのではないだろうか。GEFでは、ほかの組織と提携しながら、ソマリアに新風を吹き込むための手助けを行っている。食糧支援から、少女たちのバスケットボールチームの支援、聡明で野心家の女性たち三十六名に大学へ通ってもらうための四年間の全額給付の奨学金制度まで、その活動は幅広い。小学校への資金提供や公共図書館の建設といったプロジェクトのいくつかは、ドクター・ハワ・アブディが運営する国内避難民キャンプ内で運営されている。ナイジェルとわたしが拉致された日に訪問するつもりでいた、まさにその場所で。

解放されてからおよそ一年後に、オタワから電話がかかってきた。相手は国家安全局の職員で、モガディシュ郊外のどこかの小屋で一冊のノートが見つかったと教えてくれた。表紙のユニセフのマークがサインペンで黒く塗りつぶされ、なかの頁には字がびっしり書かれているという。どういう経路をたどったのか、わたしには永遠に知ることも理解することもできないネットワークを介して、あのノートがカナダ当局に渡っていたのだ。わたしの元にもノートの頁をスキャンしたデータが届けられた。思い切って目にしたとたんに全身に震えが走った。いまでもその文字を見ると、連ねられた言葉の下から絶望が漂ってくるのが感じ取れる。

ソマリアの記憶が不気味な影のようにのしかかってくる日もあれば、いつもより小さな空間に留まっていてくれる日もある。この先もずっとこんなふうなのだろう。自由の身になってから四年近くのあいだに、トラウマについて多くのことを学んだ――脳と体の両方にどのような影響を及ぼすのかということについて。ある日の朝、ノヴァスコシアの学校で講義に出ていたとき、隣に座っていたクラスメイトが食べ終わったバナナの皮をわたしのノートのそばに置いた。そのにおいをかいだとたんにパニックに襲われ、心の奥のほうに追いやって触れないようにしていた記憶が解き放たれた。〈暗闇の家〉で腐ったバナナの皮が床に落ちているのを見つけたときに、ひもじさに我を忘れてそれを食べてしまったことがあったのだ。突如として、かつての感覚が――痛みや、飢えや、恐怖が――よみがえったので、教室を飛び出してトイレの個室に駆け込んだ。何が現実で何がそうではないのかわからなくなり、自由になったなんて幻想にすぎないのではないかと考えた。

気づいてみれば、世界は本質的にバナナの皮だらけだった――どこもかしこも、心のなかに仕掛けられた罠を作動させかねないものであふれていて、何の前触れもなく恐怖の水門が開いてしまうのだ。わたしはいまでも暗闇を恐れ、悪夢を見ては飛び起きる。エレベーターのような閉ざされた空間では、息が詰まったような錯覚に陥ることがある。よくあることだが、男性が近くに来ると、「逃げろ！」と心が叫ぶ。体にも記憶が刻まれている。鎖が巻き付いているわけではないのに足首が痛むことがある。腕を縛られているわけではないのに、肩の付け根が痛くなる。

トラウマの後遺症は独力で対処できるようなものではない。わたしはＰＴＳＤ（心的外傷後ストレス障害）の症状に立ち向かう助けになる、専門的な治療プログラムを受けた。さらに、セラピスト、心理学者、精神科医、鍼師、栄養士、瞑想の専門家と定期的に問題に取り組んできた。誰もがそれぞれの方法で力になってくれた。レイプを乗り越えた女性たちとの対話にも慰めを見出すことができた。そこまでしても、自分の身に起こったことを抱えて孤独の淵に沈み、自分が周囲の環境に――いつもの日常生活に――調和できていないと感じるときがある。その一方で、依然として夢に見ているものもたくさんある――教育、新しい冒険、人の役に立つ機会。愛と、いつの日か子どもの母親になる人生も。

わたしはいまも回復に努めている。じっくりものを考えるための静かな場所をいくつか見つけてあるし、ずっとそうしてきたように、これから先も、旅をしながら広い世界で心の糧を探しつづけていく――財団の仕事でときどき訪れるインドの山奥や、南米やアフリカのジャングルで。

犯人たちは誘拐によって利益を得た。もちろん、その事実を前にして心穏やかでいることはむずかしい。解放されて以来、わたしはほかの人質たちのストーリーを――ソマリア、マリ、アフガニスタン、ナイジェリア、パキスタンをはじめとするあらゆる場所での事件を――追いかけ、関係するすべての人々の身を案じ、共感を覚えた。黙って身代金を支払う政府もあれば、外交取引をしたり、武装した部隊を送り込んだりする政府もある。カナダやアメリカを含む多くの政府は、家族の支援に努める一方で、身代金の支払いがテロリズムと誘拐行為を増長させるという考えについては強硬姿勢を崩そうとしていない。アメリカ国務省のある職員は、『ニューヨーク・タイムズ』紙のインタビューでこんなことを言っている。「熊に餌をやったら、熊はこの先もずっとキャンプにやって来るだろう」

言えるものなら、為すすべもなく見ていることしかできない母親や父親、夫や妻に向かって、同じことを言ってみてほしい。

自分を監禁していた少年たちのことは、いまでもたびたび頭に浮かんでくる。忘れられるわけがない。彼らに対する気持ちは一つに定まらないまま揺れ動き、時の経過とともにますますその傾向が強くなる。これもまた、そろばんの珠をはじくようなものだ。自分自身のために、許しと慈悲を目指して努力をつづけ、心に浮かんでくるさまざまな感情――怒り、憎しみ、混乱、自己憐憫――を乗り越えようと努めている。頭では理解している。あの少年たちはもちろん、グループの指揮官たちさえもが、環境の産物なのだ。何千人もの孤児を生みながら二十年以上もつづいてきた、暴力が渦巻く終わりの見えない戦闘が原因なのだ。

わたしは、自分から自由を奪って虐待した男たちを許す道を選ぼうと思う。もちろん、彼らが言い逃れようのない罪を犯したという事実を踏まえた上で。そして、ソマリアへ行くという決断のせいで、故郷の家族や友人に衝撃を与えてしまった自分のことも許そうと決めた。口で言うほど簡単なことではない。ときには、到達点が地平線のかなたのかすかな点のように思えることもある。それでも、わたしはその場所を目指す。その方向へ足を向ける。うまくたどり着けるときもあれば、そうはいかないときもある。だとしても、ほかの何にも増して、それがわたしの人生を先へ進める助けとなってくれている。

ＧＥＦでは、プログラムの一つとして、ケニアで難民生活を送るソマリ人女性のための学校をつくる手伝いをしている。彼女たちが暮らしているのはナイロビのうらぶれた一画にあるイーストレイ地区で、通称〝リトル・モガディシュ〟。二〇一二年の冬、わたしはそこで数週間を過ごしながら、コンピュータや備品を用意し、教師たちや、学生として登録した七十五人の女性たちの何人かと会って、彼女たちが習得したがっている技術について話を聞いた。この学校では、コンピュータやリテラシーの講義、職業訓練、医療関連のワークショップ、難民の法的権利に関する説明会が計画されている。ある日の午後は、教師を務めてくれるネリウスとファーヒヤと打ち合わせをした。ＧＥＦのプログラム・ディレクターも加わり、拠点として借りていたコミュニティ・センターの小さな教室に集まった。壁には色鮮やかなポスターが貼ってあって、野菜や動物や数字のイラストの下にそれぞれの英語名が記されている。その日は学校の名前について意見を出し合うことになっていたので、大きな黒板に次々と候補の名前が書き出されていった。

そのなかに一際目を引くものがあって、白いチョークの太い線で周囲をぐるりと囲まれることになった。わたしたちが選んだ名前は「ラジョ」。ソマリ語で「希望」を意味する言葉だ。希望はこの世で一番大切なものだというのが、わたしたち全員の思いだった。

# 訳者あとがき

「二〇〇八年、カナダ人フリー・ジャーナリストのアマンダ・リンドハウトは、元恋人のオーストラリア人カメラマンと一緒に、取材のために訪れたソマリアの首都モガディシュで武装グループに誘拐された。政府が身代金の支払いを拒んだため、二人は四百六十日に及ぶ監禁生活に耐えなくてはならなかった」

——たとえば、こんな宣伝文をツィートしたら、目に留めた人はどんな言葉をつぶやくだろう。「軽率」とか「自己責任」とか「自業自得」とか、何か批判めいた言葉を投げつけてさっさと次のトピックに移っていくのだろうか。ソマリアという国に興味を惹かれて、検索してみようと思い立つ人はどのくらいいるだろう。

もちろん、アマンダがモガディシュのアデン・アブドラ国際空港に降り立つまでの経緯や、壮絶としか表現しようがない監禁生活を、たかだか百四十字に集約できるはずもない。この本は、帰国後の彼女が数え切れないほど浴びせられたであろう「なぜ、ソマリアへ？」という質問に対する返答であり、異なる文化をもった男性たちに囲まれた監禁生活を、理解と共感だけを武器にして果敢に生き抜いた女性の記録である。そして、怒りや憎しみを乗り越えようと決意した彼女がたどり着いた境地には、わたしたちを瞠目させ、争いが絶えない世界にも希望はあるのかもしれないと感じさせる光がある。『ニューヨーク・タイムズ』紙はその光を「魂の勝利」と讃え、アマンダ自身は、『パブリッシュ・ウィークリー』誌のインタビューで「自己の変容を体験した」と語っている。その変容を支える空間となったのが、本書の原題『A House in the Sky』にもなっている、〈天空の家〉だった。

本書は、共同執筆者のサラ・コーベットがアマンダの口述を文字に起こし、「一行一行を」二人で丹念に推敲していく形で執筆された。本人がセラピーの一貫だったと語っているとおり、帰国後もPTSDに苦しめられていたアマンダにとって、ソマリアでの出来事を言葉にしていく作業は、実体験に匹敵するほどの苦しみを伴うものであったにちがいない。二人の共同作業は、実に三年に及んでいる。

回想録の執筆にあたっては複数の出版社からオファーがあったようだが、監禁中の虐待行為に焦点を当てるような企画には興味を持てなかったと本人は語っている。それは、ソマリアで起こったことはあくまでも〝前に進みつづける〟生き方の延長線上にあり、この先も歩みを止めることはないという覚悟の表明でもあった。その想いを汲んだサラは、家族や関係者へのインタビューはもちろん、ケニアまで飛んで、ソマリアで案内役をつとめたアジョス・サヌラや、共に誘拐されたアブディファタハ・エルミたちからも話を聞いている。絶望的な状況にあっても鋭い観察眼で状況を見極めようとするアマンダの視線に、冷静で力強いサラの筆致が加わったことで、客観性を備えた重層的な作品ができあがったように思う。

本書は二〇一三年九月の刊行と同時に『ニューヨーク・タイムズ』紙のベストセラー・リスト入りを果たし、二〇一四年にはアンナプルナ・ピクチャーズによる映画化権取得が報じられている。現時点では、『ドラゴン・タトゥーの女』に主演したルーニー・マーラがアマンダを演じる予定だということだ。

訳出作業中の二〇一五年一月に、フリー・ジャーナリストの後藤健二さんがシリアでＩＳ（イスラム国）に拘束されたというニュースが飛び込んできた。日本政府は、「テロリストの要求には屈しない」方針のもと、身代金の交渉には応じなかったとされているが、これはアメリカ政府が堅持しつづける姿勢でもある。カナダとオーストラリアの政府も最終的には同様の立場を貫いたようで、アマンダと、もう一人の人質ナイジェル・ブレナンの家族は、人質救出を請け負う民間組織に救いを求めざるを得なくなる。

アメリカでは、親族とテロ組織との交渉そのものが法に抵触する行為とみなされていたそうだが、被害者家族の訴えをきっかけに、本年六月にオバマ大統領が方針を転換し、家族による身代金の支払いを容認する旨の発表を行っている。国家という枠組みのなかで考えれば数億分の一の人命なのかもしれないが、家族にとっては何ものにも代え難いかけがえのない命。国の方針だからといって、簡単にあきらめることはできないだろう。

フリー・ジャーナリストといえば、もう一人、二〇一二年に取材中のシリアで命を落とした山本美香さんを思い出さずにはいられない。彼らはなぜ、身の危険を顧みずに紛争地へ行くのだろう？　銃弾が飛び交う戦場に足を踏み入れる勇気はどこから沸いてくるのだろう？　アマンダ自身は、一流ジャーナリストの仲間入りを果たすためのスクープ狙いだったと振り返っているが、食糧配給センターを取材したときのようすからは、それだけでは説明がつかない、強い使命感のようなものが伝わってくる。

シリアの内戦を報じるテレビ番組で、取材に答える市民が、「わたしたちがどんな目に遭っているのか、世界に知ってもらいたい」と訴える姿を見た。本書には、アマンダが監禁された家のバスルームの通気孔から犯人たちのようすをうかがう場面があり、本人は「その通気孔が外の世界につながる扉《ポータル》になった」と回想している。後藤さんも、山本さんも、恐怖が渦巻く地で懸命に生きる市民や子供たちの姿を伝えようとしていた。「知ってもらいたい」と訴える声に応えて、自らが扉《ポータル》になろうと考えたのだろうか。アマンダも、武装グループに拉致されることがなかったら、ソマリアの名もない人々の暮らしを女性の視点から伝える情感豊かな旅行記を書いていたにちがいない。ソマリアという国に関して不案内だった訳者も、本書を手に取ったことでいくばくかの知識を得て、それを読者のみなさんに伝えることができる。微力ではあるが、バトンをつなぐ役割を果たせたことに大きな喜びを感じている。

インターネットの普及のおかげで、端末の画面をのぞけば世界の情勢がわかるような錯覚に陥りがちだが、きれいな水を手に入れることすら困難な国で暮らす人々は、SNSで窮状を訴えられるような状況には置かれていない。政治家や評論家からは〝崩壊国家〟で片づけられてしまうソマリアにも、市井の人々の生活がある。笑顔で過ごしている人々もいるのかもしれないが、銃撃戦や武装グループの影に怯えながら安息の地を求めてさまよいつづける市民が後を絶たないのが現状だ。国連難民高等弁務官事務所の発表によれば、二〇一四年現在、ソマリ人難民の数は百十一万人とされている。

最後に、本書と出会うきっかけを与えてくださった迫田京子さん、刊行までの長いみちのりを併走してくださった亜紀書房の内藤寛さんに、改めてお礼を申し上げます。

二〇一五年九月

鈴木彩織

**アマンダ・リンドハウト　Amanda Lindhout**

20代でバックパッカーとして世界各地を旅するうち、やがてフリーのジャーナリストを志す。取材で入ったソマリアで武装勢力に拉致され、元恋人とともに、460日にわたる人質生活を余儀なくされる。本書はその極限体験を綴った回想録。解放後は、ソマリアとケニアに教育を普及させるNGOを発足させ、人道支援の活動に力を注いでいる。

**サラ・コーベット　Sara Corbett**

ライター。「ニューヨーク・タイムズ・マガジン」紙を中心に、「ナショナル・ジオグラフィック「エル」「エスクァイア」などの雑誌に記事を寄せている。

**鈴木彩織**（すずき・さおり）

翻訳家。訳書に、アレックス・シアラー『ボーイズ・ドリーム』（PHP研究所）、アンドリュー・スミス『月の記憶』（ヴィレッジブックス）、エリザベス・ノックス『ドリームハンター』、ダイアン・セッターフィールド『13番目の物語』（NHK出版）、キャロル・S・ピアソン『英雄の旅』（実務教育出版）などがある。



亜紀書房翻訳ノンフィクション・シリーズ　II-4

**人質460日——なぜ生きることを諦めなかったのか**

著者　アマンダ・リンドハウト＋サラ・コーベット
訳者　鈴木彩織

発行　2015年10月4日　第1刷発行

発行者　株式会社　亜紀書房
東京都千代田区神田神保町1-32
TEL　03-5280-0261（代表）　03-5280-0269（編集）
振替　00100-9-144037
http://www.akishobo.com

装丁・レイアウト　コトモモ社
印刷・製本　株式会社トライ
http://www.try.sky.com

ISBN978-4-7505-1434-5